1984

Dados Internacionais de Catalogação na Publicação (CIP)
(Câmara Brasileira do Livro, SP, Brasil)

Orwell, George, 1903-1950

1984 / George Orwell ; tradução Luis Gonzaga Fragoso. – Petrópolis, RJ : Editora Vozes, 2022. – (Vozes de bolso : literatura)

Título original: 1984

ISBN 978-65-5713-412-2

1. Ficção inglesa I. Título II. Série.

22-98760 CDD-823

Índices para catálogo sistemático:

1. Ficção : Literatura inglesa 823

Aline Graziele Benitez - Bibliotecária - CRB-1/3129

George Orwell
1984

Tradução de Luis Gonzaga Fragoso

Vozes de Bolso

Tradução realizada a partir do original em inglês intitulado 1984, by George Orwell

Rua Frei Luís, 100
25689-900 – Petrópolis, RJ
www.vozes.com.br
Brasil

Diagramação: Raquel Nascimento
Revisão gráfica: Anna Carolina Guimarães
Capa: Ygor Moretti
Ilustração de capa: Charles Demuth, 1921.

ISBN 978-65-5713-412-2

Este livro foi composto e impresso pela Editora Vozes Ltda.

Sumário

Parte I

Capítulo 1

Era um dia frio e luminoso de abril, e os relógios marcavam treze horas. Winston Smith, com o queixo colado ao peito em um esforço de escapar do vento cruel, passou depressa pelas portas de vidro das Mansões Victory, porém não a tempo de evitar que entrasse junto com ele um redemoinho de poeira granulosa.

O corredor cheirava a repolho cozido e capachos velhos. Em uma das extremidades, um pôster colorido, grande demais para ambientes internos, fora pregado na parede. Mostrava apenas um rosto enorme com mais de um metro de largura: o rosto de um homem com uns quarenta e cinco anos, com um espesso bigode preto e uma aparência rude, mas agradável. Winston seguiu na direção das escadas. Não adiantava tentar o elevador. Mesmo nos tempos de bonança, ele raramente funcionava, e agora a energia elétrica era cortada enquanto houvesse luz natural. Isso era parte do esforço econômico de preparação para a Semana do Ódio. O apartamento ficava no sétimo andar, e Winston, que tinha trinta e nove anos e uma úlcera varicosa acima do tornozelo direito, subia devagar, parando muitas vezes para descansar. Em cada patamar, em frente à porta do elevador, o pôster com o rosto enorme o fitava da parede. Era uma daquelas imagens que passam a impressão de que os olhos o acompanham sempre que você se move. O GRANDE IRMÃO ESTÁ DE OLHO EM VOCÊ, dizia a legenda.

Dentro do apartamento, uma voz melodiosa lia uma lista de estatísticas que tinham algo a ver com a produção de ferro-gusa. A voz vinha de uma placa de metal retangular como um espelho embaçado, embutida na superfície da parede direita. Winston acionou um interruptor e a voz diminuiu um pouco, mas ainda dava para entender as palavras. O volume do instrumento – chamado teletela – poderia ser regulado, mas não havia como desligá-lo. Ele se aproximou da janela: uma figura pequena e frágil, e o macacão azul, uniforme do Partido, só fazia salientar a magreza de seu corpo. Tinha o cabelo muito claro, um rosto naturalmente rubro, e a pele áspera pelo uso de sabão ordinário e navalhas cegas, e pelo vento gelado do inverno que terminara há pouco.

Do lado de fora, mesmo através da vidraça da janela fechada, o mundo parecia frio. Na rua, pequenos redemoinhos de vento espalhavam poeira e papéis rasgados em espirais; e embora o sol brilhasse e o céu tivesse um intenso azul, nada parecia ter cor, com exceção dos cartazes afixados em todos os lugares. Em todo lugar de destaque o rosto de bigode preto olhava para baixo. Havia um na casa bem em frente. O GRANDE IRMÃO ESTÁ DE OLHO EM VOCÊ, dizia o letreiro, enquanto os olhos negros fitavam de modo penetrante os de Winston. Abaixo, no nível da rua, outro pôster, rasgado em um canto, tremulava ao vento, ora cobrindo ora expondo uma única palavra: SOCING. Ao longe, um helicóptero desceu entre os telhados, pairando por um instante como uma mosca-varejeira, e afastou-se rapidamente fazendo uma curva. Era a patrulha da polícia, bisbilhotando as pessoas pelas janelas. Porém, as patrulhas não eram um problema. O problema era a Polícia da Mente.

Atrás de Winston, a voz da teletela ainda tagarelava sobre o ferro-gusa e o cumprimento do Nono Plano Trienal, que superara as expectativas. A teletela recebia e transmitia simultaneamente. Qualquer ruído feito por Winston que ultrapassasse um sussurro poderia ser capturado por ela; além disso, enquanto permanecesse no campo de visão da placa metálica, ele também poderia ser visto, além de ouvido. Claro que não havia como saber se você estava sendo vigiado em um momento específico. Era impossível adivinhar de que modo ou com que frequência a Polícia da Mente sintonizava um aparelho. Era até mesmo possível que ela vigiasse a todos o tempo todo. De toda maneira, eles podiam conectar-se no aparelho que quisessem e quando bem entendessem. Todos tinham que viver – e viviam, já que o hábito virou instinto – supondo que cada som que faziam era ouvido e, a menos que a escuridão fosse total, cada movimento era detalhadamente examinado.

Winston continuou de costas para a teletela. Era mais seguro, ainda que ele soubesse que mesmo as costas de uma pessoa poderiam ser reveladoras. A um quilômetro de distância, o Ministério da Verdade, seu local de trabalho, erguia-se imponente, imenso e branco, acima da paisagem encardida. Esta, ele pensou com uma vaga repulsa – esta era Londres, a principal cidade da Pista de Pouso Um, a terceira mais populosa das províncias da Oceânia. Tentou a todo custo recuperar alguma memória de infância para descobrir se Londres tinha sido sempre assim. Será que sempre houve aquele cenário de casas do século XIX apodrecendo, com paredes laterais escoradas em vigas de madeira, suas janelas cobertas com papelão, telhados de ferro ondulado e os muros de jardim vergando por toda a parte? E os locais bombardeados onde o pó de gesso fazia redemoinhos no ar e o mato crescia em meio aos destroços; e os lugares onde as bombas abriram clareiras, onde surgiram sórdidas colônias de barracões que pareciam galinheiros? Não adiantava, ele não conseguia se lembrar: nada restara de sua infância, a não ser uma série de cenas bem iluminadas que emergiam sem nenhum pano de fundo, quase todas ininteligíveis.

O Ministério da Verdade – Miniver, em novilíngua[1] –, para surpresa geral, era bem diferente de qualquer outro objeto à vista. Era uma estrutura piramidal enorme, de um branco reluzente que se erguia, terraço após terraço, a 300 metros de altura. De onde Winston estava, só dava para ler, na fachada branca e em fonte elegante, os três *slogans* do Partido:

GUERRA É PAZ
LIBERDADE É ESCRAVIDÃO
IGNORÂNCIA É FORÇA

Dizia-se que o Ministério da Verdade continha três mil salas acima da superfície, e ramificações equivalentes no subsolo. Espalhados por Londres, havia somente três outros prédios de aparência e tamanho similares. Sua imponência diante da arquitetura ao redor era tal que, do telhado das Mansões Victory, dava para avistar os quatro ao mesmo tempo. Eram as sedes dos quatro Ministérios em que se dividia todo

1. Novilíngua era o idioma oficial da Oceânia. Para saber mais sobre sua estrutura e etimologia, consulte o Apêndice (p. 391).

o aparato do governo. O Ministério da Verdade, que cuidava de notícias, entretenimento, educação e belas-artes. O Ministério da Paz se ocupava da guerra. O Ministério do Amor mantinha a lei e a ordem. E o Ministério da Riqueza era responsável pelos assuntos econômicos. Seus nomes em novilíngua eram: Miniver, Minipaz, Minamor e Minirrico.

O Ministério do Amor era o mais assustador. Não tinha nenhuma janela. Winston nunca havia entrado no Ministério do Amor, nem se aproximado a menos de quinhentos metros dele. Era impossível entrar lá, exceto em negócios oficiais; e, mesmo assim, era preciso atravessar um labirinto de arames farpados entrelaçados, portas de aço e ninhos com metralhadoras escondidas. Até mesmo as ruas que davam para as suas barreiras exteriores eram percorridas por guardas que pareciam gorilas em uniformes negros, armados com cassetetes articulados.

Winston se virou de maneira abrupta. Sua fisionomia mostrava um otimismo discreto, que era recomendável adotar quando se estava diante da teletela. Cruzou a sala até a minúscula cozinha. Para poder sair do Ministério naquele horário, ele havia sacrificado seu almoço na cantina, e ele estava ciente de que não tinha comida em casa, com exceção de um naco de pão escurecido que deveria ser guardado para o café da manhã do dia seguinte. Tirou da prateleira uma garrafa de líquido incolor com um rótulo liso e branco onde se lia GIM VICTORY. Recendia um cheiro enjoativo e oleoso que lembrava uma aguardente de arroz chinês. Winston encheu uma xícara quase cheia da bebida, preparou-se para o impacto, e a engoliu como se fosse uma dose de remédio.

De imediato, seu rosto ficou vermelho e lágrimas lhe escorreram dos olhos. Aquilo parecia ácido nítrico e, ademais, ao engolir o líquido, a pessoa tinha a sensação de ser atingida com um golpe de cassetete na nuca. No entanto, a queimação em sua barriga logo amenizou e o mundo começava a parecer mais alegre. Retirou um cigarro de um maço amarrotado onde se lia CIGARROS VICTORY mas, sem querer segurou o cigarro de ponta-cabeça, fazendo com que o tabaco caísse no chão. Na tentativa seguinte, conseguiu. Voltou para a sala de estar e sentou-se uma pequena mesa do lado esquerdo da teletela. Da gaveta da mesa tirou uma caneta-tinteiro, um vidro de tinta e um grosso caderno em branco, de formato in-quarto, de lombada vermelha e capa marmorizada.

Por algum motivo, a teletela na sala de estar estava em uma posição incomum. Em vez de estar instalada, como de hábito, na parede do fundo, de onde ela poderia controlar toda a sala, estava na parede mais comprida, em frente à janela. De um de seus lados havia uma pequena reentrância onde Winston estava agora sentado, e que, na época da construção dos apartamentos, servia para abrigar estantes de livros. Ao sentar-se ali e mantendo-se bem no fundo, Winston conseguia ficar fora do campo de visão da teletela. Podia ser ouvido, claro, mas enquanto ele permanecesse naquela posição, não seria visto. Em parte, foi a arquitetura pouco comum da sala que lhe dera a ideia da ação que ele estava prestes a praticar.

Mas tal ação também lhe havia sido inspirada pelo caderno que ele acabou de tirar da gaveta. Era um caderno de beleza peculiar. Seu suave papel cor de creme, meio amarelado pelo tempo, era de um tipo que não se fabricava havia pelo menos quarenta anos. Dava para imaginar, porém, que o caderno era muito mais velho do que isso. Ele o vira exposto em uma lojinha de badulaques malcuidada em um bairro pobre da cidade (em qual região, ele não se lembrava mais) e foi tomado de imediato por um desejo irresistível de possuí-lo. Membros do partido não deveriam frequentar lojas comuns ("lidar com o livre mercado", como se dizia), mas a regra não era seguida de modo estrito porque havia várias coisas, como cadarços e lâminas de barbear, que eram impossíveis de obter de outra maneira. Ele deu uma rápida olhada para cima e para baixo da rua e, então, enfiou-se na loja e comprou o caderno por dois dólares e cinquenta, ainda sem saber o exato propósito da compra. Sentindo-se culpado, colocou o caderno dentro da pasta e o levou para casa. Mesmo que nada estivesse escrito nele, era um objeto comprometedor.

O que ele estava prestes a fazer era começar um diário. Isso não era ilegal (nada era ilegal, já que não havia mais leis); mas, se fosse pego, era praticamente certo que seria punido com a morte, ou no mínimo com vinte e cinco anos em um campo de trabalhos forçados. Winston encaixou uma pena na caneta-tinteiro e a chupou para retirar a graxa. A caneta era um instrumento arcaico, raramente usado mesmo para assinaturas. Ele a tinha adquirido de maneira furtiva e com alguma dificuldade, simplesmente por sentir que o belo papel creme merecia que se escrevesse nele com uma caneta de verdade em vez de rabiscado com um lápis-tinta. Na verdade, ele não tinha o hábito de escrever à mão. Com exceção de bilhetes curtos, o hábito era ditar tudo no ditafone, que era, evidentemente, impossível para o propósito daquele momento. Mergulhou a caneta na tinta e hesitou por um segundo. Sentiu um tremor nas entranhas. Marcar o papel era o ato decisivo. Em pequenas letras desajeitadas, escreveu:

4 de abril de 1984.

Recostou-se na cadeira. Foi tomado por uma sensação de completo desamparo. Para começar, não tinha nenhuma certeza de que era 1984. Devia ser por volta desta data, uma vez que ele tinha quase certeza de ter trinta e nove anos, e acreditava ter nascido em 1944 ou 1945; mas naquele momento era impossível precisar qualquer data em um intervalo entre um e dois anos.

Para quem, ocorreu-lhe de perguntar, ele estava escrevendo esse diário? Para o futuro, para os não nascidos. Por um momento, sua mente pairou em torno da data duvidosa na página e esbarrou em uma palavra da novilíngua: *duplipensar*. Pela primeira vez, a magnitude de sua empreitada se voltava contra ele. Como alguém poderia se comunicar com o futuro? Por natureza, era algo impossível. Ou bem o futuro seria semelhante ao presente e, neste caso, não lhe daria ouvidos; ou então seria diferente, e sua situação não teria sentido.

Ficou sentado por algum tempo, olhando para o papel com uma expressão abobada. A teletela passara a transmitir uma música militar estridente. Curioso que ele parecia não só ter perdido o poder de se expressar, como também ter esquecido o que de início pretendia dizer. Vinha se preparando para esse momento há semanas, e nunca lhe passou pela cabeça que precisaria de algo além de coragem. A escrita em si seria fácil. Tudo o que precisava fazer era transferir para o papel o monólogo interminável e agitado que circulava em sua cabeça, literalmente, durante anos. No entanto, neste momento, até mesmo o monólogo havia estancado. Além disso, sua úlcera varicosa começou a coçar de um modo insuportável. Não arriscou a coçá-la, pois sempre que fazia isso, ela inflamava. Os segundos foram passando. Ele só tinha consciência da página vazia diante dele, da coceira na pele acima de seu tornozelo e da estridência da música, além da leve embriaguez causada pelo gim.

De repente, começou a escrever em puro pânico, sem muita consciência do que anotava. Sua caligrafia miúda e infantil se espalhava pela página, abandonando primeiro as letras maiúsculas e, depois, até mesmo os pontos finais:

> *4 de abril de 1984. Ontem à noite fui ao cinema. Só filme de guerra. Um muito bom, sobre o bombardeio de um navio cheio de refugiados em algum lugar no Mediterrâneo. Público se divertindo com as cenas de um gordão tentando nadar perseguido por um helicóptero, no começo, ele chafurdava na água feito um boto; então, você via ele através das miras do helicóptero, depois ele aparecia cheio de buracos e o mar ao seu redor ficou cor de rosa e ele afundava de repente, como se a água entrasse pelos buracos, a plateia gargalhando alto quando ele afundou. então se via um bote salva-vidas cheio de crianças com um helicóptero pairando em cima. tinha uma mulher de meia idade que poderia ser uma judia na proa com um menininho de uns três anos nos braços. menininho gritando de medo e escondendo a cabeça entre os seios como se ten-*

tasse se enterrar nela e a mulher envolvendo ele com os braços cobrindo ele e tentando acalmar ele embora ela mesma estivesse morrendo de medo, o tempo todo cobrindo ele como podia como se ela pensasse que seus braços podiam protegê-lo das balas. Então o helicóptero lançou uma bomba de vinte quilos bem no meio deles clarão terrível e o barco se esfarelou. Então teve uma tomada maravilhosa do braço de uma criança subindo subindo pelo ar um helicóptero com uma câmera no nariz deve ter acompanhado ele e teve muitos aplausos vindos dos assentos do partido, mas uma mulher sentada no meio dos proletas começou de repente a criar caso e gritar que eles não deviam mostrar aquilo não na frente das crianças que eles não tinham o direito de fazer diante das crianças, que não devia até que a polícia botou ela para fora acho que não aconteceu nada com ela ninguém se importa com o que os proles dizem uma típica reação dos proles, eles nunca.

Winston parou de escrever, em parte porque estava com câibra. Ele não sabia o que o fez despejar essa corrente de bobagens. Mas o curioso é que enquanto ele fazia isso, uma lembrança totalmente diferente se esclarecia em sua mente, a tal ponto que quase decidiu anotá-la. Foi por causa desse outro incidente, ele agora percebia, que tinha tomado a decisão repentina de ir para casa e começar o diário.

Tinha acontecido naquela manhã no Ministério, se é que uma coisa nebulosa como aquela poderia ser chamada de acontecimento.

Eram quase onze da manhã e, no Departamento de Registros, onde Winston trabalhava, eles estavam arrastando as cadeiras para fora dos cubículos e juntando-as no centro do salão diante da grande teletela nos preparativos para os Dois Minutos de Ódio. Winston estava prestes a ocupar seu lugar em uma das filas do meio quando duas pessoas que ele conhecia de vista, mas com quem nunca conversara, apareceram de surpresa na sala. Uma delas era uma garota por quem ele costumava passar nos corredores. Não sabia seu nome, mas sabia que ela trabalhava no Departamento de Ficção. Imaginava – já que a vira algumas vezes com mãos sujas de óleo e carregando uma chave inglesa – que ela fazia algum tipo de trabalho braçal em uma das máquinas de escrever romances. Era uma garota de aparência ousada, de uns vinte e sete anos, de cabelos espessos e rosto sardento, de movimentos rápidos e atléticos. Tinha uma faixa estreita e vermelha enrolada na cintura por cima do macacão, símbolo da Liga Juvenil Antissexo, de modo a salientar a forma de seus quadris. Desde que a viu pela primeira vez, Winston não gostou dela. Sabia o motivo: a aura que ela havia em torno dela – uma aura que incluía campos de hóquei, banhos frios, caminhadas comunitárias e uma mente não poluída. Ele não gostava quase de nenhuma mulher, especialmente das jovens e belas. Os adeptos mais fanáticos do Partido, os devoradores de *slogans*, espiões amadores e farejadores de inortodoxia eram sempre mulheres, sobretudo as jovens. Mas esta garota em particular lhe passou uma impressão ainda mais perigosa do que a maioria. Uma vez, quando passaram um pelo outro no corredor, ela lhe lançou um olhar de relance que pareceu perfurá-lo e, por um momento, sentiu um profundo terror. Chegou mesmo a pensar que ela poderia ser uma agente da Polícia da Mente. Na verdade, isso parecia bem improvável. Mesmo assim continuou sentindo um mal-estar esquisito, uma mistura de medo e hostilidade, sempre que ela estava por perto.

A outra pessoa era um homem chamado O'Brien, membro do Núcleo do Partido e que ocupava um cargo tão importante e remoto de que Winston só tinha uma vaga ideia do que se tratava. Ao ver a aproximação de um macacão negro de um membro do Núcleo do Partido, o grupo de pessoas ao redor das cadeiras fez um silêncio momentâneo. O'Brien era um homem grande, corpulento com pescoço grosso e rosto rude, cômico e brutal. Apesar da aparência assustadora, ele tinha certo charme. Tinha um jeito de reposicionar seus óculos sobre o nariz que era curiosamente desconcertante – um jeito impossível de definir, mas curiosamente civilizado. Era um gesto que, se alguém ainda pensasse nestes termos, remeteria a um nobre inglês do século XVIII oferecendo sua caixa de rapé. Winston tinha visto O'Brien talvez uma dezena de vezes em muitos anos. Sentia-se intensamente atraído por ele, não só porque o contraste entre seu estilo urbano e seu físico de pugilista o intrigasse. Era mais porque tinha uma crença secreta – talvez nem tanto uma crença, mas uma esperança – de que a ortodoxia política de O'Brien talvez não fosse perfeita. Algo em seu rosto lhe dava uma firme convicção a este respeito. Por outro lado, o que estava desenhado em seu rosto talvez nem fosse a *hetedoroxia*, mas simplesmente a inteligência. De todo modo, parecia ser uma pessoa com quem se poderia conversar caso fosse possível enganar a teletela e ficar a sós com ele. Winston nunca fez o menor esforço para tirar isso a limpo: na verdade, nem tinha como. Neste momento, O'Brien olhou para seu relógio de pulso, e viu que eram quase onze horas e, claro, decidiu ficar no Departamento de Registros até o final dos Dois Minutos de Ódio. Sentou-se em uma cadeira na mesma fileira de Winston, a alguns lugares de distância. Uma mulher pequena de cabelo castanho-claro que trabalhava no cubículo vizinho ao de Winston estava sentada entre os dois. A garota de cabelo escuro estava sentada logo atrás.

No momento seguinte, um guincho horrível e estridente, como o de uma máquina monstruosa funcionando sem óleo, escapou da imensa teletela no fundo do salão. Era um ruído que fazia uma pessoa ranger os dentes e lhe arrepiava os cabelos da nuca. O Ódio tinha começado.

Como de costume, o rosto de Emmanuel Goldstein, o Inimigo do Povo, apareceu na teletela. Ouviram-se assobios em vários pontos da plateia. A pequena mulher de cabelos castanhos soltou um guincho que misturava medo e repugnância. Goldstein era o renegado e apóstata que, muito tempo atrás (há quanto tempo, ninguém se lembrava) tinha sido uma das lideranças do Partido, quase com a mesma importância que o Grande Irmão, até se envolver com atividades contrarrevolucionárias, ser condenado à morte, mas escapar misteriosamente e sumir. A programação dos Dois Minutos de Ódio variava de um dia para o outro, mas o personagem principal era sempre Goldstein. Ele era o traidor original, o primeiro a macular a pureza do Partido. Todos os crimes subsequentes contra o partido, todas as traições, todas as sabotagens, heresias e desvios, eram consequência direta de seus ensinamentos. Em algum lugar, ele ainda estava vivo e tramando suas conspirações: talvez além-mar, ou sob a proteção de seus financiadores estrangeiros, ou até mesmo – segundo o boato que, às vezes, corria – em algum esconderijo na própria Oceânia.

O diafragma de Winston estava contraído. Era incapaz de olhar para Goldstein sem ser tomado por uma dolorosa combinação de emoções. Era um rosto magro de judeu, encimado por uma imensa auréola de cabelos brancos e com um pequeno cavanhaque – um rosto inteligente e, por alguma razão, desprezível pela própria natureza, com uma espécie de tolice senil no nariz longo e esguio, em cuja ponta se equilibrava um par de óculos. Parecia a cara de uma ovelha, e sua voz também lembrava um balido. Goldstein estava desferindo seu costumeiro ataque venenoso sobre as doutrinas do Partido – um discurso tão exagerado e perverso no qual nem mesmo uma criança acreditaria, e ainda assim plausível o suficiente para dar ao espectador a sensação alarmante de que outras pessoas menos equilibradas poderiam ser iludidas por ele. Goldstein atacava o Grande Irmão, denunciava a ditadura do Partido, exigia a imediata conclusão da paz com a Eurásia, defendia a liberdade de expressão, a liberdade de imprensa, a liberdade de reunião, a liberdade de pensamento, gritava histericamente que a revolução tinha sido traída – tudo isso em um rápido discurso polissilábico que era uma espécie de paródia do estilo habitual dos oradores do Partido, incluindo palavras em novilíngua; aliás, com mais palavras em novilíngua do que qualquer membro do Partido costumava usar na vida real. E a todo tempo, para que ninguém duvidasse da realidade contida na enganosa verborragia de Goldstein, por trás de sua cabeça, sobre a teletela, desfilavam colunas do exército eurasiano – fileira após fileira de homens de aparência sólida com rostos asiáticos inexpressivos que emergiam na superfície da teletela e desapareciam até serem substituídos por outros idênticos. O som abafado e ritmado das botas dos soldados formava o pano de fundo para os balidos de Goldstein.

Antes mesmo de se completarem trinta segundos do Ódio, metade das pessoas no salão já emitia incontroláveis exclamações de fúria. Era impossível tolerar o rosto presunçoso e ovino na tela, e o poder aterrador do exército eurasiano atrás dele; além disso, o simples ato de olhar ou mesmo pensar em Goldstein causava automaticamente medo e raiva. Ele era um objeto de ódio mais constante do que a Eurásia ou a Lestásia, já que, quando a Oceânia estava em guerra com uma destas potências, geralmente estava em paz com a outra. Mas o estranho era que, embora Goldstein fosse odiado e desprezado por todos, embora todos os dias, e mil vezes ao dia, nos palanques, nas teletelas, nos jornais, nos livros, suas teorias fossem refutadas, esmagadas, ridicularizadas, exibidas ao público como o lamentável lixo que eram – apesar disso tudo, a influência de Goldstein parecia nunca diminuir. Sempre havia novos trouxas esperando para serem seduzidos por ele. Não se passava um dia sem que espiões e sabotadores agindo a mando dele fossem desmascarados pela Polícia da Mente. Ele era o comandante de um vasto e sombrio exército, uma rede clandestina de conspiradores dedicados à derrubada do Estado. A Irmandade, este era seu suposto nome. Também corriam boatos sobre um livro terrível, um compêndio de todas as heresias, de autoria de Goldstein e que circulava clandestinamente aqui e ali. Um livro sem título. As pessoas se referiam a ele somente como *o livro*. Mas só se sabia disso por meio de boatos. Nem a Irmandade nem *o livro* eram assuntos que qualquer membro comum do Partido mencionaria se pudesse evitar.

No segundo minuto, o Ódio chegou a um frenesi. As pessoas pulavam de seus assentos, gritando a plenos pulmões em uma tentativa de abafar o balido enlouquecedor que vinha da teletela. A pequena mulher de cabelo castanho enrubesceu, e sua boca abria e fechava como um peixe fora d'água. Até mesmo o rosto pesado de O'Brien ficou vermelho. Sentado muito ereto em sua cadeia, seu peito poderoso inflava e tremia, como se estivesse enfrentando uma onda. A garota de cabelo escuro atrás de Winston tinha começado a gritar: "Canalha! Canalha! Canalha!" e de repente pegou um pesado dicionário de novilíngua e atirou-o na teletela. O objeto atingiu o nariz de Goldstein e ricocheteou; a voz continuava, inexorável. Em um instante de lucidez, Winston percebeu que também gritava com os outros, batendo com violência os calcanhares contra o pé de sua cadeira. O mais horrível dos Dois Minutos de Ódio não era ser obrigado a desempenhar um papel, mas o fato de ser impossível juntar-se aos demais. Passados trinta segundos, já não era preciso fingir. Um êxtase horrível de medo e vingança, um desejo de matar, de torturar, de esmagar rostos com uma marreta, parecia fluir por todo o grupo ali presente como uma corrente elétrica, transformando as pessoas, mesmo contra sua vontade, em malucos que gritavam e faziam caretas. E, apesar disso, a raiva era uma emoção abstrata, sem um alvo, que poderia ser transferida de um objeto a outro como a chama de um maçarico. Assim, em um determinado momento, o ódio de Winston não era dirigido a Goldstein; mas, pelo contrário, ao Grande Irmão, ao Partido e à Polícia da Mente; e, nestes momentos, seu coração se voltava ao solitário e ridicularizado herege que aparecia na teletela, único guardião da verdade e da sanidade mental em um mundo de mentiras. No entanto, já no momento seguinte ele se irmanava com as pessoas a seu redor, e tudo o que se dizia sobre Goldstein lhe parecia ser verdadeiro. Nesses momentos, a aversão secreta que ele sentia pelo Grande Irmão se transformava em veneração, e o Grande Irmão ganhava uma estatura monumental, a de um protetor invencível e destemido, que se erguia como uma rocha contra as hordas da Ásia; e Goldstein, apesar de seu isolamento, de seu desamparo e da dúvida que pairava sobre sua própria existência, tornava-se um mago sinistro capaz de destruir a estrutura da civilização com o mero poder de sua voz.

Era até mesmo possível, em certos momentos, direcionar o alvo do ódio de maneira voluntária. De repente, com o mesmo esforço violento com que se ergue a cabeça do travesseiro durante um pesadelo, Winston parecia transferir seu ódio do rosto na tela para a garota de cabelo escuro atrás dele. Nítidas e belas alucinações lhe passavam pela mente. Ele a espancaria até a morte com um cassetete de borracha. Ele a amarraria nua a uma estaca e alvejaria com flechas, como São Sebastião. Ele a estupraria e cortaria sua garganta no momento do clímax. Além disso, agora, mais do que antes, percebia por que a odiava. Ele a odiava porque ela era jovem, bonita e assexuada, porque queria ir para a cama com ela e nunca poderia fazê-lo, porque em volta de sua agradável e flexível cintura, que parecia convidá-lo a envolvê-la com os braços, havia apenas a detestável faixa vermelha, um símbolo agressivo de castidade.

O Ódio atingiu o seu clímax. A voz de Goldstein se tornara um verdadeiro balido e, por um instante, seu rosto se transformou no de uma ovelha. A seguir, o rosto ovino se dissolveu e se transformou na figura de um soldado eurasiano que parecia avançar, enorme e terrível, sua metralhadora roncando, e parecia saltar para fora da teletela, de modo que as pessoas da primeira fila se inclinaram para trás em seus assentos. Mas, no mesmo momento, para profundo alívio de todos, a figura hostil fundiu-se no rosto do Grande Irmão, cabelo preto, bigode preto, todo-poderoso e com uma calma misteriosa, e tão imenso que quase enchia a teletela. Ninguém ouvia o que o Grande Irmão dizia. Eram algumas palavras de encorajamento, o tipo de palavras proferidas em meio ao tumulto da batalha, indistinguíveis individualmente, mas que restauram a confiança pelo mero fato de serem ditas. Em seguida, o rosto do Grande Irmão sumiu novamente e, em seu lugar, os três *slogans* do Partido emergiram em letras maiúsculas e negrito:

GUERRA É PAZ
LIBERDADE É ESCRAVIDÃO
IGNORÂNCIA É FORÇA

Mas o rosto do Grande Irmão pareceu persistir por vários segundos na teletela, como se a nitidez do impacto causado nas retinas de todos fosse grande demais para desaparecer de imediato. A pequena mulher de cabelo castanho jogou-se para a frente, debruçando-se no encosto da cadeira diante dela.

Com um murmúrio trêmulo que parecia dizer "Meu Salvador!", ela estendeu os braços na direção da tela. E então afundou o rosto nas mãos. Ficou claro que estava fazendo uma oração.

Neste momento, todo o grupo ali presente começou a entoar um canto profundo, lento e ritmado, "G.I.! ... G-I!" – repetidas vezes, muito devagar, com uma longa pausa entre o "G" e o "I" – um som pesado e murmurante, curiosamente selvagem; ao fundo do qual parecia ouvir-se o pisotear de pés descalços e o pulsar de tambores. Aquilo continuou por uns trinta segundos. Era um refrão ouvido com frequência em situações de emoção arrebatadora. Em parte, era uma espécie de hino à sabedoria e majestade do Grande Irmão; porém, era sobretudo um ato de auto-hipnose, um embotamento voluntário da consciência por meio do som ritmado. As entranhas de Winston pareceram congelar. Nos Dois Minutos de Ódio, ele não conseguia deixar de se juntar ao delírio coletivo, mas aquele cântico sub-humano de "G.I.! ... G.I.!" sempre o deixava horrorizado. Claro que ele cantava com todos os outros: impossível não fazê-lo. Dissimular suas emoções, controlar a expressão do rosto, fazer o que todos os outros faziam, tudo isso eram reações instintivas. Mas houve um intervalo de uns dois segundos durante o qual a expressão de seus olhos talvez o tivesse traído. E foi bem neste momento que a coisa significativa aconteceu – se é que de fato aconteceu.

Por um instante, seus olhos encontraram os de O'Brien. O'Brien estava de pé. Havia retirado os óculos e estava recolocando-os sobre o nariz com seu gesto característico. Mas houve uma fração de um segundo em que os olhos dos dois se encontraram, e durante o tempo que isso durou, Winston teve a certeza – sim, a *certeza*! – de que O'Brien pensava o mesmo que ele. Uma mensagem inequívoca tinha sido transmitida. Era como se as duas mentes tivessem sido abertas e os pensamentos agora fluíssem de um ao outro através de seus olhos. "Estou com você", O'Brien parecia dizer a ele. "Sei exatamente o que você está sentindo. Sei tudo sobre seu desprezo, seu ódio, sua repulsa. Mas não se preocupe: estou do seu lado!" E então o clarão de inteligência sumiu, e o rosto de O'Brien voltou a ser impenetrável quanto os demais.

O que aconteceu foi somente isso, e ele já não tinha certeza de que tivesse mesmo ocorrido. Tais incidentes nunca tinham sequência. Só serviam para manter viva nele a crença, ou a esperança, de que os outros também fossem inimigos do Partido. Talvez os boatos sobre a existência de amplas conspirações clandestinas fossem verdadeiros – talvez a Irmandade realmente existisse! Era impossível ter certeza – apesar das inúmeras prisões, confissões e execuções – de que a Irmandade não fosse apenas um mito. Em alguns dias ele acreditava nisso; em outros, não. Não havia provas, apenas vislumbres passageiros que poderiam significar qualquer coisa ou nada: fragmentos de conversas ouvidas por acaso, rabiscos ilegíveis nas paredes dos banheiros – uma vez, inclusive, ao presenciar o encontro de dois estranhos, pressentiu um pequeno movimento das mãos que lhe pareceu um sinal de reconhecimento. Tudo isso era especulação: o mais provável é que ele tinha imaginado tudo aquilo. Winston voltou para seu cubículo sem olhar novamente para O'Brien. A ideia de prosseguir aquele contato fugaz nem lhe passou pela cabeça. Teria sido perigoso ao extremo, mesmo se ele soubesse como fazê-lo. Por um segundo ou dois, eles tiveram uma troca de olhares ambígua, e ponto final. Mas mesmo aquilo foi um momento inesquecível em meio à solidão confinada em que se era obrigado a viver.

Winston saiu de seu torpor e sentou-se ereto na cadeira. Soltou um arroto; o gim lhe subia pelo estômago.

Voltou a concentrar os olhos na página. Descobriu que, enquanto estivera ali refletindo, desamparado, também havia escrito, quase de maneira automática. E já não era a mesma caligrafia comprimida e esquisita de antes. Sua caneta havia deslizado voluptuosa pelo papel macio, registrando em letras maiúsculas e nítidas:

ABAIXO O GRANDE IRMÃO
ABAIXO O GRANDE IRMÃO
ABAIXO O GRANDE IRMÃO
ABAIXO O GRANDE IRMÃO
ABAIXO O GRANDE IRMÃO

inúmeras vezes, enchendo metade de uma página.

Não conseguiu evitar uma pontada de pânico – o que era absurdo, uma vez que escrever aquelas palavras específicas não era mais perigoso do que o gesto inicial de começar um diário; mas, por um momento, sentiu-se tentado a arrancar as páginas inutilizadas e deixar de vez aquele projeto.

No entanto, não fez isso, pois sabia que era inútil. Se ele escrevesse ou deixasse de escrever ABAIXO O

GRANDE IRMÃO, isso pouco importava. A Polícia da Mente o pegaria de qualquer jeito. Ele havia cometido – e cometeria, mesmo se nunca tivesse colocado a caneta no papel – o crime essencial que continha todos os outros. O *crimepensar*, como o chamavam. *Crimepensar* não era uma coisa que se poderia esconder para sempre. Você até conseguia se esquivar por algum tempo, até mesmo durante anos, só que mais cedo ou mais tarde certamente eles o pegariam.

Era sempre à noite – as prisões aconteciam sempre à noite. O tranco repentino que o tira do sono, a mão brutal que sacode seu ombro, as luzes cegando seus olhos, o círculo de rostos severos ao redor da cama. Na imensa maioria dos casos, não havia julgamento, nenhum registro da prisão. A pessoa simplesmente desaparecia, sempre durante a noite. Seu nome era removido dos arquivos, cada registro de tudo que ela tinha feito era apagado, sua existência passada era negada e então apagada. Você era cancelado, aniquilado: *vaporizado* era o termo comum.

Por um momento, Winston foi tomado por uma espécie de histeria. Começou a escrever em garranchos apressados e sem capricho:

> *vão atirar em mim não me incomodo vão me dar um tiro na nuca eu não me incomodo abaixo o grande irmão eles sempre atiram na nuca eu não me incomodo abaixo o grande irmão...*

Ele se recostou na cadeira, um pouco envergonhado de si mesmo, e largou a caneta. No momento seguinte, levou um susto violento. Alguém batia à porta.

Já!? Permaneceu sentado, imóvel como um rato, na esperança vã de que a pessoa junto à porta fosse embora após a primeira tentativa. Mas não, bateram de novo. O pior a fazer seria demorar para atender. Seu coração batia como um tambor, mas seu rosto, como era de hábito, não mostrava qualquer expressão. Levantou-se e caminhou pesadamente na direção da porta.

Capítulo 2

Ao colocar a mão na maçaneta da porta, Winston percebeu que deixara o diário aberto sobre a mesa. As frases ABAIXO O GRANDE IRMÃO cobriam a página inteira, em letras grandes o bastante para serem legíveis do outro lado da sala. Uma atitude de uma inconcebível estupidez. Porém, mesmo em pânico, percebeu que não queria borrar o papel creme fechando o diário com a tinta ainda molhada.

Respirou fundo e abriu a porta. De imediato, sentiu uma onda morna de alívio. Uma mulher pálida e de aparência desolada, cabelos ralos e rosto enrugado estava de pé do lado de fora.

– Ah, camarada – começou ela com uma voz monótona e chorosa –, bem que achei que tinha ouvido você entrar. Será que você poderia dar uma olhada na pia da nossa cozinha? Está entupida e...

Era a sra. Parsons, a esposa de um vizinho no mesmo andar ("Senhora" era uma palavra malvista pelo Partido – você deveria chamar todo mundo de "camarada" – mas, com algumas mulheres, usava-se o termo como que por instinto). Ela devia ter uns trinta anos, mas parecia muito mais velha. Dava a impressão de que havia poeira nas rugas de seu rosto. Winston a seguiu até o corredor. Esses consertos amadores eram uma perturbação quase diária. As Mansões Victory eram apartamentos antigos, construídos por volta de 1930, e estavam caindo aos pedaços. Com frequência, caía o reboco dos tetos e paredes, os canos estouravam em cada geada mais forte, apareciam goteiras sempre que nevava, o sistema de aquecimento em geral funcionava com metade da potência, isso quando não permanecia desligado por razões de economia. Os reparos, à exceção dos que você poderia fazer sozinho, precisavam ser autorizados por comitês inacessíveis, que poderiam adiar uma troca de vidraça por até dois anos.

– Claro que só estou lhe pedindo porque Tom não está em casa –, disse a sra. Parsons, sem dar mais detalhes.

O apartamento dos Parsons era maior que o de Winston e precário de um modo peculiar. Tudo tinha uma aparência surrada e maltratada, como se um animal grande e violento tivesse acabado de passar por ali. Artigos esportivos – tacos de hóquei, luvas de boxe, uma bola de futebol furada, um par de shorts suados virados ao avesso – estavam espalhados pelo chão, e sobre a mesa via-se uma pilha de pratos sujos e livros de exercício com orelhas dobradas. Nas paredes, estandartes vermelhos da Liga da Juventude e dos Espiões, e um pôster do Grande Irmão em tamanho real. Sentia-se o habitual cheiro de repolho cozido, comum em todo o prédio, mas marcado por um fedor ainda mais forte de suor, que – reconhecível à primeira farejada, embora fosse difícil dizer como – pertencia a alguém ausente no momento. Em outro cômodo, alguém com um pente e um pedaço de papel higiênico tentava acompanhar o ritmo da música militar que ainda saía da teletela.

– São as crianças –, disse a sra. Parsons, lançando um olhar meio apreensivo para a porta. Elas ainda não saíram hoje. E é claro que...

Ela tinha o hábito de interromper as frases pelo meio. A pia da cozinha estava quase transbordando com uma água imunda e esverdeada com um cheiro de repolho insuportável. Winston se ajoelhou e examinou o sifão do cano. Odiava ter de usar as mãos, e odiava ficar de joelhos, o que sempre tendia a lhe provocar um acesso de tosse. A sra. Parsons o olhava, sem saber o que fazer.

– Claro que se Tom estivesse em casa, ele daria um jeito nisso num instante –, ela disse. – Ele adora fazer esse tipo de coisa. Tom é muito habilidoso com trabalhos manuais.

Parsons trabalhava com Winston no Ministério da Verdade. Era um homem gorducho, porém ativo, de uma estupidez paralisante, uma massa de entusiasmo imbecil – um daqueles burros de carga dedicados e totalmente submissos, de quem a estabilidade do Partido dependia, mais do que da Polícia da Mente. Aos trinta e cinco anos, foi expulso à sua revelia da Liga da Juventude e, antes de ingressar nela, conseguiu permanecer nos Espiões por um ano além da idade permitida. No Ministério, tinha alguma função subalterna para a qual não se exigia inteligência; por outro lado, era uma figura de liderança no Comitê de Esportes e em todos os outros comitês responsáveis por organizar caminhadas, manifestações espontâneas, campanhas de economia e atividades voluntárias em geral. Gostava de dizer, com um orgulho discreto, entre uma e outra baforada de seu cachimbo, que estivera presente no Centro Comunitário todas as noites nos últimos quatro anos. Um torturante cheiro de suor, uma espécie de testemunho inconsciente da vida extenuante que ele levava, seguia-o aonde quer que fosse, e permanecia no ambiente mesmo depois de ele partir.

– A senhora tem uma chave inglesa? –, disse Winston, mexendo com a rosca do sifão.

– Uma chave inglesa –, repetiu a senhora Parsons, mostrando-se receosa. – Não sei, devo ter. Talvez as crianças...

Ouviu-se um tropel de botas e uma vigorosa soprada no pente quando as crianças entraram correndo na sala. A sra. Parsons trouxe a chave inglesa. Winston deixou a água escoar e, com nojo, removeu o chumaço de cabelos que havia bloqueado o cano. Limpou os dedos o melhor que pôde na água fria da torneira, e voltou para o outro cômodo.

– Mãos ao alto –, berrou uma voz selvagem.

Um menino de nove anos, bonito e com cara de valentão aparecera por detrás da mesa, ameaçando-o com uma pistola automática de brinquedo, enquanto sua irmã, uns dois anos mais nova, fez o mesmo gesto com um pedaço de madeira. Ambos estavam vestidos com o calção azul, a camisa cinza e o lenço vermelho no pescoço – era o uniforme dos Espiões. Winston levantou as mãos acima da cabeça, mas com uma sensação incômoda – o comportamento do garoto era tão agressivo, que aquilo não parecia brincadeira.

– Você é um traidor! –, berrou o garoto – "Você é um criminoso do pensamento! É um espião da Eurásia! Vou atirar, vou te vaporizar, vou te enviar para as minas de sal!"

De repente, as duas crianças começaram a pular em volta dele, gritando "Traidor!" e "criminoso do pensamento!". A pequena garota imitava cada gesto do irmão. Por alguma razão, aquilo era assustador, como as cambalhotas de filhotes de tigre que logo estarão grandes e se tornarão comedores de homens. Havia uma espécie de ferocidade calculista nos olhos do garoto, um desejo evidente de socar ou chutar Winston, além da consciência de que não lhe faltava muito para ser grande o bastante para fazer isso. *Ainda bem que não estou segurando uma pistola de verdade*, pensou Winston.

O olhar da sra. Parsons se movia nervosamente entre Winston e as crianças. À luz mais clara da sala, ele notou, com interesse, que havia mesmo poeira nas rugas do rosto dela.

– Eles fazem tanta algazarra –, disse ela. – Estão frustrados porque não vão ver o enforcamento, é por isso. Estou ocupada demais para levar os dois, e Tom não vai voltar do trabalho a tempo.

– Por que a gente não pode ir ver o enforcamento? –, gritou o garoto com voz potente.

– Quero ver o enforcamento! Quero ver o enforcamento! –, cantarolou a garotinha, ainda saltitando em volta de Winston.

Alguns prisioneiros eurasianos, culpados de crimes de guerra, seriam enforcados no parque naquela noite, Winston lembrou. Isso acontecia em média uma vez por mês e era um espetáculo popular. As crianças faziam questão de serem levadas para assisti-los. Despediu-se da sra. Parsons e dirigiu-se à porta. Mal havia dado seis passos no corredor quando algo lhe golpeou a nuca, causando uma dor lancinante. Foi como se tivessem lhe fincado um fio em brasa. Winston virou-se a tempo de ver a sra. Parsons arrastando o filho apartamento adentro enquanto o garoto guardava um estilingue no bolso.

– Goldstein! –, berrou o menino enquanto a porta se fechava. Mas o que mais impressionou Winston foi o olhar impotente de medo no rosto cinzento da mulher.

De volta ao apartamento, passou rápido pela teletela e tornou a sentar-se à mesa, ainda massageando a nuca. A música da teletela fora interrompida. Em vez dela, uma voz militar entrecortada lia, com uma espécie de prazer cruel, uma descrição dos armamentos da nova Fortaleza Flutuante que acabava de ser ancorada entre a Islândia e as Ilhas Faroe.

Convivendo com estas crianças, pensou ele, aquela mulher miserável deve levar uma vida de terror. Mais um ano ou dois, e eles passariam a vigiá-la noite e dia buscando sinais de heterodoxia. Hoje em dia, praticamente todas as crianças eram terríveis. O pior era que, por meio de organizações como os Espiões, elas eram transformadas em pequenos selvagens incontroláveis, de maneira sistemática, mas não se produzia nelas a menor inclinação para se rebelarem contra a disciplina do Partido. Pelo contrário: elas adoravam o Partido e tudo que a ele estivesse relacionado. As músicas, os desfiles, as bandeiras, as caminhadas, os exercícios com rifles de brinquedo, a gritaria dos *slogans*, o culto ao Grande Irmão – tudo isso era uma espécie de jogo maravilhoso para eles. Toda sua agressividade era dirigida para fora, contra os inimigos do Estado, dos estrangeiros, traidores, sabotadores e dos criminosos do pensamento. Chegava a ser natural que as pessoas acima de trinta anos tivessem medo de seus próprios filhos. E com razão: quase toda semana o *Times* publicava uma notícia descrevendo como um pequeno bisbilhoteiro – "pequeno herói" era a expressão usada – ouvira às escondidas algum comentário comprometedor e denunciado seus pais à Polícia da Mente.

A ardência do projétil do estilingue já tinha passado. Meio desanimado, Winston pegou sua caneta, se perguntando se teria algo mais para escrever no diário. De repente, voltou a pensar em O'Brien.

Anos atrás – quantos? Uns sete anos, talvez – ele sonhara que estava caminhando por uma sala totalmente escura. E alguém sentado a seu lado lhe disse quando ele passou: "Vamos nos encontrar no lugar onde não há escuridão". A frase lhe foi dita com muita tranquilidade, nada premeditada – antes uma afirmação do que uma ordem. Winston seguiu caminhando, sem parar. O curioso é que, naquela época, no sonho, as palavras não lhe causaram qualquer impressão particular. Só mais tarde e aos poucos elas pareceram ganhar significado. Já não conseguia se lembrar se foi antes ou depois do sonho que ele vira O'Brien pela primeira vez, tampouco se lembrava quando identificara pela primeira vez a voz de O'Brien. Mas, de todo modo, a identificação existiu. O'Brien é quem falara com ele no escuro.

Winston nunca soubera – mesmo após a troca de olhares daquela manhã, ainda era impossível ter certeza – se O'Brien era um amigo ou um inimigo. Mas isso não parecia ter importância. Havia um elo de entendimento entre eles, mais importante do que o afeto ou o apoio a uma causa comum. "Vamos nos encontrar no lugar onde não há escuridão", ele dissera. Winston não sabia o que a frase significava, apenas que, de uma maneira ou de outra, aquilo se tornaria realidade.

A voz da teletela pausou. Um toque de clarim, nítido e belo, pairou no ar estagnado. A voz continuou, estridente:

– Atenção! Atenção, por favor! Uma notícia acaba de chegar do *front* Malabar. Nossas tropas no sul da Índia conquistaram uma magnífica vitória. Estou autorizado a afirmar que a ação que noticiamos neste momento tem consideráveis chances de nos aproximar do fim da guerra. Aqui está a notícia urgente...

Más notícias a caminho, pensou Winston. E, de fato, logo após uma descrição sanguinolenta da aniquilação do exército eurasiano, com cifras fantásticas de mortos e prisioneiros, veio o anúncio que, a partir da semana seguinte, a ração de chocolate seria reduzida de trinta para vinte gramas.

Winston arrotou de novo. O efeito do gim estava passando, deixando uma sensação de vazio. A teletela – talvez para celebrar a vitória – talvez para afogar a lembrança do chocolate perdido – atacou com "Oceânia, glória a ti". Você deveria ficar em posição de sentido. No entanto, de onde ele estava, não podia ser visto.

"Oceânia, glória a ti" deu lugar a uma música mais leve. Winston caminhou até a janela, sempre de costas para a teletela. O dia ainda estava frio e sem nuvens. Em algum lugar ao longe, um míssil explodiu com um estrondo surdo e reverberante. Entre vinte e trinta deles caíam sobre Londres toda semana.

Na rua, o vento fazia o pôster rasgado tremular para frente e para trás, e a palavra SOCING surgia e desaparecia. SOCING. Os princípios sagrados do SOCING. A novilíngua, o duplipensar, a mutabilidade do passado. Winston sentiu-se como se estivesse vagando pelas florestas do fundo do mar, perdido em um mundo monstruoso onde ele mesmo era o monstro. Estava sozinho. O passado estava morto, o futuro era inimaginável. Que certeza ele poderia ter que uma única criatura humana estivesse a seu lado? E como saber que o domínio do Partido não duraria para sempre? Como se recebesse uma resposta, os três *slogans* na fachada branca do Ministério da Verdade lhe ocorreram novamente:

GUERRA É PAZ
LIBERDADE É ESCRAVIDÃO
IGNORÂNCIA É FORÇA

Tirou do bolso uma moeda de vinte e cinco centavos. Também nela, em letras minúsculas, mas nítidas, estavam inscritos os mesmos *slogans*, e do outro lado da moeda o rosto do Grande Irmão. Até na moeda, você era perseguido pelos olhos dele. Nas moedas, nos selos, nas capas de livros, nas bandeiras, nos cartazes e na embalagem de um maço de cigarro – em todo lugar. Os olhos sempre observando a pessoa, e a voz a envolvendo. Dormindo ou acordado, trabalhando ou comendo, dentro ou fora de casa, no banho ou na cama, não há saída. Com exceção dos poucos centímetros cúbicos dentro de seu crânio, nada lhe pertencia.

O sol avançava, e as inúmeras janelas do Ministério da Verdade, com a luz que deixara de incidir sobre elas, pareciam sombrias como as brechas de uma fortaleza. O coração de Winston estremecia diante do enorme vulto piramidal. O edifício era sólido demais, não havia como atacá-lo. Nem mil mísseis o derrubariam. Perguntou-se novamente para quem ele estava escrevendo aquele diário. Para o futuro, para o passado – para uma época talvez imaginária. E, diante dele, não estava a morte, mas a aniquilação. O diário seria reduzido a cinzas; e ele, a vapor. Apenas a Polícia da Mente leria o que ele escrevera antes de eliminarem as páginas da existência e da memória. Como se poderia apelar ao futuro quando nem um traço seu, sequer uma palavra anônima rabiscada num pedaço de papel poderia ter uma sobrevivência material?

A teletela marcava quatorze horas. Winston devia sair em dez minutos. Tinha que estar de volta ao trabalho às quatorze e trinta.

Curiosamente, o soar da hora pareceu ter-lhe dado novo ânimo. Ele era um fantasma solitário proferindo uma verdade que ninguém jamais ouviria. Só que, enquanto ele a afirmasse, de alguma maneira obscura a continuidade não se romperia. Não era se fazendo ouvir, mas mantendo a sanidade mental é que você mantinha o legado humano. Voltou à mesa, molhou a pena da caneta e escreveu:

> *Para o futuro ou para o passado, para um tempo em que o pensamento é livre, em que homens são diferentes uns dos outros e não vivem sozinhos – para um tempo em que a verdade existe e o que é feito não pode ser desfeito:*
> *Da era de uniformidade, da era da solidão, da era do Grande Irmão, da era do duplipensar – saudações!*

Ele já estava morto, refletiu. Parecia-lhe que só agora, quando começava a ser capaz de formular seus pensamentos, deu o passo decisivo. As consequências de cada ato são incluídas no próprio ato. Escreveu:

Crimepensar não acarreta a morte: crimepensar É a morte.

Agora que ele se reconhecia como um homem morto, era importante manter-se vivo o maior tempo possível. Dois dedos de sua mão direita estavam sujos de tinta. Este era exatamente o tipo de detalhe que poderia entregar uma pessoa. Algum fanático bisbilhoteiro no Ministério (uma mulher, provavelmente: alguém como a mulher de cabelo castanho ou a garota de cabelo escuro do Departamento de Ficção) poderia começar a se perguntar por que ele estava escrevendo no intervalo do almoço, por que estava usando uma caneta antiquada, *o que* teria escrito – e então fazer alguma insinuação em um local apropriado. Winston foi até o banheiro e esfregou com cuidado a tinta com um sabão marrom-escuro que raspava sua mão como uma lixa e, portanto, ideal para aquele propósito.

Guardou o diário na gaveta. Não fazia o menor sentido pensar em escondê-lo, mas pelo menos ele poderia ter certeza se sua existência tinha sido descoberta. Um fio de cabelo deixado na extremidade das páginas era algo óbvio demais. Com a ponta do dedo, recolheu um pequeno grão reconhecível de poeira branca e o depositou em um canto da capa, de onde cairia caso alguém mexesse no caderno.

Capítulo 3

Winston estava sonhando com sua mãe.

Ele devia ter uns dez ou onze anos de idade quando sua mãe sumiu, pensou. Ela era uma mulher de poucas palavras, alta, imponente, de movimentos lentos e com magníficos cabelos louros. Do pai, ele tinha uma lembrança menos nítida: um homem moreno e magro, vestido sempre com roupas escuras e elegantes (Winston se lembrava, em particular, das solas finíssimas de seus sapatos) e usava óculos. Ambos certamente tinham sido engolidos em um dos primeiros expurgos dos anos cinquenta.

Naquele momento, sua mãe estava sentada em algum lugar muito abaixo dele, com sua irmã mais nova no colo. A lembrança que Winston guardava da irmã era a de um bebê minúsculo, frágil, sempre quieto, olhos grandes e atentos. As duas olhavam para ele. Estavam em algum lugar subterrâneo – talvez o fundo de um poço ou uma sepultura muito profunda – mas era um lugar que, mesmo muito abaixo dele, continuava a descer. Estavam no salão de um navio que naufragava, olhando para ele através da água que escurecia. Ainda havia ar no salão, as duas ainda podiam vê-lo e ele a elas, mas as duas continuavam afundando nas águas verdes que dali a instantes faria com que elas sumissem de vista para sempre. Ele estava fora, na luz e no espaço, enquanto elas eram sugadas para a morte, e estavam lá embaixo *porque* ele estava aqui em cima. Ele sabia disso, e elas sabiam disso, e o semblante delas deixava claro que elas sabiam. Porém, não havia censura no rosto ou no coração delas, apenas a compreensão de que deveriam morrer para que ele pudesse continuar vivo, e isso fazia parte da ordem inevitável das coisas.

Ele não conseguia se lembrar do que acontecera, mas em seu sonho sabia que, de algum modo, as vidas de sua mãe e irmã haviam sido sacrificadas em benefício da sua. Era um desses sonhos que, embora mantivesse o característico cenário onírico, são a continuação da vida intelectual da pessoa, no qual ela adquire consciência dos fatos e ideias que continuam parecendo novos e valiosos depois de despertar. O que de repente impactou Winston foi perceber que a morte de sua mãe, quase trinta anos antes, tinha sido trágica e dolorosa de um modo que hoje não seria mais possível. Deu-se conta de que a tragédia pertencia a tempos antigos, a um tempo em que ainda havia privacidade, amor e amizade, e em que os membros de uma família se apoiavam mutuamente sem precisar saber o porquê. A lembrança de sua mãe dilacerava seu coração porque ela o amava quando morreu, uma época em que ele era jovem e egoísta demais para retribuir seu amor, e porque, de alguma maneira – ele não se lembrava como – ela tinha se sacrificado por uma concepção de lealdade privada e inalterável. Ele percebia que estas coisas não poderiam acontecer agora. Agora o medo, o ódio e a dor estavam presentes, mas não havia emoções dignas, nem tristezas profundas ou complexas. Winston parecia ver isso tudo nos grandes olhos de sua mãe e de sua irmã, que o miravam de lá de baixo através da água verde, centenas de metros abaixo, e ainda afundando.

De repente, ele se viu em pé sobre um gramado macio, em uma noite de verão em que os raios oblíquos do sol douravam o solo. A paisagem que ele olhava era tão recorrente em seus sonhos que nunca tinha total certeza de tê-la visto no mundo real. Em seus devaneios, ele a chamava de Terra Dourada. Era um gramado antigo, marcado por mordiscadas de coelhos, atravessado por uma trilha sinuosa, com morrinhos de toupeira aqui e acolá. Na sebe irregular no lado oposto do campo, os ramos dos olmos balançavam muito de leve na brisa, e suas folhas se moviam em massas densas como o cabelo de uma mulher. Em algum lugar bem próximo, mas fora de seu campo de visão, havia um córrego límpido de águas lentas, onde pequenas trutas nadavam nas poças sob os salgueiros.

A garota de cabelos escuros vinha pelo campo em sua direção. Com um único movimento, ela arrancou as roupas e jogou-as de lado com desdém. Seu corpo era branco e suave, mas Winston não sentia desejo. Na verdade, ele mal olhou para o corpo dela. Estava tomado de admiração com o gesto da moça jogando as roupas de lado. Gracioso e espontâneo, o gesto parecia aniquilar toda a cultura, todo um sistema de pensamento, como se o Grande Irmão, o Partido e a Polícia da Mente pudessem ser jogados no nada com um único e deslumbrante movimento de braço. Aquele gesto também era característico dos velhos tempos. Winston acordou com a palavra "Shakespeare" nos lábios.

A teletela emitia um apito ensurdecedor que continuou por trinta segundos. Eram sete e quinze, hora que os funcionários de escritório deviam se levantar. Winston arrancou o próprio corpo para fora da cama – nu, pois um membro do Partido Exterior recebia apenas três mil cupons de vestiário por ano, sendo que um pijama custava seiscentos – e pegou uma camiseta encardida e um calção largados em uma cadeira. As Atividades Físicas começariam em três minutos. No instante seguinte, ele se viu todo curvado com uma tosse violenta que quase sempre o atacava assim que acordava. A tosse esvaziara seus pulmões de tal modo que ele só conseguiu respirar de novo quando se deitou de costas e inspirou fundo várias vezes. O esforço da tosse fez com que suas veias inchassem, e a úlcera varicosa começou a coçar.

– Grupo de trinta a quarenta!, ganiu uma voz feminina estridente. – Grupo trinta a quarenta! Em seus lugares, por favor. Trinta a quarenta!

Winston colocou-se em posição de sentido diante da teletela, onde já havia aparecido a imagem de uma mulher jovem, esquálida mas musculosa, vestida com roupas de ginástica e tênis.

– Dobrando os braços, esticando os braços!, ela berrava. – Junto comigo, no meu ritmo! *Um*, dois, três, quatro! *Um*, dois, três, quatro! Vamos lá, camaradas, mais energia nesses movimentos! *Um*, dois, três, quatro! *Um*, dois, três, quatro! ...

A dor do acesso de tosse não tinha afastado por completo da mente de Winston a impressão causada pelo sonho, e os movimentos rítmicos do exercício a trouxeram parcialmente de volta. Enquanto balançava os braços para a frente e para trás de forma mecânica, estampando no rosto uma expressão de prazer compenetrado – considerada adequada para a prática dos exercícios físicos –, esforçava-se para levar o pensamento de volta ao obscuro período de sua primeira infância. Era dificílimo. Todas as lembranças posteriores ao final dos anos 1950 haviam se apagado. Não havendo qualquer registro externo a ser usado como referência, até mesmo os contornos de sua própria vida perdiam a nitidez. Você se lembrava de grandes eventos que provavelmente não tinham ocorrido, lembrava-se de detalhes de incidentes sem conseguir recuperar o clima que os envolvia, e havia longos períodos em branco aos quais você não conseguia associar nada. Naquele tempo tudo era diferente. Mesmo os nomes dos países, suas formas no mapa, era tudo diferente. A Pista de Pouso Um, por exemplo, não tinha esse nome na época: era chamada de Inglaterra ou Grã-Bretanha, embora Londres – disso ele tinha certeza – sempre tivera esse nome.

Winston não conseguia se lembrar, de jeito nenhum, de uma época em que seu país não estivesse em guerra, mas era evidente que houvera um prolongado intervalo de paz durante sua infância porque uma de suas lembranças mais antigas foi a de um ataque aéreo que parecia ter pego todo mundo de surpresa. Talvez tenha sido na época em que a bomba atômica foi atirada em Colchester. Ele não se lembrava do ataque em si, mas lembrava-se da mão de seu pai apertando a sua enquanto os dois desciam correndo, cada vez mais para baixo, em um lugar profundo na terra, dando voltas e mais voltas em uma escada espiral que retinia sob seus pés, cansando tanto suas pernas que ele começou a choramingar e os dois tiveram que parar para descansar. Sua mãe, com seu jeito lento e distraído, vinha logo atrás deles. Ela carregava sua irmãzinha – ou quem sabe fosse apenas uma trouxa de cobertores: ele não tinha certeza se sua irmã já tinha nascido nessa época. Chegaram, afinal, a um lugar barulhento e lotado de gente, que ele percebera ser uma estação de metrô.

Havia pessoas sentadas sobre todo o piso de pedra, e outras, aglomeradas, sentadas em beliches de metal, empilhadas umas sobre as outras. Winston, sua mãe e seu pai encontraram um lugar no chão, e perto deles havia um velho e uma velha sentados lado a lado em um beliche. O velho usava um terno escuro e elegante e um boné preto de tecido colocado para trás, revelando seu cabelo muito branco: seu rosto estava rubro e seus olhos azuis, cheios de lágrimas. Ele fedia a gim. O gim parecia exalar de sua pele como suor, e dava para imaginar que as lágrimas que lhe escorriam dos olhos eram puro gim. Mas embora meio bêbado, ele também sofria de alguma dor que era autêntica e insuportável. De sua perspectiva infantil, Winston entendeu que alguma coisa terrível, algo imperdoável e irremediável, acabara de acontecer. Parecia saber que coisa era essa. Alguém que o velho amava – uma netinha, talvez – havia morrido. A cada dois ou três minutos, o velho repetia:

– A gente não devia ter confiado neles. Bem que eu falei, não foi, mãe? É nisso que dar confiar neles. Eu falei isso o tempo todo. A gente não devia ter confiado naqueles canalhas.

Mas que canalhas eram aqueles em quem eles não deveriam ter confiado, Winston não conseguia se lembrar.

Desde então, a guerra vinha sendo praticamente contínua, embora, a rigor, não tivesse sido sempre a mesma guerra. Na infância de Winston, ao longo de vários meses, tinha havido confusas brigas de rua na própria Londres, e de algumas delas ele guardava uma nítida lembrança. Mas seria impossível recuperar a história de todo aquele período, dizer quem lutava contra quem em um dado momento, uma vez que nenhum registro escrito ou oral jamais fazia menção a alguma conjuntura política diferente da vigente à época. Naquele momento, por exemplo, em 1984 (se é que estavam em 1984), a Oceânia estava em guerra com a Eurásia e em aliança com a Lestásia. Em nenhuma declaração pública ou privada admitia-se que as três potências tivessem em algum momento se agrupado em alianças diferentes. Na verdade, como Winston sabia muito bem, fazia só quatro anos que a Oceânia estava em guerra com a Lestásia e em aliança com a Eurásia. Mas este era apenas um fato oculto do qual ele por acaso tinha conhecimento pelo fato de sua memória não estar totalmente controlada. Oficialmente, a troca de aliados jamais acontecera. A Oceânia estava em guerra com a Eurásia; portanto, a Oceânia *sempre* estivera em guerra com a Eurásia. O inimigo do momento sempre representava o mal absoluto, o que impossibilitava qualquer acordo com ele, fosse no passado ou no futuro.

O assustador, refletiu Winston pela décima milésima vez enquanto forçava os ombros dolorosamente para trás (com as mãos nos quadris, deviam girar a cintura, um exercício supostamente benéfico para os músculos das costas), – o assustador é que tudo aquilo poderia ser verdade. Se o Partido era capaz de manipular o passado e dizer que este ou aquele evento *jamais acontecera* – isso certamente era mais aterrorizante do que a simples tortura e a morte.

O Partido dizia que a Oceânia nunca fizera alianças com a Eurásia. Ele, Winston Smith, sabia que a Oceânia estivera em aliança com a Eurásia não menos de quatro anos antes. Mas de onde vinha tal conhecimento? Apenas em sua própria consciência que, de todo modo, logo seria aniquilada. E se todos os outros aceitassem a mentira imposta pelo Partido – se todos os registros contavam a mesma história – então a mentira entrava para a história e tornava-se verdade. "Quem controla o passado", dizia o *slogan* do Partido, "controla o futuro: quem controla o presente controla o passado". E, no entanto, o passado, apesar de sua natureza alterável, jamais fora alterado. Tudo que era verdade agora fora verdade desde sempre, a vida toda. Era muito simples: bastava criar uma série interminável de vitórias sobre a própria memória. Chamavam isso de "Controle da realidade"; em novilíngua: *duplipensar*.

"Descansar", berrou a instrutora, de modo um pouco mais gentil.

Winston largou os braços ao longo do corpo e lentamente voltou a encher os pulmões de ar. Sua mente deslizou para mundo labiríntico do duplipensar. Saber e não saber, ter a consciência de mostrar-se completamente honesto enquanto se conta mentiras cuidadosamente elaboradas; defender ao mesmo tempo duas opiniões que se anulam uma à outra, sabendo que ambas são contraditórias e acreditando em ambas; usar a lógica contra a lógica; repudiar a moralidade e ao mesmo tempo defendê-la; acreditar que a democracia era impossível e que o Partido era um guardião da democracia; esquecer o que fosse necessário esquecer, e então trazer os fatos de volta à memória quando fosse necessário, e depois esquecer tudo novamente; e, acima de tudo, aplicar o mesmo processo ao processo em si. Esta era a verdadeira sutileza: induzir conscientemente a inconsciência e, então, mais uma vez, tornar-se inconsciente do ato de hipnose que se acabou de realizar. Entender, inclusive, que a palavra *duplipensar* envolvia o uso do duplipensar.

A instrutora chamou-os de volta à posição de sentido. – E agora vamos ver quem consegue tocar os dedos do pé! – disse com entusiasmo. Sem dobrar os joelhos, camaradas. *Um*, dois! *Um*, dois!

Winston odiava esse exercício, que lhe causava dores agudas que iam dos calcanhares às nádegas, e costumava lhe provocar outro ataque de tosse. A sensação desagradável tomou conta de seus pensamentos. O passado, ele refletiu, não tinha sido simplesmente alterado; na verdade, ele fora destruído. Como fazer para verificar até mesmo o mais óbvio dos fatos quando não havia registros para além de sua própria memória? Tentou se lembrar em que ano ouvira a primeira menção ao Grande Irmão. Achava que tinha sido em algum momento dos anos 1960, mas era impossível ter certeza. Nas histórias do Partido, é claro que o Grande Irmão figurava como o líder e guardião da Revolução desde os seus primeiríssimos dias. Suas façanhas haviam sido gradualmente empurradas para trás no tempo, até chegar ao mundo fabuloso das décadas de 1940 e 1930, quando os capitalistas, com seus estranhos chapéus cilíndricos, ainda circulavam pelas ruas de Londres em grandes automóveis reluzentes ou em carruagens com laterais de vidro. Mas era impossível saber o quanto havia de verdade nessa lenda e o quanto era inventado. Winston não conseguia se lembrar sequer da data em que o próprio Partido passara a existir. Achava que não escutara a palavra Socing antes de 1960, mas talvez o termo em *velhalíngua* – ou seja, "socialismo inglês", era o que significava – já existisse. Tudo se desmanchava numa névoa. Às vezes, de fato, era possível apontar uma mentira evidente. Por exemplo, não era verdade, como afirmavam os livros de história do Partido, que o Partido inventara os aviões. Ele se lembrava de ter visto aviões em sua primeira infância. Mas não dava para provar nada. Nunca havia provas de nada. Uma única vez em sua vida inteira ele tivera nas mãos uma prova inequívoca da falsificação de um fato histórico. E, naquela ocasião...

– Smith!, gritou a voz rabugenta da teletela –. 6079, Smith, W.! Sim, *você*! Incline-se mais, por favor! Você consegue mais do que isso. Não está se esforçando. Incline-se mais, por favor! Assim, *isso*!, agora melhorou, camarada. Posição de descanso, todo o pelotão. Olhem pra mim.

Um suor quente e repentino brotou por todo o corpo de Winston. A expressão de seu rosto continuava impenetrável. Nunca dê sinais de desânimo! Nunca demonstre ressentimento! Um leve tremor dos olhos poderia denunciá-lo. Ele ficou observando enquanto a instrutora ergueu os braços sobre a cabeça – impossível dizer "graciosamente", mas com notável precisão e eficiência –, inclinou-se e encaixou a ponta dos dedos das mãos sob os dedos do pé.

– *Assim*, camaradas! É *assim* que eu quero ver vocês fazendo. Olhem pra mim de novo. Eu tenho trinta e nove anos e quatro filhos. Agora olhem –. Ela se curvou novamente – Como vocês veem, meus joelhos não estão dobrados. Todos vocês também conseguem isso, basta querer –, acrescentou, endireitando o corpo. – Qualquer pessoa com menos de quarenta e cin co anos é perfeitamente capaz de tocar os dedos dos pés. Nem todos temos o privilégio de lutar na linha de frente, mas pelo menos podemos nos manter em forma. Pensem em nossos rapazes no *front* de Malabar! E nos marinheiros das Fortalezas Flutuantes! Imaginem só tudo o que eles têm que aguentar. Agora tentem de novo. Assim está melhor, camaradas, assim está muito melhor! – ela acrescentou em um tom encorajador, enquanto Winston, em um movimento brusco, conseguiu tocar os dedos dos pés sem dobrar os joelhos pela primeira vez em muitos anos.

Capítulo 4

Com um suspiro profundo e inconsciente que nem mesmo a proximidade da teletela poderia impedi-lo de soltar quando seu dia de trabalho começava, Winston puxou o ditafone para perto, soprou a poeira do bocal e pôs os óculos. Na sequência, desenrolou e prendeu com um clipe os quatro pequenos cilindros de papel que o tubo pneumático já despejara no lado direito de sua mesa.

Nas paredes do cubículo havia três orifícios. À esquerda do ditafone, um pequeno tubo pneumático para mensagens escritas; à esquerda, um mais largo para os jornais; e na parede lateral, ao alcance da mão de Winston, uma grande fenda retangular protegida por uma grade de arame. Esta última servia para o descarte de resíduos de papel. Aberturas similares existiam aos milhares ou dezenas de milhares em todo o prédio; não apenas em cada sala, mas também à distância de alguns metros em cada corredor. Por alguma razão, elas receberam o apelido de buracos da memória. Quando alguém sabia que um documento qualquer precisava ser destruído, ou até mesmo quando se deparava com um pedaço de papel usado, automaticamente esta pessoa levantava a tampa do buraco da memória mais próximo e o jogava nele; dali o papel seria levado, em uma corrente de ar quente, até as imensas fornalhas escondidas em algum lugar canto do edifício.

Winston examinou as quatro folhas de papel que tinha desenrolado. Em cada uma delas via-se uma mensagem de apenas uma ou duas linhas, no jargão abreviado – não propriamente em novilíngua, mas contendo uma maioria de palavras em novilíngua – usado pelos funcionários do Ministério nas comunicações internas. Dizia:

times 17.3.84 retificar discurso gi áfrica mal noticiado
times 19.12.83 checar edição hoje previsões quarto trimestre 83 erros impressão
times 14.2.84 retificar chocolate malcitado minirrico
times 3.12.83 reportagem gi ordem do dia duplimaisnãobom ref despessoas reescrever todamente mostrarsup antearquivar

Com uma leve sensação de satisfação, Winston colocou a quarta mensagem de lado. Era uma tarefa complicada e que demandava responsabilidade, seria melhor lidar com ela por último. As outras três eram assuntos de rotina, embora a segunda talvez envolvesse uma checagem tediosa de uma lista de números.

Winston digitou "edições anteriores" sobre a teletela e pediu as edições do *Times* de que precisava, e minutos depois elas deslizavam pelo tubo pneumático. As mensagens recebidas se referiam a artigos ou reportagens que, por alguma razão, deviam ser alterados ou, como dizia o jargão oficial, *retificados*. Por exemplo, a edição do *Times* de 17 de março dava a entender que, em um discurso proferido na véspera, o Grande Irmão previra que a situação permaneceria tranquila no *front* do sul da Índia, mas que uma ofensiva eurasiana seria em breve lançada no Norte da África. O que realmente aconteceu foi que o Alto Comando da Eurásia lançara uma ofensiva no sul da Índia, deixando o Norte da África em paz. Portanto, foi preciso reescrever um parágrafo do discurso do Grande Irmão, de um modo que o fizesse prever o que de fato ocorreu. Ou ainda: no *Times* de 19 de dezembro publicara as estimativas oficiais de produção de várias mercadorias no quarto trimestre de 1983, que era, ao mesmo tempo, o sexto trimestre do Nono Plano Trienal. A edição daquele dia trazia uma informação sobre o real volume de produção, a partir da qual percebia-se que as previsões originais estavam completamente erradas. A tarefa de Winston era retificar os números originais, fazendo-os corresponder aos resultados mais recentes. A terceira mensagem, por sua vez, fazia referência a um erro muito simples, que poderia ser corrigido em alguns minutos. Pouco tempo antes, em fevereiro, o Ministério da Riqueza fizera uma promessa ("um compromisso categórico", no jargão oficial) de que não haveria reduções na ração de chocolate em 1984. Na verdade, como Winston já sabia, a ração de chocolate seria reduzida de trinta gramas para vinte no final daquela semana. Bastava substituir a promessa original por um aviso de que provavelmente seria necessário reduzir a ração em abril.

Assim que Winston acabou de lidar com cada uma das mensagens, juntou as correções ditafonadas às respectivas edições do *Times* e as introduziu no tubo pneumático. A seguir, com um movimento quase inconsciente, amassou as mensagens originais e algumas anotações que ele mesmo tinha feito e atirou-as no buraco da memória para serem devoradas pelas chamas.

Winston não conhecia os detalhes do que acontecia no labirinto invisível ao qual os tubos pneumáticos conduziam, mas tinha uma ideia geral do processo. Depois de realizadas todas as correções necessárias em uma edição determinada do *Times*, a edição seria reimpressa, a cópia original seria destruída, e a cópia corrigida seria arquivada em seu lugar. Esse processo de contínua alteração valia não apenas para jornais, mas também para livros, periódicos, panfletos, cartazes, folhetos, filmes, trilhas sonoras, desenhos animados e fotografias – para todo tipo de literatura ou documentação que pudesse conter algum significado político ou ideológico. Dia a dia, e quase minuto a minuto, o passado era atualizado. Desta forma, era possível comprovar, com evidências documentais, que cada uma das previsões feitas pelo Partido havia sido acertada; qualquer notícia ou manifestação de opinião que conflitasse com as necessidades do momento era apagada dos registros. A história se resumia a um palimpsesto, raspado e reescrito tantas vezes quanto fosse necessário. Uma vez realizada a tarefa, não seria jamais possível provar a ocorrência de alguma falsificação. A maior seção do Departamento de Registros, muito maior do que aquela que Winston trabalhava, era composta de pessoas cuja obrigação era rastrear e recolher todas as cópias de livros, jornais e outros documentos que tinham sido substituídos e que precisavam ser destruídos. Em razão de mudanças no alinhamento político, ou de profecias equivocadas feitas pelo Grande Irmão, uma edição do *Times* poderia ser reescrita uma dúzia de vezes e permanecer com sua data original, e não existiria nenhuma outra cópia que pudesse contradizê-la. Os livros também eram recolhidos e reescritos inúmeras vezes, e eram sempre republicados sem qualquer menção às alterações feitas nas novas edições. Mesmo as instruções por escrito que Winston recebia, das quais ele se livrava assim que terminava o trabalho, nunca reconheciam ou davam a entender que um ato de falsificação havia sido cometido: a referência era sempre a deslizes, equívocos, erros de impressão ou citações incorretas que precisavam ser corrigidos em prol da exatidão.

Mas, na verdade, pensou ele enquanto reajustava os números do Ministério da Riqueza, aquilo não era sequer falsificação; tratava-se, simplesmente, de substituir um absurdo por outro. A maior parte do material com que lidavam ali não tinha qualquer conexão com o mundo real, nem mesmo o tipo de conexão contida em uma mentira descarada. As estatísticas eram tão fantasiosas em sua versão original quanto na versão retificada. Na maioria das vezes, esperava-se que os funcionários inventassem números a seu bel-prazer. Por exemplo, segundo a previsão do Ministério da Riqueza, estimara-se uma produção trimestral de botas de cento e quarenta e cinco milhões de pares. A produção real ficou em sessenta e dois milhões. Porém, Winston, ao reescrever a previsão, baixou os números para cinquenta e sete milhões, de modo a permitir a alegação habitual de que a cota de produção havia sido superada. De todo modo, sessenta e dois milhões não estavam mais próximos da verdade do que cinquenta e sete milhões, ou ainda os cento e quarenta e cinco milhões. Era muito mais provável que nenhuma bota tivesse sido fabricada. Era mais provável que ninguém soubesse quantos pares tinham sido fabricados, e tampouco quisesse saber. Tudo o que se sabia é que, segundo o que constava no papel, a cada trimestre um número astronômico de botas era fabricado, embora talvez metade da população da Oceânia andasse descalça pelas ruas. E o mesmo ocorria com todo tipo de fato documentado, fosse ele grande ou pequeno. Tudo desaparecia em um mundo de sombras em que, no fim das contas, não havia certeza nem mesmo em relação ao ano em que estavam.

Winston olhou para o outro lado da sala. No cubículo correspondente ao seu, do outro lado, um homenzinho com um ar meticuloso e de cavanhaque escuro chamado Tillotson trabalhava de modo ritmado com um jornal dobrado no colo, e a boca bem próxima ao bocal do ditafone. Dava a impressão de estar preocupado com o que dizia, mantendo tudo em segredo entre ele e a teletela. Ele ergueu os olhos, e seus óculos lançaram um brilho hostil na direção de Winston.

Winston mal conhecia Tillotson, e não tinha ideia de qual era o trabalho dele. No Departamento de Registros, as pessoas não costumavam falar abertamente sobre seus trabalhos. Na sala comprida e sem janelas, com a fila dupla de cubículos e o interminável farfalhar de papéis e o zumbido de vozes murmurando nos ditafones, havia uma dúzia de pessoas cujo nome Winston sequer sabia, embora as visse diariamente correndo de lá para cá pelos corredores e gesticulando nos Dois Minutos de Ódio. Ele sabia que no cubículo próximo ao seu, a pequena mulher de cabelo castanho labutava dia após dia rastreando e eliminando na imprensa os nomes das pessoas que tinham sido vaporizadas, e que, portanto, não poderiam ter existido. Havia certa coerência nisso, já que o marido dela havia sido vaporizado uns dois anos antes. E, algumas estações de trabalho mais adiante, um sujeito tranquilo, ineficiente e distraído chamado Ampleforth, com uma profusão de pelos nas orelhas e um talento surpreendente para lidar com rimas e métricas, era encarregado de produzir versões adulteradas – que eram chamados de textos definitivos – de poemas que haviam sido considerados ideologicamente ofensivos, mas que, por algum motivo, deveriam ser mantidos nas antologias. E aquele salão, com cerca de cinquenta funcionários, era somente uma subseção, uma única célula, por assim dizer, na enorme complexidade do Departamento de Registros. Mais adiante, acima e abaixo, havia outros enxames de funcionários envolvidos em uma inimaginável infinidade de funções. Havia enormes gráficas com seus subeditores, seus especialistas em tipografia e seus estúdios altamente sofisticados para a falsificação de fotografias. Havia ainda a seção de teleprogramas com engenheiros, produtores e equipes de atores especialmente escolhidos por sua habilidade de imitar vozes. Havia os exércitos de escriturários, cujo único trabalho era elaborar listas de livros e periódicos que deveriam ser recolhidos. Havia vastos depósitos onde os documentos retificados eram armazenados, e fornalhas escondidas onde as cópias originais eram destruídas. E, em algum lugar não identificado, totalmente anônimos, encontrava-se a cúpula de cérebros que coordenavam todo aquele esforço e estabeleciam as diretrizes políticas que tornavam necessária a preservação deste fragmento do passado, a falsificação daquele outro, ou a completa eliminação de um terceiro fragmento.

No fim das contas, o Departamento de Registros era apenas uma divisão do Ministério da Verdade, cuja função principal não era reconstruir o passado, mas abastecer os cidadãos da Oceânia com jornais, filmes, livros didáticos, programas de teletela, peças de teatro e romances – todo tipo imaginável de informação, instrução ou entretenimento, de uma estátua a um *slogan*, de um poema lírico a um tratado de biologia, e de uma cartilha de caligrafia a um dicionário de novilíngua. E ao Ministério cabia não apenas atender às múltiplas necessidades do Partido, mas também reproduzir toda esta operação em um nível inferior, para o proletariado. Havia toda uma cadeia de departamentos dedicados especificamente à literatura, à música, ao teatro e ao entretenimento em geral, tudo voltado ao público proletário. Ali eram produzidos jornais sensacionalistas cujo conteúdo se limitava a esportes, crimes e astrologia; folhetins baratos; filmes repletos de cenas de sexo; canções sentimentais compostas de modo inteiramente mecânico em uma espécie de caleidoscópio conhecido como versificador. Havia inclusive uma subseção inteira – chamada de *Pornodiv* em novilíngua – encarregada de produzir o tipo mais baixo de pornografia, despachada em pacotes lacrados, aos quais nenhum membro do Partido, exceto os envolvidos em sua produção, tinha acesso.

Enquanto Winston trabalhava, o tubo pneumático despejara três mensagens em sua escrivaninha; eram tarefas simples, que ele terminou antes de ser interrompido pelos Dois Minutos de Ódio. Quando o Ódio terminou, voltou a seu cubículo, retirou da prateleira o *Dicionário de Novilíngua*, afastou o ditafone para o lado, limpou os óculos e deu início à sua principal atividade da manhã.

O trabalho era o maior prazer da vida de Winston. A maior parte de suas tarefas consistia em uma rotina entediante, mas que também incluía tarefas tão difíceis e intrincadas que o faziam perder-se nelas, como nas profundezas de um problema de matemática – trabalhos delicados de falsificação sobre os quais não havia qualquer orientação, exceto sua familiaridade com os princípios do Socing e uma ideia aproximada do que o Partido queria que fosse dito. Winston era bom nesse tipo de coisa. Algumas vezes, chegou a receber a incumbência de retificar os editoriais do *Times*, que eram todos escritos em novilíngua. Desenrolou a mensagem que deixara de lado no começo do dia. Ela dizia:

> *times 3.12.83 reportagem gi ordem do dia duplimaisnãobom ref despessoas reescrever todamente mostrarsup antearquivar*
>
> Em *velhalíngua* (ou inglês padrão) esse texto poderia ser lido:
>
> *A reportagem sobre a Ordem do Dia, pronunciada pelo Grande Irmão e publicada no* Times *de 3 de dezembro de 1983, é extremamente insatisfatória e faz referências a pessoas que não existem. Reescreva-a por completo e apresente seu rascunho a seus superiores antes de arquivar.*

Winston leu a matéria de conteúdo ofensivo. Ao que parecia, a intenção da Ordem do Dia do Grande Irmão tinha sido elogiar o trabalho de uma organização conhecida como FFCC, que fornecia cigarros e outras regalias aos marinheiros das Fortalezas Flutuantes. Um certo camarada Withers, membro proeminente do Núcleo do Partido, recebera uma menção especial e fora condecorado com a Ordem do Mérito Conspícuo, Segunda Classe.

Três meses depois, a FFCC foi dissolvida, de uma hora para outra e sem nenhuma razão aparente. Podia-se supor que Withers e seus companheiros tivessem caído em desgraça, mas não se falou deste assunto na imprensa nem na teletela. Nenhuma surpresa nisso, pois quase nunca os transgressores políticos eram conduzidos a julgamento ou mesmo denunciados publicamente. Os grandes expurgos envolvendo milhares de pessoas, com julgamentos públicos de traidores e criminosos do pensamento que faziam confissões abjetas de seus crimes e então eram executados, serviam como punições raras e exemplares, que ocorriam em média a cada dois anos. O mais comum era que pessoas que causavam algum desagrado ao Partido simplesmente desaparecessem e nunca mais se ouviria falar delas. Ninguém tinha a menor ideia do que acontecia a elas. Em alguns casos, elas poderiam nem estar mortas. Talvez umas trinta pessoas que Winston conhecia pessoalmente, sem contar seus pais, haviam desaparecido.

Winston coçou suavemente o nariz com um clipe. Na estação de trabalho do outro lado do corredor, o camarada Tillotson continuava debruçado sobre o ditafone. Ergueu a cabeça por um momento: de novo, o brilho hostil dos óculos. Winston se perguntou se o camarada Tillotson estava fazendo o mesmo tipo de trabalho que ele. Era perfeitamente possível. Uma tarefa complicada como aquela jamais seria confiada a apenas uma pessoa; por outro lado, entregá-la a um comitê equivaleria a admitir abertamente que alguma adulteração estava ocorrendo. Muito provavelmente havia no mínimo uma dúzia de pessoas envolvidas na elaboração de versões que divergiam daquilo que o Grande Irmão de fato dissera. E então algum mentor intelectual do Núcleo do Partido selecionaria esta ou aquela versão, a reeditaria e acionaria os processos e indispensáveis complexos de referências cruzadas; assim, a mentira selecionada entraria para os registros permanentes, tornando-se verdade.

Winston não sabia por que Withers havia caído em desgraça. Talvez por corrupção ou incompetência. Talvez o Grande Irmão estivesse apenas se livrando de um subordinado excessivamente popular. Talvez Withers ou alguém próximo a ele fosse suspeito de ter tendências heréticas. Ou talvez – o mais provável – tudo tenha acontecido porque expurgos e vaporizações eram uma parte necessária para o mecanismo do governo. As únicas pistas concretas estavam nas palavras *ref despessoas*: um indício de que Withers já estava morto. Não havia como supor que isso sempre acontecia a todas as pessoas detidas. Em certos casos, o preso era libertado e autorizado a permanecer um ou dois anos em liberdade antes de ser executado. Muito de vez em quando uma pessoa que todos julgavam morta há tempos fazia uma reaparição fantasmagórica em algum julgamento público, onde ela comprometeria centenas de outras em seu testemunho antes de desaparecer – desta vez para sempre. No entanto, Withers já era uma *despessoa*. Não existia; nunca tinha existido. Winston concluiu que não bastaria simplesmente inverter a tendência do discurso do Grande Irmão. Melhor seria que seu conteúdo passasse a ser totalmente desconectado do assunto original.

Ele poderia transformar o discurso na habitual denúncia de traidores e criminosos do pensamento; mas isso era um pouco óbvio demais; por outro lado, se inventasse uma vitória no *front* ou algum triunfo relacionado ao excesso de produção no Nono Plano Trienal poderia complicar demais os registros. O que se precisava era uma peça de pura fantasia. De repente lhe veio à mente uma imagem praticamente sob medida: a de certo camarada Ogilvy, que morrera recentemente em combate em circunstâncias heroicas. Havia ocasiões em que o Grande Irmão dedicava sua Ordem do Dia à celebração de algum membro humilde e comum do Partido cuja vida e morte eram exibidas como exemplos dignos de ser seguidos. Hoje ele renderia homenagens ao camarada Ogilvy. Na verdade, nunca existira nenhum camarada Ogilvy, mas bastavam algumas linhas impressas, e duas ou três fotos falsas para trazê-lo à existência.

Winston pensou por um instante, puxou o ditafone e começou a ditar no estilo familiar do Grande Irmão: um estilo ao mesmo tempo militar e pedante e que, graças a uma artimanha que consistia em fazer perguntas para logo na sequência respondê-las ("Que lições aprendemos com este fato, camaradas? A lição – que também é um dos princípios fundamentais do Socing – é que etc."), era fácil de imitar.

Aos três anos de idade, o camarada Ogilvy mostrara rejeição a todos os seus brinquedos, exceto um tambor, uma metralhadora e um helicóptero em miniatura. Aos seis anos, graças a uma autorização especial – um ano antes do que permitia o regulamento – ele se juntara aos Espiões; aos nove, já era líder da tropa. Aos onze, denunciara um tio à Polícia da

Mente depois de ouvir às escondidas uma conversa que lhe pareceu conter tendências criminosas. Aos dezessete, foi organizador distrital da Liga Juvenil Antissexo. Aos dezenove, projetou uma granada de mão que foi adotada pelo Ministério da Paz e que, em seu primeiro teste, matou trinta e um prisioneiros eurasianos de uma vez. Aos vinte e três, morreu em combate. Perseguido por jatos inimigos ao sobrevoar o Oceano Índico com remessas importantes, amarrou a metralhadora ao próprio corpo e saltou do helicóptero em alto-mar, com remessas e tudo – um fim, disse o Grande Irmão, que era impossível contemplar sem sentir inveja. O Grande Irmão acrescentou algumas observações sobre a pureza e a determinação que marcaram a vida do camarada Ogilvy. Ele era abstêmio, não fumava e nunca se divertia a não ser por uma hora diária no ginásio, e fizera voto de celibato, julgando que o casamento e o cuidado com a família seriam incompatíveis com a devoção absoluta ao dever. Quando conversava, seus assuntos se limitavam aos princípios do Socing, e sua única aspiração na vida era derrotar o inimigo eurasiano e perseguir espiões, sabotadores, criminosos do pensamento e traidores em geral.

Winston ponderou a possibilidade de conceder ao camarada Ogilvy a Ordem do Mérito Conspícuo; por fim, decidiu não fazê-lo, considerando o trabalho desnecessário de referências cruzadas que isso envolveria.

Olhou novamente de relance para seu rival no cubículo do lado oposto. Algo parecia lhe assegurar que Tillotson fazia o mesmo trabalho que ele. Era impossível saber qual das versões acabaria sendo adotada no final, mas Winston tinha a profunda convicção de que seria a sua. O camarada Ogilvy, que uma hora antes não existia nem na imaginação, agora era um fato. Achou curioso que fosse possível criar homens mortos, mas não vivos. O camarada Ogilvy, que nunca existira no presente, agora existia no passado; e, assim que o ato de falsificação fosse esquecido, ele existiria de um modo tão autêntico – e com as mesmas evidências – quanto Carlos Magno ou Júlio César.

Capítulo 5

Na cantina de teto baixo no subsolo, a fila do almoço avançava lentamente. O salão já estava lotado e o barulho era ensurdecedor. Da grade do balcão escapava o bafo do ensopado, com um cheiro azedo e metálico que não encobria completamente os vapores do gim Victory. Na outra extremidade do salão, havia um pequeno bar, um mero buraco na parede, onde se podia comprar por dez centavos uma dose grande de gim.

– Exatamente a pessoa que eu procurava –, disse alguém atrás de Winston.

Ele se virou. Era seu amigo Syme, que trabalhava no Departamento de Pesquisas. Talvez *amigo* não fosse a palavra mais adequada. Naqueles dias ninguém mais tinha amigos, só camaradas: mas a companhia de alguns camaradas era mais agradável do que a de outros. Syme era filólogo, especialista em novilíngua. Na verdade, era membro da enorme equipe de especialistas encarregada de compilar a décima primeira edição do *Dicionário de Novilíngua*. Ele era uma criatura minúscula, menor que Winston, de cabelo escuro e grandes olhos protuberantes, ao mesmo tempo tristes e zombeteiros, que pareciam examinar de perto a fisionomia do interlocutor enquanto falava com ele.

– Queria saber se você não teria uma lâmina de barbear – disse ele.

– Nenhuma! – respondeu Winston depressa, como quem se sente culpado. – Procurei em toda parte. Não existe mais.

Todo mundo vivia lhe pedindo lâminas de barbear. Na verdade, Winston tinha duas lâminas sem uso, que estava guardando. Fazia meses que elas estavam em falta. Sempre havia algum artigo essencial que as lojas do Partido não conseguiam fornecer. Às vezes, eram botões, outras vezes lã para cerzir, ou então cadarços; naquele momento, eram lâminas de barbear. Só era possível comprá-las vasculhando meio que às escondidas no mercado "livre".

– Já faz seis semanas que estou usando a mesma lâmina – acrescentou, mentindo.

A fila deu um pequeno solavanco, e avançou um pouquinho. Quando pararam, ele se virou, e voltou a encarar Syme. Cada um deles pegou uma bandeja de metal engordurada da pilha na beirada do balcão.

– Você foi ver o enforcamento dos prisioneiros ontem? – disse Syme.

– Eu estava trabalhando, respondeu Winston, indiferente – Imagino que eles vão exibir no cinema.

– Um substituto bastante inadequado –, disse Syme.

Seus olhos zombeteiros examinaram o rosto de Winston. "Eu conheço você", os olhos pareciam dizer; "eu consigo enxergar através de você. Sei muito bem por que você não foi ver o enforcamento daqueles prisioneiros". Com seu estilo intelectual, Syme era virulentamente ortodoxo. Exibindo uma satisfação malévola, ele falava de ataques de helicópteros contra vilarejos inimigos, de julgamentos e confissões de criminosos do pensamento, das execuções nos porões do Ministério do Amor. Falar com ele envolvia, muitas vezes, o esforço de desviá-lo desses assuntos e envolvê-lo, quando possível, nos aspectos técnicos da novilíngua, assunto de seu interesse, e que ele dominava. Winston virou a cabeça um pouco de lado para evitar o olhar inquisidor de Syme.

– Foi um bom enforcamento – disse Syme, lembrando-se do que presenciara – Só acho que estraga quando eles amarram os pés dos prisioneiros. Gosto de ver quando eles esperneiam. E, mais do que tudo, no fim, a língua esticada para fora, em azul, um azul intenso. É minha parte predileta.

– Próximo, por favor! –, berrou o proleta de avental branco e de concha na mão.

Winston e Syme empurraram suas bandejas por debaixo da grade. Para cada um foi despejado o almoço padrão: uma marmita de metal contendo um ensopado de cor rosa acinzentado, um pedaço de pão, um cubo de queijo, uma caneca de café Victory sem leite e um tablete de sacarina.

– Tem uma mesa ali, debaixo daquela teletela –, disse Syme. – Vamos pegar um gim no caminho.

O gim foi servido em canecas de porcelana sem asa. Atravessaram em zigue-zague o salão lotado e colocaram as bandejas em uma mesa com tampo metálico. Em um canto da mesa, alguém deixara uma poça de ensopado, uma nojeira que parecia vômito. Winston apanhou sua caneca de gim, parou um instante para criar coragem e engoliu de uma vez a coisa com gosto de óleo. Depois de piscar várias vezes para expulsar as lágrimas dos olhos, de repente percebeu que estava com fome. Começou a devorar o ensopado em grandes colheradas, um caldo aguado preparado com desleixo, com cubos de uma coisa rosa e esponjosa, e provavelmente com carne. Nenhum dos dois voltou a falar até esvaziarem suas marmitas. Na mesa à esquerda, logo atrás de Winston, alguém falava rápido e sem fazer pausas, uma tagarelice áspera que lembrava um pato grasnando, e que se sobressaía em meio à algazarra do salão.

– Como está indo o Dicionário? – perguntou Winston, elevando o tom de voz para ser ouvido.

– Devagar – disse Syme. – Estou nos adjetivos. É fascinante.

Ele logo se animou com a menção de Winston à novilíngua. Empurrou a marmita de lado, segurou o pedaço de pão delicadamente com uma mão, o queijo com a outra, e se inclinou sobre a mesa para poder falar sem gritar.

– A décima primeira edição é a definitiva – disse. – Estamos dando à língua a sua forma final – a forma que ela vai ter quando ninguém mais falar outra coisa. Quando tivermos terminado, pessoas como você vão precisar aprender tudo de novo. Imagino que você pense que nosso trabalho principal é inventar novas palavras. Longe disso! Estamos é destruindo palavras – dezenas delas, centenas delas, todos os dias. Estamos reduzindo a língua ao osso. A décima primeira edição não terá uma só palavra que se tornará obsoleta antes do ano 2050.

Ele devorou um pedaço de seu pão, engoliu duas colheradas do ensopado, e então continuou a falar, com uma espécie de paixão pedante. Seu rosto escuro e magro havia se animado, seus olhos tinham perdido sua expressão zombeteira e exibiam agora um ar quase sonhador.

– É uma coisa linda, a destruição de palavras! Claro que o grande desperdício está nos verbos e adjetivos, mas há centenas de substantivos que também podem ser descartados. Não só os sinônimos; também os antônimos. Afinal, o que justifica termos uma palavra que é simplesmente o contrário de outra? Uma palavra contém em si mesma o seu sentido oposto. Pegue o exemplo de *bom*. Se você tem uma palavra como *bom*, qual é a necessidade de uma palavra como *mau*? *Desbom* serve muito bem – e até melhor, porque é seu exato oposto, o que não é o caso de *mau*. Ou então, se você precisar de uma versão mais intensa de *bom*, de que adianta ter toda uma série de palavras inúteis e de sentido vago, como *excelente*, *esplêndido* e todas as demais? *Maisbom* resolve o problema; ou então *duplimaisbom*, caso você queira algo ainda mais intenso. Claro que nós já usamos essas formas, mas, na versão final da novilíngua, não haverá mais nada. No fim, todo o conceito de bondade e maldade poderá ser expresso por apenas seis palavras – na verdade, uma única palavra. Não vê a beleza disso, Winston? Claro que, na origem, esta foi uma ideia do G.I., acrescentou ele, uma lembrança que acabara de lhe ocorrer.

Winston exibia no rosto uma espécie de vaga ansiedade diante da menção ao Grande Irmão. Mesmo assim, Syme imediatamente detectou certa falta de entusiasmo.

– Você não parece mostrar muito apreço pela novilíngua, Winston –, ele disse, quase com tristeza. –

Mesmo quando você escreve, ainda está pensando na *velhalíngua*. Li alguns daqueles artigos que você escreve para o *Times* de vez em quando. São bastante bons, mas são traduções. No fundo, você preferia continuar com a *velhalíngua*, com todas suas imprecisões e nuances de sentido inúteis. Você não entende a beleza que existe na destruição das palavras. Você sabia que a novilíngua é a única língua no mundo com um vocabulário que a cada ano fica menor?

Claro que Winston já sabia disso. Deu um sorriso tentando mostrar simpatia, mas sentia-se inseguro para dizer qualquer coisa. Syme mordeu mais um naco do pão escuro, mastigou-o depressa e continuou:

Você não percebe que o verdadeiro objetivo da novilíngua é estreitar a amplitude do pensamento? No fim, teremos tornado o crimepensar literalmente impossível porque não haverá palavras para expressá-lo. Cada conceito necessário será expresso por apenas *uma* palavra, que terá seu significado rigidamente definido; todos os significados secundários serão apagados ou esquecidos. Já na décima primeira edição não estamos longe disso. Mas o processo ainda continuará muito depois que você e eu estivermos mortos. Menos e menos palavras a cada ano, e a consciência com um alcance cada vez menor. Mesmo agora, claro, não existe razão ou desculpa para cometer o crimepensar. É uma mera questão de autodisciplina, de controle da realidade. Mas, no final, nem mesmo isso será necessário. A Revolução estará completa quando a linguagem for perfeita. A novilíngua é o Socing, e o Socing é a novilíngua – acrescentou com uma espécie de satisfação mística. – Já lhe ocorreu, Winston, que por volta do ano 2050, no mais tardar, nem um único ser humano vivo será capaz de entender uma conversa como esta que estamos tendo agora?

– Com exceção dos... –, começou Winston, hesitante, e então se calou.

Estava na ponta de sua língua dizer "com exceção dos proletas", mas se conteve, pois não tinha certeza se essa declaração não seria de alguma forma inortodoxa. Syme, contudo, adivinhou o que ele ia dizer.

– Os proletas não são seres humanos – disse, indiferente. Por volta de 2050, talvez antes, todo o real conhecimento da *velhalíngua* terá sido destruído. Chaucer, Shakespeare, Milton, Byron – eles vão existir somente em suas versões em novilíngua, não serão apenas transformados em algo diferente, mas transformados em algo que será uma contradição em relação ao que costumavam ser. Até a literatura do Partido será diferente. Até os *slogans* serão diferentes. Como se pode ter um *slogan* como "Liberdade é escravidão" quando o conceito de liberdade já foi abolido? Toda a maneira de pensar será diferente. Na verdade, não haverá pensamento como nós o entendemos hoje. A ortodoxia significa não pensar – não haver a necessidade de pensar. A ortodoxia é a inconsciência.

Qualquer dia desses, Syme vai ser vaporizado, pensou Winston, com uma repentina e firme convicção. Ele é inteligente demais. Percebe tudo com muita clareza e diz as coisas sem rodeios. O Partido não gosta desse tipo de gente. Um dia ele vai desaparecer. Está escrito em seu rosto.

Winston tinha terminado seu pão com queijo. Virou um pouco de lado na cadeira para tomar o café.

Na mesa à esquerda, o homem de voz estridente continuava falando, implacável. Uma jovem, que talvez fosse sua secretária e que estava sentada de costas para Winston, escutava-o e parecia concordar plenamente com tudo que ele dizia. De vez em quando, Winston ouvia uma afirmação do tipo "acho que você tem razão; concordo plenamente", dita por uma jovem com uma voz ridícula. Porém, a outra voz não dava um minuto de trégua, mesmo quando a jovem estava falando. Winston conhecia o homem de vista, embora soubesse apenas que ele ocupava algum cargo importante no Departamento de Ficção. Era um homem de uns trinta anos, com um pescoço musculoso e uma boca grande em movimento ininterrupto. Mantinha a cabeça levemente inclinada para trás; e, devido ao ângulo em que estava sentado, seus óculos refletiam a luz, fazendo com que Winston visse dois círculos em branco no lugar dos olhos. O que era de certa forma horrível é que da enxurrada de sons que jorrava de sua boca era praticamente impossível distinguir uma única palavra. Em uma única vez, Winston captou a frase "eliminação completa e final do goldsteinismo" balbuciada com grande rapidez, e que parecia um único bloco, como uma linha de tipos que tivessem sido soldados uns aos outros. De resto, não passava de ruído, um grasnado interminável. Ainda assim, mesmo que você não conseguisse de fato ouvir o que o homem dizia, não teria dúvida sobre o conteúdo de modo geral. Ele devia estar denunciando Goldstein e exigindo medidas mais severas contra os criminosos do pensamento e os sabotadores; devia estar vociferando contra as atrocidades do exército eurasiano; devia estar elogiando o Grande Irmão ou os heróis no *front* de Malabar – não fazia diferença. Fosse o que fosse, uma coisa era certa: cada palavra de seu discurso era pura ortodoxia, puro Socing. Enquanto observava aquele rosto sem olhos, com um maxilar se movendo rápido para cima e para baixo, Winston teve a curiosa sensação de que aquele não era um ser humano de verdade, mas uma espécie de boneco. O que falava não era o cérebro de um homem; era sua laringe. As coisas que saíam dele eram compostas de palavras, mas isso não era um discurso no verdadeiro sentido da palavra; era um ruído emitido de modo inconsciente, como o grasnar de um pato.

Syme silenciou por um momento, e com o cabo da colher fazia desenhos na poça do ensopado. A voz da outra mesa continuava grasnando com rapidez, claramente audível apesar da algazarra em volta.

– Tem uma palavra em novilíngua –, disse Syme. – Não sei se você a conhece: *patofala*, grasnar feito um pato. É uma palavra interessante, com dois sentidos contraditórios. Quando se refere a um adversário, é um ataque; se refere-se a alguém com quem você concorda, é um elogio.

Não há dúvida de que Syme vai ser vaporizado, Winston pensou novamente, e com uma espécie de tristeza, embora soubesse muito bem que Syme o desprezava e não sentia grande afeto por ele, e que seria bem capaz de denunciá-lo como um criminoso do pensamento se visse razão para isso. Havia algo sutilmente errado com Syme. Faltava-lhe algo: discrição, um distanciamento ou uma estupidez redentora. Não se podia dizer que ele era inortodoxo. Syme acreditava nos princípios do Socing, venerava o Grande

Irmão, alegrava-se com as vitórias, odiava os hereges não apenas com sinceridade, mas com uma espécie de zelo incansável, e mantinha-se sempre a par das informações mais recentes, mais do que qualquer membro comum do Partido. No entanto, havia sempre uma aura de má reputação em torno dele. Ele dizia coisas que era melhor não dizer, havia lido livros demais, frequentava o Café Castanheira, refúgio de pintores e músicos. Não havia lei, escrita ou não escrita, que impedisse alguém de frequentar o Café Castanheira, mas o lugar era cercado de maus presságios. Os antigos líderes do Partido, agora desacreditados, costumavam se reunir ali antes de serem finalmente expurgados. Dizia-se que o próprio Goldstein tinha sido visto ali algumas vezes, décadas atrás. Não era difícil de prever o destino de Syme. No entanto, não havia dúvida de que, se Syme percebesse, mesmo que durante três segundos, a natureza das opiniões secretas de Winston, imediatamente o denunciaria à Polícia da Mente. Aliás, qualquer pessoa faria isso; mas Syme o faria antes de qualquer outro. Não se tratava simplesmente de zelo. A ortodoxia era a inconsciência.

Syme ergueu os olhos. – Lá vem o Parsons –, disse.

Algo em seu tom de voz parecia acrescentar "aquele pobre idiota". Parsons, vizinho de Winston nas Mansões Victory, estava de fato cruzando o salão – um homem rechonchudo de estatura média com cabelo louro e uma cara de sapo. Aos trinta e cinco anos, ele já acumulara pneus de gordura no pescoço e na cintura; mas seus movimentos eram enérgicos e joviais. Tinha a aparência de um menino que cresceu demais, a ponto de, embora ele vestisse o macacão do uniforme, ser quase impossível não pensar nele vestido com o calção azul, a camiseta cinza e o lenço vermelho dos Espiões. Ao pensar nele, a imagem que se tinha dele era a de uma figura com covinhas nos joelhos e mangas arregaçadas nos braços rechonchudos. De fato, quando surgia a oportunidade de uma caminhada comunitária ou de qualquer outra atividade física, ele sempre a aproveitava para usar novamente o calção. Parsons cumprimentou os dois com um alegre "Olá, olá" e sentou-se à mesa, exalando um intenso fedor de suor. Gotículas de suor cobriam todo o seu rosto rosado. Sua capacidade de transpirar era extraordinária. No Centro Comunitário, dava sempre para descobrir se ele estivera lá jogando pingue-pongue: bastava verificar se o cabo da raquete estava úmido. Syme tinha na mão uma tira de papel com uma longa coluna de palavras, e a estudava com um lápis-tinta entre os dedos.

– Olhe só para ele, trabalhando no horário do almoço –, disse Parsons, cutucando Winston –. Dedicado, você, hein? O que você tem aí, garotão? Aposto que é alguma coisa bem cabeçuda. Smith, garotão, deixa eu dizer por que estou perseguindo você. É por conta daquela *contri* que você esqueceu de me passar.

– Que *contri* é essa? – disse Winston, já apalpando os próprios bolsos em busca de dinheiro. Cerca de um quarto do salário deveria ser reservado para contribuições voluntárias, difíceis de controlar, de tão numerosas.

– Para a Semana do Ódio. Lembra? A coleta de porta em porta. Sou o tesoureiro do nosso quarteirão. Estamos fazendo uma campanha intensiva: vamos produzir um espetáculo sensacional. Te digo uma coisa: não vai ser minha culpa se as velhas Mansões Victory não tiverem o maior número de bandeiras em toda a rua. Você ficou de me dar dois dólares.

Winston lhe entregou duas notas amassadas e encardidas, que Parsons registrou em uma caderneta com a caligrafia bem-desenhada de um analfabeto.

– Aliás, garotão – disse ele –, ouvi dizer que o meu molequinho acertou você ontem com o estilingue. Já passei um belo dum sermão nele. Na verdade, eu disse que se ele fizer isso de novo, fica sem o estilingue.

– Acho que ele ficou um pouco chateado por não ter ido ver a execução – disse Winston.

– Ah, bom... Quer dizer, acho que ele tem razão, não é mesmo? São uns pirralhos sacanas, os dois, mas... são bem espertinhos! A única coisa que interessa a eles são os Espiões, além da guerra, é claro. Sabe o que a minha menina aprontou sábado passado, no meio de uma caminhada do pelotão dela na região de Berkhampsted? Ela convenceu duas outras garotas a acompanhá-la, largaram o grupo e passaram a tarde toda seguindo um homem esquisito. Ficaram na cola dele por duas horas no meio da mata; e, então, quando chegaram em Amersham, entregaram ele às patrulhas.

– Mas por que elas fizeram isso? – perguntou Winston, um tanto surpreso. Parsons prosseguiu triunfante:

– Minha filha tinha certeza que ele era um tipo de agente inimigo; pode ter caído ali de paraquedas. Mas aí é que está, garotão: pra começo de conversa, por que você acha que ela começou a desconfiar do cara? Ela reparou que ele estava usando um tipo engraçado de sapatos – disse que nunca tinha visto antes alguém usando aqueles sapatos. Então, tudo indicava que ele fosse estrangeiro. Espertinha para uma garotinha de sete anos, não acha?

– O que aconteceu com o homem? – perguntou Winston.

– Ah, isso eu não já não sei dizer. Mas não eu ficaria nada surpreso se... – Parsons fez o gesto de quem aponta um rifle e estalou a língua para imitar o som do tiro.

– Muito bom – comentou Syme, distraído, sem tirar os olhos de sua tira de papel.

– Claro que a gente não pode se arriscar – concordou Winston, cumprindo com sua obrigação.

– O que estou querendo dizer é que estamos numa guerra –, disse Parsons.

E como se fosse uma confirmação desta fala, um toque de clarim soou da teletela logo da cabeça deles. Porém, dessa vez, não era a proclamação de uma vitória militar, mas apenas um pronunciamento do Ministério da Riqueza.

– Camaradas! – gritou com uma voz jovem e entusiasmada. – Atenção, camaradas! Trazemos a vocês uma esplêndida notícia. Vencemos a batalha da produção! Relatórios recentes sobre a produção de todo tipo de bens de consumo mostram que o nível de vida cresceu nada menos que vinte por cento em relação ao ano passado. Hoje pela manhã, em toda a Oceânia, houve manifestações espontâneas incontroláveis, em que trabalhadores deixaram as fábricas e escritórios e desfilaram pelas ruas com bandeiras, expressando sua gratidão ao Grande Irmão pela vida nova e feliz que nos foi concedida graças à sua sábia liderança. Aqui estão algumas das estatísticas completas. Gêneros alimentícios...

A frase "vida nova e feliz" foi repetida diversas vezes. Em tempos recentes, elas estavam entre as frases prediletas do Ministro da Riqueza. O som do clarim chamou a atenção de Parsons, que ficou ouvindo com uma solenidade embasbacada, uma espécie de tédio iluminado. Não conseguia entender os números, mas percebia que, de alguma forma, eram motivo de satisfação. Segurava agora um cachimbo grande, semicompleto com tabaco carbonizado. Com a ração de tabaco racionada a 100 gramas semanais, raramente era possível encher um cachimbo por completo. Winston fumava um cigarro Victory, que mantinha com cuidado na horizontal. A nova ração só estaria disponível no dia seguinte e lhe restavam apenas quatro cigarros. A esta altura, ele já se desligara dos ruídos mais distantes e escutava o que era transmitido pela teletela. Pareciam ter ocorrido manifestações de agradecimento ao Grande Irmão por ter elevado a ração de chocolate para vinte gramas por semana. E ontem mesmo, ele se lembrou, tinham anunciado que a ração seria *reduzida* para vinte gramas por semana. Será que as pessoas tinham engolido aquilo, somente vinte e quatro horas depois? Sim, eles engoliam. Parsons engoliu com facilidade, com a estupidez de um animal. A criatura sem olhos da outra mesa engoliu aquilo de modo fanático, apaixonado, alimentado por um desejo furioso de seguir, denunciar e vaporizar qualquer pessoa que insinuasse que, na última semana, a ração de chocolate tinha sido de trinta gramas. Syme também – de um modo mais complexo, que envolvia o duplipensar – engoliu aquilo. Quer dizer, então, que ele era o *único* a possuir uma memória?

As estatísticas prodigiosas continuavam a ser despejadas na teletela. Em comparação com o ano anterior, havia mais comida, mais roupas, mais casas, mais móveis, mais panelas, mais combustível, mais navios, mais helicópteros, mais livros, mais bebês – mais de tudo, exceto doenças, crimes e loucura. Ano após ano, minuto após minuto, todas as pessoas e todas as coisas passavam por um rápido crescimento. Assim como Syme fizera antes, Winston segurava sua colher e remexia o molho de cor clara que escorrera na mesa, desenhando uma forma regular em uma longa trilha da substância. Ressentido, ele meditava sobre a textura física da vida. A vida teria sido sempre assim? Será que a comida sempre teve esse gosto? Percorreu a cantina com o olhar. Um salão de teto baixo, lotado, com paredes encardidas devido ao contato de inúmeros corpos; mesas e cadeiras de metal surradas, tão próximas umas das outras que, ao se sentar, tocava-se o cotovelo da pessoa ao lado; colheres tortas, bandejas amassadas e toscas canecas brancas; todas as superfícies gordurosas, com sujeira em cada rachadura; e um cheiro azedo, que era uma mistura de gim e café ruins, ensopado com gosto metálico e roupas sujas. No estômago e na pele, havia o tempo todo uma espécie de protesto, uma sensação de que você havia sido roubado de algo a que tinha direito. Era verdade que Winston não tinha lembranças de nada que fosse muito diferente. Parecia a mesma coisa em qualquer época de que ele era capaz de lembrar com exatidão: nunca havia comida suficiente, ninguém tinha meias ou roupas de baixo que não estivessem cheias de buracos, todos os móveis estavam sempre bambos e danificados, os aposentos mal-aquecidos, o metrô superlotado, as casas caíam aos pedaços, o pão sempre escuro, o chá uma raridade, o café tinha um gosto asqueroso, os cigarros insuficientes – nada era barato e abundante, com exceção do gim sintético. E embora, é claro, tudo piorasse à medida que o corpo envelhecia, isso não seria um sinal de que *não* fazia parte da ordem natural das coisas o fato de o coração de alguém ficar apertado com o desconforto, a sujeira e a escassez, com os invernos intermináveis, as meias grudentas, os elevadores que nunca funcionavam, a água gelada, o sabão áspero, os cigarros que se esfarelavam, a comida com seu gosto estranho e ruim? Alguém só poderia ter a sensação de que aquilo tudo era intolerável caso houvesse algum tipo de memória ancestral de que um dia as coisas haviam sido diferentes.

Voltou a percorrer a cantina com o olhar. Quase todos eram feios, e continuariam sendo feios mesmo que vestissem outra roupa que não fosse o macacão azul do uniforme. Na outra extremidade do salão, sentado sozinho a uma mesa, um homem pequeno, com uma curiosa aparência de besouro, tomava café, com seus olhinhos cheios de suspeita espiando de um lado e de outro. Como era fácil, pensou Winston, se você evitasse olhar ao redor, acreditar que o tipo físico estabelecido como ideal pelo Partido – jovens altos e musculosos, e donzelas de seios fartos, cabelo louro, cheias de vida, queimadas de sol, despreocupadas – não só existia como predominava. Na verdade, até onde ele era capaz de estimar, a maioria dos habitantes da Pista de Pouso Um era de pessoas pequenas, escuras e pouco favorecidas. Era curioso como aquele tipo que lembrava um besouro proliferava nos ministérios: homem baixinhos e atarracados que ficavam corpulentos muito cedo na vida, de pernas curtas, movimentos rápidos e arredios, rostos rechonchudos inescrutáveis e olhos muito pequenos. Este era o tipo que parecia florescer melhor sob o domínio do Partido.

O pronunciamento do Ministério da Riqueza terminou com outro toque de clarim, que deu lugar a uma música metálica. Parsons, ligeiramente entusiasmado pelo bombardeio de números, retirou o cachimbo da boca.

– Sem dúvida, o Ministério da Riqueza fez um bom trabalho este ano –, disse ele balançando a cabeça com um ar de entendido. – Falando nisso, Smith, meu garotão, será que você não teria uma lâmina de barbear para me arrumar?

– Não tenho – respondeu Winston – Estou usando a mesma lâmina faz seis semanas.

– Bom... achei que valia a pena te perguntar, garotão.

– Sinto muito – disse Winston.

A voz grasnada que vinha da mesa ao lado, brevemente silenciada durante o pronunciamento do Ministério, recomeçara, estridente como sempre. Por algum motivo, Winston de repente se viu pensando na sra. Parsons, com seu cabelo ralo e poeira nos vincos do rosto. Dentro de dois anos, aquelas crianças estariam denunciando a mãe à Polícia da Mente. A sra. Parsons seria vaporizada. Syme seria vaporizado. Winston seria vaporizado. O'Brien seria vaporizado. Parsons, por outro lado, nunca seria vaporizado. A criatura sem olhos com a voz de pato nunca seria vaporizada. Os homenzinhos parecidos com besouros que percorriam lépidos os corredores labirínticos dos ministérios – esses também nunca seriam vaporizados. E a garota de cabelo escuro, a garota do Departamento de Ficção, também nunca seria vaporizada. Winston teve a sensação de saber, instintivamente, quem sobreviveria e quem morreria, embora não fosse fácil determinar o que exatamente garantia a sobrevivência.

Naquele mesmo momento, ele foi arrancado de seu devaneio com um empurrão violento. A garota na mesa ao lado tinha se virado um pouco e olhava para ele. Era a garota de cabelo escuro. Ela o olhava meio de lado, mas com curiosa intensidade. No instante em que os dois se encararam, ela desviou o olhar.

Winston sentiu o suor lhe escorrendo pela espinha. Foi atravessado por uma pontada de terror. Passou quase que na mesma hora, mas deixou um incômodo inquietante. Por que ela o observava? Por que continuava a segui-lo? Infelizmente, não conseguia se lembrar se ela já estava na mesa quando ele se sentou ou se chegara depois. De qualquer forma, no dia anterior, durante os Dois Minutos de Ódio, ela estava sentada logo atrás sem um motivo aparente para que o fizesse. Era muito provável que o verdadeiro objetivo dela tinha sido ouvi-lo e certificar-se de que ele estava gritando no volume adequado.

Seu pensamento anterior retornou: talvez ela não fosse, na verdade, membro da Polícia da Mente; mas os espiões amadores eram justamente os mais perigosos. Winston não sabia por quanto tempo ela ficou olhando para ele, talvez por uns cinco minutos, e suas feições talvez não estivessem perfeitamente sob controle. Era perigosíssimo deixar os pensamentos vagar quando se estava em um lugar público qualquer ou no campo de visão de uma teletela. Um mínimo detalhe poderia denunciá-lo. Um tique nervoso, um olhar inconsciente de ansiedade, o hábito de murmurar para si mesmo – qualquer coisa que pudesse insinuar alguma anormalidade ou de que você tinha algo a esconder. De todo modo, estampar no rosto uma expressão inadequada (parecer incrédulo quando uma vitória fosse anunciada, por exemplo) era, em si, um delito digno de punição. Havia até mesmo uma palavra para isso em novilíngua: *rostocrime*.

A garota voltou as costas para ele de novo. Talvez não o estivesse seguindo, afinal de contas; talvez tivesse sido coincidência ela se sentar tão perto dele por dois dias seguidos. O cigarro apagou, e ele o colocou com cuidado na beirada da mesa. Terminaria de fumá-lo depois do trabalho, se conseguisse manter o tabaco dentro do cigarro. Era bem provável que a pessoa na mesa ao lado fosse um espião da Polícia da Mente, e muito provável também que dali a três dias ele estivesse nos porões do Ministério do Amor, mas isso não era motivo para desperdiçar uma bagana. Syme tinha dobrado sua tira de papel e guardado no bolso. Parsons recomeçara a falar.

– Já te contei, garotão – disse ele, rindo e mordiscando a ponta do cachimbo – da vez que meus dois moleques tocaram fogo na saia de uma velha no mercado porque viram ela embrulhar salsichas num pôster do G.I.? Chegaram por trás dela sem ela perceber e botaram fogo nela com uma caixa de fósforos. Parece que ela se queimou feio. Que pestinhas, não? Mas são espertos como raposas! O treinamento que os Espiões recebem hoje em dia é de primeira – chega a ser melhor do que no meu tempo. Adivinha o que eles receberam dia desses? Cornetas acústicas para escutar através das fechaduras! Uma noite, minha filhinha trouxe uma dessas pra casa e experimentou na porta da sala. Percebeu que consegue ouvir duas vezes mais do que encostando a orelha no buraco. Claro que é só um brinquedo. Mesmo assim, dá umas boas ideias às crianças, não é mesmo?

Neste momento, a teletela emitiu um assobio estridente. Era o sinal para voltar ao trabalho. De um salto, os três homens se colocaram em pé para disputar um lugar para entrar nos elevadores; com isso, o resto de tabaco caiu do cigarro de Winston.

Capítulo 6

Winston escrevia em seu diário:

> *Aconteceu três anos atrás. Em uma noite escura, numa rua lateral estreita perto de uma das grandes estações de trem. Ela estava parada, perto de uma porta no muro debaixo da lâmpada de um posto que quase não iluminava. Tinha um rosto jovem, com maquiagem carregada. Aliás, foi a maquiagem, a brancura dela, o que mais me atraiu, como se fosse uma máscara, além do vermelho intenso dos lábios. As mulheres do partido nunca pintam o tosto. Não havia mais ninguém na rua e também nenhuma teletela. Ela disse: dois dólares. Eu...*

E então ficou difícil continuar. Ele fechou os olhos e pressionou-os com os dedos, tentando expulsar a imagem que reaparecia. Sentia uma tentação quase irresistível de gritar o mais alto que pudesse um monte de palavrões. Ou bater a cabeça na parede, chutar a mesa e jogar o pote de tinta pela janela – fazer alguma coisa violenta, barulhenta ou dolorosa capaz de apagar a lembrança que o atormentava.

O pior inimigo de uma pessoa, ele refletiu, era seu sistema nervoso. A qualquer momento, a tensão dela poderia se traduzir em algum tipo de sintoma visível. Lembrou-se de um sujeito por quem passara na rua poucas semanas antes; um homem bastante comum, um membro do Partido, entre trinta e cinco e quarenta anos, alto e magro, carregando uma pasta. Estavam a alguns metros de distância quando o lado esquerdo da face do homem de repente se contorceu, num tipo de espasmo. E a cena voltou a acontecer assim que eles se cruzaram: era apenas uma contração muscular, um tremor, rápido como o clique do obturador de uma câmera, mas obviamente acontecia com frequência. Lembrou-se de ter pensado na hora: *esse pobre diabo está perdido*. E o assustador era que, tudo indicava, aquele gesto era inconsciente. O perigo mais mortal de todos era falar durante o sono. E até onde ele soubesse, não havia como se proteger disso.

Respirou fundo e continuou escrevendo:

> *Eu a segui pela porta, atravessamos um quintal até chegarmos à cozinha de um porão. Tinha uma cama encostada na parede e uma lamparina na mesa, com a chama bem fraca. Ela...*

Sentiu os nervos à flor da pele. Teve vontade de cuspir. Ao mesmo tempo em que lembrou da mulher na cozinha no porão, pensou em Katharine, sua esposa. Winston era casado – pelo menos tinha sido casado: provavelmente continuava casado; até onde sabia, sua esposa não estava morta. Ele parecia respirar novamente o odor quente e abafado daquela cozinha, um odor que era uma mistura de insetos, roupas sujas e perfume barato execrável; mesmo assim, sedutor, pois as mulheres do Partido nunca usavam perfume – era inimaginável que o fizessem. Só os proletas usavam perfume. E, na cabeça de Winston, aquele cheiro tinha uma ligação indissociável com o sexo.

O encontro com aquela mulher tinha sido seu primeiro deslize em cerca de dois anos. Claro que envolver-se com prostitutas era proibido, mas esta era uma daquelas regras que, reunindo coragem, a pessoa às vezes violava. Era perigoso, mas não era uma questão de vida ou morte. Ser pego com uma prostituta poderia significar cinco anos em um campo de trabalhos forçados; não mais, se você não tivesse cometido nenhum outro crime. E era algo relativamente descomplicado: bastava evitar ser pego em flagrante. Os bairros mais pobres estavam apinhados de mulheres dispostas a vender o próprio corpo. Algumas se vendiam por uma garrafa de gim, bebida de consumo proibido para os proletas. Fazendo vista grossa, o Partido chegava a estimular a prostituição, que considerava um modo de dar vazão aos instintos que não podiam ser totalmente reprimidos. A devassidão em si não era motivo de preocupação, desde que fosse praticada às escondidas e sem prazer, envolvendo somente mulheres desprezadas, das classes mais baixas. O crime imperdoável era a promiscuidade entre membros do Partido. No entanto – embora este fosse um dos crimes que os acusados nos grandes expurgos invariavelmente confessavam –, era difícil imaginar que isso acontecesse de fato.

O objetivo do Partido não era apenas impedir que homens e mulheres criassem laços de lealdade que talvez não pudessem controlar. O propósito verdadeiro e não declarado era eliminar todo prazer do ato sexual. O inimigo não era tanto o amor, mas o erotismo, tanto dentro como fora do casamento. Todos os casamentos entre membros do Partido tinham que ser aprovados por um comitê especial, e – embora o princípio nunca fosse exposto claramente –, a permissão era sempre recusada se o casal em questão desse a impressão de que havia entre eles algum tipo de atração física. O único propósito reconhecido de casamento era gerar filhos para servirem ao Partido. A relação sexual deveria ser considerada como uma prática levemente repulsiva – como uma lavagem intestinal, por exemplo. Isso tampouco era dito com clareza, mas, de uma forma indireta; era incutido em cada membro do Partido desde a infância. Havia inclusive organizações, como a Liga Juvenil Antissexo, que defendiam o celibato absoluto para ambos os sexos. A ideia era que todas as crianças seriam geradas por inseminação artificial (*insemart*, em novilíngua) e criadas em instituições públicas. Winston estava ciente de que este plano não devia ser levado inteiramente a sério, mas de alguma forma ele se adequava à ideologia geral do Partido. O Partido estava tentando aniquilar o instinto sexual; caso não pudesse aniquilá-lo, tentava pervertê-lo e aviltá-lo. Ele não sabia o porquê disso, mas lhe parecia natural que fosse assim. E, no que dizia respeito às mulheres, os esforços do Partido eram em larga medida bem-sucedidos.

Voltou a pensar em Katharine. Devia fazer nove, dez, quase onze anos – que eles haviam se separado. Era curioso como ele quase nunca pensava nela. Era capaz de passar dias a fio sem lembrar-se de que era casado. Viveram juntos cerca de quinze meses. O Partido não permitia o divórcio, mas incentivava a separação nos casos em que o casal não tivesse filhos.

Katharine era uma moça alta, de cabelo claro, que andava muito ereta e com movimentos esplêndidos. Tinha uma feição atrevida e um rosto aquilino, um rosto que alguém poderia chamar de nobre – até descobrir que não havia praticamente nada por trás de sua aparência. Bem no início na vida em comum dos dois, Winston concluíra – embora talvez fosse apenas porque ele a conhecia mais intimamente do que à maioria das pessoas – que a mente de Katharine era, sem a menor dúvida, a mais estúpida, vulgar e vazia que ele já encontrara. Não conseguia formular um único pensamento que não fosse um *slogan*, e não havia nenhuma imbecilidade que ela não engolisse, se o Partido lhe oferecesse. "A trilha sonora humana", ele a apelidou em sua própria mente. No entanto, poderia ter suportado viver com ela, não fosse por uma única coisa: o sexo.

Assim que ele a tocava, Katharine parecia estremecer e enrijecer. Abraçá-la era como abraçar um boneco articulado de madeira. E o estranho é que mesmo quando ela lhe dava um abraço apertado, ele tinha a sensação de, ao mesmo tempo, ser repelido por ela com toda força. A rigidez de seus músculos dava esta impressão. Ela ficava ali estendida, de olhos fechados, sem resistir nem cooperar, mas se *submetendo*. Era algo extraordinário de tão constrangedor e, depois de certo tempo, ficava horrível. Mesmo assim Winston teria tolerado viver com ela se eles tivessem concordado em manter o celibato. Porém, curiosamente, foi Katharine quem recusou. Deveriam gerar um filho se pudesse, dizia ela. Assim, deram continuidade à atuação, com a frequência de uma vez por semana, a menos que fosse impossível. Ela chegava a lembrá-lo pela manhã, como se aquilo fosse um compromisso a ser cumprido naquela noite e que não poderia ser esquecido. Ela usava duas expressões para isso. Uma era "fazer nenê" e a outra era "nosso dever com o Partido" (sim, ela de fato usava esta expressão). Winston logo começou a sentir verdadeiro pavor quando chegava o dia marcado. Mas, felizmente, não apareceu nenhum filho e, no final, Katharine concordou em desistir de tentar; pouco depois eles se separaram.

Winston deu um suspiro quase inaudível. Pegou de novo a caneta e escreveu:

> *Ela se jogou na cama e, no mesmo instante, sem nenhum tipo de preliminar, da maneira mais grosseira e horrível que você possa imaginar, levantou a saia. Eu...*

Ele se viu ali parado sob a luz fraca da lamparina, com o cheiro de percevejos e de perfume barato em suas narinas; em seu coração, uma sensação de derrota e ressentimento que mesmo naquele momento se confundia com a lembrança do corpo branco de Katharine congelado para sempre pelo poder hipnótico do Partido. Por que tinha que ser sempre assim? Por que ele não podia ter sua própria mulher em vez de eles terem de se engalfinhar daquela maneira asquerosa de tempos em tempos? Porém, uma relação amorosa verdadeira era algo quase impensável. As mulheres do Partido eram todas iguais. Nelas, a castidade era tão arraigada quanto a lealdade ao Partido. Graças a um condicionamento que começava muito cedo, com jogos e água gelada, com o lixo que lhes era enfiado goela abaixo nas escolas, nos Espiões e na Liga Juvenil, com as palestras, os desfiles, as canções, os *slogans* e a música marcial, todo o sentimento natural havia sido arrancado delas. Seu lado racional lhe dizia que deveria haver exceções, mas seu coração não acreditava nisso. Elas eram todas inconquistáveis, como o Partido queria que fossem. E o que ele queria, mais do que ser amado, era destruir aquele muro de virtude, mesmo que fosse por apenas uma vez na vida.

O ato sexual bem-sucedido era uma rebelião. O desejo era um *crimepensar*. Mesmo que ele tivesse despertado o desejo em Katharine, se ele tivesse conseguido isso, teria sido como uma sedução, ainda que ela fosse a sua esposa.

Mas ele precisava contar o resto da história. Escreveu:

> *Aumentei a chama da lamparina. Com a luz, vi que ela...*

Depois da escuridão, a luz fraca da lamparina parecia muito mais brilhante. Pela primeira vez, ele pôde ver bem a mulher. Deu um passo na sua direção e então parou, tomado pelo desejo e pelo pavor. Tinha uma consciência aguda do risco que estava correndo ao ir até lá. Era bem possível que as patrulhas o capturassem na saída; podiam inclusive, naquele mesmo momento, estar à sua espera, do lado de fora. Se fosse embora sem fazer o que ele tinha vindo para fazer ali...!

Ele tinha que escrever aquilo, tinha que confessá-lo. O que ele de repente viu à luz da lamparina é que a mulher era *velha*. A camada de maquiagem que colocara no rosto era tão grossa que parecia prestes a rachar, como uma máscara de papelão. Viam-se mechas brancas em seu cabelo; mas o detalhe realmente horroroso era que sua boca tinha ficado meio aberta, revelando nada além de uma escuridão cavernosa. Ela não tinha nenhum dente.

Anotou às pressas, em garranchos:

> *Sob a luz, vi que ela era uma mulher bem velha, uns cinquenta anos, pelo menos. Mas eu fui em frente e fiz mesmo assim.*

Tornou a comprimir as pálpebras com os dedos. Finalmente havia escrito, mas isso não fazia diferença. A terapia não tinha funcionado. A ânsia de gritar palavrões o mais alto que pudesse era mais intensa do que nunca.

Capítulo 7

Se existe esperança, escreveu Winston, *ela está nos proletas*.

Se existia esperança, ela *só podia* estar nos proletas, porque só ali, naquelas multidões a quem ninguém dava atenção, oitenta e cinco por cento da população da Oceânia, poderia ser gerada a força para destruir o Partido. O Partido não poderia ser derrubado por dentro. Seus inimigos, se é que eles existiam, não tinham como agrupar-se ou mesmo como identificar-se uns aos outros. Mesmo que a lendária Irmandade existisse – e havia uma remota possibilidade de que ela existisse –, era inconcebível que seus membros pudessem algum dia se reunir em grupos maiores que duas ou três pessoas. Rebelião significa um certo olhar, uma inflexão na voz; no máximo, uma ou outra palavra sussurrada. Mas se os proletas pudessem, de alguma forma, adquirir consciência da sua própria força, não precisariam conspirar. Eles só precisariam se levantar e se sacudir, como um cavalo se sacode para espantar as moscas. Se quisessem, eles poderiam destroçar o Partido na manhã seguinte. Mais cedo ou mais tarde, certamente lhes ocorreria de fazer isso. E no entanto...!

Lembrou-se de uma vez em que caminhava em uma rua apinhada de gente, quando um grito estrondoso de centenas de vozes – vozes femininas – irrompeu de uma rua lateral um pouco adiante. Era um grito intenso e aterrador, de raiva e desespero, um

"Ah-a-a-a-ah!" sonoro e profundo, que continuou ecoando como a reverberação de um sino. O coração de Winston deu um salto. *Começou!*, ele chegou a pensar. Uma manifestação! Os proletas estão se libertando, finalmente! Ao chegar no local, viu uma multidão de duzentas ou trezentas mulheres em volta das barracas de uma feira, com semblantes trágicos, como se fossem passageiras em um navio em naufrágio. Mas, naquele momento, o desespero geral se fragmentou em uma infinidade de discussões individuais. Ao que parecia, uma das barracas estava vendendo panelas de lata. Eram panelas frágeis e de péssima qualidade; mas era sempre difícil encontrar panelas de qualquer tipo. Àquela altura, o suprimento havia acabado, de uma hora para outra. As mulheres que conseguiram comprar as suas, empurradas e espremidas pelas demais, tentavam escapar com suas panelas, enquanto dezenas de outras protestavam ao redor da banca, acusando o feirante de favoritismo e de ter mais panelas escondidas em algum lugar. Houve uma nova explosão de gritos. Duas mulheres corpulentas, uma delas meio despenteada, seguravam a mesma panela e cada uma tentava arrancá-la das mãos da outra. Ambas seguiram puxando a panela até que o cabo se soltou. Winston as observava com repulsa. Por outro lado, pensou por um breve momento, que poder assustador havia naquele grito de centenas de gargantas! Por que elas não eram capazes de gritar em relação a alguma coisa que realmente importava?

Ele escreveu:

> *Enquanto não se tornarem conscientes, nunca vão se rebelar, e enquanto não se rebelarem, não vão se tornar conscientes.*

Esta frase, Winston pensou, quase poderia ter sido uma transcrição de um dos manuais do Partido. O Partido alegava, é claro, ter libertado os proletas da escravidão. Antes da Revolução, eles eram terrivelmente oprimidos pelos capitalistas. Passavam fome e eram açoitados; as mulheres eram obrigadas a trabalhar nas minas de carvão (na verdade, as mulheres *ainda* trabalhavam em minas de carvão), as crianças eram vendidas às fábricas aos seis anos de idade. Mas, ao mesmo tempo, fiel aos princípios do duplipensar, o Partido ensinava que os proletas eram pessoas naturalmente inferiores, que deveriam ser domadas como animais, mediante a aplicação de algumas regras simples. Na realidade, pouco se sabia sobre os proletas. Nem era necessário saber muito. Contanto que continuassem a trabalhar e a procriar, suas outras atividades pouco importavam. Largados à própria sorte, como o gado solto pelos pampas argentinos, eles haviam regredido a um estilo de vida que lhes parecia natural, uma espécie de padrão ancestral. Nasciam, cresciam nas sarjetas, começavam a trabalhar aos doze anos, atravessavam um breve período de desabrochar da beleza e do desejo sexual, casavam-se aos vinte, chegavam à meia-idade aos trinta, e quase sempre morriam aos sessenta. Trabalho físico pesado, cuidados com a casa e os filhos, brigas mesquinhas com os vizinhos, filmes, futebol, cerveja e, principalmente, jogos de azar preenchiam o horizonte de suas mentes. Não era difícil mantê-los sob controle. Alguns agentes da Polícia da Mente andavam entre eles, espalhando boatos falsos, identificando e eliminando os poucos indivíduos considerados capazes de se tornarem perigosos; mas nunca se tentava doutriná-los com a ideologia do Partido. Não era desejável que os proletas tivessem uma sensibilidade política aguçada. Deles se exigia apenas um patriotismo primitivo que poderia ser invocado sempre que necessário para fazê-los aceitar jornadas de trabalhos mais longas ou uma redução das suas cotas de alimentos. E mesmo quando eles se mostravam insatisfeitos, como às vezes acontecia, sua insatisfação não levava a lugar nenhum porque, desprovidos de um conhecimento mais amplo sobre as coisas, o foco deles se limitava a queixas específicas e insignificantes. Os grandes males invariavelmente lhes passavam despercebidos. A grande maioria dos proletas nem tinha teletelas em casa. Até mesmo a polícia civil pouco se importava com eles. Havia altíssimos índices de criminalidade em Londres, um verdadeiro universo paralelo de ladrões, bandidos, prostitutas, traficantes de drogas e vigaristas de todo tipo; mas como tudo isso acontecia entre os próprios proletários, pouco importava. Nas questões relativas à moral, eles podiam adotar seu código ancestral. O puritanismo sexual do Partido não lhes era imposto. Não havia punição para a promiscuidade, e o divórcio era permitido. Aliás, até mesmo a prática religiosa seria permitida se os proletas dessem algum indício de ter necessidade ou desejo de religião. Eles estavam abaixo de qualquer suspeita. Como dizia o *slogan* do Partido: "Proletas e animais são livres".

Winston se abaixou e coçou com cuidado sua úlcera varicosa. A coceira recomeçara. Voltava-se sempre ao mesmo ponto: a impossibilidade de saber como era a vida antes da Revolução. Tirou da gaveta um livro de história para crianças que ele pegara emprestado da sra. Parsons, e começou a copiar uma passagem no diário:

> *Antigamente* (estava escrito)*, antes da gloriosa Revolução, Londres não era a linda cidade que conhecemos hoje. Era um lugar escuro, sujo e miserável onde quase ninguém tinha o que comer e onde centenas e milhares de pobres pessoas não tinham botas para calçar ou sequer um teto como abrigo. Crianças da sua idade precisavam trabalhar doze horas por dia para patrões cruéis, que lhes davam chicotadas se elas trabalhassem devagar demais e não lhes davam nada de comer além de cascas de pão velho e água. Mas no meio dessa pobreza terrível, havia uns poucos casarões bonitos, onde moravam homens ricos que chegavam a ter trinta criados trabalhando para eles. Estes ricos eram chamados de capitalistas. Eram homens gordos e feios com caras de malvados, como a imagem que você pode ver na próxima página. Você pode ver que ele veste um longo casaco preto, chamado de sobrecasaca, e um chapéu esquisito e brilhante, que parecia uma chaminé, que tinha o nome de cartola. Este era o uniforme dos capitalistas, e ninguém mais tinha a permissão de usá-lo. Os capitalistas eram donos de tudo o que havia no mundo, e todos os outros eram seus escravos. Eles eram donos de todas as terras, todas as casas, todas as fábricas e de todo o dinheiro. Se uma pessoa os desobedecesse, eles poderiam jogá-la numa prisão, ou poderiam mandá-la embora de seu emprego e deixá-la morrer de fome. Quando uma pessoa comum falava com um capitalista, ela tinha que se curvar diante dele, tirar o chapéu e chamá-lo de "Senhor". O chefe de todos os capitalistas era chamado de rei. E...*

Mas Winston conhecia o restante daquela lenga-lenga. Haveria a menção aos bispos com suas camisas de cambraia, a juízes e suas túnicas de arminho, ao pelourinho, ao cepo, à roda, ao chicote, ao Banquete do Prefeito de Londres e à prática de beijar os pés do papa. Havia também uma coisa chamada *jus primae noctis*, que provavelmente não seria mencionada em um livro didático para crianças. Era a lei que dava a todo capitalista o direito de dormir com qualquer mulher que trabalhasse em suas fábricas.

Como saber o quanto daquilo tudo eram mentiras? *Talvez* fosse verdade que o ser humano médio estava em melhores condições agora do que antes da Revolução. A única prova em contrário era o protesto mudo de seus próprios ossos, a sensação instintiva de que as condições em que você vivia eram intoleráveis e que, em outra época, elas deviam ter sido diferentes. Ocorreu-lhe que as verdadeiras características da vida moderna não eram a crueldade e a insegurança, mas simplesmente a precariedade, a esqualidez e a apatia. A vida, se você olhasse ao redor, não tinha nada a ver com as mentiras que jorravam das teletelas, nem mesmo com os ideais que o Partido pretendia atingir. Mesmo para um membro do Partido, considerável parte de sua vida era neutra e apolítica, e se resumia a uma labuta em trabalhos enfadonhos, à batalha para conseguir um lugar no metrô, a cerzir uma meia velha, a mendigar por um tablete de sacarina, guardar uma bagana de cigarro. O ideal estabelecido pelo Partido era algo imenso, terrível e reluzente – um mundo de aço e concreto, com máquinas monstruosas e armas aterrorizantes – uma nação de guerreiros e fanáticos avançando em perfeita sincronia, todos pensando as mesmas coisas e gritando os mesmos *slogans*, eternamente trabalhando, lutando, triunfando e perseguindo – trezentos milhões de pessoas, todas com o mesmo rosto. A realidade era decadente, cidades precárias em que pessoas subnutridas se arrastavam com seus sapatos furados em casas do século XIX, precariamente reformadas, sempre cheirando a repolho azedo e com banheiros sujos. Winston parecia estar tendo uma visão de Londres, imensa e arruinada, uma cidade de um milhão de latas de lixo; e mesclada a esta visão estava a imagem da sra. Parsons, aquela mulher de rosto enrugado e cabelo ralo, incapaz de lidar com um cano entupido.

Ele se abaixou e coçou o tornozelo de novo. Dia e noite as teletelas martelavam os ouvidos das pessoas com estatísticas, provando que as pessoas hoje tinham mais comida, mais roupas, casas melhores, melhores opções de lazer – que elas viviam mais tempo, trabalhavam menos, eram mais altas, mais saudáveis, mais fortes, mais felizes, mais inteligentes, mais cultas do que as pessoas de cinquenta anos antes. Não era possível provar ou refutar sequer uma daquelas afirmações. Por exemplo, o Partido alegava que hoje quarenta por cento dos proletas adultos eram alfabetizados; antes da Revolução, segundo diziam, este número era de apenas quinze por cento. O Partido afirmava que a atual taxa de mortalidade infantil era de apenas cento e sessenta a cada mil habitantes, enquanto antes da Revolução ela era de trezentos – e assim por adiante. Era como uma equação simples com duas variáveis desconhecidas. Podia muito bem ser verdade que literalmente todas as palavras contidas nos livros de história, mesmo as coisas que as pessoas aceitariam sem questionar, fossem pura fantasia. Até onde ele sabia, talvez jamais tivesse existido uma lei como a *jus primae noctis*, ou criaturas como os capitalistas, ou nenhum tipo de adereço chamado cartola.

Tudo se dissolvia em névoa. O passado era apagado, o apagamento era esquecido, a mentira se tornava verdade. Uma única vez em sua vida ele tivera – *depois* do evento, era isso o que importava – uma prova concreta e inequívoca de um ato de falsificação. Teve esta prova em mãos por não mais do que trinta segundos. Devia ter sido em 1973 –, de todo modo, mais ou menos na época em que ele e Katharine se separaram. Mas o fato realmente importante ocorrera sete ou oito anos antes.

Na verdade, a história começara em meados dos anos 1960, o período dos grandes expurgos em que os líderes originais da Revolução foram eliminados de vez. Em 1970, não havia sobrado nenhum deles, exceto o próprio Grande Irmão. Todos os demais já haviam sido denunciados como traidores e contrarrevolucionários. Goldstein fugira e ninguém sabia onde ele estava escondido; quanto aos outros, alguns tinham simplesmente desaparecido, enquanto a maioria foi executada após julgamentos públicos espetaculares em que confessaram seus crimes. Entre os últimos sobreviventes, havia três homens chamados Jones, Aaronson e Rutherford. Provavelmente em 1965 é que os três haviam sido presos. Como costumava acontecer, eles desapareceram por um ano ou mais, de modo que ninguém sabia se estavam vivos ou mortos; de repente, reapareceram para reconhecer a própria culpa. Confessaram ter fornecido informações ao inimigo (na época, o inimigo também era a Eurásia), o desvio de dinheiro público, o assassinato de vários membros leais ao Partido, intrigas contra a liderança do Grande Irmão que começaram muito antes da Revolução, e atos de sabotagem que causaram a morte de centenas de milhares de pessoas. Depois de confessar tudo isso, foram perdoados, readmitidos no Partido e nomeados para cargos que na verdade eram sinecuras, mas que davam a impressão de ser importantes. Os três haviam publicado artigos longos e repulsivos no *Times*, justificando os motivos de sua deserção e prometendo corrigir-se

Algum tempo depois de eles serem libertados, Winston avistou os três no Café Castanheira. Lembrou-se do fascínio aterrorizante com que os observava de canto do olho. Eram homens muito mais velhos do que ele, relíquias de um mundo antigo, praticamente as últimas grandes figuras remanescentes dos dias heroicos do Partido. Ainda exibiam um leve brilho do glamour da luta clandestina e da guerra civil. Ele teve a sensação – embora àquela altura fatos e datas já estivessem perdendo a nitidez em sua mente – de que conhecia seus nomes muitos anos antes de saber da existência do Grande Irmão. Porém, também sabia que eles eram criminosos, inimigos, intocáveis, e com absoluta certeza estariam condenados à extinção dentro de um ou dois anos. Ninguém que tivesse caído nas mãos da Polícia da Mente conseguia escapar, no final. Eram cadáveres à espera de serem reenviados às sepulturas.

Não havia ninguém nas mesas próximas à deles. Não era prudente nem mesmo ser visto na vizinhança de tais pessoas. Estavam sentados em silêncio diante de copos de gim aromatizado com cravo, a especialidade do café. Dos três, Rutherford foi quem mais impressionou Winston, com sua aparência. Rutherford tinha sido um famoso caricaturista, e desenhara cartuns brutais que haviam contribuído para inflamar a opinião popular antes e durante a Revolução. Mesmo agora, a longos intervalos, seus cartuns eram publicados no *Times*. Porém, pareciam uma mera imitação de seus trabalhos anteriores, eram pouco convincentes e sem vitalidade. Neles, temas antigos eram retomados, mas de modo requentado: favelas, crianças famintas, brigas de rua, capitalistas de cartola – mesmo nas barricadas, os capitalistas ainda pareciam se agarrar às suas cartolas, em um esforço infinito e desesperado de voltar ao passado. Ele era um homem monstruoso, com uma enorme cabeleira, grisalha e gordurosa; seu rosto era inchado e enrugado, com grossos lábios negroides. Em algum momento, devia ter sido imensamente forte; mas agora, seu grande corpo estava vergado, inchado, se esparramando para todo lado. Parecia estar desabando diante de Winston, como uma montanha desmoronando.

Eram quinze horas, uma hora solitária. Winston não conseguia se lembrar o que o levara ao café a uma hora daquelas. O lugar estava quase vazio. Uma música metálica escoava das teletelas. Os três homens estavam sentados no canto deles, quase imóveis, em silêncio. Sem que ninguém pedisse, o garçom trouxe uma nova rodada de gim ao grupo. Havia um tabuleiro de xadrez na mesa ao lado com as peças posicionadas, mas ninguém dera início a uma partida. E então, durante cerca de meio minuto, algo aconteceu nas teletelas. A melodia que estava sendo tocada mudou, assim como a tonalidade da música. Ouviu-se, então... algo difícil de descrever. Era uma nota peculiar, trincada, estridente e áspera, zombeteira: Winston a descreveu como uma nota amarela. E então uma voz começou a cantarolar da teletela:

Debaixo da frondosa castanheira
Eu vendi você e você me vendeu
Ali estão eles, aqui você e eu
Debaixo da frondosa castanheira.

Os três homens não se mexeram, mas quando Winston olhou novamente para o rosto arrasado de Rutherford, viu que seus olhos estavam cheios de lágrimas. E pela primeira vez percebeu, com uma espécie de calafrio interno, embora não soubesse o porquê desta sensação, que tanto Aaronson quanto Rutherford tinham o nariz quebrado.

Dias depois, os três foram presos de novo. Parecia que tinham se envolvido em novas conspirações desde que foram libertados. No segundo julgamento, eles voltaram a confessar todos seus crimes antigos, e mais uma série de novos. Foram executados, e seu destino ficou registrado nos anais do Partido como um alerta à posteridade. Cerca de cinco anos depois destes fatos, em 1973, Winston desenrolava uma pilha de documentos recém-ejetados do tubo pneumático sobre sua mesa quando encontrou um fragmento de papel que evidentemente fora inserido no meio dos demais e então esquecido. Tão logo o desamassou, entendeu sua importância. Era metade de uma página arrancada do *Times* de cerca de dez anos antes – a metade superior da página, onde constava a data – que continha uma fotografia dos delegados do Partido em um evento público em Nova York. No meio do grupo destacavam-se Jones, Aaronson e Rutherford. Não havia como confundi-los; de todo modo, seus nomes estavam na legenda logo abaixo.

A questão era que em ambos os julgamentos os três homens confessaram estar em solo eurasiano naquela data. Teriam partido de um campo de pouso secreto no Canadá rumo a algum lugar na Sibéria, onde se reuniram com membros do Estado-Maior da Eurásia, a quem haviam revelado segredos militares importantes. A data ficara registrada na memória de Winston por coincidir com o solstício de verão; mas a história completa devia estar também registrada em inúmeros outros lugares. Só havia uma conclusão possível: as confissões eram falsas.

Claro que este fato, em si, não era nenhuma revelação. Mesmo naquela época, Winston não imaginava que as pessoas eliminadas nos expurgos tinham realmente cometido os crimes de que eram acusadas. Mas era uma prova concreta; um fragmento do passado abolido, como um osso fóssil que é encontrado no estrato errado, que invalida uma teoria geológica. Tal fragmento bastava para pulverizar o Partido, se de alguma forma ele pudesse ter sido publicado para que o mundo pudesse vê-lo e reconhecer sua importância.

Winston continuou trabalhando. Assim que percebeu que fotografia era aquela e o que ela significava, cobriu-a com outra folha de papel. Por sorte, no instante em que a desenrolou, ela estava de ponta-cabeça em relação à teletela.

Colocou a prancheta sobre o joelho e empurrou a cadeira para trás, de modo a se afastar o máximo possível da teletela. Manter um semblante inexpressivo não era difícil, e até mesmo a respiração poderia ser controlada, com algum esforço; mas não havia como controlar os batimentos do coração, e a teletela era sensível o bastante para captá-los. Deixou passar algo como dez minutos, tempo em que se sentiu atormentado pelo temor de que algum acidente – uma repentina corrente de ar soprando em sua mesa, por exemplo – o denunciasse. Então, sem voltar a descobrir a fotografia, jogou-a no buraco da memória, junto com outros papéis a serem descartados. Mais um minuto, talvez, e a foto teria virado cinzas.

Isso ocorrera dez ou onze anos antes. Hoje, provavelmente, ele teria guardado a fotografia. Era curioso que o fato de tê-la segurado nos dedos parecesse fazer grande diferença para ele mesmo agora, quando a fotografia, bem como o acontecimento que ela registrava, existia apenas na memória. Será que o controle do Partido sobre o passado teria ficado menos poderoso, ele se perguntava, só porque uma prova material que não existia mais *chegara a existir um dia*?

Mas hoje, supondo que pudesse de alguma forma ser ressuscitada das cinzas, a fotografia talvez nem chegasse a constituir uma prova. Na época em que ele fez sua descoberta, a Oceânia já não estava em guerra com a Eurásia, portanto devia ter sido para os agentes da Lestásia que os três mortos haviam traído seu país. Desde então, tinha havido outras mudanças – duas, três, ele já não se lembrava de quantas. Muito provavelmente, as confissões haviam sido reescritas e reescritas tantas vezes que os fatos e datas originais já não tinham a menor importância. O passado não apenas mudava, mas mudava de maneira contínua. O que mais o afligia, e lhe dava a sensação de pesadelo era o fato de nunca entender com clareza o *porquê* daquela grande impostura. As vantagens imediatas de falsificar o passado eram óbvias, mas o verdadeiro motivo era um mistério. Pegou novamente a caneta e escreveu:

Eu entendo COMO, mas não entendo POR QUÊ.

Ele se perguntou, como fizera muitas vezes antes, se ele mesmo não era um doente mental. Talvez um doente mental fosse simplesmente uma minoria de um. Houvera um tempo em que era sinal de loucura acreditar que a terra gira em torno do sol; hoje, seria loucura acreditar que o passado fosse inalterável. Ele talvez fosse o *único* a acreditar naquilo, e se fosse o único, então era um doente mental. Mas a ideia de que talvez fosse um doente mental não chegava a perturbá-lo: o horror era pensar que ele poderia também estar errado.

Winston pegou o livro de histórias para crianças e olhou o grande retrato do Grande Irmão estampado na folha de rosto. Os olhos hipnóticos encaravam os dele, fixos. Era como se alguma força imensa estivesse exercendo pressão sobre você – algo que penetrasse o seu crânio, golpeando seu cérebro, deixando-o aterrorizado a ponto de fazê-lo abandonar suas crenças, quase o persuadindo a negar as provas que os seus sentidos lhe ofereciam. No fim, o Partido anunciaria que dois mais dois são cinco, e você teria que acreditar nisso. Era inevitável que eles afirmariam isso, mais cedo ou mais tarde: a lógica de sua posição o exigia. Não apenas a validade da experiência, mas a própria existência da realidade externa era implicitamente negada por sua filosofia. A heresia das heresias era o bom senso. E o mais terrível não é que eles pudessem matá-lo por pensar diferente, mas que pudessem estar certos. Pois, afinal, como podemos saber que dois mais dois são quatro? Ou que a força da gravidade funciona? Ou que o passado é imutável? Se tanto o passado quanto o mundo externo existem apenas na mente, e se a própria mente é controlável... o que fazer, então?

Mas não! De repente, sua coragem pareceu cristalizar-se por conta própria. O rosto de O'Brien, que nenhuma associação óbvia fez evocar, agora flutuava em sua mente. Ele sabia, com mais certeza do que nunca, que O'Brien estava do seu lado. Ele escrevia o diário para O'Brien – *dedicado a* O'Brien: era como uma carta interminável que ninguém poderia ler, mas que era destinada a uma pessoa específica, o que lhe dava um ar de autenticidade.

O Partido lhe dizia para rejeitar as provas materiais que seus olhos e ouvidos lhe ofereciam. Esta era a instrução final, a mais essencial de todas. Winston foi tomado por uma grande tristeza ao pensar no enorme poder reunido contra ele, e na facilidade com que qualquer intelectual do Partido o derrotaria em um debate, além dos argumentos sutis que ele não seria capaz de entender, muito menos contestar. E ainda assim ele estava certo! Os outros estavam errados e ele, certo. O óbvio, o tolo e o verdadeiro tinham de ser defendidos. Os truísmos são verdadeiros, nunca se esqueça disso! O mundo sólido existe, suas leis não mudam. As pedras são duras, a água é úmida, os objetos carentes de uma base de sustentação caem na direção do centro da Terra. Com a sensação de que falava para O'Brien, e também de estar descrevendo um axioma importante, ele escreveu:

> *Liberdade é a liberdade de dizer que dois mais dois são quatro. Se isso for admitido, todo o restante é decorrência.*

Capítulo 8

Vindo de algum lugar do fundo de um corredor, o aroma de café torrado – café dc verdade, não o café Victory – pairava na rua. Winston fez uma pausa involuntária. Durante uns dois segundos ele se sentiu no mundo semiesquecido de sua infância. Uma porta então bateu, parecendo estancar o aroma de um modo abrupto, como se ele fosse um som.

Ele havia caminhado vários quilômetros pelas calçadas, e sua úlcera varicosa latejava. Esta era a segunda vez em três semanas que ele faltara a uma reunião no Centro Comunitário: uma atitude temerária, pois você poderia estar certo de que a sua frequência no Centro era cuidadosamente controlada. A princípio, um membro do Partido não dispunha de tempo livre, e jamais ficava sozinho, exceto quando estivesse na cama. Presumia-se que quando ele não estivesse trabalhando, comendo ou dormindo, estaria participando de algum tipo de recreação comunitária: fazer algo que indicasse seu apreço pela solitude, ou mesmo sair para caminhar desacompanhado, era sempre um pouco perigoso. Havia um nome para isso em novilíngua: *propriavida*, que era sinônimo de individualismo e excentricidade. Porém, naquela noite, ao sair do Ministério, o ar ameno de abril o havia tentado. No céu, o azul estava mais quente do que em todo aquelc ano, e de repente a longa e ruidosa noite passada no Centro, os jogos entediantes e cansativos, as palestras e a camaradagem exagerada estimulada pelo gim lhe pareceram intoleráveis. Movido pelo impulso, ele desviou-se do ponto de ônibus e vagou pelos labirintos de Londres: primeiro rumo ao sul, depois ao leste, e então novamente ao norte, perdendo-se entre ruas desconhecidas e pouco se importando em que direção seguia.

"Se a esperança existe", ele escrevera no diário, "ela está nos proletas". Estas palavras continuavam vindo à sua mente, afirmação de uma verdade mística e de um absurdo palpável. Ele se encontrava em algum lugar em meio aos barracos obscuros e marrons a nordeste de onde um dia foi a estação Saint Pancras. Subiu uma rua de paralelepípedos com pequenas casas de dois andares com portas surradas que davam diretamente na calçada e que, de certo modo, lembravam buracos de rato. Aqui e ali havia poças de água fétida, entre as pedras. Entrando e saindo pelas portas escuras, e por estreitas vielas perpendiculares em cada lado, um enxame de pessoas em quantidade impressionante – garotas na flor da idade com batom grosseiramente aplicado, rapazes que perseguiam as garotas e mulheres inchadas que rebolavam e lhe davam uma ideia de como seriam as garotas dali a dez anos, e velhos curvados arrastando seus pés virados para fora, e crianças descalças e esfarrapadas que brincavam nas poças e então se dispersavam diante dos berros irados de suas mães. Cerca de vinte e cinco por cento das janelas na rua estavam quebradas e cobertas com tábuas. A maioria das pessoas não reparava em Winston; alguns o olhavam com uma espécie de curiosidade disfarçada. Duas mulheres grotescas, braços cruzados diante de seus aventais, conversavam à frente de uma porta. Winston pinçou restos da conversa ao aproximar-se delas.

– Sim – eu disse pra ela –, é bem isso – eu falei. – Mas se fosse você no meu lugar, ia fazer o mesmo que eu. Criticar é fácil – eu falei –, mas você não tem *os problema* que eu tenho.

– Ah – disse a outra –, é isso *memo*.

As vozes estridentes se interromperam de modo abrupto. As mulheres o examinavam num silêncio hostil enquanto ele passava. Mas não era bem hostilidade; era só uma espécie de cautela, um retesar passageiro, como se um animal desconhecido estivesse passando ali. Os macacões azuis do Partido não faziam parte da paisagem normal numa rua daquelas. Na verdade, era insensato circular por estes lugares, a menos que você tivesse um propósito específico. As patrulhas poderiam pará-lo, se você se deparasse com elas. – Posso ver seus documentos, camarada? O que você está fazendo aqui? A que horas você saiu do trabalho? Você sempre faz este caminho de volta para casa? – e assim por diante. Não que houvesse alguma regra que o impedisse de voltar para casa por um caminho incomum; mas bastava isso para voltar a atenção da Polícia da Mente para você, se eles ficassem sabendo.

De repente, uma agitação tomou conta de toda a rua. De todo lado vinham gritos de alerta. As pessoas disparavam para dentro de suas casas feito coelhos. Uma jovem saiu correndo por uma porta a poucos metros de Winston, agarrou uma criancinha que brincava em uma poça d'água, envolveu-a em seu avental, e saltou novamente para dentro da casa, tudo muito depressa. No mesmo instante, um homem vestindo um terno perto que parecia uma sanfona surgiu de uma viela lateral e correu na direção de Winston, apontando para o céu, com agitação.

– Cuidado! A maria-fumaça! – gritou. – Cuidado, patrão! Tá vindo uma explosão! Se joga no chão, rápido!

“Maria-fumaça” era o apelido que, por algum motivo, os proletas davam aos mísseis. Winston se jogou depressa no chão, rosto voltado para baixo. Os proletas quase sempre estavam certos quando lhe davam um alerta daqueles. Eles pareciam ter algum tipo de instinto que os avisava vários segundos antes de um míssil cair, embora os mísseis fossem mais velozes que o som. Winston cobriu a cabeça com os braços. Houve um ruído que pareceu fazer tremer a calçada; vários pequenos objetos lhe caíram sobre as costas. Ao se levantar, percebeu que estava coberto de estilhaços de vidro de uma janela ao lado.

Seguiu caminhando. O míssil destruíra um conjunto de casas em uma área de duzentos metros da rua. Uma negra coluna de fumaça ergueu-se no céu, e abaixo dela, uma nuvem de pó de gesso, na qual uma multidão se aglomerava em meio às ruínas. Havia um monte de entulho sobre a calçada logo adiante dele, e no meio dos escombros avistou uma mancha de vermelho escarlate. Ao aproximar-se dela, reparou que era uma mão humana decepada na altura do punho. Tirando o coto ensanguentado, a mão era tão branca que parecia um molde de gesso.

Ele chutou aquela coisa para dentro do esgoto, e então, para se esquivar da multidão, pegou uma rua lateral à direita. Três ou quatro minutos depois, havia deixado a área atingida pelo míssil, e o sórdido burburinho das ruas continuava seu curso, como se nada tivesse acontecido. Era quase oito da noite, e as lojas de bebida frequentadas pelos proletas ("pubs", como eles as chamavam) estavam abarrotadas de fregueses. De suas encardidas portas basculantes, em um incessante abre-e-fecha, emanava um fedor de urina, serragem e cerveja azeda. Em um canto formado pela fachada saliente de uma casa, três homens conversavam muito próximos uns dos outros, o do meio segurando um jornal dobrado que os outros dois espiavam por cima de seu ombro. Mesmo antes de colocar-se próximo o bastante para enxergar a expressão dos rostos deles, Winston podia notar, em cada detalhe de seus corpos, uma concentração absoluta. Certamente liam alguma notícia séria. Ele estava a poucos passos dos homens quando o grupo de repente se dispersou e dois dos homens começaram uma violenta discussão. Por um momento, pareceram estar à beira de um confronto físico.

– Você não me ouve, porra? Tô dizendo que o número sete não sai já tem mais de quatorze meses!

– Sim, ele já saiu!

– Não saiu, não! Em casa, tenho a lista de todos eles, de mais de dois anos, anotados num pedaço de papel. Eu anoto tudo direitinho, como um relógio. Te digo: nenhum número terminado em sete...

– Sim, o sete saiu! Sei te dizer exatamente qual é a porra do número. Quatro zero sete, era o final. Saiu em fevereiro – na segunda semana de fevereiro.

– Fevereiro, uma pinoia! Tenho tudo anotado, preto no branco. E tô te dizendo, número nenhum...

– Ah, não me vem com essa! – disse o terceiro homem.

Eles falavam sobre a loteria. Depois de ter caminhado uns trinta metros, Winston olhou para trás. Eles ainda discutiam, o entusiasmo estampado nos rostos. A Loteria, com sua polpuda premiação semanal, era um evento público a que os proletas davam muita atenção. É provável que houvesse alguns milhões de proletas para quem a Loteria era a principal – se não a única – razão para continuarem vivos. Era o deleite deles, sua loucura, seu anestésico, seu estimulante intelectual. Quando se tratava da Loteria, até mesmo os que mal sabiam ler e escrever eram capazes de fazer cálculos intrincados, além de mostrar uma memória impressionante. Havia uma tribo inteira de homens cujo ganha-pão se baseava na venda de sistemas, prognósticos e amuletos de sorte. Winston não tinha relação alguma com a administração da Loteria, que ficava a cargo do Ministério da Riqueza, mas ele sabia (na verdade, todos do Partido sabiam) que os prêmios eram em boa parte imaginários. Somente os pequenos prêmios eram efetivamente pagos; os vencedores dos grandes prêmios eram pessoas que não existiam. Na ausência de uma verdadeira intercomunicação entre as diferentes regiões da Oceânia, isso não era algo difícil de organizar.

Mas, se existia esperança, ela estava nos proletas. Você deveria se agarrar a esta ideia. Quando você colocava isso em palavras, soava razoável: era quando você olhava para os seres humanos passando à sua frente na calçada que isso se transformava em um ato de fé. A rua na qual ele entrou continuava ladeira abaixo. Ele teve a sensação de já ter passado naquele bairro antes, e de que existia uma rua principal não longe dali. De algum lugar acima ouvia-se um ruído de vozes gritando. A rua fazia uma curva acentuada, e terminava em um lance de escadas que desembocava em um beco em nível rebaixado, onde alguns comerciantes vendiam legumes murchos em suas barracas. Foi então que Winston se lembrou de onde estava. O beco dava na rua principal e na travessa seguinte, a menos de cinco minutos de distância, estava a loja de quinquilharias onde ele comprara o livro de anotações que agora usava como diário. E em uma pequena papelaria não longe dali ele comprara a caneta-tinteiro e o vidro de tinta.

Ele parou por um instante no topo da escadaria. No lado oposto do beco havia um pub pequeno e lúgubre cujas janelas pareciam cobertas por uma camada de gelo; na verdade, estavam só empoeiradas. Um homem muito velho, curvado porém ágil, de bigode branco eriçado como os de um camarão, empurrou a porta basculante e entrou. Enquanto Winston assistia à cena, ocorreu-lhe que o velho, que deveria ter no mínimo oitenta anos, já deveria estar na meia-idade quando a Revolução aconteceu. Ele e poucas pessoas como ele eram o único elo existente com o extinto mundo do capitalismo. No próprio Partido não havia restado muita gente cujas ideias haviam se formado antes da Revolução. A quase totalidade da geração mais velha havia sido eliminada nos grandes expurgos dos anos 50 e 60, e o terror imposto aos poucos que sobreviveram exigira deles uma completa rendição intelectual. Se ainda existia alguém vivo capaz de lhe dar um relato fidedigno das condições de vida da primeira parte do século, só poderia ser um proleta.

De repente, o trecho do livro de história que Winston copiara em seu diário lhe voltou à mente, e ele foi invadido por um impulso insano. Entraria no pub, forjaria uma intimidade com o velho e o questionaria: "Me fale de sua vida quando você era menino. Como era a vida naqueles dias? As coisas eram melhores do que hoje, ou piores?"

Depressa, para evitar a possibilidade de começar a sentir-se apavorado, desceu as escadas e cruzou a rua estreita. Claro que era loucura. Como de costume, não havia qualquer regra fixa que proibisse você de conversar com os proletas e de frequentar os pubs deles, mas este gesto era incomum demais para que passasse despercebido. Se as patrulhas aparecessem, ele poderia fingir um desmaio, no qual eles provavelmente não acreditariam. Ele empurrou a porta, e um cheiro horrível de cerveja azeda atingiu seu rosto. Quando entrou, o ruído das vozes diminuiu cerca de metade de seu volume. Atrás de si, podia sentir que todos olhavam para seu macacão azul. Uma partida de dardos que era jogada na outra extremidade do salão foi interrompida por uns trinta segundos, no máximo. O velho homem que ele seguira estava em pé diante do balcão, tendo uma espécie de discussão com o barman, um jovem imenso, corpulento e de nariz adunco com antebraços enormes. Um grupo compacto de pessoas permanecia ao redor, copos à mão, observando a cena.

– Pedi com educação, não pedi? – disse o velho, endireitando os ombros em um tom beligerante – Está me dizendo que não tem um *pint* de cerveja nesta joça de botequim?

– E que diabos é um *pint*? – perguntou o barman, inclinando-se para frente, com as pontas dos dedos sobre o balcão.

– Olhem só isso! Ele se diz um barman e não sabe o que é um *pint*! Ora, o *pint* é metade de um quartilho, e um galão tem quatro quartilhos. Preciso te ensinar o abecedário, agora?

– Nunca ouvi falar nisso – disse o barman, lacônico. – Temos só litro e meio litro. Os copos estão na estante à sua frente.

– Quero um *pint* – insistiu o velho. – Não tem nada mais fácil que tirar um *pint*. Quando eu era jovem, não havia essa história de litro.

– Quando você era jovem, nós todos vivíamos no topo das árvores – disse o barman, olhando de relance os demais fregueses.

Irrompeu uma gargalhada geral, e o incômodo criado pela entrada de Winston no pub pareceu sumir. O rosto do velho, com a barba por fazer, ficou vermelho. Ele se virou, resmungando consigo mesmo, e tropeçou em Winston. Winston pegou-o levemente pelo braço.

– Posso te oferecer um drinque? – ele perguntou.

– Você é um cavalheiro – respondeu-lhe o outro, endireitando novamente os ombros. Aparentemente, ele não reparou no macacão azul de Winston. – Um *pint*! – dirigiu-se, agressivo, ao barman. – Um *pint* da loura.

O barman despejou duas doses de meio litro de cerveja marrom-escura em grossos copos que havia enxaguado em um balde debaixo do balcão. Cerveja era a única bebida que se podia encontrar nos pubs dos proletas. Os proletas não podiam beber gim, embora na prática pudessem obtê-lo facilmente. A partida de dardos já estava a pleno vapor, e o grupo de homens começara a conversar sobre bilhetes de loteria. A presença de Winston ali fora ignorada por um momento. Havia uma mesa de pinho sob a janela onde ele e o velho poderiam conversar sem receio de serem escutados. Era um perigo enorme, mas de todo modo não havia teletela no salão, algo de que ele fez questão de se certificar assim que entrou no pub.

– Ele poderia ter me servido um *pint* – resmungou o velho assim que se sentou atrás de um copo. – Meio litro não é suficiente. Não sacia. E um litro inteiro é demais. Logo me solta a bexiga. Sem falar no preço.

– O senhor deve ter visto muitas mudanças desde sua juventude – disse Winston, hesitando.

Os olhos azul-claros do velho se moviam do quadro dos dardos para o bar, do bar para a porta do toalete masculino, como se no salão do bar ele esperasse que as mudanças tivessem ocorrido.

– A cerveja era melhor – ele disse, por fim. – E mais barata! Quando eu era jovem, a cerveja leve – que a gente chamava de loura – custava quatro *pence* o quartilho. Isso antes da guerra, claro.

– Que guerra foi esta? – perguntou Winston.

– Guerra é tudo igual – disse o velho, de modo vago. Agarrou seu copo, e endireitou novamente os ombros. – E agora, um brinde à sua saúde!

O pomo-de-adão pontudo de sua garganta magra fez um movimento surpreendentemente rápido, para cima e para baixo, e a cerveja desapareceu. Winston foi até o bar e voltou com mais duas doses de meio litro. O velho parecia ter esquecido seu preconceito contra o copo de um litro.

– O senhor é muito mais velho do que eu – disse Winston. – Já devia ser adulto antes de eu ter nascido. Consegue se lembrar de como eram as coisas nos velhos tempos, antes da Revolução. As pessoas de minha época não sabem nada sobre aquela época. Só podemos ler a este respeito nos livros, e o que está dito nos livros talvez não seja verdade. Gostaria de saber sua opinião sobre isso. Os livros de história dizem que a vida antes da Revolução era completamente diferente de hoje. Havia uma terrível opressão, injustiça e uma pobreza, tudo pior de qualquer coisa que possamos imaginar. Aqui em Londres, a maioria maciça da população nunca tinha o que comer, do nascimento até a morte. Metade deles não tinha nem mesmo botinas para calçar seus pés. Trabalhavam doze horas por dia, abandonavam a escola aos nove anos, e dormiam dez pessoas num quarto. E, ao mesmo tempo, havia pouquíssimas pessoas, apenas alguns milhares – capitalistas, eram chamados – que eram ricas e poderosas. Eram proprietários de tudo que se poderia possuir. Moravam em grandes e maravilhosas casas com trinta criados, circulavam pelas ruas em automóveis e carruagens puxadas por quatro cavalos, bebiam champanhe, usavam cartolas...

De repente, o rosto do velho se iluminou.

– Cartolas! – disse ele. – É engraçado você ter falado nelas. Pensei justamente nisso ontem mesmo, não sei por quê. Estava pensando, não vejo uma cartola faz anos. Saíram de moda. A última vez que usei uma foi no enterro da minha cunhada. E isso foi... bom, não vou me lembrar a data, mas deve ter sido cinquenta anos atrás. Claro que só aluguei pr'aquele dia...

– As cartolas não têm muita importância – disse Winston, paciente. – Fato é que, estes capitalistas... eles e alguns advogados e padres e outros que vivam com eles eram os donos da Terra. Tudo que existia era para o benefício deles. Vocês – as pessoas comuns, os trabalhadores – eram escravos deles. Eles poderiam fazer o que quisessem com você. Poderiam despachar você para o Canadá, como se fossem gado. Poderiam dormir com suas filhas se assim quisessem. Poderiam mandar açoitar você. Você era obrigado a tirar o chapéu quando passava por eles. Cada um dos capitalistas circulava ao lado de um bando de lacaios que...

O rosto do velho voltou a se iluminar.

– Lacaios! – disse. – Taí outra palavra que não ouvia há um tempão. Lacaios! Isso, sim, me leva de volta ao passado. Me lembro... ah, faz tempo pra burro... lembro que eu costumava ir ao Hyde Park no domingo à tarde pra ouvir os caras em seus discursos. Exército da Salvação, católicos, judeus, indianos... todo tipo de gente. E havia um sujeito... bom, eu não vou lembrar o nome dele, mas era um orador poderoso. Dizia as coisas na bucha! "Lacaios", dizia ele, "Lacaios da burguesia! Puxa-sacos da classe dominante!" Parasitas... esta era outra palavra. E hienas... lembro que ele chamava os outros de hienas. Claro que ele tava falando do Partido Trabalhista.

Winston teve a sensação de que estavam tendo um diálogo de surdos.

– O que eu queria mesmo saber é o seguinte – disse. – O senhor tem a sensação de ter mais liberdade hoje do que tinha naqueles tempos? De ser tratado hoje como um ser humano? Nos velhos tempos, os ricos, as pessoas lá do topo...

– Da Casa dos Lordes, acrescentou o velho, nostálgico.

– Tudo bem, a Casa dos Lordes. O que estou perguntando é: aquelas pessoas o tratavam como inferior simplesmente porque eram ricas e o senhor era pobre? É verdade, por exemplo, que devia tratá-los como "senhor" e tirar o chapéu quando passava diante deles?

O velho pareceu imergir em um pensamento profundo. Bebeu cerca de um quarto de seu copo antes de responder.

– Sim – disse. – Eles gostavam que você tirasse o chapéu pra eles. Sinal de respeito, algo assim. Eu mesmo não concordava com aquilo, mas fiz isso muitas vezes. *Tinha que*, como você diria.

– E era mesmo comum – só estou citando o que li em livros de história – era comum estas pessoas e seus criados o empurrarem para a sarjeta?

– Uma vez um deles me empurrou – disse o velho. – Lembro como se fosse ontem. Foi no dia da Competição de Remo no Tâmisa – naquela noite, as pessoas viravam uns arruaceiros – que eu esbarrei num sujeito na Shaftesbury Avenue. Vestido na maior elegância: camisa social, cartola e sobretudo preto. Ele andava em ziguezague pela calçada, e esbarrei nele sem querer. Ele me diz: "Por que não olha por onde anda?"

Eu digo: “Você se acha o dono desta droga de calçada?” Ele responde: “Eu vou torcer teu pescoço se der uma de insolente comigo”. Eu digo, “Cê tá bêbado. Vou te entregar pra polícia”. E acredite ou não, ele põe as mãos em meu peito e me dá um empurrão que quase vou parar debaixo das rodas de um ônibus. Ah, eu era jovem naqueles dias, e eu ia dar um belo de um murro na cara dele, se...

Winston foi tomado por uma sensação de desamparo. As lembranças do velho não passavam de detalhes inúteis. Você poderia lhe fazer perguntas o dia todo sem conseguir saber de qualquer fato verdadeiro. De certo modo, as histórias relacionadas ao Partido poderiam ser verdade; talvez até fossem completamente reais. Ele fez uma última tentativa.

– Talvez eu não tenha sido claro – disse. – O que estou tentando dizer é o seguinte. O senhor já viveu muitos anos; viveu metade de seus anos de vida antes da Revolução. Em 1925, por exemplo, já era um adulto. Até onde consegue se lembrar, o senhor diria que a vida em 1925 era melhor do que é agora, ou pior? Se pudesse escolher, preferiria viver naquela época ou hoje?

O velho olhou pensativo para o tabuleiro dos dardos. Terminou de beber sua cerveja, mais devagar do que antes. Quando começou a falar, tinha um ar de tolerância, filosófico, como se a cerveja o tivesse tornado mais gentil.

– Eu sei o que você quer que eu diga – respondeu ele. – Prefere que eu diga que preferia ser jovem de novo. A maioria das pessoas, quando você pergunta a eles, diz que gostariam de ser jovens. Quando é jovem, você tem saúde e energia. Quando se chega à minha idade, a pessoa nunca tem boa saúde. Meus pés estão me matando, e minha bexiga é uma desgraceira só: me faz levantar seis, sete vezes toda noite. Por outro lado, ser velho traz grandes vantagens. Você não tem as mesmas preocupações. Não quer mais saber de mulher, e isso é ótimo. Acredite ou não, faz quase trinta anos que eu não tenho mulher. Aliás, nem quis ter.

Winston se encostou no parapeito da janela. Não adiantava continuar. Estava prestes a ir buscar outra cerveja quando o velho de repente se levantou e, arrastando os pés, se dirigiu ao mictório fedorento que ficava ao lado do salão. O meio litro extra de cerveja já estava fazendo efeito. Winston permaneceu uns dois minutos encarando seu copo vazio, e mal se deu conta que seus pés já o conduziam de volta à rua. Dali a vinte anos, no máximo, pensou ele, a grande e importante pergunta "Antes da Revolução, a vida era melhor do que agora?" não poderia mais ser respondida. Mas, na verdade, nem mesmo agora ela tinha uma resposta, já que os poucos sobreviventes do mundo antigo eram incapazes de comparar uma época com a outra. Eles tinham lembrança de um milhão de coisas insignificantes, uma briga com um colega de trabalho, o tempo gasto tentando achar uma bomba de bicicleta perdida, a expressão facial de uma irmã há muito falecida, os redemoinhos de areia em uma manhã de vento setenta anos atrás; já os fatos relevantes estavam todos além de seu campo de visão. Eram como a formiga, que é capaz de enxergar objetos pequenos, mas não os grandes. E sempre que a memória falhava e registros escritos eram falsificados, quando isso acontecia, a alegação do Partido de ter melhorado as condições de vida humana tinha de ser aceita, pois nunca houve, e não haveria novamente, qualquer parâmetro com que se pudesse contrastar esta afirmação.

Neste momento, sua linha de raciocínio foi cortada de modo abrupto. Ele estacou e olhou para cima. Estava em uma rua estreita, com algumas lojinhas escuras, espalhadas entre casas residenciais. Logo acima de sua cabeça havia três bolas de metal suspensas, que pareciam já terem sido douradas. Teve a impressão de conhecer aquele lugar. É claro! Estava bem em frente à loja de quinquilharias onde comprara o diário.

Sentiu-se atravessado por uma pontada de medo. Já se mostrara precipitado demais ao comprar aquele caderno, e havia jurado nunca mais se aproximar da loja. Porém, no momento que deu corda a seus pensamentos, seus pés, por conta própria, já o haviam levado de volta para lá. Foi com a intenção de se proteger daquele tipo de impulso suicida que ele resolveu escrever o diário. Ao mesmo tempo, reparou que, embora já fosse nove da noite, a loja ainda estava aberta. Percebendo que daria menos na vista se estivesse dentro da loja do que parado na calçada, entrou pela porta. Caso lhe perguntassem, poderia dar a justificativa razoável de que estava em busca de lâminas de barbear.

O proprietário acabara de acender uma lamparina de óleo pendurada no teto, que emanava um cheiro de sujeira, porém agradável. Era um homem de cerca de sessenta anos, frágil e recurvado, com um nariz longo e benevolente, e olhos suaves distorcidos por óculos de grossas lentes. Seu cabelo era quase branco, mas suas sobrancelhas eram espessas e ainda pretas. Seus óculos, seus movimentos suaves e irrequietos e o fato de estar vestindo uma velha jaqueta de veludo preto, lhe davam uma vaga aura de intelectualidade, como se ele tivesse sido uma espécie de literato, ou talvez um músico. Sua voz era mansa, como que amortecida, e seu sotaque era menos degradado do que o da maioria dos proletas.

– Reconheci você na calçada – ele disse, de imediato. – Você é o cavalheiro que comprou aquele álbum de recordações para moças. Ótimo papel, aquele. Vergê creme, era como chamavam. Não fabricam mais papel como aquele já faz... ah, eu diria uns cinquenta anos. – Ele olhou para Winston por cima dos óculos. – Está procurando algo em particular? Ou só queria dar uma olhada?

– Eu estava passando em frente – disse Winston sem dar detalhes – e resolvi entrar. Não estou procurando nada em particular.

– Ótimo, pois acho que eu não conseguiria ajudá-lo em muita coisa – fez um gesto de pedido de desculpas com sua mão de palma delicada. – Veja só como a loja está vazia. Cá entre nós, os antiquários estão desaparecendo. Não tem mais demanda, nem estoque. Móveis, louça, vidros... pouco a pouco foi tudo se quebrando. E claro que boa parte dos objetos de metal já foi fundida. Faz anos que não vejo um castiçal de metal.

A loja minúscula estava cheia a ponto de causar desconforto, mas ali não havia quase nada que tivesse o menor valor. O espaço livre no chão era bastante limitado, pois ao redor de todas as paredes havia pilhas e pilhas de quadros empoeirados. Junto da janela, bandejas com parafusos e porcas, formões estragados, canivetes com lâminas quebradas, relógios foscos que não pareciam funcionar, e uma miscelânea de cacarecos. Somente em uma mesinha de canto amontoavam-se várias quinquilharias – caixinhas de rapé laqueadas, broches de ágata, coisas do tipo –, entre as quais parecia haver algo de interesse. Ao se aproximar da mesa, Winston avistou uma coisinha redonda e macia, que brilhava suave à luz da lamparina, e a apanhou.

Era um pesado pedaço de vidro, curvo de um lado, achatado do outro, quase formando um hemisfério. Havia nele uma maciez particular, como gotas de chuva, tanto na cor quanto na textura do vidro. No meio dele, ampliada pela superfície curva, havia um objeto estranho, cor de rosa e espiralado, que lembrava uma rosa ou uma anêmona-do-mar.

– O que é isso aqui? – perguntou Winston, fascinado.

– É uma pedra coral – respondeu o velho. – Deve ter vindo do Oceano Índico. Uma pedra que eles costumavam incrustar no vidro. Deve ter mais de cem anos. Ou mais, pela aparência.

– É uma coisa linda – disse Winston.

– É linda – comentou o velho, satisfeito. – Mas muita gente não diria isso, hoje em dia. – Ele tossiu. – Agora, se você se interessou por ela, o preço é quatro dólares. Lembro de uma época em que um objeto como esse chegava a valer oito libras, e oito libras valia... bem, não sei agora calcular quanto, mas era muito dinheiro. Mas quem é que hoje dá importância a peças antigas genuínas, mesmo a estas poucas que sobraram?

Winston, de imediato, pagou os quatro dólares e colocou o cobiçado objeto no bolso. O que lhe agradava nele não era tanto a beleza, mas a aura que ele parecia ter, de pertencer a uma época tão diferente da atual. O vidro macio, com bolinhas que lembravam gotas de chuva, era diferente de tudo que ele vira antes. Aquilo era duplamente atraente por ser um objeto aparentemente inútil, embora ele imaginasse que já devia ter sido usado como peso para papéis. Pesava bastante, mas felizmente, não ficava saliente demais dentro do bolso. Era uma coisa estranha, até mesmo comprometedora para um membro do Partido carregar no bolso. Qualquer objeto velho, aliás, qualquer objeto que fosse belo, era sempre um pouco suspeito. O velho ficou visivelmente entusiasmado ao receber os quatro dólares. Winston se deu conta que teria ficado satisfeito com três, ou mesmo dois dólares.

– Tem um outro quarto no andar de cima, que talvez você queira dar uma olhada – disse ele. Não tem muita coisa ali, só algumas peças. Se a gente for subir, levo um lampião.

Acendeu outro lampião, e com as costas curvadas, subiu devagar as escadas íngremes e gastas, entrou por uma passagem pequena até chegar em um quarto que não dava para a rua, mas para um quintal calçado de pedras e uma floresta de chaminés. Winston reparou que os móveis estavam arrumados, como se preparado para receber um morador. Havia um tapete pequeno no chão, um ou outro quadro na parede, e uma poltrona funda e maltratada junto da lareira. Um relógio de vidro com marcadores de doze horas tiquetaqueava sobre a lareira. Sob a janela, ocupando quase um quarto do cômodo, uma cama enorme ainda com o colchão sobre o estrado.

Nós vivemos aqui até que minha esposa morreu – disse o velho, meio que se desculpando. – Estou vendendo os móveis pouco a pouco. Olhe só, esta cama de mogno é linda, ou pelo menos era pra ser, não fossem os percevejos. Mas imagino que você vai achar ela meio grandalhona.

O velho segurava o lampião bem alto, de modo que iluminasse todo o aposento, e iluminado pela cálida luzinha, o lugar parecia curiosamente convidativo. Ocorreu a Winston que talvez fosse mais fácil alugar o quarto por um punhado de dólares semanais, caso ele ousasse correr o risco. Era uma ideia maluca e impossível, a ser descartada assim que o pensamento lhe veio à mente. Mas o quarto despertou nele uma espécie de nostalgia, um tipo de memória ancestral. Pareceu-lhe que sabia a exata sensação de estar em um quarto como aquele, em uma poltrona ao lado da lareira, pés apoiados no guarda-fogo e uma chaleira aquecendo no fogão; completamente sozinho, em plena segurança, sem ser observado por ninguém, por nenhuma voz, e nenhum som ao redor com exceção da chaleira e o amistoso tique-taque do relógio.

– Não tem teletela! – deixou escapar o comentário, em tom de sussurro.

– Ah, eu nunca tive um objeto destes. É caro demais. E, de certa forma, nunca senti falta de ter uma. Olhe, ali no canto tem uma bela mesinha com abas dobráveis. Mas você teria que trocar as dobradiças se quiser usar.

Havia uma pequena estante de livros no outro canto do quarto, que já havia atraído o olhar de Winston. Nada que prestasse naquela estante. A perseguição e a destruição de livros haviam sido completas, tanto nos bairros dos proletas quanto nas demais regiões. Era altamente improvável que em algum lugar da Oceânia existisse exemplares de um livro impresso antes de 1960. O velho, que ainda carregava o lampião, estava parado diante de um quadro emoldurado em pau-rosa, pregado do outro lado da lareira, oposto ao da cama.

– Agora, se você tiver algum interesse em gravuras... – começou a dizer, com delicadeza.

Winston se aproximou para examinar o quadro. Era uma gravura em aço de um edifício oval com janelas retangulares, com uma pequena torre na frente. Havia um gradil em volta do edifício, e ao fundo, algo que parecia ser uma estátua. Winston olhou fixamente para o quadro por alguns instantes. Ele lhe pareceu familiar, embora ele não se lembrasse da estátua.

– O quadro está fixado na parede – disse o velho –, mas posso retirar ele para você. – Conheço este prédio – disse Winston, por fim. – Hoje ele está em ruínas. Fica no meio da rua em frente ao Palácio de Justiça.

– Isso mesmo. Em frente ao Fórum. Foi bombardeado em... ah, faz muito tempo. Já foi uma igreja, São Clemente dos Dinamarqueses, era o nome. – Ele sorriu como quem pede desculpas, como se tivesse dito algo um pouco ridículo. "Laranja e limão me alimentem, dizem os sinos da São Clemente!"

– Que frase é esta? – disse Winston.

– Ah... "*Laranja e limão me alimentem, dizem os sinos da São Clemente*". Não lembro a sequência, mas sei que terminava assim, "*Já pra cama, deixe de manha, ou o bicho-papão te apanha*". Era um tipo de dança. As pessoas se davam as mãos, e deixavam os braços estendidos para você passar debaixo; quando chegava o verso "*ou o bicho-papão te apanha*", elas abaixavam os braços e você ficava preso. Todos os nomes de igrejas de Londres estavam naqueles versos – pelo menos as principais.

Winston se pôs a imaginar, sem grande esforço, a que século pertencia aquela igreja. Era sempre difícil determinar a idade de um edifício londrino. Considerava-se automaticamente que qualquer construção grande e imponente com uma aparência relativamente nova fora erguida antes da Revolução, ao passo que qualquer outra de uma época anterior era tida como algo próprio de uma época indistinta chamada Idade Média. Dizia-se que os séculos de capitalismo não haviam produzido nada de valor. Não era possível, por meio da arquitetura, aprender mais história do que se aprendia com os livros. Estátuas, inscrições, lápides comemorativas, nomes de ruas – qualquer coisa que pudesse lançar luz sobre o passado havia passado por uma alteração sistemática.

– Nunca imaginei que esse edifício tivesse sido uma igreja – disse Winston.

– Ainda restaram várias delas – disse o velho –, mas elas foram adaptadas para outros tipos de uso. Mas... como era mesmo aquela rima? Ah, lembrei! "*Laranja e limão me alimentem, dizem os sinos da São Clemente / Pague logo os vinténs pra mim, dizem os si-*

nos da São Martim". Só lembro até este pedaço. Um vintém era uma pequena moeda de cobre.

– Onde ficava São Martim?

– A igreja de São Martim? Ela ainda existe. Fica na Victory Square, ao lado da galeria de pintura. Um prédio com uma espécie de pórtico triangular e pilares na entrada, e um grande lance de escadas.

Winston conhecia bem aquele lugar. Era um museu usado para exibir anúncios publicitários de vários tipos. Modelos de mísseis em escala e Fortalezas Flutuantes, figuras de cera ilustrando atrocidades dos inimigos, coisas desse tipo.

– São Martim dos Campos, era o nome dela. Embora eu não lembre de ter visto nenhum campo naquela região.

Winston não comprou a gravura. Teria sido uma compra ainda mais inadequada do que a do peso de papel em vidro, além de impossível de ser levada para casa, a menos que fosse retirada da moldura. Mas ele permaneceu na loja por mais alguns minutos, conversando com o velho, cujo nome, acabou descobrindo, não era Weeks – como se poderia imaginar pela inscrição no letreiro em frente à loja –, mas Charrington. Ao que parecia, o sr. Charrington era um viúvo de sessenta e três anos, que morava naquele local há trinta. Durante todo este período, ele teve intenção de alterar o nome sobre a janela, mas nunca chegou a fazê-lo. Até então, eles vinham conversando sobre as rimas lembradas pela metade e que pairavam na cabeça de Winston: *Laranja e limão me alimentem, dizem os sinos da São Clemente. Pague logo os vinténs pra mim, dizem os sinos da São Martim*". Curioso, mas quando a pessoa repetia aquilo para si, tinha a ilusão de estar mesmo ouvindo sinos, os sinos de uma Londres perdida que ainda existia em algum lugar, disfarçada e esquecida. De um fantasmagórico campanário a outro, ele parecia ouvir suas badaladas. Porém, até onde conseguia se lembrar, na vida real ele nunca escutara sinos de igreja.

Despediu-se do sr. Charrington e desceu sozinho as escadas, para não permitir que o velho ficasse inspecionando a rua antes de ele sair pela porta. Já tinha decidido que, após um intervalo considerável – um mês, algo assim, correria o risco de voltar à loja. Talvez não fosse mais perigoso do que escapar de uma noite de atividades no Centro. A loucura maior tinha sido voltar àquele lugar, depois de ter comprado o caderno, e sem saber se poderia confiar no proprietário. Porém...

Sim, pensou, ele voltaria. Compraria outros restos de belos badulaques. Compraria a gravura de São Clemente dos dinamarqueses, ele a retiraria da moldura e a levaria para casa escondida no bolso de seu casaco. Arrancaria da memória do sr. Charrington o restante daquele poema. Até mesmo o insano projeto de alugar o quarto de cima lhe veio à mente por um momento, como um *flash*. Durante os cinco segundos que durou sua euforia, descuidou-se, e saiu para a calçada sem antes dar uma espiada pela janela. Chegou até a cantarolar uma melodia improvisada:

> *Laranja e limão me alimentem, dizem os sinos da São Clemente*
> *Pague logo os vinténs pra mim, dizem...*

De repente, sentiu o coração congelar, e o estômago embrulhar. Uma pessoa de macacão azul descia pela escada, a menos de dez metros de distância. Era a garota do Departamento de Ficção, a garota de cabelo escuro. A iluminação era fraca, mas ele não teve dificuldade em reconhecê-la. Ela o encarou diretamente, e então saiu andando depressa, como se não o tivesse visto.

Por alguns segundos, Winston ficou paralisado. Então virou à direita e se afastou depressa, sem perceber que estava seguindo na direção contrária. De todo modo, uma questão havia sido resolvida: não restava dúvida que a garota o espionava. Ela devia ter seguido Winston até ali, pois não era plausível que um mero acaso a teria feito passar pela mesma rua escura, na mesma noite, a quilômetros de distância de qualquer bairro onde moravam os membros do Partido. Seria coincidência demais. Pouco importava se ela era, de fato, uma agente da Polícia da Mente, ou apenas uma espiã amadora movida por um zelo excessivo. É bem provável que ela também o viu entrar no pub.

Ficou difícil caminhar. A cada passo, a peça de vidro em seu bolso chocava-se contra sua coxa, e ele chegou a pensar a jogá-la fora. O pior era a dor no estômago. Por alguns minutos, teve a sensação de que morreria se não chegasse logo a um banheiro. Mas, num bairro como aquele não havia banheiros públicos. Então o espasmo passou, deixando apenas uma dor leve.

A rua era um beco sem saída. Winston parou e ficou vários segundos sem saber direito o que fazer. Então, deu meia-volta e começou a refazer seus passos. Ao dar meia-volta, ocorreu-lhe que a garota passara por ele três minutos antes e que, se corresse, provavelmente a alcançaria. Poderia segui-la até que ambos estivessem em um lugar silencioso, e então esmagaria seu crânio com uma pedra do calçamento. Talvez o pedaço de vidro em seu bolso fosse pesado o bastante para a tarefa. Mas logo desistiu da ideia, pois a simples ideia de fazer algum esforço físico lhe era insuportável. Não conseguiria correr, nem lhe dar um soco. Além disso, ela era jovem e forte, e conseguiria se defender. Winston também pensou em correr até o Centro Comunitário e ficar ali até que o local fechasse: com isso, teria um álibi parcial para aquela noite. Mas isso também seria impossível. Foi tomado por um cansaço mortal. Tudo o que ele queria era chegar logo em casa, sentar-se e ficar quieto.

Já passava das dez da noite quando chegou ao apartamento. Às onze e meia, o fornecimento de luz na central seria cortado. Foi até a cozinha e engoliu quase uma xícara de gim Victory. Seguiu então até a mesa da alcova, e tirou o diário da gaveta. Mas não o abriu de imediato. Na teletela, uma voz feminina estridente guinchava uma canção patriótica. Winston ficou olhando a capa marmorizada do diário, tentando em vão calar a voz de sua consciência.

Era à noite que eles prendiam as pessoas, sempre à noite. O melhor a fazer era a pessoa se matar antes de ser capturada. Sem dúvida, muita gente fazia isso. Muitos dos desaparecimentos eram, na verdade, suicídios. Mas era preciso uma coragem desesperada para se matar em um mundo em que não havia armas de fogo ou algum veneno rápido e infalível. Pensou, com uma espécie de perplexidade, na inutilidade biológica da dor e do medo, na traição do corpo humano que sempre se entrega à inércia no momento exato em que um esforço adicional se fazia necessário. Ele poderia ter silenciado a moça de cabelo escuro, caso tivesse agido depressa; mas, justamente devido ao extremo perigo da situação, perdeu a capacidade de agir. Ocorreu-lhe que, em momentos de crise, uma pessoa nunca luta contra um inimigo externo, mas sempre contra o próprio corpo. Mesmo agora, apesar do gim, a dor incômoda que ainda sentia no estômago o impedia de encadear os pensamentos. E acontecia o mesmo, ele reparou, em todas as outras situações aparentemente heroicas ou trágicas. No campo de batalha, na sala de tortura ou em um naufrágio, as questões pelas quais a pessoa luta sempre são esquecidas, pois o corpo se dilata até preencher o universo, e mesmo quando ela não está paralisada de medo, ou gritando de dor, a vida é uma luta incessante contra a fome, o frio ou a insônia, contra uma acidez no estômago ou uma dor de dente.

Abriu o diário. Era importante escrever algo nele. Na teletela, a mulher começou a entoar outra canção. A voz dela parecia lhe penetrar no cérebro como cacos pontiagudos de vidro. Ele tentou pensar em O'Brien, por quem, ou para quem o diário estava sendo escrito; em vez disso, começou a pensar no que lhe aconteceria quando a Polícia da Mente o levasse. Pouco importava se eles o matariam na mesma hora. O esperado era que o matassem. Mas, antes da morte (ninguém falava sobre estas coisas, porém todos sabiam delas), a pessoa teria de passar pela rotina das confissões: rastejar no chão, implorar por misericórdia, o som dos ossos se partindo, os dentes sendo quebrados, os coágulos de sangue no couro cabeludo.

Por que as pessoas tinham que se submeter àquilo, se o fim era sempre o mesmo? Por que não encurtar a vida delas em alguns dias ou semanas? Ninguém jamais escapou das prisões, ninguém jamais deixou de confessar. Quando a pessoa sucumbia ao *crimepensar*, era certo que até uma determinada data estaria morta. Por que então, aquele horror, que nada alterava, tinha de estar atrelado ao futuro?

Tentou – e desta vez conseguiu melhor – evocar a imagem de O'Brien. "Vamos nos encontrar no lugar onde não há escuridão", O'Brien dissera a ele. Ele sabia o significado daquilo, ou achava que sabia. O lugar onde não há escuridão era o futuro idealizado, que as pessoas jamais veriam, mas que, por presciência, era possível partilhar misticamente. Porém, com a voz da teletela lhe atazanando os ouvidos, ele não conseguiu levar seu raciocínio adiante. Colocou um cigarro na boca. Metade do tabaco caiu em sua língua, um pó amargo que era difícil de ser cuspido. O rosto do Grande Irmão flutuava em sua mente, substituindo o de O'Brien. Assim como fez alguns dias antes, tirou uma moeda do bolso e olhou para ela. O rosto o encarava, pesado, calmo, protetor; mas que tipo de sorriso estava oculto atrás do bigode preto? Soando como um fúnebre repicar de sino, as palavras lhe voltaram à mente:

GUERRA É PAZ
LIBERDADE É ESCRAVIDÃO
IGNORÂNCIA É FORÇA

Parte II

Capítulo 1

No meio da manhã, Winston deixou o cubículo onde trabalhava para ir ao banheiro.

Uma figura solitária caminhava em sua direção, vindo da outra ponta do longo e bem-iluminado corredor. Era a garota de cabelo escuro. Haviam se passado quatro dias desde a noite em que ele a encontrara em frente à loja de antiguidades. Ao aproximar-se dela, ele viu que seu braço direito estava em uma tipoia, que não dava para perceber de longe, porque era da mesma cor do macacão. Talvez tivesse tido a mão esmagada ao manobrar um dos grandes caleidoscópios em que os enredos dos romances eram "elaborados". Era um acidente comum no Departamento de Ficção.

Estavam a uns quatro metros um do outro quando a garota tropeçou e quase deu de cara no chão. Soltou um grito de dor agudo. Deve ter caído por cima do braço machucado. Winston parou na hora. A garota havia se ajoelhado. A cor de seu rosto era de um amarelo leitoso, que tornava muito mais intenso o vermelho de sua boca. Seus olhos se fixaram nos dele com uma expressão suplicante, mais de medo do que de dor.

Uma emoção curiosa agitou o coração de Winston. Diante dele estava um inimigo que tentava matá-lo: diante dele também estava um ser humano sentindo dor, e talvez com um osso quebrado. Por instinto, avançou até ela na intenção de ajudar. No instante em que a viu cair sobre o braço enfaixado, foi como ele tivesse sentido a dor em seu próprio corpo.

– Machucou? – ele perguntou.

– Não foi nada. O meu braço... Logo vai ficar bom.

Ela falou como se seu coração batesse disparado. Estava visivelmente muito pálida.

– Não quebrou nada?

– Não, estou bem. Na hora doeu, mas só isso.

Estendeu a ela sua mão livre, ajudando-a a se levantar. Ela recuperou parte da cor do rosto, e parecia bem melhor.

– Não foi nada – ela repetiu. – Só uma pancada no pulso. Obrigada, camarada!

E, ao dizer isso, continuou andando na direção em que seguia, com tamanha energia que parecia que não tinha mesmo acontecido nada. O incidente todo não deve ter durado mais do que trinta segundos. Não deixar que os sentimentos transparecessem no rosto já era um hábito que se tornara instintivo, e de todo modo, quando aquilo aconteceu, eles estavam parados bem diante de uma teletela. No entanto, tinha sido muito difícil não demonstrar uma surpresa passageira, pois durante os dois ou três segundos em que ele ajudava a garota ela colocou algo em sua mão. Sem dúvida, o gesto foi intencional. Era uma coisa pequena e achatada. Ao entrar no banheiro, ele a transferiu para o bolso e a apalpou com as pontas dos dedos. Era um pedaço de papel dobrado em quatro.

Enquanto urinava, com um movimento dos dedos conseguiu desdobrá-lo. Óbvio que devia haver algum tipo de mensagem escrita ali. Por um instante, sentiu a tentação de levar o papel para um dos reservados para poder ler, mas sabia bem que isso seria uma insanidade. Os reservados eram o lugar mais constantemente vigiados pelas teletelas.

Winston voltou ao cubículo, sentou-se, jogou o pedaço de papel no meio de outros papéis, como se ele não tivesse a menor importância, e puxou o ditafone para perto. "Cinco minutos", pensou, "cinco minutos no mínimo". Seu coração batia forte no peito, um barulho assustador. Por sorte, a tarefa do momento era mera rotina – a retificação de uma longa lista de uma longa lista de números – e não lhe exigia muita atenção.

O que quer que estivesse escrito no papel devia ter algum tipo de significado político. Para ele, só havia duas possibilidades. A primeira, e mais provável, é que a garota fosse um agente da Polícia da Mente, como ele temia. Winston não sabia por que a Polícia da Mente optaria por entregar mensagens desta maneira, mas talvez tivessem seus motivos. A coisa escrita no papel poderia ser uma ameaça, uma convocação, uma ordem para cometer suicídio, uma armadilha qualquer. Mas outra possibilidade, mais bizarra, lhe vinha à cabeça, embora ele tentasse em vão reprimi-la: a mensagem não teria sido enviada pela Polícia da Mente, mas de algum tipo de organização clandestina. Talvez a Irmandade existisse, afinal! E talvez a garota fizesse parte dela! Sem dúvida, era uma ideia absurda, mas que lhe ocorrera no mesmo instante em que sentiu o pedaço de papel na mão. Só minutos depois é que a segunda explicação, a mais provável, lhe veio à mente. E mesmo agora, embora o intelecto lhe dissesse que a mensagem provavelmente significava a morte, mesmo assim ele não acreditava nisso, a esperança insensata persistia, e seu coração batia com força, e foi com dificuldade que ele tentou evitar que sua voz tremesse enquanto murmurava os números no ditafone.

Fez um rolo com o maço de trabalho concluído e o colocou no tubo pneumático. Haviam se passado oito minutos. Acomodou os óculos no nariz, suspirou e puxou para perto a próxima pilha de papéis de trabalho, com o pedacinho de papel por cima. Alisou o papel. Estava escrito, em letras grandes e irregulares:

Amo você.

Winston permaneceu atordoado por vários segundos, sem conseguir sequer lançar o objeto incriminador no buraco da memória. Quando o fez, mesmo sabendo muito bem o perigo de demonstrar um excessivo interesse, não resistiu à tentação de lê-lo uma vez mais, só para ter certeza de que as palavras estavam mesmo ali.

Durante o resto da manhã, teve dificuldade para trabalhar. Ainda pior do que ter de se concentrar em uma série de tarefas insignificantes era a necessidade de disfarçar seu estado de agitação diante da teletela. Sentia como se um fogo lhe ardesse na barriga. O almoço na cantina quente, lotada e barulhenta foi um tormento. Estava torcendo para conseguir estar sozinho na hora do almoço, mas por azar o imbecil do Parsons se sentou desajeitado diante dele, o cheiro penetrante de seu suor quase superando o aroma metálico do guisado, enquanto ele despejava um jorro de comentários sobre os preparativos para a Semana do

Ódio. Mostrava um entusiasmo especial por um modelo em papel-machê com a cabeça do Grande Irmão, de dois metros de largura, que vinha sendo construído para a ocasião pela tropa de Espiões de sua filha. O irritante era que, no meio daquela algazarra, Winston mal conseguia ouvir o que Parsons dizia, e precisava lhe pedir, o tempo todo, que repetisse uma ou outra observação idiota. Uma única vez ele viu a garota de relance, sentada com mais duas outras garotas a uma mesa na outra ponta do salão. Ao que parecia, ela não o viu, e ele não voltou a olhar na direção dela.

A tarde foi mais suportável. Logo após o almoço lhe chegou uma tarefa delicada e difícil, que levaria várias horas e exigiria atenção total. Consistia na falsificação de uma série de relatórios de produção de dois anos antes, com o objetivo de desacreditar um membro do Partido sobre o qual pairavam suspeitas. Era o tipo de coisa que Winston fazia bem, e por mais de duas horas ele conseguiu manter a garota longe de seus pensamentos. Então, a lembrança do rosto dela voltou, trazendo consigo uma vontade insuportável de estar sozinho. Até que ele conseguisse estar sozinho seria impossível refletir sobre a nova situação. Naquela noite ele teria que ir ao Centro Comunitário. Devorou mais uma refeição insossa na cantina, saiu correndo para o Centro, participou da tolice solene de um "grupo de discussão", jogou duas partidas de pingue-pongue, engoliu vários copos de gim e sentou-se durante meia hora para ouvir uma palestra intitulada "A relação entre o Socing e o xadrez". Sua alma se contorcia de tédio, mas desta vez ele não sentiu vontade de evitar a reunião no Centro. A visão das palavras *amo você* despertou nele o desejo de permanecer vivo, e a ideia de correr riscos menores de repente lhe pareceu estúpida. Foi só às onze da noite, quando ele já estava em casa e na cama – no escuro, em que a pessoa fica protegida da teletela, contanto que fique em silêncio – que ele conseguiu pensar naquilo sem ser interrompido.

Ele estava diante de um problema de natureza física: como entrar em contato com a garota e combinar um encontro. Deixou de considerar a possibilidade de que ela estivesse lhe armando algum tipo de armadilha. Sabia que não era o caso devido ao inconfundível nervosismo dela ao lhe entregar o bilhete. É óbvio que ela estava apavorada, e com razão. Mas a ideia de se esquivar de suas investidas jamais lhe passou pela cabeça. Somente cinco noites antes ele cogitara esmagar o crânio dela com uma pedra, mas agora isso não tinha mais importância. Pensou naquele corpo jovem e nu, como ela aparecera em seus sonhos. Ele a havia considerado uma idiota como as demais pessoas, com a cabeça cheia de mentiras e de ódio, e achava que aquele corpo jovem e branco poderia escapar dele! O que ele mais temia era a possibilidade de ela simplesmente mudar de ideia se ele não tentasse entrar logo em contato. Mas a dificuldade física do encontro era enorme. Era como você tentar movimentar uma peça do xadrez quando já estava prestes a levar um xeque-mate. Para qualquer lado que você virasse, a teletela o encarava. Na verdade, todas as possibilidades de comunicação lhe ocorreram cinco minutos após ler o bilhete; mas agora, com tempo para pensar, ponderou-as uma por uma, como alguém que dispõe uma fileira de instrumentos sobre uma mesa.

Claro que o tipo de encontro que ocorreu naquela manhã não poderia se repetir. Se ela trabalhasse no Departamento de Registros seria mais simples, em comparação, mas ele só tinha uma ideia muito vaga sobre onde ficava o Departamento de Ficção, e não tinha qualquer pretexto para visitar aquele local. Se soubesse onde ela morava, e a que horas saía do trabalho, poderia encontrar um modo de encontrá-la em algum lugar no caminho de casa; mas tentar segui-la até em casa não era seguro, pois isso implicava ficar perambulando próximo à saída do Ministério, o que daria muito na vista. Enviar a ela uma carta pelo correio estava fora de questão. Seguindo um procedimento que nem era mais secreto, todas as cartas em trânsito eram abertas. Na verdade, poucas pessoas ainda escreviam cartas. Para as eventuais mensagens que ainda fosse necessário enviar, havia cartões postais impressos com uma longa lista de frases. Bastava riscar as que não correspondiam à sua necessidade. De todo modo, ele não sabia o nome da garota, muito menos seu endereço. Decidiu, por fim, que o lugar mais seguro era a cantina. Se conseguisse pegá-la sentada em uma mesa sozinha, em algum lugar no meio do salão, não tão próximo às teletelas, e com suficiente barulho de conversa ao redor – se estas condições se mantivessem por, digamos, trinta segundos, talvez eles conseguissem trocar algumas palavras.

Durante uma semana depois deste episódio, a vida lhe pareceu um sonho agitado. No dia seguinte, a garota só apareceu quando ele já estava indo embora, e o apito já havia tocado. Era provável que seu turno de trabalho tivesse sido trocado para mais tarde. Passaram um pelo outro sem trocar um olhar. No dia seguinte, ela estava na cantina no horário habitual, mas acompanhada de três outras garotas, e bem embaixo de uma teletela. Então, durante três dias que lhe pareceram terríveis, ela sumiu. A cabeça e o corpo de Winston pareciam estar totalmente dominados por uma sensibilidade insuportável, uma espécie de transparência, que transformava em um tormento cada movimento, cada som, cada contato, cada palavra que ele tivesse de dizer ou ouvir. Nem mesmo dormindo conseguia escapar da imagem dela. Ele sequer tocou no diário naqueles dias. O único ambiente em que conseguia encontrar algum alívio era no trabalho, no qual podia às vezes esquecer de si por dez minutos seguidos. Não fazia ideia do que poderia ter acontecido a ela. Não havia como investigar. Ela poderia ter sido vaporizada, poderia ter cometido suicídio, poderia ter sido transferida para o outro extremo da Oceânia; ou pior e mais provável que tudo isso: poderia ter simplesmente mudado de ideia e resolvido evitá-lo.

No dia seguinte ela reapareceu. Já não tinha a tipoia no braço, e tinha uma faixa de esparadrapo no pulso. O alívio de vê-la foi tão grande que ele não resistiu à tentação de encará-la por vários segundos. No dia seguinte, quase conseguiu falar com ela. Quando chegou à cantina, ela estava sentada a uma mesa bem afastada da parede, e sozinha. Era cedo, e o lugar ainda não estava cheio. A fila avançou e Winston já ia se aproximando do balcão quando a fila parou por uns dois minutos: alguém na frente reclamava por não ter recebido seu tablete de sacarina. A garota continuava sentada quando Winston pegou sua bandeja e começou a caminhar na direção da mesa dela. Caminhava na sua direção como quem não quer nada, buscando com os olhos um lugar livre em uma mesa mais à frente. Ela estava a uns três metros de distância. Mais dois segundos bastariam. Foi quando uma voz atrás dele chamou:

– Smith! – Ele fingiu não ouvir. – Smith! –, repetiu a voz, mais alto. Não adiantava. Ele se virou. Um jovem louro com cara de idiota chamado Wilsher, que ele mal conhecia, convidava-o com um sorriso para sentar-se a seu lado à mesa. Era arriscado recusar. Depois de ter sido reconhecido, ele não poderia se sentar à mesa com uma garota desacompanhada. Chamaria muito a atenção. O louro idiota abriu-lhe um sorriso. Winston teve uma visão delirante de que lhe cravava uma picareta bem no meio do rosto. Em poucos minutos a mesa da garota já estava toda ocupada.

Mas ela deve tê-lo visto caminhando em sua direção, e talvez tivesse entendido o sinal. No dia seguinte, Winston teve o cuidado de chegar cedo. Conforme ele previu, ela estava em uma mesa mais ou menos no mesmo lugar, e novamente desacompanhada. A pessoa logo à frente dele na fila era um homem miúdo que se movia ágil como um besouro, com um olhar desconfiado. Ao afastar-se do balcão com a bandeja, Winston percebeu que o homem avançava na direção da mesa da moça. Suas esperanças naufragaram de novo. Havia um lugar vago a uma mesa mais adiante, mas algo na aparência do homenzinho sugeria que ele atenderia à sua própria necessidade de conforto e escolheria a mesa mais vazia. Com o coração apertado, Winston o seguiu. De nada adiantaria se ele não conseguisse pegar a garota sozinha. Neste momento, ouviu-se um estrondo enorme. O homenzinho estava caído de quatro, sua bandeja voara longe, dois filetes de sopa e café escorriam pelo chão. O homem se ergueu e olhou com raiva para Winston: obviamente suspeitava que o outro o fizera tropeçar. Mas deu tudo certo. Cinco segundos mais tarde, com o coração disparado, ele estava sentado à mesa da garota.

Não olhou para ela. Retirou os alimentos da bandeja e logo começou a comer. Era essencial falar de uma vez, antes que alguém chegasse, mas Winston estava agora tomado por um medo terrível. Uma semana se passara desde que ela se aproximou dele. Talvez ela tenha mudado de ideia, certamente deve ter mudado de ideia! Era impossível que aquele caso terminasse bem; essas coisas não acontecem na vida real. Ele teria desistido de falar se naquele momento não tivesse visto Ampleforth, o poeta de orelhas peludas, vagando desorientado pelo salão, buscando um lugar para se sentar. Mesmo que de modo não explícito, Ampleforth sentia afeto por Winston, e certamente se sentaria à sua mesa se o tivesse visto. Ele teria cerca de um minuto para agir. Winston e a garota comiam sem se interromper. O prato do dia era um ensopado ralo – na verdade uma sopa – de vagem. Nenhum dos dois erguia os olhos; levavam a comida aguada para dentro da boca, e entre uma e outra colherada trocaram as poucas palavras necessárias em um tom de voz baixo e sem expressão.

– Que horas você sai do trabalho?

– Seis e meia.

– Onde a gente pode se encontrar?

– Na praça Victory, perto do monumento.

– Está cheio de teletelas.

– Se tiver bastante gente, não tem problema.

– Algum sinal?

– Só venha na minha direção se eu estiver cercada de muita gente. E não olhe para mim. Mas fique perto de mim.

– Que horas?

– Sete.

– Certo.

Ampleforth não viu Winston e sentou-se à outra mesa. Winston e a garota não retomaram a conversa, e tanto quanto era possível para duas pessoas sentadas em lados opostos da mesma mesa, não se olharam mais. A garota terminou depressa o seu almoço e foi embora; Winston ficou para fumar um cigarro.

Antes da hora marcada, Winston já estava na praça Victory. Ficou dando voltas ao redor da base da enorme coluna canelada em cujo topo a estátua do Grande Irmão fitava os céus na direção sul onde derrotara os aviões da Eurásia (na verdade, os aviões da Lestásia anos antes) na Batalha da Pista de Pouso Um. Na rua em frente havia a estátua de um homem a cavalo que supostamente representava Oliver Cromwell. Às sete e cinco, a garota ainda não havia aparecido. De novo, um medo terrível tomou conta de Winston. Ela não viria, tinha mudado de ideia! Caminhou devagar para o lado norte da praça e sentiu um prazer sereno ao identificar a Igreja de São Martim, cujos sinos, quando havia sinos, badalavam: "Pague logo os vinténs pra mim". Foi quando ele viu a garota parada junto à base do monumento, lendo ou fingindo ler um pôster afixado na coluna. Não era seguro se aproximar dela enquanto não juntasse mais gente naquele lugar. Havia teletelas em toda a superfície do frontão. Mas, bem neste momento começou uma gritaria e o zunido de veículos pesados em algum lugar à esquerda. De repente, todo mundo parecia estar correndo pela praça. Com agilidade, a garota contornou os leões da base do monumento e juntou-se à multidão. Winston a seguiu. Enquanto corria, ouviu pelos gritos de algumas pessoas que um comboio de prisioneiros estava passando.

Uma massa compacta de gente já bloqueava todo o lado sul da praça. Winston, que normalmente se mantinha a boa distância de qualquer tipo de tumulto, empurrava com as mãos e com a cabeça, e se contorcia no meio da multidão. Logo se viu a um braço de distância da garota, mas teve seu caminho bloqueado por um proleta enorme e uma mulher igualmente enorme – sua esposa, imaginava-se –, que pareciam formar uma intransponível muralha de carne. Winston se contorceu de lado, e com um empurrão violento, conseguiu enfiar o ombro entre os dois. Por um momento, lhe pareceu que suas entranhas tinham sido reduzidas a uma pasta entre os dois quadris musculosos; logo depois conseguiu passar, suando um pouco. Estava ao lado da garota. Ombro a ombro, ambos com o olhar fixo à frente.

Uma longa fila de caminhões, com guardas de expressão impenetrável, armados de metralhadoras em cada um dos cantos, descia a rua devagar. Nos caminhões, aglomerados e de cócoras, homenzinhos amarelos em uniformes verdes esfarrapados. Os tristes rostos mongóis olhavam para fora da lateral do caminhão, sem demonstrar a menor curiosidade. De vez em quando, com o sacolejar de um caminhão, havia um clanque-clanque de metal: todos os prisioneiros tinham grilhões nas pernas. Os rostos tristes iam passando, um a um. Winston sabia que eles estavam ali, mas só os via de modo intermitente. O ombro da garota e seu braço até o cotovelo estavam grudados nele. As bochechas dela estavam tão perto que ele quase sentia seu calor. Ela imediatamente assumiu controle da situação, assim como o fez na cantina. Começou a falar com a mesma voz inexpressiva de antes, quase sem mexer os lábios, um mero murmúrio certamente abafado pelo tumulto das vozes e pelo ronco dos caminhões.

– Consegue me ouvir?

– Sim.

– Consegue tirar uma folga domingo à tarde?

– Sim.

– Então escute com atenção. Você vai precisar se lembrar disso. Vá até a estação Paddington...

Com uma precisão militar que o impressionou, ela traçou a rota que ele deveria seguir. Uma viagem de meia hora de trem; virar à esquerda na estação; dois quilômetros de caminhada pela estrada: um portão sem a barra superior; uma trilha que cruza um campo; uma passagem gramada; uma pista entre arbustos; uma árvore morta coberta de musgo. Era como se ela tivesse um mapa na cabeça.

– Vai conseguir se lembrar disso tudo? – ela murmurou, por fim.

– Sim.

– Você vira à esquerda, depois à direita, e depois à esquerda de novo. E o portão não tem a barra superior.

– Certo. Que horas?

– Às três horas, mais ou menos. Talvez você precise esperar. Vou chegar por um outro caminho. Tem certeza que se lembra de tudo?

– Tenho.

– Então se afaste de mim o mais rápido que puder.

Ela nem precisava ter dito isso. Só que, por ora, eles não conseguiam se desenredar da multidão. O comboio de caminhões continuava passando; as pessoas, insaciáveis, seguiam boquiabertas. No início houve algumas poucas vaias e assobios, vindos somente de membros do Partido no meio da multidão, mas que logo pararam. A emoção que predominava ali era uma simples curiosidade. Estrangeiros, fossem eles da Eurásia ou da Lestásia, eram um tipo de animal exótico. Era absolutamente impossível vê-los sob outro aspecto a não ser o de prisioneiros, e mesmo assim só se conseguia fazer isso rapidamente, de relance. Ninguém tampouco sabia qual era o destino deles, além dos poucos que eram enforcados como criminosos de guerra: os demais simplesmente desapareciam, provavelmente enviados para campos de trabalhos forçados. Os redondos rostos mongóis deram lugar a rostos de um tipo mais europeu, sujos, barbudos e exaustos. Acima dos rostos barbudos, olhos encaravam os de Winston, às vezes com uma intensidade estranha, e então se desviavam. O comboio chegava ao fim. No último caminhão, ele conseguiu ver um homem idoso, cujo rosto era coberto por um emaranhado de cabelos grisalhos, em pé, punhos cruzados à frente, como se habituado a ficar com eles atados. Já era quase hora de Winston e a garota se separarem. Mas, no último instante, ambos ainda cercados pela multidão, ela buscou a mão dele e a apertou rapidamente.

Não levou mais de dez segundos, ainda assim pareceu que suas mãos ficaram entrelaçadas por um longo tempo. Teve tempo para conhecer cada detalhe daquela mão. Apalpou os dedos compridos, as unhas bem aparadas, a palma enrijecida pelo trabalho e com uma fileira de calos. Só de senti-la, ele seria capaz de reconhecê-la. Na mesma hora lhe ocorreu que não sabia qual era a cor dos olhos da garota. Provavelmente castanho, mas pessoas com cabelo escuro às vezes tinham olhos azuis. Virar a cabeça e olhar para ela seria uma loucura inconcebível. De mãos dadas, invisíveis em meio aos corpos que se comprimiam, eles olhavam firmes para a frente, e ao invés dos olhos da garota, foram os olhos do prisioneiro idoso que fitaram Winston com tristeza, por entre tufos de cabelo.

Capítulo 2

Winston caminhava pela pista salpicada de luz e sombra, pisando em pequenas poças douradas onde os ramos se dividiam. Sob as árvores à sua esquerda, o solo formava uma névoa de jacintos. O ar parecia beijar a pele. Era 2 de maio. De algum lugar das profundezas do bosque vinha o arrulho de pombas.

Estava um pouco adiantado. Não tivera dificuldades com a viagem, e a experiência que a garota mostrara era tamanha que ele estava menos assustado do que normalmente estaria. Ao que tudo indicava, podia confiar nela para encontrar um lugar seguro. Em geral, não se podia supor que a pessoa estaria muito mais segura no campo do que em Londres. Não havia teletelas, claro, mas sempre se corria o risco de que microfones escondidos pudessem captar e reconhecer vozes; além disso, não era fácil viajar sozinho sem chamar a atenção. Para distâncias menores que cem quilômetros, vistos não eram necessários, mas às vezes havia patrulhas rondando estações ferroviárias e examinando os papéis de qualquer membro do Partido com quem cruzassem, a quem faziam perguntas embaraçosas. No entanto, nenhuma patrulha apareceu, e no trajeto a partir da estação ele dava espiadas cautelosas para trás, para se certificar de que não estava sendo seguido. O trem estava cheio de proletas em ritmo de feriado devido ao clima de verão. O vagão com assentos de madeira em que Winston viajava estava tomado por uma única família enorme, que incluía de uma bisavó desdentada até um bebê com um mês de vida. Conforme explicaram a Winston de um modo nada reservado, estavam indo passar uma tarde com os "sogros" no interior, para comprar um pouco de manteiga no mercado negro.

A pista se alargara e, um minuto depois, ele chegou à trilha indicada pela garota, uma trilha simples usada para a passagem do gado, que mergulhava mato adentro. Estava sem relógio, mas ainda não deviam ser três da tarde. Os jacintos formavam uma camada tão espessa sob seus pés, que era impossível não pisar neles. Ajoelhou-se e começou a colher alguns, para matar o tempo, mas também com a vaga ideia de compor um buquê de flores para oferecer à garota quando a encontrasse. Juntara um buquê enorme e estava sentindo seu perfume levemente enjoativo quando um ruído às suas costas o gelou: o estalar inconfundível de gravetos sendo pisados. Continuou colhendo os jacintos; era o melhor a fazer. Podia ser a garota, ou talvez ele estivesse mesmo sendo seguido. Olhar em volta equivaleria a demonstrar culpa. Colheu outro, e mais outro. Uma mão pousou suave em seu ombro.

Winston olhou para cima. Era a garota. Ela meneou a cabeça, em um claro alerta de que ele deveria permanecer em silêncio; então abriu caminho entre os arbustos, tomando a frente ao longo da trilha estreita bosque adentro. É óbvio que ela já percorrera aquele caminho, pois desviava dos trechos pantanosos como se acostumada a caminhar por ali. Ainda segurando o ramo de flores, Winston a seguiu. Seu primeiro sentimento foi de alívio, mas enquanto observava os movimentos do corpo atlético e esbelto à sua frente, a faixa vermelha apertada o bastante para salientar as curvas dos quadris da garota, a sensação de sua própria inferioridade pesou sobre ele. Mesmo agora lhe parecia muito provável que, quando ela se virasse e olhasse para ele, acabaria desistindo de seus planos. A doçura do ar e o verdor das folhas o assustavam. Já no trajeto desde a estação o sol de maio o fizera sentir-se sujo e debilitado, um ser que só vivia em lugares fechados, a poeira fuliginosa de Londres impregnada nos poros de sua pele. Ocorreu-lhe que até aquele momento ela provavelmente ainda não o tinha visto à luz do dia e ao ar livre. Chegaram à árvore caída que ela mencionara. A garota saltou por cima do tronco e abriu caminho entre os arbustos, onde parecia não haver uma abertura. Winston a seguiu, e percebeu que eles haviam chegado a uma clareira natural, uma pequena colina coberta pela relva e cercada de árvores novas e altas, que a encobriam por completo. A garota parou e se virou.

– Chegamos – ela disse.

Winston olhava para ela a alguns passos de distância. Ainda não ousava chegar mais perto.

– Preferi não falar nada no caminho – continuou ela –, porque poderia ter algum microfone escondido lá. Não acho que tenha, mas poderia ter. Tem sempre a chance de um daqueles canalhas reconhecerem a nossa voz. Aqui é seguro.

Ele ainda não tinha coragem de se aproximar dela. – Aqui é seguro? – repetiu de um jeito estúpido.

– É, sim. Olha as árvores. – Eram pequenos freixos, que alguém havia cortado e que voltaram a brotar, formando uma floresta de postes, e nenhum deles era mais grosso do que o pulso de uma pessoa. Aqui não tem nada grande o bastante para esconder um microfone. Já estive aqui antes.

Estavam só tentando engatar uma conversa. Ele agora havia chegado mais perto dela. A garota se colocou diante dele, muito ereta, com um sorriso no rosto que parecia ligeiramente irônico, como se perguntasse por que ele demorava tanto para tomar uma atitude. Os jacintos haviam se espalhado pelo chão; pareciam ter caído por vontade própria. Winston pegou na mão dela.

– Você acredita – disse ele – que até agora eu não sabia a cor dos seus olhos? – Eram castanhos, ele reparou, um tom de castanho claro, com cílios escuros. – Agora que você pode me ver como eu sou de verdade, consegue continuar olhando para mim?

– Sim, fácil.

– Eu tenho trinta e nove anos. Tenho uma esposa e não consigo me livrar dela. Tenho veias varicosas. E cinco dentes postiços.

– Isso não faz a menor diferença – disse a garota.

No momento seguinte, não se sabe por iniciativa de quem, ela estava nos braços dele. No início, Winston não sentiu nada além de uma total incredulidade. Aquele corpo jovem pressionado contra o seu, com um denso cabelo preto que se colava a seu rosto e – sim!, ela havia virado o rosto e ele estava beijando aquela grande boca vermelha. Com os braços em volta do pescoço dele, ela o chamava de meu bem, meu querido, meu amado. Ele a puxou para o chão, sem a menor resistência da parte dela: poderia fazer com ela o que quisesse. A verdade, porém, é que ele não experimentava nenhuma sensação física, além de um mero contato. Tudo o que sentia era incredulidade e orgulho. Estava contente com o que estava acontecendo, mas não sentia qualquer desejo físico. Foi tudo muito rápido, a juventude e a beleza dela o assustaram, ele já se acostumara a viver sem mulheres – mas não sabia por quê. A garota se levantou e tirou um jacinto de seu cabelo. Sentou-se encostada nele, envolvendo sua cintura com o braço.

– Não se preocupe, querido. Sem pressa. Temos a tarde toda. Não é maravilhoso, este esconderijo? Descobri este lugar quando me perdi, uma vez, numa caminhada comunitária. Se alguém estivesse chegando, daria pra ouvir a uma distância de cem metros.

– Qual é o seu nome? – perguntou Winston.

– Julia. O seu eu já sei. É Winston. Winston Smith.

– Como é que você descobriu?

– Acho que sou melhor em descobrir coisas do que você, querido. Me diz, o que você achava de mim antes do dia em que te dei o bilhete?

Winston não tinha a menor vontade de mentir a ela. Começar contando o pior chegava a ser uma espécie de oferenda amorosa.

– Eu sentia ódio só de olhar pra você – disse ele. – Eu tinha vontade de te estuprar e depois te matar. Duas semanas atrás, pensei seriamente em arrebentar a sua cabeça com uma pedra. Pra falar a verdade, achei que você tinha alguma relação com a Polícia da Mente.

A garota riu com gosto, certamente tomando isso como um elogio à perfeição de seu disfarce.

– A Polícia da Mente!? Não vai me dizer que pensou mesmo nisso!

– Bem, talvez não exatamente isso. Mas pela sua aparência de modo geral... por você ser jovem, atlética e saudável, entende... achei que talvez...

– Você achou que eu era um membro eficiente do Partido. Alguém de palavras e gestos puros. Faixas, desfiles, *slogans*, jogos, caminhadas comunitárias, tudo aquilo. E você achou que se eu tivesse uma mínima chance, eu denunciaria você como criminoso do pensamento, e você seria executado?

– Sim, mais ou menos isso. Você sabe que muitas garotas são assim.

– A culpa é desta droga, aqui – ela disse, arrancando a faixa vermelha da Liga Juvenil Antissexo e a pendurando em um galho. Então, como se o toque na própria cintura a tivesse lembrado de algo, ela apalpou o bolso do macacão e dele tirou uma pequena barra de chocolate. Partiu-a ao meio e deu metade a Winston. Mesmo antes de provar, ele soube, pelo aroma, que aquele era um chocolate bastante peculiar. Era escuro e brilhante, embalado em papel prateado. Em geral, os chocolates comuns eram de um marrom fosco, farelentos, cujo sabor poderia ser descrito como o da fumaça de lixo queimado. Mas em algum momento do passado ele experimentara um chocolate parecido ao que ela lhe dava agora. Assim que o aroma lhe chegou às narinas, despertou nele a lembrança de algo que não conseguia definir, mas que era forte e perturbador.

– Onde você conseguiu isso? – ele perguntou.

– Mercado negro – ela respondeu, com indiferença. – Na verdade, se você reparar bem, sou este tipo de garota. Sou boa em jogos. Fui líder de tropa nos Espiões. Faço trabalho voluntário três noites por semana na Liga Juvenil Antissexo. Já passei horas e horas colando aqueles cartazes absurdos nos muros de Londres. Nas passeatas, sempre fico segurando uma das pontas das faixas. Sempre pareço alegre e nunca deixo de cumprir meu dever. É o que costumo dizer: "Nunca deixe de berrar junto com a multidão". É a única maneira de estar seguro.

O primeiro pedaço de chocolate derreteu na língua de Winston. O sabor era delicioso. Mas aquela lembrança ainda pairava pelas bordas de sua consciência, algo que se sentia com intensidade, mas sem contornos definidos, como um objeto visto com o canto do olho. Ele a afastou de si, ciente apenas que se tratava da lembrança de alguma ação que ele gostaria de desfazer, mas não poderia.

– Você é muito jovem – disse. – Tem uns dez ou quinze anos a menos do que eu. O que atraiu você num homem como eu?

– Foi alguma coisa no seu rosto. Achei que eu poderia arriscar. Sou boa em identificar pessoas que não se ajustam. Assim que eu te vi sabia que estava contra *eles*.

Eles, ao que parecia, era uma referência ao Partido, e sobretudo ao Núcleo do Partido, sobre o qual ela falava com um ódio tão escancarado e sarcástico que deixou Winston inquieto, embora ele soubesse que eles estariam mais seguros ali do que em qualquer outro lugar. Uma coisa que o impressionava sobre ela era seu linguajar grosseiro. Membros do Partido não deveriam dizer palavrões, e ele mesmo raramente xingava – pelo menos, em voz alta. Julia, no entanto, parecia incapaz de se referir ao Partido, e especialmente ao Núcleo do Partido, sem usar o tipo de palavras que se viam pichadas em becos úmidos. Mas aquilo não desagradava a Winston. Era apenas um sintoma de sua revolta contra o Partido e seus métodos, e de alguma forma parecia natural e saudável, como um cavalo que espirra ao cheirar feno ruim. Eles haviam deixado a clareira e atravessavam novamente o trecho salpicado de luz e sombra, com os braços em volta da cintura um do outro, sempre que o caminho se alargava o bastante para que andassem lado a lado. Winston notou que a cintura dela parecia mais macia, agora que ela estava sem a faixa. Falavam somente por meio de sussurros. Fora da clareira, disse Julia, era melhor ficar em silêncio. Chegaram, então, ao limite do pequeno bosque. Ela o deteve.

– Não apareça em campo aberto. Pode ter alguém observando. Enquanto a gente estiver atrás das árvores, não corre perigo.

Estavam à sombra de um grupo de aveleiras. A luz do sol, filtrada por inúmeras folhas, ainda estava quente em seus rostos. Winston olhou para o campo diante deles e teve uma lenta e curiosa sensação impactante de reconhecimento. Ele conhecia o lugar de vista. Uma pastagem antiga e desgastada, cortada por uma trilha sinuosa, e montículos de toupeira aqui e ali. Na sebe irregular do outro lado do campo, a brisa balançava os ramos dos olmos, e as folhas estremeciam de leve em densas massas como cabelos de mulher. Será que em algum lugar ali perto, mas fora de seu campo de visão, não havia um riacho com piscinas verdes onde nadavam carpas?

– Não tem um riacho aqui perto? – ele sussurrou.

– Isso mesmo, tem um riacho. Na verdade, fica no limite da próxima pastagem. Está cheio de peixes, e dos grandes. Dá pra ver eles nas poças embaixo dos salgueiros, balançando a cauda.

– É a Terra Dourada... quase – ele murmurou.

– Terra Dourada?

– Não tem importância. É uma paisagem que me apareceu em sonhos algumas vezes.

– Olha! – sussurrou Julia.

Um tordo havia pousado em um galho a menos de cinco metros de distância, quase na altura dos olhos dos dois. Talvez não os tivesse visto. Estava no sol, e eles, na sombra. Abriu as asas, voltou a fechá-las com cuidado, baixou a cabeça por um momento como se fizesse um tipo de reverência ao sol, e desatou a cantar. No silêncio da tarde, o volume do som era surpreendente. Winston e Julia se abraçaram, fascinados. O canto prosseguia, por vários minutos, com variações surpreendentes que nunca se repetiam, como se o pássaro fizesse uma exibição deliberada de seu virtuosismo. Às vezes, ele parava por uns segundos, abria e fechava as asas, e então inchava o peito salpicado e recomeçava a cantar. Winston o observava com certa reverência. Para quem e por que aquele pássaro cantava? Não havia parceiras nem rivais o observando. O que o fazia pousar à margem daquele bosque solitário e verter sua música sobre o nada? Winston se perguntou se havia, afinal, um microfone escondido ali perto. A conversa entre os dois se dera somente em sussurros, e o aparelho não teria captado o que eles diziam, mas captaria o som do pássaro. Talvez, no outro lado do instrumento, um homem pequeno com aparência de besouro estivesse ouvindo tudo aquilo com atenção. Mas, aos poucos, a enxurrada de sons afastou de sua mente todas as especulações. Foi como se uma espécie de líquido se derramasse sobre ele e se misturasse com a luz do sol filtrada entre as folhas. Ele parou de pensar, para somente sentir. A cintura da garota na curva de seu braço era macia e quente. Ele a puxou para junto de si, de modo a ficarem frente a frente; o corpo dela parecia derreter no dele. Onde quer que as mãos dele a tocassem parecia ceder como água. Suas bocas se juntaram; foi bem diferente dos beijos intensos que eles haviam trocado antes. Quando seus rostos se afastaram, os dois deram um suspiro profundo. O pássaro se assustou e voou, em um bater de asas ruidoso.

Winston encostou os lábios no ouvido dela. – Agora – ele sussurrou.

– Aqui não, ela sussurrou de volta. – Vamos voltar para o esconderijo. É mais seguro.

Depressa, pisando em um ou outro graveto, caminharam de volta para a clareira. Quando já estavam no interior do círculo de pequenas árvores ela se virou e o encarou. Ambos estavam ofegantes, mas o sorriso dela reaparecera no canto dos lábios. Ela ficou olhando para ele por um instante e, então, buscou o zíper de seu macacão. E sim!, foi quase como no sonho de Winston. Com uma destreza parecida à que ele imaginara, ela tirou a roupa e, ao atirá-las de lado, o fez com o mesmo gesto pomposo capaz de aniquilar toda uma cultura. O corpo de Julia brilhava branco ao sol. Mas por um momento ele não olhou para o corpo dela; seu olhar estava fixado no rosto sardento com um sorriso sutil e ousado. Ajoelhou-se diante dela e segurou suas mãos.

– Já fez isso antes?

– Claro. Centenas de vezes. Dezenas de vezes, pelo menos.

– Com membros do Partido?

– Sim, sempre com membros do Partido.

– Com membros do Núcleo do Partido?

– Não, com aqueles canalhas, não. Mas vários deles fariam isso na primeira oportunidade. Não são os santos que aparentam ser.

O coração de Winston deu um salto. Ela havia feito aquilo inúmeras vezes: quisera ele que tivessem sido centenas, milhares. Tudo que fizesse alusão à corrupção deixava-o repleto de uma esperança bizarra. Sabe-se lá... talvez sob a superfície o Partido estivesse podre, talvez seu culto ao esforço persistente e à abnegação fosse apenas uma farsa, que escondia a iniquidade. Pudesse ele infectar todos eles com lepra ou sífilis, ele o faria de bom grado! Qualquer coisa que os fizesse apodrecer, enfraquecer, debilitar. Ele puxou-a para baixo, de modo que ficassem ajoelhados um de frente ao outro.

– Escute bem. Quanto maior o número de homens com quem você esteve, mais eu amo você. Compreende isso?

– Perfeitamente.

– Eu odeio a pureza, odeio a bondade! Não quero que haja virtude em nenhum lugar. Quero que todos sejam depravados até a medula.

– Bem, então acho que você vai gostar de mim, querido. Sou depravada até a medula.

– Você gosta de fazer isso? Não estou falando somente de mim; falo da coisa em si. – Adoro.

Era isso, acima de tudo, o que Winston queria ouvir. Não apenas o amor de uma pessoa, mas o instinto animal, o desejo simples e indiferenciado: esta era a força capaz de despedaçar o Partido. Deitou-a sobre a grama, entre os jacintos caídos. Desta vez não foi difícil. O arfar do peito de ambos foi diminuindo até voltarem ao ritmo normal e, em uma espécie de abandono prazeroso, eles se separaram. O sol parecia agora mais quente. Ambos se sentiam sonolentos. Winston estendeu o braço para pegar os macacões e a cobriu parcialmente com eles. Pegaram no sono quase de imediato e dormiram uma meia hora.

Winston acordou primeiro. Sentou-se e ficou observando o rosto sardento de Julia, ainda serenamente adormecido, apoiado na palma da mão dela. Exceto pela boca, não dava para dizer que ela era uma mulher linda. Tinha uma ou duas rugas em volta dos olhos, se você a olhasse de perto. Os cabelos escuros eram extraordinariamente densos e macios. Ocorreu a Winston que ele ainda não sabia o sobrenome dela, ou onde ela morava.

O corpo jovem e robusto, agora adormecido de um modo impotente, despertou nele um sentimento de compaixão e proteção. Mas a ternura irracional que ele havia sentido sob a aveleira, enquanto o passarinho cantava, não voltara completamente. Ele puxou o macacão de lado e ficou observando o flanco de seu corpo, branco e macio. Antigamente, ele pensou, um homem olhava para o corpo de uma garota e sabia se ele despertava desejo, e ponto final. Mas hoje em dia não se podia mais sentir amor puro ou luxúria pura. O abraço deles tinha sido uma batalha; o gozo, uma vitória. Foi um golpe desferido contra o Partido. Um ato político.

Capítulo 3

– A gente pode voltar aqui – disse Julia. Em geral, não tem problema usar um esconderijo duas vezes. Mas claro que não pode ser durante um mês ou dois.

Tão logo ela acordou, seu comportamento havia mudado. Ela agora se mostrava alerta e determinada, vestiu-se, amarrou a faixa vermelha na cintura e começou a organizar os detalhes da viagem de volta dos dois. Parecia natural que isso coubesse a ela. Julia tinha uma praticidade que faltava a Winston, e ela também parecia conhecer por completo a região em torno de Londres, conhecimento acumulado em inúmeras caminhadas comunitárias. A rota que ela lhe indicou era totalmente diferente daquela por onde ele tinha vindo, e levava-o a uma outra estação ferroviária. – Nunca volte para casa pelo mesmo caminho por onde veio – disse ela, como se enunciasse um mandamento importante. Ela partiria na frente, e Winston deveria esperar meia hora antes de sair.

Ela havia indicado um lugar onde eles poderiam se encontrar após o trabalho, dali a quatro dias, à noite. Era uma rua em um dos bairros mais pobres da cidade, onde havia uma feira ao ar livre, em geral lotada de gente e barulhenta. Ela ficaria andando por entre as barracas, fingindo estar à busca de cadarços ou de linha de costura. Caso avaliasse que não correriam riscos, ela assoaria o nariz quando ele se aproximasse; caso contrário, ele deveria passar por ela sem demonstrar que a reconhecia. Mas, com sorte, no meio da multidão, não haveria problema em conversar durante uns quinze minutos para combinar o encontro seguinte.

– Agora eu preciso ir – disse ela assim que ele compreendeu as instruções. – Tenho que estar de volta às sete e meia. Preciso dedicar duas horas à Liga Juvenil Antissexo, distribuir panfletos, essas coisas. É um inferno, isso. Você pode só dar uma geral na minha roupa? Tem algum galhinho no meu cabelo? Tem certeza? Então até mais, meu amor!

Julia se jogou nos braços dele, beijou-o com certa violência e no instante seguinte já abria caminho entre as pequenas árvores, desaparecendo bosque adentro quase sem fazer barulho. Ele continuava sem saber o sobrenome dela, ou seu endereço. Mas isso não fazia a menor diferença, pois era inconcebível que algum dia eles pudessem se encontrar em um lugar fechado, ou trocar qualquer tipo de comunicação escrita.

Na verdade, eles nunca mais voltaram à clareira no bosque. Durante o mês de maio, somente em mais uma ocasião eles de fato conseguiram de fato fazer amor: foi em um outro esconderijo que Julia conhecia, o campanário de uma igreja onde uma bomba atômica havia caído trinta anos antes. Era um bom esconderijo, uma vez que se estava lá, mas chegar ali era muito perigoso. Fora isso, só podiam se encontrar nas ruas, em um lugar diferente a cada noite e nunca por mais de meia hora. Na rua, em geral era possível conversar, por assim dizer. Enquanto andavam pelas calçadas cheias de gente, não exatamente lado a lado e nunca olhando um para o outro, eles conseguiam manter uma conversa curiosa e intermitente que acendia e apagava como os raios de um farol; de repente ela era silenciada devido à aproximação de um uniforme do Partido ou à proximidade de uma teletela, e seria retomada minutos depois, no meio de uma frase; seria então cortada de modo abrupto quando os dois se afastavam um do outro no local combinado, para então ser retomada quase sem introdução no dia seguinte. Julia parecia estar bastante acostumada a este tipo de conversa, que ela chamava de "conversa em prestações". Além disso, tinha grande habilidade em falar sem mover os lábios. Uma única vez em quase um mês de encontros noturnos eles conseguiram trocar um beijo. Caminhavam em silêncio por uma rua lateral (Julia nunca falava quando eles estavam distantes das ruas principais) quando se ouviu um estrondo ensurdecedor, a terra tremeu, o ar escureceu, e Winston percebeu-se deitado de lado, ferido e apavorado. Um míssil deve ter caído bem perto. De repente, a poucos centímetros de seu rosto, ele percebeu o rosto de Julia, mortalmente branco, branco como giz. Até mesmo os lábios dela estavam brancos. Estava morta! Ele a apertou contra si e descobriu que estava beijando um rosto vivo e quente. Mas havia algo empoeirado impedindo os lábios dos dois de se unirem. Seus rostos estavam cobertos de uma grossa camada de gesso.

Havia noites em que eles chegavam ao local combinado e então precisavam passar um pelo outro sem mostrar que haviam se reconhecido, pois uma patrulha acabara de virar uma esquina, ou um helicóptero pairava sobre suas cabeças. Mesmo se fosse menos perigoso, ainda assim continuava sendo difícil encontrar tempo para os encontros. A jornada semanal de trabalho de Winston tinha sessenta horas, a de Julia era ainda mais longa, e o dia de folga de ambos variava segundo a pressão do trabalho – e raramente coincidia. De todo modo, Julia raramente tinha uma noite completamente livre. Passava um número incrível de horas assistindo a palestras e indo a manifestações, distribuindo panfletos da Liga Juvenil Antissexo, preparando faixas para a Semana do Ódio, fazendo coletas para a campanha de economia e atividades do tipo. Valia a pena, ela dizia: funcionava como camuflagem. Se você obedecesse às regras pouco importantes, poderia violar as importantes. Ela chegou a convencer Winston a dedicar uma de suas noites a trabalhar meio-período na fábrica de munições, trabalho que era realizado de forma voluntária por membros aplicados do Partido. Assim, uma noite por semana, Winston passava quatro horas em um tédio paralisante, parafusando pequenos pedaços de metal que provavelmente eram peças de fusíveis de bombas, em uma oficina mal-iluminada onde o ruído das marteladas se mesclava de maneira sombria à música das teletelas.

Quando se encontraram na torre da igreja, conseguiram preencher as lacunas de suas conversas cortadas. Era uma tarde escaldante. No quartinho quadrado acima dos sinos o ar estava quente e estagnado, com um cheiro quase insuportável de esterco de pombo. Ficaram sentados durante horas no chão empoeirado e coberto de galhos, e um ou o outro se levantava de vez em quando para espiar através das frestas, e certificar-se de que ninguém se aproximava.

Julia tinha vinte e seis anos. Morava em uma pensão com outras trinta garotas ("Um fedor constante de mulher! Como eu odeio as mulheres!", comentava ela), e trabalhava, como ele já havia adivinhado, nas máquinas de escrever romances no Departamento de Ficção. Gostava de seu trabalho, que consistia basicamente na operação e manutenção de um motor elétrico poderoso e complexo. Ela não era "habilidosa", mas gostava de usar as mãos e se sentia à vontade lidando com as máquinas. Era capaz de descrever todo o processo de composição de um romance, desde a diretriz geral emitida pelo Comitê de Planejamento até os retoques finais feitos pelo Esquadrão da Reescrita. Mas não tinha interesse pelo produto final. Ela "não gostava muito de ler", dizia. Livros eram apenas uma mercadoria que precisava ser fabricada, como geleia ou cadarços.

Julia não tinha nenhuma lembrança anterior ao início dos anos 1960, e conhecia uma única pessoa que falava com frequência sobre os dias antes da Revolução: um avô que sumira quando ela tinha oito anos. Na escola, ela havia sido capitã da equipe de hóquei e ganhado o troféu de ginástica por dois anos consecutivos. Tinha sido líder de tropa dos Espiões e secretária setorial da Liga da Juventude antes de juntar-se à Liga Juvenil Antissexo. Sempre demonstrara ter um excelente caráter. Chegou a ser selecionada – sinal infalível de boa reputação – para trabalhar na Pornodiv, a sub-secretaria do Departamento de Ficção que produzia pornografia barata para distribuir entre os proletas. Segundo ele, a secretaria recebera das pessoas que lá trabalhavam o apelido de Casa Imunda. Permanecera ali por um ano, ajudando a produzir livretos em pacotes selados com títulos como *Histórias de espancamento* ou *Uma noite no internato de garotas*, que seriam comprados às escondidas por jovens proletários convencidos de que estavam comprando algo ilegal.

– Como são esses livros? – perguntou Winston, curioso.

– Ah, são puro lixo. Na verdade, são muito chatos. Eles têm só seis tramas, que eles misturam um pouco. Claro que eu só trabalhei nos caleidoscópios. Nunca fiz parte do Esquadrão de Reescrita. Não sou uma literata, querido – longe disso.

Winston ficou perplexo ao descobrir que todos os trabalhadores da Pornodiv, à exceção dos chefes de departamento, eram garotas. O pressuposto era que os homens, cujos instintos sexuais eram menos controláveis que os femininos, corriam maior risco de ser corrompidos pelo lixo com que lidavam.

– Eles não gostam nem de ter mulheres casadas trabalhando lá – acrescentou ela. Supõe-se sempre que as mulheres são tão puras... Bom, aqui está uma que não é.

O primeiro caso que ela teve foi aos dezesseis anos, com um homem de sessenta, membro do Partido, que acabou cometendo suicídio para escapar de ser preso. – Aliás, ele fez muito bem – disse Julia –, caso contrário teria denunciado meu nome em sua confissão. – Desde então teve vários outros parceiros. Para ela, a vida era muito simples. Você quer se divertir; “eles”, ou seja, o Partido, procurava impedir você de se divertir; e você faz de tudo para violar as regras. Ela parecia considerar natural que “eles” quisessem privá-lo de seus prazeres, assim como era natural que você quisesse evitar ser pego. Odiava o Partido, e dizia isso com as palavras mais grosseiras, mas de modo geral não o criticava. Não tinha nenhum interesse na doutrina do Partido, exceto quando isso dizia respeito à sua vida em particular. Winston percebeu que ela nunca usava palavras em novilíngua, com exceção daquelas já incorporadas à linguagem cotidiana. Ela nunca ouvira falar da Irmandade, e se recusava a acreditar em sua existência. Qualquer tipo de revolta organizada contra o Partido – que estava fadada ao fracasso – lhe parecia uma estupidez. Mais inteligente era violar as regras e ainda assim continuar vivo. Ele ficou imaginando quantas outras garotas da geração mais nova poderiam existir – pessoas que haviam crescido no mundo da Revolução, sem saber de mais nada, aceitando o Partido como algo imutável, como o céu, não se rebelando contra sua autoridade, mas simplesmente esquivando-se dela, assim como um coelho foge de um cão.

Nunca discutiram a hipótese de se casarem. Era uma possibilidade remota demais, nem valeria a pena pensar nisso. Impossível imaginar algum comitê que autorizasse um casamento daqueles, mesmo se fosse possível livrar-se de Katharine, a mulher de Winston. Até mesmo como um devaneio, era um caso sem esperança.

– Como era sua esposa? – perguntou Julia.

– Ela era... você conhece a palavra *bompensaroso*, em novilíngua? Com o sentido de naturalmente ortodoxo, incapaz de pensar uma coisa ruim?

– Não, não conhecia a palavra, mas conheço esse tipo de gente.

Ele começou a lhe contar a história de seu casamento, mas curiosamente ela parecia já saber das partes essenciais. Ela lhe descreveu, quase como se tivesse visto ou sentido, o enrijecer do corpo de Katharine no momento que ele a tocava, a maneira como ela parecia o estar empurrando com toda a força, mesmo com os braços apertados em volta dele. Com Julia, ele não sentia dificuldade de falar sobre estas coisas: de todo modo, Katharine deixara de ser uma lembrança dolorosa; era agora apenas uma lembrança desagradável.

– Eu poderia ter aguentado, não fosse por uma coisa. – disse ele. Ele lhe contou sobre o pequeno ritual frígido pelo qual Katharine o fazia passar uma noite por semana. – Ela odiava, mas nada a impediria de fazer aquilo. Ela chamava aquilo de... você nem consegue imaginar.

– Nosso dever para com o Partido. – disse Julia de imediato.

– Como você sabia?

– Eu também frequentei a escola, querido. Conversas mensais sobre sexo para adolescentes acima de dezesseis anos. E no Movimento Juvenil. Eles te enfiam isso goela abaixo durante anos e anos. Acredito que dê certo, em muitos casos. Mas claro que nunca se sabe; as pessoas são tão hipócritas...

Ela começou a entrar em detalhes sobre o assunto. Com Julia, tudo acabava girando em torno do tema de sua própria sexualidade. Sempre que o tema era abordado de algum modo, ela mostrava uma grande perspicácia. Ao contrário de Winston, ela havia compreendido o significado profundo do puritanismo sexual do Partido. Não era apenas que o instinto sexual criasse um mundo próprio que estava fora do controle do Partido e que, por este motivo, deveria ser destruído, se possível. O mais importante é que a privação sexual levava à histeria, um estado desejável, pois poderia ser transformado em um fervor guerreiro e em adoração ao líder. Ela o descrevia da seguinte maneira:

– Quando você está fazendo amor, está consumindo energia; depois, sente-se feliz e não dá a mínima para mais nada. E eles não conseguem tolerar que alguém se sinta assim. Querem que você esteja explodindo de energia o tempo todo. Toda essa história de marchar para cima e para baixo, aplaudir e tremular bandeiras nada mais é do que o sexo que azedou. Se você está se sentindo bem consigo mesmo, por que precisaria ficar entusiasmado com o Grande Irmão, os Planos Trienais, os Dois Minutos de Ódio e essa bobagem toda?

Tudo isso era verdade, ele pensou. Havia uma conexão direta e estreita entre castidade e ortodoxia política. Pois de que modo eles poderiam sustentar na medida certa o medo, o ódio e a credulidade demente exigida dos membros do Partido se não fosse represando instintos poderosos e usando-os como uma força motriz? O impulso sexual era perigoso para o Partido, que o utilizava a seu favor. Uma artimanha semelhante era usada em relação ao instinto de paternidade, embora a família não pudesse ser abolida; na verdade, estimulava-se as pessoas a gostar dos filhos, quase à moda antiga. Em relação às crianças, por outro lado, havia um trabalho sistemático de fazê-las voltarem-se contra seus próprios pais, espiá-los e relatar seus desvios. Para todos os efeitos, a família se tornara uma extensão da Polícia da Mente. Era um instrumento por meio do qual todos estariam cercados, dia e noite, por informantes que os conheciam na intimidade.

De repente, os pensamentos de Winston voltaram-se para Katharine. Sem dúvida, ela o teria denunciado à Polícia da Mente se tivesse inteligência suficiente para detectar a heterodoxia de suas opiniões. Mas o que na verdade o fez lembrar dela neste momento era o calor sufocante da tarde, que fizera o suor lhe pingar na testa. Começou, então, a relatar para Julia sobre algo que havia acontecido – ou melhor, que deixara de acontecer – em uma abafada tarde de verão onze anos antes.

Fazia três ou quatro meses que eles estavam casados. Tinham se perdido em meio a uma caminhada comunitária em algum lugar de Kent. Retardaram o passo por não mais do que dois minutos, mas pegaram a direção errada, e estavam agora diante de uma antiga mina de calcário. Era um paredão de dez ou vinte metros, com rochas no fundo. Não havia ninguém a quem pudessem pedir informações sobre o caminho. Tão logo perceberam que estavam perdidos, Katharine ficou bastante preocupada. Ter se afastado, mesmo que por um breve momento, do barulhento grupo de trilheiros lhe dava a sensação de estar fazendo algo errado. Teve o impulso de voltar correndo pelo caminho por onde tinham vindo e começar a procurar na outra direção. Naquele instante, porém, Winston reparou em alguns tufos de salgueirinha nas frestas do penhasco logo abaixo deles. Um dos tufos tinha duas cores, magenta e vermelho-tijolo e, ao que parece, cresciam na mesma raiz. Ele nunca vira nada parecido, e chamou Katharine.

– Olhe, Katharine! Olhe só estas flores. Naquela moita ali embaixo. Está vendo que elas têm cores diferentes?

Ela já tinha se virado para ir embora, mas mesmo tensa foi até onde ele estava. Chegou a inclinar-se sobre o penhasco para ver o lugar para onde ele apontava. Winston estava um pouco atrás e apoiou as mãos na cintura dela, para lhe dar segurança. Naquele momento ocorreu a ele que os dois estavam completamente sozinhos. Não havia uma única criatura humana por perto, nenhuma folha se movia, nenhum pássaro acordado. Em um lugar como aquele, o risco de haver um microfone escondido era muito pequeno, e ainda que houvesse um microfone ele só captaria sons. Era a hora mais quente e sonolenta da tarde. O sol ardia, e o suor lhe escorria pelo rosto. Foi quando lhe ocorreu a ideia...

– Por que você não deu um bom empurrão nela? – perguntou Julia. – É o que eu teria feito.

– Sim, querida, sei que você teria feito isso. Eu também teria, se eu fosse a mesma pessoa de hoje. Ou talvez eu... não tenho certeza.

– Você se arrepende de não ter feito isso?

– Sim. Considerando tudo, me arrependo.

Eles estavam sentados lado a lado no piso empoeirado. Winston a puxou para mais perto de si. Ela apoiara a cabeça em seu ombro, o agradável cheiro de seu cabelo dominando o cheiro de esterco dos pombos. Ela era muito jovem, pensou ele, ainda esperava algo da vida, não compreendia que empurrar uma pessoa inconveniente penhasco abaixo não resolvia nada.

– Na verdade, não teria feito diferença alguma – disse ele.

– Então por que você se arrepende de não ter feito isso?

– Só porque prefiro uma afirmação positiva a uma negativa. Neste jogo que estamos jogando, não há como vencer. Alguns tipos de fracasso são melhores do que outros, só isso.

Ele sentiu os ombros dela se encolherem, em um sinal de desaprovação. Ela sempre o contradizia quando ele dizia esse tipo de coisas. Não aceitava como lei da natureza que o indivíduo sempre sai derrotado. De algum modo, percebeu que ela mesma estava condenada, que cedo ou tarde a Polícia da Mente a pegaria e a mataria; por outro lado, acreditava que de algum modo era possível construir um mundo secreto em que você poderia viver como bem entendesse. Tudo o que você precisava era sorte, esperteza e ousadia. Julia não compreendia que esta coisa chamada felicidade não existe, que a única vitória estaria em um futuro distante, muito tempo depois de sua morte, que a partir do momento em que você declarava guerra ao Partido era melhor pensar em si mesmo como um cadáver.

– Nós somos os mortos – disse ele.

– Ainda não morremos – rebateu Julia, de um modo trivial.

– Fisicamente, não. Seis meses, um ano... cinco anos, talvez. Eu tenho medo da morte. Como você é jovem, imagino que tenha mais medo da morte do que eu. É claro que a gente deve adiar o máximo que puder. Mas isso quase não faz diferença. Enquanto os seres humanos continuarem sendo humanos, morte e vida são a mesma coisa.

– Ah, que besteira! Com quem você prefere ir para a cama, comigo ou com um esqueleto? Você não sente prazer em estar vivo? Não gosta de sentir: este sou eu, esta é minha mão, esta é minha perna, eu sou real, sou sólido, estou vivo! Não gosta disso?

Ela se virou e apertou o peito contra o dele. Ele sentia os seios dela, maduros e firmes, por baixo do macacão. O corpo de Julia parecia derramar nele parte da juventude e da vitalidade dela no corpo dele.

– Sim, gosto.

– Então, pare de falar em morrer. E agora ouça, meu querido, a gente tem que combinar nosso próximo encontro. A gente pode muito bem voltar para aquela clareira no bosque. Já deixamos passar um bom tempo. Mas desta vez você precisa chegar lá por um caminho diferente. Já planejei tudo. Você pega o trem... olhe, vou desenhar tudo pra você.

E, prática como sempre, juntou um pouco de poeira formando um quadrado, e com o galho de um ninho de pombo começou a desenhar um mapa no chão.

Capítulo 4

Winston percorreu com os olhos o quartinho precário que ficava sobre a loja do sr. Charrington. Ao lado da janela, a enorme cama estava arrumada com cobertores esfarrapados e um travesseiro sem fronha. O relógio antigo com mostrador de doze horas tiquetaqueava sobre a lareira. No canto, em cima da mesinha dobrável, o peso de papéis de vidro que ele comprara em sua visita anterior brilhava suavemente na penumbra.

No guarda-fogo, havia um velho fogareiro a querosene, uma panela e duas xícaras, tudo providenciado pelo sr. Charrington. Winston acendeu a chama e colocou uma panela de água para ferver. Havia trazido um envelope cheio de café Victory e tabletes de sacarina. Os ponteiros do relógio marcavam dezessete e vinte; na verdade, eram dezenove e vinte. Ela chegaria às dezenove e trinta.

Loucura, loucura, seu coração dizia repetidas vezes. Uma loucura intencional, gratuita e suicida! De todos os crimes que um membro do Partido poderia cometer, aquele era o mais difícil de ocultar. Na verdade, a ideia lhe ocorrera primeiro como uma visão, a do peso de papéis de vidro refletido na superfície da mesinha dobrável. Como ele previra, o sr. Charrington não colocou empecilhos para alugar o quarto. Ficara visivelmente satisfeito com os poucos dólares que receberia. Tampouco pareceu escandalizado ou ofendido ao saber que Winston pretendia usar o quarto para encontros amorosos. Em vez disso, mantendo o olhar distante, falou de amenidades, com tamanha delicadeza que dava a impressão de ter quase se tornado invisível. A privacidade, disse ele, é uma coisa muito valiosa. Todo mundo queria um lugar onde pudesse estar sozinho de vez em quando. E quando alguém encontra um lugar assim, aqueles que soubessem do fato, em um gesto de cortesia, guardariam a informação para si mesmos. Ele chegou a acrescentar – dando a impressão, ao dizê-lo, de que sua existência evaporava – que a casa tinha duas entradas, sendo uma delas pelo quintal, que dava para um beco.

Debaixo da janela, alguém cantava. Protegido pela cortina de musselina, Winston espiou pela janela. O sol de junho ainda brilhava alto no céu, e no pátio ensolarado uma mulher gigantesca, sólida como uma pilastra normanda, com braços fortes e vermelhos e avental de tecido rústico amarrado na cintura, andava pesadamente de lá para cá entre uma tina de lavar roupas e um varal, estendendo uma série de coisas brancas quadradas, que Winston percebeu serem fraldas de bebê. Quando sua boca não estava cheia de pregadores, cantava em um contralto vigoroso:

Foi uma fantasia que me veio
Doce como um dia de abril
Um olhar, uma palavra, um devaneio
E então meu coração se partiu!

Fazia várias semanas que se ouvia esta música em toda Londres. Era uma das inúmeras canções, muito parecidas, lançadas por uma subseção do Departamento de Música especialmente para os proletas. As letras destas canções eram compostas sem nenhuma intervenção humana – por um instrumento conhecido como versificador. Mas o canto da mulher era tão melodioso que transformava aquele lixo horroroso em um som quase agradável. Winston ouvia a mulher cantando, o ruído produzido pelo arrastar de seus sapatos na laje, os gritos das crianças na rua, e em algum lugar distante o ronco surdo do tráfego – e, mesmo assim, o quarto parecia curiosamente silencioso, graças à ausência da teletela.

"Loucura, loucura, loucura!", voltou a pensar. Era inconcebível que eles pudessem frequentar este lugar por mais do que algumas semanas sem serem descobertos. Mas a tentação de ter um esconderijo que fosse somente deles, dentro de uma casa e de fácil acesso, foi grande demais para eles. Depois da visita ao campanário da igreja, não conseguiram se encontrar durante algum tempo. As jornadas de trabalho haviam aumentado drasticamente em razão dos preparativos para a Semana do Ódio. Ainda teriam um mês pela frente, mas a grandeza e a complexidade do evento impunham a todos a necessidade de horas extras de trabalho. Por fim, Winston e Julia conseguiram tirar uma tarde de folga no mesmo dia. Tinham combinado de voltar à clareira no bosque. Na noite anterior, tiveram um breve encontro na rua. Como de hábito, ao se aproximar de Julia na multidão, Winston mal olhou para ela; porém, ao vê-la de relance, ela lhe pareceu mais pálida do que o normal.

– Está cancelado – murmurou ela, tão logo avaliou que era seguro falar – O encontro, amanhã.

– O quê?

– Amanhã à tarde. Não vou poder ir.

– Ah, o de sempre. Começou mais cedo desta vez.

Por um momento, Winston ficou furioso. Ao longo daquele mês, desde que começaram a se relacionar, a natureza de seu desejo por ela havia se modificado. No início, quase não havia uma verdadeira sensualidade. A primeira relação sexual tinha sido fruto de uma mera vontade repentina. Mas a partir da segunda vez tudo mudou. O cheiro do cabelo, o gosto de sua boca, a sensação do toque de sua pele, tudo parecia impregnado nele, ou no ar ao seu redor. Ela havia se tornado uma necessidade física, algo que não somente ele desejava, mas a que sentia ter direito. Quando ela disse que não poderia ir ao encontro, Winston teve a sensação de estar sendo traído. Mas, naquele exato momento, a multidão os comprimiu, e as mãos de ambos acidentalmente se tocaram. Ela deu um rápido aperto nas pontas dos dedos dele, o que lhe pareceu mais um convite ao afeto do que ao desejo. Winston refletiu que, quando um homem vive com uma mulher, esse tipo de decepção deve ser um evento normal e recorrente; de repente, ele foi tomado por um sentimento de profunda ternura, como ainda não sentira por ela. Desejou que fossem um casal que já convivessem há dez anos. Desejou poder caminhar pelas ruas junto com ela como faziam agora, mas às claras e sem medo, conversando sobre banalidades e comprando coisinhas para a casa. Desejou, acima de tudo, ter um lugar onde pudessem estar sozinhos, sem a obrigação de fazer amor sempre que se encontravam. Não foi exatamente naquele instante, mas em algum momento no dia seguinte que lhe ocorreu a ideia de alugar o quarto do sr. Charrington. Quando sugeriu o plano a Julia, ela concordou com uma rapidez inesperada. Ambos sabiam que era uma loucura. Era como se estivessem dando um passo deliberado rumo ao túmulo. Sentado na beira da cama enquanto a esperava, Winston voltou a pensar nos porões do Ministério do Amor. Era curioso como aquele horror predestinado se afastava da consciência da pessoa, e depois voltava. Lá estava ele, localizado em um momento futuro, antecipando a morte do mesmo modo que o 99 antecede o 100. Era um destino que não se podia evitar, mas talvez se pudesse adiar; porém, em vez disso, a pessoa, por meio de um ato consciente e intencional, de vez em quando optava por antecipá-lo.

Neste momento, passos rápidos soaram na escada. Julia irrompeu no quarto. Trazia uma sacola de ferramentas de lona, marrom e rústica, como a que ele a vira carregando de um lado para outro no Ministério. Tentou abraçá-la, mas ela desvencilhou com pressa, em parte porque ainda carregava a sacola.

– Me dá um segundo – ela disse. – Deixa só eu mostrar o que eu trouxe. Você trouxe aquele café Victory horroroso? Achei mesmo que traria. Pode jogar fora, não vamos precisar dele. Olha aqui.

Ela ficou de joelhos, abriu a sacola e jogou no chão algumas chaves inglesas e uma chave de fenda que estavam na parte de cima. Por baixo havia várias bonitas embalagens de papel. O primeiro pacote que ela colocou nas mãos de Winston tinha uma consistência estranha, mas vagamente familiar. Estava cheia de uma substância pesada parecida com areia, que cedia ao toque das mãos.

– Isso é açúcar!? – perguntou ele, surpreso.

– Açúcar de verdade. Não é sacarina, não. É açúcar. E aqui tem pão branco, pão de verdade, não aquela droga de pão que conhecemos... e um pequeno pote de geleia. E aqui, uma lata de leite... mas olhe! Este aqui é o meu maior orgulho. Tive que enrolar um pano em volta, porque...

Nem foi preciso que ela explicasse por que o enrolou em um pano. O cheiro já invadia o quarto, um aroma intenso que parecia a Winston uma emanação dos primeiros anos de sua infância, mas que volta e meia ainda se podia sentir vindo de um corredor antes de alguém fechar uma porta, ou se espalhando misteriosamente por uma rua apinhada de gente, inalado por um breve momento e logo depois perdido novamente.

– É café – murmurou ele – Café de verdade!

– Café do Núcleo do Partido. Tem um quilo aqui.

– Como você conseguiu essas coisas?

– É tudo para o consumo do Núcleo do Partido. Aqueles canalhas têm de tudo, simplesmente tudo. Mas é claro que os garçons, os criados e outras pessoas acabam passando a mão num produto ou outro, e... olha, eu também consegui um pacotinho de chá.

Winston estava de cócoras ao lado dela. Rasgou um canto do pacote.

– É chá de verdade. Não são folhas de amora.

– Tem aparecido muito chá ultimamente. Eles conquistaram a Índia, algo assim – disse ela de um modo vago. – Mas escuta, querido: quero que você fique de costas pra mim uns três minutos. Senta ali, do outro lado da cama. Não fique muito perto da janela. E não vire enquanto eu não te chamar.

Winston ficou olhando distraído através da cortina de musselina. No quintal lá embaixo, a mulher continuava a marchar de um lado para o outro entre a tina e o varal. Tirou mais dois pregadores da boca e cantou com sentimento intenso:

Dizem que o tempo cura as feridas
E que tudo se pode esquecer
Mas o riso e lágrimas sentidas
Fazem meu coração padecer

A mulher parecia saber de cor a letra inteira daquela canção sentimentaloide. A voz dela flutuava no doce ar de verão, muito melodiosa, carregada com uma espécie de melancolia feliz. Tinha-se a impressão de que ela se sentiria plenamente satisfeita se aquela noite de junho não terminasse mais, se o estoque de roupas fosse inesgotável, se precisasse ficar ali mais mil anos, estendendo fraldas no varal e cantando bobagens. Achou curioso o fato de jamais ter ouvido um membro do Partido cantando sozinho, de modo espontâneo. Isso teria parecido até mesmo pouco ortodoxo, uma excentricidade perigosa, como falar sozinho. Talvez somente quando as pessoas estavam à beira da inanição é que tivessem uma motivação para cantar.

– Pode virar agora – disse Julia.

Ele virou-se e, por um instante, quase não a reconheceu. Imaginava que a veria nua. Mas ela não estava nua. A transformação que ocorrera foi muito mais surpreendente: Julia tinha se maquiado.

Devia ter entrado em alguma loja no bairro dos proletários e comprado um estojo completo de maquiagem. Seus lábios estavam muito vermelhos; as bochechas, rosadas; seu nariz, empoado; chegara até mesmo a aplicar algo sob os olhos, para deixá-los mais brilhantes. Ela não tinha muita habilidade para se maquiar, mas o nível de exigência de Winston para tais assuntos não era elevado. Ele nunca tinha visto nem imaginado uma mulher do Partido com cosméticos no rosto. A melhora na aparência dela era impressionante. Com alguns poucos retoques de cor nos lugares certos ela tinha ficado não só muito mais bonita, mas, acima de tudo, muito mais feminina. Seus cabelos curtos e o macacão masculino só faziam reforçar o efeito. Ao abraçá-la, um aroma de violetas sintéticas lhe invadiu as narinas. Ele se lembrou da penumbra de uma cozinha de subsolo e da boca cavernosa de uma mulher. Era o mesmo perfume que a outra tinha usado; mas naquele momento isso não parecia importar.

– E perfumada, ainda por cima! – disse ele.

– Sim, querido, perfumada também. E sabe o que eu vou fazer agora? Vou arranjar um vestido de verdade em algum lugar para usar em vez desta droga de calça. E também meias de seda e sapato alto! Neste quarto, quero ser uma mulher, não uma camarada do Partido.

Tiraram as roupas e subiram na enorme cama de mogno. Era a primeira vez que ele se despia na presença dela. Até então sentira muita vergonha de seu corpo pálido e magricelo, com as veias varicosas salientes nas panturrilhas e a mancha desbotada no tornozelo. Não havia lençóis, mas o cobertor surrado em que eles se deitaram era macio, e o tamanho da cama e as molas do colchão impressionaram os dois.

– Deve estar cheio de percevejos, mas e daí? – disse Julia.

Não se via mais cama de casal em lugar nenhum, exceto nas casas dos proletas. Em sua infância, Winston certa vez dormiu em uma delas; Julia, até onde se lembrava, nunca tinha tido esta experiência.

Caíram no sono e dormiram um tempinho. Quando Winston acordou, os ponteiros do relógio já marcavam quase nove da noite. Não se mexeu, pois Julia dormira com a cabeça apoiada sobre seu braço. Considerável parte da maquiagem havia sido transferida para o rosto dele ou para o travesseiro, mas um leve tom de ruge ainda salientava a beleza de sua bochecha. No quintal, a mulher já não cantava, mas gritos distantes de crianças ainda pairavam na rua. Ele se pôs a imaginar se em algum momento do passado teria sido uma experiência normal deitarem-se em uma cama daquela, no frescor de uma noite de verão, um homem e uma mulher nus, fazendo amor quando bem entendessem, conversando sobre o que quisessem, sem a menor vontade de levantar-se, só deitados e ouvindo sons tranquilos vindos do lado de fora. Será mesmo que nunca houve um tempo em que tudo aquilo parecia corriqueiro? Julia acordou, esfregou os olhos e apoiou-se no cotovelo para olhar para o fogareiro.

– Metade da água já evaporou – ela disse – Já já, vou me levantar e fazer um café. A que horas apagam as luzes no seu prédio?

– Às onze e meia.

– Na pensão é às onze. Mas é preciso chegar antes das onze, porque... Ei, cai fora, bicho nojento!

Julia se virou de repente na cama, apanhou um sapato no chão, e o arremessou na direção da parede com um gesto infantil, o mesmo movimento que ele a vira fazer ao atirar o dicionário em Goldstein, naquela manhã durante os Dois Minutos de Ódio.

– O que foi? – perguntou, surpreso.

– Um rato. Eu vi quando ele enfiou o focinho sujo através do lambril. Tem um buraco ali embaixo. Bom, pelo menos dei um susto nele.

– Ratos! – murmurou Winston. – Neste quarto!

– Eles estão em toda parte – disse Julia com indiferença, enquanto se deitava de novo. – Já apareceram até na cozinha da pensão. Algumas áreas de Londres estão infestadas. Sabia que eles atacam crianças? Pois é. Em algumas ruas, as mães não têm coragem de deixar os bebês sozinhos nem por dois minutos. Os que atacam são os ratões marrons. E o pior é que esses malditos sempre...

– Chega! – disse Winston, fechando os olhos com força.

– Querido! Você ficou pálido. Qual é o problema? É nojo deles?

– Ratos... a coisa mais horrorosa que pode existir no mundo!

Ela pressionou o corpo contra o dele, envolvendo-o com braços e pernas, tentando tranquilizá-lo com o calor de seu corpo. Winston não abriu os olhos de imediato. Por alguns instantes teve a sensação de estar novamente em um pesadelo recorrente desde a infância. Era quase sempre o mesmo. Estava diante de um muro de escuridão, e do outro lado havia algo insuportável, algo horrível demais para ser enfrentado. No sonho, seu sentimento mais profundo era sempre o de autoengano, pois ele na verdade sabia o que havia detrás do muro de escuridão. Se fizesse um esforço extremo, como se estivesse arrancando um pedaço do próprio cérebro, ele conseguiria arrastar aquela coisa para fora. Sempre acordava sem ter descoberto o que era: mas, de algum modo, tinha relação com o que Julia estava prestes a dizer quando ele a interrompeu.

– Desculpa – disse – Não é nada. Não gosto de ratos, só isso.

– Não se preocupe, querido. Não vamos deixar estes bichos nojentos entrar. Vou tapar o buraco com um pano antes de a gente ir. E, na próxima vez, trago um pouco de gesso pra fechar direitinho.

O momento aflitivo de pânico já havia passado quase completamente. Sentindo-se um pouco envergonhado, Winston sentou-se na cama, apoiando-se na cabeceira. Julia se levantou, vestiu o macacão e fez o café. O aroma que emergiu da panela era tão forte e estimulante que eles fecharam a janela, com medo de despertarem a curiosidade de alguém de fora. Ainda melhor que o gosto do café era a textura sedosa que ele ganhava com a adição de açúcar – um sabor de que Winston havia quase se esquecido depois de tantos anos consumindo sacarina. Com uma mão no bolso e um pedaço de pão com geleia na outra, Julia circulou pelo quarto, olhando distraída para a estante, pensando na melhor maneira de consertar a mesinha dobrável, atirando-se na poltrona esfarrapada para ver se era confortável, e examinando o absurdo relógio de doze horas com um ar de divertida condescendência. Levou o peso de papéis de vidro para a cama para poder vê-lo sob uma luz melhor. Winston tirou-o de suas mãos, fascinado, como sempre, com o aspecto delicado do vidro, que lembrava água de chuva.

– O que você acha que é isso? – perguntou Julia.

– Não acho que seja nada... quer dizer, acho que nunca teve nenhuma utilidade. É por isso que gosto dele. É um pedacinho de história que eles esqueceram de alterar. Uma mensagem de cem anos atrás, se alguém soubesse decifrar.

– E aquele quadro ali – ela apontou com a cabeça na direção da gravura do lado oposto do quarto – deve ter o quê, uns cem anos?

– Tem mais. Uns duzentos, eu diria. Não dá pra saber. Impossível descobrir a idade de qualquer coisa, hoje em dia.

Ela se aproximou da gravura. – Foi aqui que o bicho imundo enfiou o focinho – disse ela, dando um pontapé no lambril logo abaixo do quadro. – Que lugar é esse? Já vi isso antes em algum lugar.

– É uma igreja, ou pelo menos era. São Clemente dos Dinamarqueses, se chamava. O fragmento das rimas que o sr. Charrington lhe ensinara lhe voltou à mente, e ele acrescentou, com alguma nostalgia: "*Laranja e limão me alimentem, dizem os sinos da São Clemente*".

Para seu espanto, ela continuou a canção:

Pague logo os vinténs pra mim, dizem os sinos da São Martim.

Pague o que deve a ele, dizem os sinos da Old Bailey...

– Não lembro mais como continuava. Só sei que terminava assim: "Já pra cama, deixe de manha, ou o bicho-papão te apanha".

Era como as duas metades, pergunta e resposta de uma senha. Mas devia haver outro verso depois de *sinos da Old Bailey*. Talvez desse para desenterrar da memória do sr. Charrington, se ele recebesse o estímulo adequado.

– Quem foi que te ensinou isso? – perguntou Winston.

– Meu avô. Ele cantava pra mim quando eu era pequena. Ele foi vaporizado quando eu tinha oito anos – enfim, desapareceu. Gostaria de saber o que era um limão – ela acrescentou, de modo vago. – Laranja eu já vi. É um tipo de fruta amarela e redonda, com uma casca grossa.

– Me lembro dos limões – disse Winston. – Eram muito comuns nos anos 1950. Eram tão azedos que só de cheirar a pessoa ficava arrepiada.

– Aposto que tem um ninho de percevejos atrás deste quadro – disse Julia – Vou fazer uma boa limpeza nele um dia desses. Acho que está quase na hora de a gente ir. Preciso tirar a maquiagem. Que droga! Depois eu limpo o batom no seu rosto.

Winston ficou deitado mais alguns minutos. O quarto estava ficando escuro. Ele se virou para a luz e ficou olhando para o peso de papéis. O que continuava a despertar seu interesse no objeto não era o fragmento de coral, mas o próprio interior do vidro.

quivos antigos do *Times*, alterando e enfeitando notícias que seriam citadas nos discursos. Tarde da noite, quando levas de proletas arruaceiros zanzavam pelas ruas, a cidade exibia uma atmosfera curiosamente febril. Os mísseis agora caíam com maior frequência do que nunca, e às vezes, ao longe, havia explosões estrondosas cuja origem ninguém sabia explicar e sobre as quais corriam boatos disparatados.

A nova música escolhida como tema da Semana do Ódio (a Canção do Ódio, como a chamavam) já estava composta e era transmitida incessantemente pelas teletelas. Tinha um ritmo selvagem, que soava como latidos e que não podia exatamente ser chamada de música, mas lembrava a batida de um tambor. Berrada por centenas de vozes acompanhadas pelo som de pés em marcha, era aterrorizante. A canção caiu no gosto dos proletas, e nas ruas, de madrugada, competia com "Um capricho e nada mais", que ainda era popular. Os filhos dos Parsons tocavam esta nova música o tempo todo, dia e noite, usando um pente e um pedaço de papel higiênico – era insuportável. As noites de Winston estavam mais ocupadas do que nunca. Grupos de voluntários, organizados por Parsons, preparavam a rua para a Semana do Ódio, costurando faixas, pintando cartazes, erguendo mastros de bandeira nos telhados e se arriscando para estender arames entre ambos os lados da rua, para pendurar bandeirolas. Parsons se gabava de que só nas Mansões Victory seriam exibidos quatrocentos metros de bandeiras. Ele estava em seu habitat natural, e se sentia feliz como um pinto no lixo. O calor e o trabalho manual lhe haviam dado um pretexto para voltar a usar calções e uma camiseta aberta à noite.

Estava em toda parte ao mesmo tempo, empurrando, puxando, serrando, martelando, improvisando, animando a todos com suas exortações amistosas, cada pedacinho de seu corpo recendendo a uma reserva aparentemente inesgotável de um suor forte e penetrante.

Um novo pôster apareceu de repente nas ruas de Londres. Não tinha legendas e exibia simplesmente a figura monstruosa de um soldado eurasiano, com três ou quatro metros de altura, avançando com um rosto mongólico inexpressivo e botas enormes, carregando uma submetralhadora na cintura. De qualquer lugar que você olhasse para o pôster, o cano da metralhadora, ampliado pelo efeito de perspectiva, parecia sempre apontado para você. O pôster havia sido colado em cada espaço vazio da cidade, chegando a superar o número de retratos do Grande Irmão. Os proletas, em geral apáticos em relação à guerra, estavam sendo incitados a mergulhar em um de seus frenesis periódicos de patriotismo. Em fina sintonia com o clima geral, os mísseis estavam matando mais gente do que de costume. Um deles caiu em um cinema lotado em Stepney, sepultando centenas de vítimas entre os escombros. Toda a população vizinha se mobilizou para o funeral que se arrastou por horas e horas e que era, na verdade, uma manifestação de pessoas indignadas. Outro míssil caiu em um terreno baldio usado como *playground* e dezenas de crianças foram destroçadas. Novas manifestações de revolta eclodiram, a imagem de Goldstein foi queimada, centenas de cópias do pôster do soldado eurasiano foram arrancadas e atiradas às chamas, e diversas lojas foram saqueadas no meio do tumulto. Logo começou a circular o boato de que espiões estavam direcionando os mísseis por controle remoto, e um casal de idosos suspeitos de serem de procedência estrangeira teve sua casa incendiada, e morreu sufocado pela fumaça.

No quarto acima da loja do sr. Charrington, sempre que conseguiam chegar lá, Julia e Winston se deitavam lado a lado em uma cama sem lençóis sob a janela aberta, ambos nus devido ao calor. O rato nunca mais voltou, mas os insetos haviam se multiplicado terrivelmente com o calor. Para eles, isso não parecia importar. Sujo ou limpo, o quarto era um paraíso. Assim que eles chegavam, pulverizavam tudo com pó de pimenta comprado no mercado negro, arrancavam as roupas e faziam amor com seus corpos suados; depois adormeciam. Ao acordar, constatavam que os percevejos haviam se unido e preparavam um contra-ataque.

Foram quatro, cinco, seis... sete vezes que eles se encontraram no mês de junho. Winston largara o hábito de beber gim o tempo todo. Parecia não mais precisar da bebida. Ele engordara, sua úlcera varicosa já estava melhor, tendo deixado apenas uma mancha marrom na pele acima do tornozelo, suas crises matinais de tosse haviam parado. Sua vida cotidiana não era mais intolerável, ele já não sentia o impulso de fazer caretas diante da teletela ou de gritar insultos a plenos pulmões. Agora que eles tinham um esconderijo seguro, quase uma casa, quase um lar, não lhes parecia mais uma dificuldade o fato de se verem só de vez em quando, e por poucas horas. O importante é que o quarto acima da loja existisse. Saber que ele estava lá, intacto, era quase o mesmo que estar nele. O quarto era um mundo, um bolsão do passado onde animais extintos podiam se mover. Para ele, o sr. Charrington era mais um animal extinto. Em seu caminho até o quarto, Winston costumava parar para falar por alguns minutos com o sr. Charrington. Ao que parecia, o velho nunca, ou quase nunca, saía de casa, e por outro lado quase não tinha fregueses. Levava uma vida fantasmagórica entre a lojinha minúscula e escura e uma cozinha ainda menor nos fundos, onde preparava suas refeições e que continha, entre outras coisas, um gramofone incrivelmente antigo com uma corneta enorme. Parecia feliz com a oportunidade de conversar. Perambulando em meio às suas mercadorias sem valor, com seu nariz comprido, seus óculos grossos e os ombros curvados na jaqueta de veludo, dava a impressão de ser um colecionador, mais do que um comerciante. Com uma espécie de entusiasmo apagado, manuseava este ou aquele pedaço de lixo – uma rolha de porcelana, uma tampa pintada de uma caixinha de rapé quebrada, um medalhão dourado contendo uma mecha de cabelo de algum bebê morto havia tempos – sem nunca perguntar a Winston se queria comprá-lo, simplesmente queria que ele o admirasse. Falar com ele era como ouvir o tilintar de uma caixinha de música gasta. Dos recantos da memória ele havia retirado mais alguns fragmentos de canções esquecidas. Havia uma sobre vinte e quatro melros, outra sobre uma vaca de chifre torto, e ainda outra sobre a morte do coitado do pintarroxo. "Achei que o senhor poderia se interessar por isso", dizia ele com uma risadinha autodepreciativa sempre que aparecia com um trecho novo. Mas nunca conseguia se lembrar mais do que uns poucos versos de qualquer canção.

Tanto Julia quanto Winston sabiam – de certo modo, nunca deixaram de pensar nisso – que o que estava acontecendo não poderia durar muito. Em alguns momentos, a sensação de morte iminente lhes parecia tão palpável quanto a cama em que se deitavam, e eles se abraçavam com uma sensualidade desesperada, como uma alma condenada agarrando-se à última migalha de prazer cinco minutos antes de sua hora derradeira. No entanto, também havia momentos em que eles se iludiam não só com a segurança, mas também com a permanência. Sentiam que enquanto estivessem naquele quarto, nada lhes aconteceria. Era difícil e perigoso chegar lá, mas o quarto em si era um santuário. Quando Winston olhava para o interior do peso de papéis, tinha a sensação de que conseguiria penetrar naquele mundo vítreo, e que, uma vez dentro dele, o tempo poderia ser detido. Muitas vezes se entregavam a devaneios de fuga. A sorte deles perduraria por um tempo indeterminado e eles continuariam com seu caso clandestino, exatamente como agora, pelo resto da vida. Ou então Katharine morreria e, graças a manobras sutis, eles conseguiriam se casar. Ou então cometeriam suicídio juntos. Ou desapareceriam, se disfarçariam de modo a não serem reconhecidos, aprenderiam a falar com sotaque dos proletas, arrumariam emprego em uma fábrica e viveriam suas vidas clandestinas em uma viela qualquer sem ninguém perceber. Tudo isso era absurdo, eles sabiam. Na verdade, não havia escapatória. Nem mesmo o único plano viável dentre todos aqueles, o do suicídio, eles tinham a intenção de levar adiante. Seguir tocando a vida dia após dia, semana após semana, prolongando um presente sem futuro, parecia um impulso indomável, tal como nossos pulmões que continuarão a inspirar enquanto houver ar disponível.

Outras vezes, falavam em rebelar-se ativamente contra o Partido, mas sem ter a menor ideia de como dar o primeiro passo. Mesmo que a mítica Irmandade fosse real, ainda restava a dificuldade de encontrar um caminho até ela. Winston confessou a ela a estranha intimidade que existia, ou parecia existir, entre ele e O'Brien, e o impulso que às vezes sentia de apresentar-se a O'Brien, informá-lo que era inimigo do Partido, e lhe pedir ajuda. O mais curioso é que essa atitude não pareceu a ela como algo precipitado. Estava acostumada a julgar as pessoas pelo rosto, e lhe pareceu natural Winston acreditar que O'Brien fosse confiável com base em um único e rápido olhar. Além disso, Julia partia do princípio de que todo mundo, ou quase todo mundo, odiava o Partido e violaria as regras se descobrisse que era seguro fazê-lo. Porém, recusava-se a acreditar que existisse, ou fosse possível existir, uma oposição generalizada e organizada. Todas aquelas histórias sobre Goldstein e seu exército clandestino, acreditava ela, eram simplesmente um amontoado de tolices que o Partido inventara para atender a seus próprios objetivos, e nas quais você precisava fingir que acreditava. Incontáveis vezes, em comícios e manifestações espontâneas do Partido, ela exigia, a plenos pulmões, a execução de pessoas cujos nomes jamais ouvira falar, e em cujos supostos crimes não acreditava minimamente. Sempre que havia julgamentos públicos ela ocupava um lugar em meio aos destacamentos da Liga Juvenil que cercavam os tribunais de manhã até à noite, cantando de quando em quando "Morte aos traidores!". Durante os Dois Minutos de Ódio, ela sempre superava os outros em seus insultos a Goldstein. Porém, tinha somente uma vaga ideia de quem era Goldstein, e de quais doutrinas ele supostamente representava. Ela crescera depois da Revolução e era jovem demais para lembrar-se dos conflitos ideológicos dos anos 1950 e 1960. Era simplesmente incapaz de imaginar algo como um movimento político independente; de toda maneira, o Partido era invencível. Ele sempre existiria, e sempre seria o mesmo. Só era possível rebelar-se contra o Partido por meio da desobediência secreta, ou, no limite, praticando atos de violência isolada, por exemplo matando alguém ou explodindo algo.

Sob certos aspectos, ela era muito mais perspicaz que Winston, e muito menos suscetível à propaganda do Partido. Uma vez, quando por acaso ele fez menção à guerra contra a Eurásia, ela o surpreendeu ao dizer, de modo sereno, que em sua opinião aquela guerra não estava acontecendo. E que os mísseis que caíam diariamente sobre Londres eram provavelmente disparados pelo próprio governo da Oceânia, "só para manter a população amedrontada". Essa era uma ideia que jamais ocorrera a Winston. Ela também despertou uma espécie de inveja nele ao dizer que durante os Dois Minutos de Ódio sua maior dificuldade era se conter para não cair na gargalhada. Mas Julia questionava os ensinamentos do Partido somente quando estes afetavam sua própria vida. Muitas vezes ela se mostrava disposta a aceitar a mitologia oficial, simplesmente porque a diferença entre verdade e falsidade não lhe parecia importante. Por exemplo, ela acreditava – pois aprendeu isso na escola – que o Partido inventara o avião. (Em seus próprios tempos de escola, Winston lembrava, no final dos anos 1950 o Partido alegava ter inventado apenas o helicóptero; doze anos mais tarde, quando Julia estava na escola, já reivindicava a invenção do avião; mais uma geração e estaria reivindicando a máquina a vapor). E quando ele disse a ela que os aviões já existiam antes de ele nascer, e muito antes da Revolução, este fato não despertou nela o menor interesse. Afinal, que interesse havia em saber quem inventou o avião? Foi ainda mais chocante para ele descobrir, graças a um comentário fortuito, que ela não se lembrava que quatro anos antes a Oceânia estava em guerra com a Lestásia e em paz com a Eurásia. Era verdade que ela considerava toda essa história de guerra como uma farsa; mas aparentemente nem tinha notado que o nome do inimigo havia mudado. "Sempre achei que estávamos em guerra com a Eurásia", ela disse, distraída. Esta fala o assustou um pouco. A invenção do avião datava de muito antes do nascimento de Julia, mas a troca de inimigos na guerra ocorrera apenas quatro anos antes, quando ela já era adulta. Os dois discutiram sobre este assunto durante uns quinze minutos. No fim, Winston conseguiu que, em um esforço de memória, ela se lembrasse vagamente que, em algum momento, a Lestásia, e não a Eurásia, é que tinha sido o inimigo. Porém, esta questão ainda lhe parecia não ter importância. "E daí?", disse, impaciente. "É sempre uma porra de guerra após a outra, e a gente sabe que no fundo as notícias são todas mentirosas".

Às vezes, ele conversava com ela sobre o Departamento de Registros e as falsificações descaradas que fazia lá. Essas coisas não pareciam horrorizá-la.

Julia não sentia um abismo se abrindo sob seus pés ao pensar que as mentiras estavam se tornando verdades. Ele lhe contou a história de Jones, Aaronson e Rutherford e de um importante pedaço de papel que uma vez chegou às suas mãos. Ela reagiu com indiferença. No início, aliás, ela mal entendeu aonde ele queria chegar com aquela história.

– Eram amigos seus? – ela disse.

– Não, eu nem conhecia eles. Eram membros do Núcleo do Partido. Além disso, eram muito mais velhos que eu. São pessoas dos velhos tempos, de antes da Revolução, pessoas que eu conhecia só de vista.

– Então por que tanta preocupação? As pessoas são assassinadas o tempo todo, não?

Ele tentou fazê-la entender. – Este era um caso excepcional. Não tinha a ver só com o fato de alguém ser assassinado. Você percebe que o passado, a partir de ontem, foi abolido? Se ele ainda sobrevive em algum lugar, é em objetos sólidos, sem estar associado a palavras, como aquele pedaço de vidro ali. Já não sabemos mais quase nada sobre a Revolução e os anos anteriores a ela. Todos os registros foram destruídos ou falsificados, todos os livros foram reescritos, os quadros foram todos repintados, todas as estátuas, ruas e edifícios foram renomeados, todas as datas foram alteradas. E este processo continua a cada dia e a cada minuto. A história parou. Nada existe, exceto um presente infinito em que o Partido tem sempre razão. Eu sei, claro, que o passado foi falsificado, mas eu nunca conseguiria provar isso, ainda que eu mesmo tenha feito a falsificação. Depois que a coisa está feita, não resta mais nenhuma prova. A única prova está dentro da minha própria cabeça, e não tenho nenhuma certeza de que outro ser humano compartilha das minhas lembranças. Em toda minha vida, aquela foi a única ocasião em que eu tive em mãos provas concretas depois que um fato ocorreu... anos depois disso.

– E do que adiantou isso?

– Não adiantou nada, porque eu joguei fora o papel minutos depois. Mas se a mesma coisa acontecesse hoje, eu guardaria o papel.

– Bom, eu não faria isso! – disse Julia. – Estou disposta a correr riscos, mas só se for por alguma coisa que valha a pena, não por pedaços de jornais velhos. O que você teria feito com o recorte se tivesse guardado?

– Não muita coisa, acho. Mas era uma prova. Talvez isso tivesse plantado algumas dúvidas aqui e ali, supondo que eu tivesse coragem de mostrar ele a alguém. Não acredito que a gente consiga mudar alguma coisa durante o tempo que vivemos. Mas dá pra imaginar pequenos núcleos de resistência brotando aqui e ali – pequenos grupos de pessoas se unindo, crescendo pouco a pouco, e até mesmo deixando alguns registros, assim as gerações seguintes vão poder continuar de onde paramos.

– Não estou interessada na próxima geração, meu querido. Estou interessada em *nós*.

– Você só é rebelde da cintura para baixo – disse ele.

Ela achou esta frase espirituosa e brilhante, e o abraçou, em puro deleite.

Julia não tinha o menor interesse nas ramificações da doutrina do Partido. Sempre que ele começava a falar de coisas como os princípios do Socing, o duplipensar, a mutabilidade do passado, e a negação da realidade objetiva, ou quando usava palavras em novilíngua, ela se entediava, ficava confusa e dizia que nunca prestava atenção naquele tipo de coisa. Se sabiam que tudo aquilo era bobagem, por que se preocupar com o assunto? Ela sabia o momento certo de aplaudir, e quando vaiar, e isso era o bastante. Quando ele insistia em falar sobre estes assuntos, ela tinha o hábito desconcertante de cair no sono. Era uma dessas pessoas capazes de adormecer a qualquer hora e em qualquer posição. Conversando com ela, percebeu como era fácil manter uma aparência de ortodoxia sem ter a menor compreensão do significado de ortodoxia. De certo modo, a visão de mundo do Partido era mais facilmente incutida nas pessoas incapazes de compreendê-la. Era possível fazê-las aceitar as violações mais flagrantes da realidade porque elas nunca entendiam por completo a enormidade do que lhes era exigido, e não tinham suficiente interesse em eventos públicos para perceber o que estava acontecendo. A falta de compreensão lhes permitia manter a sanidade mental. Limitavam-se a engolir tudo, e o que elas engoliam não lhes fazia mal, pois não deixava nenhum resíduo, assim como um grão de milho atravessa o corpo de um pássaro sem ser digerido.

Capítulo 6

Finalmente aconteceu. A mensagem esperada chegou. Winston tinha a impressão de que havia esperado a vida inteira por aquilo.

Caminhando pelo longo corredor do Ministério, ele passava agora próximo ao local onde Julia colocara discretamente o bilhete em sua mão. Foi quando percebeu que alguém maior do que ele vinha andando logo atrás. A pessoa, fosse quem fosse, pigarreou, em um sinal evidente de que queria lhe falar. Winston parou de repente e se virou. Era O'Brien.

Enfim, estavam um diante do outro, e parecia que o único impulso de Winston era fugir. Seu coração batia acelerado. Não teve coragem de dizer nada. Porém, O'Brien continuou avançando no mesmo ritmo, e segurou de leve no braço de Winston, de modo que os dois agora andavam lado a lado. Começou a falar com a maneira peculiar, gentil e solene, que o diferenciava da maioria dos membros do Núcleo do Partido.

– Eu estava esperando uma oportunidade para falar com você – disse. – Dia desses eu li o artigo sobre novilíngua que você publicou no *Times*. Você parece ter um interesse acadêmico pela novilíngua, não?

Winston tinha recuperado parte de seu autocontrole. – Não exatamente acadêmico – respondeu. – Sou amador no assunto. Não é a minha área. Nunca tive envolvimento com a construção real da linguagem.

– Mas você escreve com muita elegância – disse O'Brien. – E não sou só eu que acha isso. Conversei recentemente com um amigo seu que sem dúvida é especialista no assunto. O nome dele me foge à memória, agora.

Mais uma vez o coração de Winston teve um sobressalto dolorido. Era inconcebível que aquela não tivesse sido uma referência a Syme. Mas Syme não estava apenas morto; ele fora abolido, era uma *despessoa*. Fazer qualquer referência que o identificasse era mortalmente perigoso. A observação de O'Brien só podia ser tomada como um sinal, uma senha. Ao compartilhar um pequeno ato de *crimepensar*, ele transformava os dois em cúmplices. Continuaram a caminhar lentamente pelo corredor, até que O'Brien parou. Com uma curiosa e irresistível simpatia que dava a seus gestos, ajeitou os óculos no nariz. E prosseguiu:

– O que eu queria na verdade lhe dizer é que eu reparei que você usou no artigo duas palavras que já se tornaram obsoletas. Mas faz pouco tempo que elas foram eliminadas. Você já viu a décima edição do *Dicionário de Novilíngua*?

– Não – disse Winston. – Não sabia que já tinha sido publicada. No Departamento de Registros ainda usamos a nona edição.

– Acho que a décima só vai ser publicada daqui a alguns meses. Mas já anteciparam a distribuição de alguns exemplares. Eu tenho um. Achei que você talvez tivesse interesse em dar uma olhada.

– Tenho, e muito – disse Winston, percebendo de imediato aonde a conversa chegaria.

– Algumas das atualizações são extremamente inventivas. A redução do número de verbos, acho que isso vai despertar o seu interesse. Bem, que tal se eu mandar para você um mensageiro com o dicionário? O único problema é que sempre acabo me esquecendo dessas coisas. E se você der um pulo em meu apartamento num horário que for bom pra você? Espere um pouco. Vou lhe dar meu endereço.

Estavam parados na frente de uma teletela. De modo um tanto distraído, O'Brien apalpou dois de seus bolsos e então retirou uma caderneta com capa de couro e um lápis-tinta dourado. Bem abaixo da teletela, colocando-se em uma posição tal que qualquer pessoa na outra extremidade do sistema pudesse ler o que ele escrevia, O'Brien rabiscou um endereço, arrancou a folha e a entregou a Winston.

– Costumo estar em casa à noite – disse. – Caso eu não esteja, meu criado pode lhe entregar o dicionário.

E foi embora, deixando Winston com o papel na mão, que agora não precisava mais esconder. Mesmo assim, ele memorizou cuidadosamente o que estava escrito e horas depois jogou-o no buraco da memória, junto com um amontoado de outros papéis.

A conversa deles não havia durado mais do que três minutos. Só havia um possível significado para o episódio. Tinha sido planejado de modo a informar Winston sobre o endereço de O'Brien. Isso era necessário, pois só era possível descobrir onde uma pessoa morava perguntando diretamente a ela. Não havia listas telefônicas ou algo do tipo. "Caso você queira me ver, é aqui que vai me encontrar", isso é o que O'Brien havia dito a ele. Talvez houvesse até mesmo alguma mensagem escondida no dicionário. De todo modo, uma coisa era certa: a conspiração com a qual Winston havia sonhado realmente existia, e ele acabara de se aproximar de seus limites externos.

Winston sabia que, cedo ou tarde, atenderia à convocação de O'Brien. Talvez no dia seguinte, ou então após um longo intervalo – não tinha certeza. O que estava acontecendo nada mais era do que o desenrolar de um processo iniciado anos antes. O primeiro passo tinha sido um pensamento secreto e involuntário; o segundo, ter começado a escrever o diário. Ele tinha passado dos pensamentos às palavras, e agora das palavras às ações. O último passo seria dado no Ministério do Amor. Ele aceitou este fato. O fim estava contido no princípio. Mas era assustador: ou, mais exatamente, era como uma amostra antecipada da morte, como estar um pouco menos vivo. Ele ainda conversava com O'Brien quando as palavras começavam a fazer sentido, um estremecimento tomava conta de seu corpo. Winston tinha a sensação de estar pisando na terra úmida de uma cova, e o fato de saber que o túmulo sempre estivera lá, à espera dele, não ajudava muito.

Capítulo 7

Winston acordou com os olhos cheios de lágrimas. Julia, sonolenta, rolou para junto dele, e murmurou algo como "O que foi?".

– Eu sonhei que... – começou, e logo interrompeu. Era complicado demais para ser colocado em palavras. Havia o sonho em si, e havia uma lembrança a ele associada, que ainda pairava em sua cabeça poucos segundos depois de ele acordar.

Ele continuou deitado, de olhos fechados, ainda submerso na atmosfera do sonho. Era um sonho vasto e luminoso em que toda sua vida parecia se estender à frente dele, como a paisagem de uma noite de verão após a chuva. Tudo acontecera no interior do peso de papel de vidro, mas a superfície do vidro era a abóbada celeste, e dentro desta abóbada tudo era banhado por uma luz muito clara e suave que permitia que se enxergasse a distâncias intermináveis. O sonho também incluía – na verdade, em certo sentido consistia em – um gesto com o braço feito por sua mão, e repetido trinta anos mais tarde pela mulher judia que ele vira no noticiário, tentando proteger o menino das balas, antes que o helicóptero os atingisse, destroçando-os.

– Sabe – disse ele – que até agora eu achava que tinha assassinado minha mãe?

– Por que você matou sua mãe? – Julia perguntou, meio adormecida.

– Eu não matei minha mãe. Não fisicamente.

No sonho, ele se lembrava de um último vislumbre de sua mãe, e instantes depois de acordar o aglomerado de pequenos acontecimentos em torno daquilo lhe voltara à memória. Era uma lembrança que ele devia ter deliberadamente removido da consciência ao longo de muitos anos. Não tinha certeza da data, mas ele devia ter pelo menos dez anos, talvez doze, quando aquilo aconteceu.

Seu pai havia desaparecido algum tempo antes; mas não saberia precisar quanto tempo. Tinha uma lembrança mais nítida das turbulentas circunstâncias daqueles tempos instáveis: o pânico que emergia a intervalos regulares em relação a ataques aéreos, a busca por abrigo nas estações de metrô, as pilhas de escombros por toda parte, os ininteligíveis anúncios públicos afixados em cada esquina, as gangues de jovens com camisas da mesma cor, as enormes filas em frente às padarias, as rajadas intermitentes de metralhadora ao longe – e, acima de tudo, o fato de nunca haver comida suficiente. Ele se lembrou das longas tardes que passara com os outros garotos revirando latas e montes de lixo, recolhendo talos de repolho, cascas de batata, às vezes até restos de pão velho, do qual eles raspavam as cinzas com cuidado; e lembrava-se também da espera pela passagem de caminhões que viajavam por uma determinada estrada, transportando ração para gado e que, quando sacudiam em meio aos buracos da estrada, às vezes derramavam porções de ração à base de linhaça.

Quando seu pai desapareceu, sua mãe pareceu não demonstrar nenhuma surpresa ou pesar profundo. Mas, de um momento para o outro, se transformou. Parecia ter perdido todo o vigor. Era evidente, até mesmo para Winston, que ela estava à espera de algo que sabia que iria acontecer. Fazia tudo o que precisava fazer – cozinhava, lavava, costurava, arrumava a cama, varria o chão, espanava a lareira – sempre muito devagar, com uma curiosa economia de movimentos, como um manequim articulado que se movesse por conta própria. Seu corpo grande e formoso parecia recolher-se naturalmente à imobilidade. Passava horas a fio sentada na cama, quase imóvel, cuidando da irmã menor de Winston, uma criança miudinha, debilitada e muito silenciosa, de uns dois ou três anos, com um rosto simiesco devido à magreza. Muito de vez em quando, ela pegava Winston nos braços e o apertava contra si por um longo tempo, sem dizer nada. Apesar de sua pouca idade e de seu egoísmo, ele estava ciente de que aquele gesto de algum modo estava conectado àquela coisa jamais mencionada, que estava prestes a acontecer.

Lembrava-se do quarto onde moravam, um quarto escuro e abafado, que uma cama com uma colcha branca ocupava quase por inteiro. Atrás do guarda-fogo havia um fogareiro e uma prateleira onde armazenavam alimentos, e fora, no pátio coberto, uma pia marrom de argila, de uso comunitário para vários quartos. Lembrava-se do corpo imponente da mãe inclinado sobre o fogareiro para mexer algo em uma panela. Lembrava-se sobretudo da fome contínua e das brigas sórdidas na hora das refeições. Atazanava a mãe, perguntando-lhe repetidas vezes por que não havia mais comida, gritava com ela furioso (chegava a lembrar-se de seu próprio tom de voz, uma voz que estava passando por uma mudança precoce e que às vezes explodia de um modo peculiar), ou então começava a choramingar na tentativa de ganhar mais do que a parte da refeição que lhe cabia. A mãe estava sempre disposta a lhe servir um pouco a mais. Ela considerava óbvio que ele, "o menino", deveria ficar com a porção maior; porém, por mais do que ela lhe servisse, ele sempre exigia mais. A cada refeição ela lhe implorava que não fosse egoísta e lembrasse que a irmãzinha estava doente e também precisava comer. Mas não adiantava. Ele chorava de raiva quando ela parava de pôr comida em seu prato, tentava arrancar a panela e a concha das mãos dela, pegava pedaços de comida do prato da irmã. Sabia que com isso fazia as duas passar fome, mas não conseguia se controlar; chegava mesmo a sentir que tinha o direito de fazer aquilo. A fome que clamava em seu estômago parecia justificar sua atitude. Entre uma refeição e outra, se a mãe não o vigiasse, ele sempre surrupiava coisas do miserável estoque de alimentos da prateleira.

Certo dia, a ração de chocolate foi distribuída. Fazia semanas ou meses que isso não acontecia. Ele se lembrava com muita nitidez daquele precioso pedacinho de chocolate. Era uma barrinha de sessenta gramas, ou duas onças (naquele tempo ainda se media em onças) para os três. Óbvio que ela deveria ser repartida em três partes iguais. De repente, como se estivesse escutando a voz de outra pessoa, Winston ouviu a própria voz exigindo aos berros que a mãe lhe desse a barra inteira. A mãe lhe disse para não ser guloso. Seguiu-se uma discussão infinita e irritante com gritos, choramingos, lágrimas, protestos, barganhas. A irmãzinha, agarrando-se à mãe com as duas mãos, igual a um filhote de macaco, olhava para ele por cima do ombro dela com olhos grandes e tristonhos. No fim, a mãe partiu a barra de chocolate em quatro pedaços, deu três deles a Winston, e o restante à filha. A menina pegou o pedaço e ficou olhando para ele com uma expressão abobada, talvez por não saber o que era aquilo. Winston a observou por um instante. Então, com um gesto rápido, tomou o pedaço de chocolate da mão da irmã e saiu correndo na direção da porta.

– Winston, Winston! – a mãe gritava atrás dele. – Volta aqui! Devolve o chocolate da sua irmã!

Ele parou, mas não voltou. Sua mãe o encarava firme, aflita. Mesmo naquela hora, pensando sobre a coisa, ele não sabia o que estava prestes a acontecer. A irmã, ao perceber que tinha sido roubada de algo, começou a gemer baixinho. A mãe envolveu a criança com o braço, pressionando seu rosto contra o peito. Algo naquele gesto dizia a Winston que a irmã estava morrendo. Ele se virou e disparou escada abaixo, com o chocolate já derretendo em sua mão.

Desde então, nunca mais viu a mãe. Depois que devorou o chocolate, se sentiu meio envergonhado e ficou perambulando pelas ruas horas a fio, até que a fome o obrigou a voltar para casa. Ao chegar em casa, sua mãe havia desaparecido. Àquela época, esse tipo de coisa estava se tornando normal. Nada estava faltando no quarto; somente sua mãe e sua irmã. Não haviam levado nenhuma roupa, nem mesmo o casacão de lã da mãe. Até aquele momento, ele não sabia se a mãe havia mesmo morrido. Era perfeitamente possível que ela tivesse apenas sido enviada a um campo de trabalhos forçados. Quanto à irmã, talvez tivesse sido transferida, como o próprio Winston, para uma das colônias para crianças sem-teto (Centros de Correção, eram chamados) criadas como resultado da guerra civil; talvez tivesse sido mandada para o campo de trabalhos forçados junto com a mãe, ou então simplesmente abandonada em algum lugar para morrer.

O sonho ainda estava nítido em sua mente, e em particular o gesto protetor da mãe envolvendo a filha com o braço, que parecia conter todo seu significado. Sua mente foi remetida a outro sonho, de dois meses antes. Exatamente da mesma maneira que a mãe se sentara na cama puída de colcha branca, com a filha agarrada a seu peito, no sonho ela estava sentada dentro do navio naufragado, muito abaixo dele, e afundando cada vez mais, mas ainda buscando-o com os olhos através da água que se turvava.

Winston contou a Julia a história do desaparecimento da mãe. Sem abrir os olhos, ela rolou na cama e se acomodou em uma posição mais confortável.

– Imagino que naquela época você devia ser um verdadeiro pestinha – ela disse, mal conseguindo articular as palavras. – Crianças são sempre umas pestes.

– É. Mas o que importa nessa história...

Pela respiração dela, era evidente que caíra no sono de novo. Ele queria ter continuado a falar da mãe. Pelo que se lembrava dela, não achava que ela tivesse sido uma mulher especial; inteligente, muito menos. Porém, ela tinha uma espécie de nobreza, uma espécie de pureza, pelo simples fato de guiar-se por princípios morais muito particulares. Mostrava ter sentimentos próprios, que não se alteravam por fatores externos. Jamais teria ocorrido a ela que uma ação pudesse perder o sentido pelo fato de ser ineficaz. Se você ama alguém, ama esta pessoa e, mesmo que não tenha mais nada a lhe dar, continua a lhe oferecer o seu amor. Quando percebeu que não tinha mais chocolate para dar à filha, a mãe a abraçou com força. De nada adiantava, aquilo não mudaria nada, não faria com que outro chocolate aparecesse, não impedia a morte da criança, nem a dela mesma; mas para a mãe era natural fazer aquilo. A mulher refugiada no barco também havia coberto o menininho com o braço, que o protegia dos tiros tanto quanto uma folha de papel. O ato mais terrível do Partido tinha sido convencer as pessoas de que meros impulsos e meros sentimentos não tinham valor, ao mesmo tempo em que as privava de todo o poder material que elas pudessem ter. Uma vez que tivesse caído nas garras do Partido, o que você sentia ou deixava de sentir, o que fazia ou deixava de fazer, nada disso fazia a menor diferença. Independentemente do que acontecesse, você sumia, e tanto você quanto seus atos seriam esquecidos. Você era apagado do curso da história. E, mesmo para pessoas de duas gerações anteriores, isso não teria grande importância, pois elas não tinham a intenção de alterar a História. Eram pessoas guiadas por lealdades privadas que nunca questionavam. O que importavam eram os relacionamentos individuais, e um gesto totalmente involuntário, um abraço, uma lágrima, uma palavra dirigida a um moribundo poderiam ter valor em si mesmos. Ocorreu-lhe de repente que os proletas haviam permanecido neste estado. Não eram leais a um partido, a um país ou uma ideia, eram leais uns aos outros. Pela primeira vez na vida, não desprezava os proletas, tampouco os considerava como uma força inerte que um dia brotaria para revitalizar o mundo. Os proletas continuavam a ser humanos. Não tinham se enrijecido por dentro. Continuavam agarrados às emoções primitivas que ele mesmo precisava reaprender mediante um esforço consciente. Ao pensar nisso tudo, lembrou-se de uma cena que parecia não ter importância: semanas antes, ele se deparou com uma mão decepada caída na calçada e a chutou para a sarjeta, como se fosse um talo de repolho.

– Os proletas são seres humanos – disse alto. – Nós não somos humanos.

– Por que não? – perguntou Julia, que despertara de novo.

Ele refletiu um pouco. – Alguma vez já ocorreu a você – disse ele – que a melhor coisa a fazer seria ir embora daqui antes que seja tarde, e que a gente não consiga mais se ver?

– Sim, querido, já me ocorreu, e várias vezes. Só que eu não vou fazer isso.

– Até agora, tivemos sorte – ele disse –, mas não tem como isso durar muito tempo. Você é jovem. Tem uma aparência normal e inocente. Se continuar longe de pessoas como eu, talvez ainda viva mais uns cinquenta anos.

– Não. Eu já pensei em tudo. Tudo que você fizer, eu também vou fazer. E não precisa ficar desanimado. Eu sei muito bem como me manter viva.

– Podemos continuar juntos por mais seis meses, ou um ano, não tem como saber. No fim, com certeza a gente vai se separar. Você percebe que vamos estar completamente sozinhos, no final de tudo? Quando eles pegarem a gente, não vai ter mais nada, absolutamente nada, que um possa fazer pelo outro. Se eu confesso, eles te matam; se me recuso a confessar, te matam do mesmo jeito. Nada que eu possa fazer ou dizer, ou deixar de dizer, pode adiar a sua morte, nem que seja por cinco minutos. Nem eu nem você nunca vai saber se o outro está vivo ou morto. A gente não vai ter mais nenhum poder. A única coisa que importa é não trair um ao outro, ainda que isso também não vá fazer diferença nenhuma.

– Se você se refere à confissão – disse Julia –, vamos fazer isso, com certeza. Todo mundo sempre confessa. É inevitável. Eles torturam as pessoas.

– Não estou falando de confissão. Confissão não é traição. Não importa o que você diz ou faz: o importante são os sentimentos. Se eles conseguirem fazer com que eu deixe de amar você... isso, sim, seria traição.

Ela refletiu a respeito. – Eles não conseguem fazer isso – disse, afinal. – É a única coisa que não conseguem fazer. Podem obrigar você a dizer qualquer coisa, *qualquer coisa*, mas não tem como eles obrigarem você a acreditar nisso. Eles não conseguem entrar em você.

– Não – disse ele, em um tom que mostrava uma confiança um pouco maior. – Não mesmo, é verdade. Não conseguem entrar em você. Se você puder *sentir* que vale a pena continuar humano, mesmo que isso não sirva para nada, você ganhou deles.

Winston pensou na teletela, com seu ouvido que nunca dorme. Você poderia ser espionado noite e dia, mas se não perdesse a cabeça, conseguiria ser mais esperto que eles. Por mais inteligentes que eles fossem, ainda não dominavam os meios de descobrir o que o outro ser humano está pensando. Talvez isso não fosse verdade se você estivesse, de fato, nas mãos deles. Ninguém sabia o que se passava dentro do Ministério do Amor, mas dava para adivinhar: torturas, drogas, instrumentos sensíveis que registram as reações nervosas da pessoa, um processo gradual de esgotamento em decorrência da falta de sono, da solidão e dos constantes interrogatórios. De todo modo, não havia como esconder os fatos. Eles conseguiriam desvendá-los por meio de uma investigação, poderiam arrancá-los de você mediante tortura. Mas... se o objetivo não era continuar vivo, e sim continuar sendo humano, que diferença faria? Eles não tinham como alterar os seus sentimentos; aliás, nem mesmo a própria pessoa seria capaz de alterá-los, mesmo que quisesse. Poderiam trazer à luz, nos mínimos detalhes, tudo que ela tivesse feito, dito ou pensado; mas as coisas que estavam no fundo de seu coração – um mistério para a própria pessoa –, isso permaneceria impenetrável.

Capítulo 8

Eles conseguiram, finalmente conseguiram!

A sala em que eles estavam era comprida e com uma iluminação suave. O volume da teletela se reduzira a um murmúrio; o extremo luxo do carpete dava a impressão de que se pisava em veludo. Do outro lado da sala, O'Brien estava sentado a uma mesa, sob a luz esverdeada de um abajur, entre duas pilhas de documentos. Não se deu ao trabalho de erguer os olhos quando o criado fez Julia e Winston entrar.

O coração de Winston estava tão acelerado que ele se perguntava se seria capaz de falar. Eles decidiram ir ao encontro de O'Brien, finalmente tinham conseguido isso, era tudo em que ele conseguia pensar. Ir até lá tinha sido uma atitude precipitada, e foi uma completa loucura terem chegado juntos, embora tivessem feito trajetos diferentes e se encontrado somente na entrada da casa de O'Brien. Porém, o simples fato de entrar em um lugar daquele já exigia coragem. Somente em ocasiões muito raras alguém tinha acesso ao interior das residências de um membro do Núcleo do Partido; tampouco era comum alguém entrar no bairro da cidade onde eles moravam. A atmosfera do enorme bloco de apartamentos, a riqueza e a amplidão dos espaços, os odores desconhecidos da boa comida e do tabaco de boa qualidade, os elevadores silenciosos e incrivelmente rápidos, os criados de paletó branco correndo de um lado a outro – tudo era intimidador. Embora tivesse um bom pretexto para estar ali, caminhava em constante apreensão, temendo que um guarda de uniforme preto surgisse de repente, pedisse seus documentos e o mandasse embora. O criado de O'Brien, porém, não hesitou em deixá-los entrar. Era um homenzinho de paletó branco, cabelo escuro, com um rosto em forma de losango e completamente inexpressivo, que poderia ser o de um chinês. O corredor por onde ele os conduziu tinha um carpete macio, com papel de parede creme e lambris brancos, tudo impecavelmente limpo. Isso também era intimidador: Winston não se lembrava de um dia ter visto um corredor cujas paredes não estivessem encardidas pelo contato de corpos humanos.

O'Brien segurava um pedaço de papel, e parecia concentrado ao examiná-lo. Seu rosto áspero, curvado de um modo que exibia o contorno do nariz, parecia ao mesmo tempo amedrontador e sagaz. Por uns vinte segundos, continuou sentado, imóvel. Então puxou o ditafone e ditou uma mensagem no jargão híbrido dos Ministérios:

> *Itens um vírgula cinco vírgula sete aprovados todamente ponto sugestão contida item seis duplimais ridícula beirando crimepensar cancelada ponto desavançar construtivamente anteobter estimativa maischeias custo maquinário ponto fim mensagem.*

Com determinação, O'Brien levantou-se e caminhou na direção deles, pisando o tapete silencioso. Um pouco da atmosfera oficial pareceu se dissipar um pouco à medida que ele usava palavras em novilíngua, mas sua expressão estava mais severa do que de costume, como se a interrupção o tivesse aborrecido. De repente, o pavor que Winston já sentia foi atingido por uma dose de constrangimento comum. Pareceu-lhe que muito provavelmente ele cometera um erro estúpido. Pois que provas ele tinha de que O'Brien seria algum tipo de conspirador político? Nenhuma além de uma rápida troca de olhares e uma única observação ambígua; fora isso, só tinha suas próprias fantasias secretas, baseadas em um sonho. Não podia sequer se ancorar no pretexto de que viera pegar o dicionário emprestado, pois neste caso ele não teria como explicar a presença de Julia. Quando O'Brien passou em frente à teletela, ele pareceu lembrar-se de alguma coisa. Parou, virou-se para o lado e apertou um interruptor na parede. Ouviu-se um estalo agudo. A voz tinha emudecido.

Julia emitiu um som muito baixo, uma espécie de gritinho de surpresa. Mesmo tomado pelo pânico, Winston estava abalado demais para controlar a língua.

– Você pode desligar! – exclamou.

– Sim – disse O'Brien. – Podemos desligar a teletela. Temos este privilégio.

Estava na frente dos dois agora. Sua figura sólida se elevava sobre eles, e a expressão em seu rosto ainda era indecifrável. De um modo meio ríspido, ele esperava que Winston falasse, mas sobre o quê? Mesmo àquela altura, era bem possível que O'Brien fosse apenas um homem ocupado que se perguntava, irritado, por que havia sido interrompido pelos dois. Ninguém disse nada. Assim que a teletela foi desligada, pairou na sala um silêncio sinistro. Os segundos iam passando, longuíssimos. Com dificuldade, Winston mantinha o olhar fixo em O'Brien. De repente, sua expressão sombria se desfez, transformando-se no que parecia um início de sorriso. Com seu gesto característico, O'Brien ajeitou os óculos no nariz.

– Falo eu ou falam vocês? – perguntou.

– Eu falo – disse Winston, de imediato. – Esta coisa está mesmo desligada?

– Sim, está tudo desligado. Estamos sozinhos.

– A gente veio aqui porque...

Fez uma pausa. Pela primeira vez, percebeu como era vaga a sua motivação. Já que não sabia, na verdade, que tipo de ajuda O'Brien poderia lhe oferecer, não era fácil dizer o que estava fazendo ali. Continuou, ciente de que suas palavras soariam inadequadas e pretensiosas:

– Acreditamos que existe algum tipo de conspiração, algum tipo de organização secreta que trabalha contra o Partido, e que você está envolvido nisso. A gente quer se juntar a ela, trabalhar para ela. Somos inimigos do Partido. Não acreditamos nos princípios do Socing. Somos criminosos do pensamento. Também somos adúlteros. Estou dizendo isso porque a gente quer se colocar à sua disposição. Se você quiser que a gente se incrimine de alguma outra maneira, estamos prontos.

Interrompeu-se e olhou por cima do ombro, com a sensação de que a porta havia sido aberta. De fato, o pequeno criado de rosto amarelo entrara sem bater. Winston notou que ele trazia uma bandeja com um decanter e taças.

– Martin é um dos nossos – disse O'Brien, sem se abalar. – Traga as bebidas aqui, Martin. Deixe em cima da mesa redonda. Temos cadeiras suficientes? Então vamos sentar e conversar relaxados. Pegue uma cadeira pra você, Martin. Vamos falar de negócios. Pode deixar de lado suas tarefas de criado nos próximos dez minutos.

O homenzinho se sentou, muito à vontade, mas ainda mantendo uma postura servil – a postura de um empregado que desfruta de um privilégio. Winston o observava com o canto do olho. Ocorreu-lhe que a vida daquele homem se resumia a representar um papel, e que ele devia achar perigoso deixar de lado aquela personalidade que acabara de assumir, mesmo que por instantes. O'Brien segurou o decanter pelo gargalo e encheu as taças com um líquido vermelho-escuro, o que despertou em Winston lembranças vagas de algo visto muito tempo antes em um muro ou em um *outdoor*: uma garrafa enorme, composta de luzes elétricas, que parecia mover-se para cima e para baixo, derramando seu conteúdo em um copo. Vista de cima, a coisa parecia quase preta; mas no decanter brilhava como um rubi. Tinha um aroma agridoce. Observou enquanto Julia pegava sua taça e a cheirava com verdadeira curiosidade.

– Chama-se vinho – disse O'Brien com um esboço de sorriso. – Vocês já devem ter lido a respeito nos livros. Infelizmente, é o tipo de bebida que não chega ao Partido Externo. – Seu rosto adquiriu novamente uma expressão séria, e ele ergueu sua taça: – Acho apropriado começarmos com um brinde. Ao nosso líder. A Emmanuel Goldstein.

Winston pegou a taça de um modo afoito. Ele já havia lido sobre vinho, e sonhado com isso. Assim como o peso de papel de vidro ou as rimas que o sr. Charrington lembrara pela metade, esta bebida fazia parte de um passado extinto, romântico, dos velhos tempos, como gostava de chamar em seus pensamentos secretos. Por alguma razão, sempre imaginara que o vinho tinha um sabor extremamente doce, como o de geleia de amora, e que causava uma imediata embriaguez. Quando engoliu a bebida, teve uma profunda decepção. A verdade é que, depois de anos bebendo gim, mal conseguia sentir o gosto do vinho. Deixou a taça vazia sobre a mesa.

– Então existe mesmo essa pessoa chamada Goldstein? – perguntou.

– Existe, sim, ele está vivo. Só não sei onde.

– E a conspiração – a organização? Ela é real? Não é uma simples invenção da Polícia da Mente?

– Não, ela é real. Irmandade, é como nós a chamamos. Vocês nunca vão ter acesso a muita informação sobre a Irmandade, além do fato de que ela existe e que vocês são membros dela. Já volto a falar sobre isso. – Olhou para seu relógio de pulso. – Não é prudente, nem mesmo para membros do Partido Interno, desligar a teletela por mais de meia hora. Vocês não deveriam ter vindo aqui juntos, e vão ter que sair separadamente. Você, camarada – fez com a cabeça um meneio na direção de Julia – sairá primeiro. Temos vinte minutos. Sei que vão compreender minha necessidade de fazer algumas perguntas a vocês. Em linhas gerais, o que estão dispostos a fazer?

– Tudo que pudermos – disse Winston.

O'Brien virou-se um pouco na cadeira, de modo a ficar de frente para Winston. Praticamente ignorou Julia, dando a entender que Winston poderia falar por ela. Por um instante, as pálpebras lhe cobriram os olhos. Começou a fazer as perguntas em um tom de voz baixo, inexpressivo, como se aquilo fosse um procedimento de rotina, uma espécie de catecismo, e como já soubesse a maioria das respostas que receberia.

– Estão dispostos a oferecer suas vidas?

– Sim.

– Estão dispostos a cometer assassinatos?

– Sim.

– A cometer atos de sabotagem que podem causar a morte de centenas de inocentes?

– Sim.

– Trair seu país para beneficiar potências estrangeiras?

– Sim.

– Trapacear, falsificar, chantagear, corromper a mente das crianças, distribuir drogas que viciam, incentivar a prostituição, disseminar doenças venéreas... fazer qualquer coisa que possa causar a desmoralização e enfraquecer o poder do Partido?

– Sim.

– Por exemplo, se for do nosso interesse que vocês joguem ácido sulfúrico no rosto de uma criança... estão dispostos a fazer isso?

– Sim.

– Estão dispostos a perder sua identidade e passarem o resto da vida trabalhando como garçonete ou estivador?

– Estão dispostos a cometer suicídio, se ordenarmos que façam isso, e quando ordenarmos?

– Sim.

– Vocês dois estão dispostos a se separar e não se verem nunca mais?

– Não! – interrompeu Julia.

Winston teve a impressão de que se passou um longo tempo antes de ele responder. Por um momento, pareceu-lhe que perdera a capacidade de falar. Sua língua trabalhava em silêncio, formando as sílabas iniciais primeiro de uma palavra, depois de outra, repetidas vezes. Até responder, ainda não sabia que palavra diria. – Não. – disse, por fim.

– Fizeram bem em me dizer isso – disse O'Brien. – Precisamos saber de tudo.

Ele se virou para Julia e acrescentou, em uma voz um pouco mais enfática:

– Você compreende que, mesmo que ele sobreviva, talvez se transforme numa outra pessoa? Podemos ser obrigados a lhe dar uma nova identidade. O rosto, os movimentos, o formato de suas mãos, a cor dos cabelos, até mesmo a voz dele seriam diferentes. E você mesmo talvez tenha que se tornar uma pessoa diferente. Nossos cirurgiões são capazes de fazer com que as pessoas fiquem irreconhecíveis. Às vezes, isso é necessário. Em alguns casos, chegamos a amputar um membro.

Winston não se conteve e olhou de novo de relance para o rosto mongol de Martin. Não havia cicatrizes visíveis. Julia estava agora um pouco mais pálida, com as sardas mais salientes, mas encarava O'Brien com ousadia. Murmurou algo que pareceu soar como um consentimento.

– Muito bom. Estamos combinados, então.

Havia uma caixa prateada de cigarros sobre a mesa. Com um ar meio distraído, O'Brien empurrou-a na direção deles, pegou um cigarro para si e então levantou-se e pôs a andar lentamente, de um lado a outro, como se pensasse melhor em pé. Eram cigarros muito bons, grossos e bem embalados, com uma textura sedosa incomum. O'Brien voltou a olhar para seu relógio de pulso.

– É melhor você voltar para a copa, Martin – disse ele. – Devo ligar a tela daqui a quinze minutos. Dê uma boa olhada no rosto destes camaradas antes de ir. Você vai vê-los outra vez. Eu talvez não.

Exatamente como acontecera na entrada, os olhos escuros do homenzinho cintilaram diante dos rostos de Winston e Julia. A postura dele não mostrava nenhum traço de simpatia. Ele memorizava a aparência dos dois, mas não demonstrou qualquer interesse por eles, ou pelo menos não o aparentava. Ocorreu a Winston que um rosto sintético talvez fosse incapaz de mudar de expressão. Sem abrir a boca nem fazer qualquer tipo de despedida, Martin saiu, fechando em silêncio a porta atrás de si. O'Brien andava de um lado ao outro, uma mão no bolso do macacão, a outra segurando o cigarro.

– Vocês precisam entender – disse ele – que vão estar lutando no escuro. Vão estar sempre no escuro. Vão receber ordens e obedecer sem saber por quê. Mais tarde eu vou lhes enviar um livro que ensinará a vocês a verdadeira natureza da sociedade em que vivemos e estratégia que usaremos para destrui-la. Quanto tiverem lido *o livro*, serão considerados membros plenos da Irmandade. Mas no que diz respeito à relação entre o objetivo geral pelos quais estamos lutando e as tarefas imediatas a serem desempenhadas, vocês não saberão coisa alguma. Garanto a vocês que a Irmandade existe, mas não posso lhes dizer se ela tem cem membros ou dez milhões. Com base no seu próprio conhecimento, vocês nunca poderão sequer dizer se o número de membros chega a meia dúzia. Vocês terão três ou quatro contatos, que serão renovados de vez em quando, à medida que forem desaparecendo. Como este foi o primeiro contato de vocês, ele será preservado. Quando vocês receberem ordens, elas terão vindo de mim. Se acharmos necessário nos comunicar com vocês, isso vai acontecer por intermédio de Martin. Quando finalmente forem pegos, vocês confessarão. Isso é inevitável. Mas terão muito pouco a confessar, além de suas próprias ações. Não serão capazes de trair mais do que um punhado de pessoas importantes. É provável que não cheguem sequer a me trair. A esta altura, eu talvez já esteja morto ou tenha me tornado uma pessoa diferente, com um rosto diferente.

O'Brien continuava caminhando de um lado a outro sobre o tapete macio. Mesmo sendo corpulen to, seus movimentos eram extremamente graciosos. Isso ficava claro até mesmo no modo como ele enfiava a mão no bolso, ou manipulava um cigarro. Muito mais do que força, O'Brien transmitia uma sensação de confiança e de uma compreensão com um toque de ironia. Por mais determinado que ele fosse, não tinha nada da obstinação própria dos fanáticos. Quando falava em assassinato, suicídio, doenças venéreas, membros amputados ou rostos modificados, fazia-o em um tom leve e de chacota. "Isso é inevitável", sua voz parecia dizer, "isso é o que temos que fazer, sem vacilar. Mas não é isso que faremos quando a vida voltar a valer a pena". Uma onda de admiração, quase de idolatria, fluía de Winston para O'Brien. Por um momento ele se esquecera da figura sombria de Goldstein. Diante dos ombros vigorosos de O'Brien e daquele rosto de feições rudes, era impossível acreditar que ele pudesse ser derrotado. Não havia estratagema que ele não pudesse enfrentar em pé de igualdade, nenhum risco que ele não pudesse antever. Até Julia parecia impressionada; tinha largado o cigarro e escutava com atenção. O'Brien prosseguiu:

– Vocês já devem ter ouvido boatos sobre a existência da Irmandade. Sem dúvida já formaram sua imagem pessoal sobre ela. É provável que já tenham imaginado um imenso submundo de conspiradores que se reúnem escondidos em porões, rabiscando mensagens em muros, reconhecendo uns aos outros por meio de códigos ou movimentos particulares das mãos. Nada disso existe. Os membros da Irmandade não têm como reconhecer um ao outro, e um membro nunca conhece mais do que um reduzido número de outros membros. O próprio Goldstein, se caísse nas mãos da Polícia da Mente, não seria capaz de lhes fornecer a lista completa dos membros, ou de qualquer informação que os levasse a uma lista completa. Essa lista não existe. A Irmandade não pode ser eliminada porque não é uma organização no sentido comum da palavra. Nada a mantém ativa, com exceção da ideia de que ela é indestrutível. Além dessa ideia, vocês não terão mais nada em que se apoiar. Não vão encontrar camaradagem nem estímulos. Quando finalmente forem apanhados, vocês não vão receber nenhuma ajuda. Nunca ajudamos nossos membros. No máximo, quando é absolutamente necessário que alguém seja silenciado, às vezes conseguimos contrabandear uma lâmina de barbear para dentro da cela de um prisioneiro. Vocês vão precisar se acostumar a viver sem esperar resultados ou ter esperanças. Vocês vão trabalhar por algum tempo, vão ser capturados, confessar e então morrer. Estes serão os únicos resultados que vão obter. Não há a menor possibilidade de haver alguma mudança perceptível enquanto estivermos vivos. Nós somos os mortos. Nossa única vida autêntica está no futuro. Faremos parte dela na condição de punhados de pó e de fragmentos de ossos. Mas não há como saber quanto tempo demorará até este futuro chegar. Talvez mil anos. No momento, nada é possível, a não ser ampliar aos poucos o alcance da sanidade. Não temos como agir coletivamente. Só podemos disseminar nosso conhecimento de indivíduo para indivíduo, de geração para geração. Para lidar com a Polícia da Mente, não há outra alternativa.

Interrompeu-se e olhou pela terceira vez para o relógio.

– Está quase na hora de você partir, camarada – disse para Julia. – Espere. O decanter ainda está pela metade.

O'Brien encheu as taças e ergueu a sua pela haste.

– Vamos brindar a quê, desta vez? – disse ele, mantendo o tom sutil de ironia. – À confusão da Polícia da Mente? À morte do Grande Irmão? À humanidade? Ao futuro?

– Ao passado – disse Winston.

– O passado é mais importante –, concordou O'Brien, solene.

Esvaziaram suas taças, e logo em seguida Julia levantou-se para sair. O'Brien pegou uma caixinha no topo de um armário e deu a ela uma pastilha lisa e branca, pedindo que a colocasse na língua. Era importante, explicou, não sair cheirando a vinho: os ascensoristas se mantinham sempre atentos. Tão logo a porta se fechou atrás dela, ele pareceu esquecer-se da existência dela. Recomeçou a andar, e então parou.

– Precisamos acertar alguns detalhes. Imagino que você tenha algum tipo de esconderijo.

Winston mencionou o quarto acima da loja do sr. Charrington.

– Por ora, isso serve. Mais tarde vamos providenciar outra coisa para você. É importante trocar de esconderijo com frequência. Nesse meio-tempo vou lhe enviar uma cópia do *livro* – Winston reparou que até mesmo O'Brien parecia pronunciar estas palavras como se ela estivesse em itálico –, o livro de Goldstein, claro, o quanto antes. Talvez demore alguns dias até eu conseguir um exemplar. Não existem muitos, como você deve imaginar. A Polícia da Mente os persegue e os destrói quase na mesma rapidez com que conseguimos imprimi-los. Isso não faz muita diferença. O livro é indestrutível. Mesmo que perdêssemos o último exemplar, seríamos capazes de reproduzi--lo quase palavra por palavra. Você leva uma pasta, quando sai para o trabalho? – acrescentou.

– Normalmente, sim.

– Como ela é?

– Preta, bem surrada. Com duas alças.

– Preta, duas alças, bem surrada. Ótimo. Um dia desse, num futuro bem próximo – não posso dizer a data com precisão –, numa das mensagens que você recebe no trabalho, de manhã, você verá uma palavra com um erro de impressão, e terá que pedir que a retransmitam. No dia seguinte, terá que ir trabalhar sem esta pasta. Em algum momento do dia, na rua, um homem vai tocar em seu braço e lhe dizer: "Acho que você deixou sua pasta cair". Na pasta que ele vai lhe entregar, você vai encontrar um exemplar do livro de Goldstein. Você precisará devolvê-lo em duas semanas.

Eles ficaram em silêncio por um momento.

– Daqui a alguns minutos você terá que sair – disse O'Brien. – Vamos nos encontrar de novo. Se, de fato, nos encontrarmos de novo...

Winston ergueu os olhos na direção dele. – No lugar onde não há escuridão? – perguntou, hesitante.

Sem demonstrar surpresa, O'Brien acenou com a cabeça. – No lugar onde não há escuridão – disse, como se tivesse reconhecido a alusão. Nesse meiotempo, tem algo que você queira me dizer antes de ir? Alguma mensagem? Alguma pergunta?

Winston refletiu. Não parecia ter nenhuma outra pergunta a fazer; teve ainda menos vontade de dizer alguma obviedade pretensiosa. Em vez de algo diretamente conectado a O'Brien ou à Irmandade, o que lhe veio à mente foi uma imagem em que se confundiam o quarto escuro onde sua mãe passou seus últimos de vida, o quartinho em cima da loja do sr. Charrington, o peso de papéis de vidro e a gravura em metal com sua moldura de jacarandá. De um modo quase fortuito, ele disse:

– Por acaso você já ouviu uma velha música que começa assim: "*Laranja e limão me alimentem, dizem os sinos da São Clemente*"?

O'Brien concordou novamente, acenando com a cabeça. Em um tom de certa solenidade, completou a estrofe:

> *Laranja e limão me alimentem, dizem os sinos da São Clemente*
> *Pague logo os vinténs pra mim, dizem os sinos da São Martim*
> *Pague o que deve a ele, dizem os sinos da Old Bailey*
> *De dinheiro eu não necessite, dizem os sinos da Shoreditch.*

– Você sabe o último verso! – exclamou Winston.

– É verdade, eu sabia o último verso. Mas lamento, já está na hora de você ir. Espere. Deixe-me dar a você uma destas pastilhas.

Quando Winston se levantou, O'Brien lhe estendeu a mão. Deu-lhe um aperto enérgico, que quase esmagou seus ossos. À porta, Winston olhou para trás, mas O'Brien já parecia praticamente esquecer dele. Aguardava com a mão no interruptor que controlava a teletela. Atrás de O'Brien, Winston viu a escrivaninha com a luminária de cor esverdeada, o ditafone e as cestas de arame abarrotadas de documentos. A cena havia terminado. Dentro de trinta segundos, pensou, O'Brien retomaria seu importante trabalho em benefício do Partido.

Capítulo 9

Winston estava gelatinoso de cansaço. Gelatinoso era a palavra certa. Ela lhe ocorrera de modo espontâneo. Seu corpo parecia ter não somente a fragilidade de uma gelatina, mas também sua translucidez. Sentia que, se erguesse a mão, seria capaz de ver a luz através dela. Todo o sangue e toda a linfa haviam sido drenados de seu corpo, devido ao desgaste causado pelo excesso de trabalho, deixando apenas uma frágil estrutura de nervos, ossos e pele. Todas suas sensações pareciam ampliadas. O macacão o incomodava nos ombros, a calçada lhe fazia cócegas nos pés, e até mesmo o ato de abrir e fechar as mãos fazia suas juntas estalar.

Em cinco dias, ele havia trabalhado mais de noventa horas – ele e todos os funcionários do Ministério. Agora tudo terminara, e ele não tinha literalmente mais nada a fazer. Nenhum tipo de trabalho para o Partido, até a manhã seguinte. Poderia passar seis horas no esconderijo e outras nove em sua própria cama. Devagar, na tarde amena e ensolarada, caminhou por uma rua sombria rumo à loja do sr. Charrington, sempre atento ao eventual aparecimento de uma patrulha, mas com uma certeza irracional de que naquela tarde nenhum perigo poderia perturbá-lo. A pasta pesada que carregava batia em seu joelho a cada passo, dando-lhe uma sensação de formigamento na pele da perna. Dentro dela estava o *livro*, que estava em sua posse havia seis dias e que ele ainda não abrira, nem para dar uma espiada.

No sexto dia da Semana do Ódio, após as manifestações, os discursos, os berros, as cantorias, as faixas, os cartazes, os filmes, a elaboração das figuras de cera, o rufar dos tambores, o guincho dos clarins, o ruído dos pés em marcha, o rangido das esteiras dos tanques, o estrondo das esquadrilhas de aviões, o estampido das armas – após seis dias disso tudo, quando o grande orgasmo se aproximava do clímax e o ódio generalizado pela Eurásia fervia, levando a um delírio tal que, se a multidão pusesse colocar as mãos nos dois mil criminosos de guerra eurasianos que seriam enforcados em público no último dia dos eventos, sem dúvida os teria estraçalhado –, justo neste momento foi anunciado que a Oceânia, na verdade, não estava em guerra com a Eurásia. A Oceânia estava em guerra com a Lestásia. A Eurásia era uma aliada.

Claro, ninguém reconhecia que tinha havido alguma mudança. Simplesmente estabeleceu-se, de modo repentino e em todos os lugares ao mesmo tempo, que agora o inimigo era a Lestásia, em vez da Eurásia. Winston participava de uma manifestação em uma das praças centrais de Londres no momento que isso aconteceu. Era noite, e os rostos brancos e os estandartes vermelhos eram iluminados pelo intenso brilho dos refletores. A praça estava tomada por milhares de pessoas, incluindo um grupo de cerca de mil crianças em idade escolar vestindo o uniforme dos Espiões. Em um palanque coberto de tecidos escarlate, um orador do Núcleo do Partido, um homenzinho de braços desproporcionalmente compridos e um enorme crânio encimado por algumas mechas lisas, discursava para a multidão. Com uma aparência que lembrava o Anão Saltador do conto de Grimm, contorcido de ódio, ele se pendurava ao microfone com uma das mãos, enquanto a outra, enorme na ponta de um braço ossudo, golpeava o ar, ameaçador. Sua voz, tornada metálica pelos amplificadores, despejava uma lista interminável de atrocidades, massacres, deportações, saques, estupros, tortura de prisioneiros, bombardeio de civis, propagandas mentirosas, agressões injustas, acordos violados – era quase impossível ouvi-lo sem se deixar convencer, em primeiro lugar e, depois, se enfurecer. De poucos em poucos minutos a fúria da multidão transbordava e a voz do orador era abafada pelos rugidos selvagens que se elevavam, de modo incontrolável, de milhares de gargantas. Os berros mais selvagens eram os dos alunos. O discurso já durava uns vinte minutos quando um mensageiro correu até o palanque e colocou um pedaço de papel na mão do orador. Ele desdobrou o papel e o leu, sem interromper o discurso. Nada alterou sua voz ou sua postura, tampouco o conteúdo do que ele dizia, mas de repente os nomes haviam mudado. Sem que uma única palavra tivesse sido dita, uma onda de compreensão percorreu a multidão. A Oceânia agora estava em guerra com a Lestásia! No momento seguinte, houve um alvoroço extraordinário. As faixas e os cartazes que decoravam a praça estavam todos errados! Cerca de metade deles exibia os rostos errados. Era sabotagem! Isso era coisa dos agentes de Goldstein! Houve um interlúdio tumultuado em que cartazes foram arrancados dos muros, faixas foram rasgadas e então pisoteadas. Em ações prodigiosas, os Espiões escalavam os telhados e cortavam as fitas que tremulavam presas às chaminés. Porém, dois ou três minutos depois, o alvoroço terminou. O orador, ainda agarrado ao microfone, ombros curvados para a frente, a mão livre cortando o ar, seguia em frente com seu discurso. Um minuto depois, os rugidos enfurecidos explodiam novamente na multidão. O Ódio continuava exatamente como antes; a única diferença tinha sido a mudança de seu alvo.

Ao lembrar-se do que havia acontecido, o que impressionou Winston é que o orador tinha pulado de uma linha para a seguinte no meio da frase, sem fazer pausa, tampouco quebrar a sintaxe. Mas naquele momento ele se preocupava com outras coisas. Foi durante o tumulto, enquanto os cartazes eram rasgados, que um homem em cujo rosto ele não reparou tocou seu ombro e disse, "Com licença, acho que você deixou cair sua pasta". Winston pegou a pasta distraído, sem dizer nada. Sabia que somente dali a alguns dias teria a chance de verificar seu conteúdo. Tão logo a manifestação acabou, ele foi direto para o Ministério da Verdade, embora já fossem quase onze da noite. Toda a equipe do Ministério fez o mesmo. As ordens emitidas pelas teletelas – convocando-os a ocupar seus postos – já eram desnecessárias.

A Oceânia estava em guerra com a Lestásia; a Oceânia sempre estivera em guerra com a Lestásia. Grande parte da literatura política dos últimos cinco anos já era agora completamente obsoleta. Relatórios e publicações de todo tipo, jornais, livros, panfletos, filmes, trilhas sonoras, fotografias – tudo precisava ser retificado com a velocidade de um raio. Embora instruções precisas jamais tenham sido emitidas, sabia-se que a intenção dos chefes do Departamento era que, em uma semana, já não houvesse, em lugar algum, referências à guerra com a Eurásia ou à aliança com a Lestásia. Era um trabalho enlouquecedor, sobretudo porque os processos envolvidos não podiam ser chamados pelos seus nomes verdadeiros. No Departamento de Registros, todos trabalhavam em turnos de dezoito horas por dia, com dois intervalos de três horas para dormir. Colchões foram trazidos dos porões, e espalhados pelos corredores: as refeições se limitavam a sanduíches e café Victory servidos em carrinhos pelos funcionários da cantina. Sempre que Winston interrompia o trabalho para seu turno de sono, tentava deixar a escrivaninha arrumada, e, a cada vez que se arrastava de volta para seu lugar, todo dolorido e com os olhos ainda grudados, deparava-se com outra montanha de cilindros de papel cobrindo a escrivaninha como uma avalanche, quase soterrando o ditafone e transbordando para o chão, de modo que sua primeira tarefa era sempre empilhá-los e arranjar espaço para trabalhar. O pior de tudo era que o trabalho não era simplesmente mecânico. Muitas vezes, bastava trocar um nome por outro, mas qualquer relato mais detalhado exigia cuidado e imaginação. Mesmo a simples tarefa de transferir a guerra de uma parte do mundo para outra exigia um considerável conhecimento geográfico.

No terceiro dia, a dor que sentia nos olhos era insuportável, e ele precisava limpar os óculos de poucos em poucos minutos. Era um gigantesco trabalho braçal, algo que a pessoa teria o direito de recusar e que, mesmo assim, neuroticamente, quer realizar. Até onde Winston conseguia se lembrar, não o incomodava o fato de que todas as palavras murmuradas no ditafone, cada traço de seu lápis-tinta, eram uma mentira deliberada. Assim como todos no Departamento, sua preocupação era fazer com que a falsificação ficasse perfeita. Na manhã do sexto dia, a chuva de cilindros amenizou. Um profundo e, por assim dizer, secreto, suspiro de alívio percorreu todo o Departamento. Um feito grandioso, que jamais poderia ser mencionado, acabara de ser alcançado. Agora nenhum ser humano seria capaz de provar com provas documentais que a guerra com a Eurásia tinha ocorrido. Ao meio-dia, veio o anúncio inesperado: todos os funcionários do Ministério estavam de folga até o dia seguinte pela manhã. Winston, ainda carregando a pasta que continha o *livro* – e que permanecera entre seus pés enquanto trabalhava e sob seu corpo enquanto dormia –, foi para casa, fez a barba, e quase adormeceu no banho, embora a água estivesse somente morna.

Com uma espécie de estalo voluptuoso nas juntas, subiu a escada que conduzia ao quarto acima da loja do sr. Charrington. Estava cansado, mas não sentia sono. Abriu a janela, acendeu o pequeno e sujo fogareiro a óleo e ferveu uma panela com água para fazer café. Julia chegaria em breve; nesse meio-tempo ele tinha em mãos *o livro*. Sentou-se na poltrona surrada e abriu a pasta.

Era um pesado volume preto, encadernado de modo amador, sem título ou autor na capa. A impressão também parecia um tanto irregular. As páginas estavam gastas nas bordas e soltavam-se facilmente, como se o livro tivesse passado por muitas mãos. A inscrição na página de rosto dizia:

TEORIA E PRÁTICA DO COLETIVISMO OLIGÁRQUICO

De Emmanuel Goldstein

Winston começou a ler:

Capítulo I

Ignorância é força

Ao longo de todo o período de que temos registros, e provavelmente desde o fim da Era Neolítica, existiram três tipos de pessoas no mundo: as Altas, as Médias e as Baixas. Elas foram subdivididas de várias maneiras, carregaram inúmeros nomes diferentes, e o número total relativo de suas populações – bem como a atitude delas em relação aos outros grupos – tem variado de uma época para outra; mas a estrutura essencial da sociedade jamais se alterou. Mesmo depois de enormes tumultos e mudanças aparentemente irrevogáveis, o mesmo modelo sempre voltou a se firmar, do mesmo modo que um giroscópio sempre retorna ao estado de equilíbrio, por mais que seja empurrado para um lado ou outro.

Os objetivos desses três grupos são totalmente irreconciliáveis...

Winston parou de ler, sobretudo para poder apreciar o fato de que estava de fato lendo, com conforto e segurança. Estava sozinho: nada de teletela, nenhum ouvido no buraco da fechadura, nenhum impulso nervoso de olhar por cima do ombro ou de cobrir a página com a mão. O doce ar de verão lhe acariciava o rosto. De algum lugar distante, pairavam os gritos abafados de crianças: no quarto em si não se ouvia nada além do tiquetaque do relógio. Acomodou-se melhor na poltrona e colocou os pés sobre o guarda-fogo. Aquilo era puro êxtase, era a eternidade. De repente, fez o que às vezes fazemos com um livro que sabemos que, no fim, vamos ler e reler palavra por palavra: abriu-o em uma página diferente e constatou que estava no terceiro capítulo. Continuou lendo:

Capítulo III

Guerra é paz

A divisão do mundo em três grandes superestados foi um evento que podia ser previsto – e realmente o foi – antes de meados do século XX. Com a anexação da Europa pela Rússia e do Império Britânico pelos Estados Unidos, formaram-se duas das três potências hoje existentes: a Eurásia e a Oceânia. A terceira delas, a Lestásia, só emergiu como unidade distinta após mais de uma década de confusos conflitos armados. As fronteiras entre os três superestados são arbitrárias em alguns lugares; em outros, variam de acordo com as circunstâncias da guerra, mas em geral seguem demarcações geográficas. A Eurásia engloba toda a região norte dos continentes europeu e asiático, de Portugal ao Estreito de Bering. A Oceânia abrange as Américas, as ilhas atlânticas – inclusive as britânicas –, a Australásia e a região sul da África. A Lestásia, menor do que as outras e com uma fronteira ocidental menos definida, inclui a China e os países ao sul da China, as ilhas do Japão e um território extenso, mas variável da Manchúria, da Mongólia e do Tibete.

Em uma combinação ou outra, esses três superestados estão em guerra permanente, e tem sido assim nos últimos vinte e cinco anos. A guerra, no entanto, deixou de ser o confronto desesperado e aniquilador das primeiras décadas do século XX. É uma guerra de objetivos limitados, entre combatentes incapazes de destruir um ao outro, sem causas concretas pelas quais lutar, e que não estão divididos por nenhuma diferença ideológica. Isso não significa que o modo de conduzir a guerra ou a atitude predominante em relação a ela tenha se tornado menos sanguinária ou mais cavalheiresca. Pelo contrário, a histeria de guerra é constante e universal em todos os países, e atos como estupro, pilhagem, massacre de crianças, escravização de populações inteiras e represálias contra prisioneiros – que chegam a ser atirados em água fervente ou enterrados vivos – são considerados normais e, quando cometidos pelas tropas amigas, dignos de louvores. Em um sentido material, porém, a guerra envolve um pequeno número de pessoas – a maioria delas, especialistas muito bem treinados – e causa um número relativamente pequeno de baixas. A luta, quando ocorre, é travada nas fronteiras imprecisas cuja localização o cidadão comum mal é capaz de adivinhar, ou ao redor das Fortalezas Flutuantes que protegem pontos estratégicos das rotas marítimas. Nos centros da civilização, a guerra não significa nada além de uma escassez contínua de bens de consumo e a eventual queda de um míssil que pode causar algumas dezenas de mortes. Na verdade, as características da guerra mudaram. Mais exatamente, mudou a ordem de importância das razões pelas quais as guerras são travadas. Motivos que nas grandes guerras do início do século XX já estavam presentes em menor grau tornaram-se preponderantes e são hoje conscientemente reconhecidos, exercendo uma influência decisiva.

Para compreender a natureza da guerra contemporânea – pois, apesar do reagrupamento que ocorre a cada poucos anos, trata-se sempre da mesma guerra –, é preciso enfatizar, sobretudo, a impossibilidade de que ela seja decisiva. Nenhum dos três superestados pode ser conquistado, nem mesmo com a aliança dos outros dois. Há um equilíbrio muito marcado entre eles, e suas defesas naturais são poderosíssimas. A Eurásia é protegida por seu vasto território, a Oceânia pela extensão do Atlântico e do Pacífico, a Lestásia pela fecundidade e diligência de seus habitantes. Em segundo lugar, em um sentido material, não há mais motivos para lutar. Com o estabelecimento de economias autossustentáveis, nas quais a economia e o consumo estão alinhados, a disputa por mercados, uma das principais causas das guerras anteriores, chegou ao fim. Ao mesmo tempo, a competição por matérias-primas deixou de ser uma questão de vida ou morte. De todo modo, os três superestados são tão vastos que cada um deles é capaz de obter quase todas as matérias-primas de que necessita dentro de suas próprias fronteiras. Na medida em que a guerra tem um objetivo econômico direto, trata-se de uma guerra por força de trabalho. Entre as fronteiras dos superestados, e nunca sob a posse permanente de nenhum deles, situa-se uma espécie de quadrilátero irregular formado por Tânger, Brazzaville, Darwin e Hong Kong, no interior do qual vive cerca de um quinto da população da Terra. É pelo domínio dessas regiões densamente povoadas, bem como da calota de gelo no Polo Norte, que as três regiões lutam sem cessar. Na prática, nenhuma das potências controla a totalidade da área em disputa. Partes desse território estão sempre trocando de mãos, e a possibilidade de conquistar esta ou aquela área, por meio de um ato repentino de traição, é que determina as infinitas alterações de alinhamento.

Todos os territórios em disputa contêm minérios valiosos, e alguns deles produzem bens agrícolas importantes, como a borracha, que em climas frios precisa ser sintetizada por técnicas comparativamente mais caras. Mas, acima de tudo, tais territórios contêm uma reserva infinita de mão de obra barata. Seja qual for a potência que esteja controlando a África equatorial, ou os países do Oriente Médio, ou o sul da Índia, ou o arquipélago indonésio, ela dispõe também dos corpos de dezenas ou centenas de milhões de operários asiáticos, trabalhando pesado e malpagos. Os habitantes dessas áreas, reduzidos de maneira mais ou menos explícita à condição de escravos, passam continuamente de um conquistador a outro, explorados como se fossem carvão ou petróleo na corrida para fabricar mais armamentos, conquistar mais territórios, controlar mais força de trabalho, produzir ainda mais armamentos, conquistar ainda mais territórios, e assim por diante, infinitamente. Convém notar que os combates nunca chegam a ultrapassar as fronteiras das áreas em disputa. As fronteiras da Eurásia avançam e recuam entre a bacia do Congo e o litoral norte do Mediterrâneo; as ilhas do Oceano Índico e do Pacífico são constantemente capturadas e recapturadas pela Oceânia ou pela Lestásia; na Mongólia, a linha divisória entre a Eurásia e a Lestásia nunca é estável; ao redor do Polo Norte, todas as três potências reivindicam enormes territórios que são, na verdade, em grande medida, desabitados e inexplorados: mas o equilíbrio de poder sempre permanece, de modo geral, inviolável. Além disso, o trabalho dos povos explorados nas proximidades do Equador não é realmente necessário para a economia mundial. Este trabalho não acrescenta nada à riqueza do mundo, já que tudo o que produzem é usado para fins de guerra, e o objetivo de travar uma guerra é sempre estar numa posição melhor para travar outra guerra. Com seu trabalho, as populações escravizadas permitem que o ritmo constante da guerra possa ser acelerado. Porém, se elas não existissem, a estrutura da sociedade mundial e o processo graças ao qual ela se mantém não teriam diferenças essenciais.

O objetivo principal da guerra moderna (em sintonia com os princípios do *duplipensar*, esse objetivo é ao mesmo tempo reconhecido e não reconhecido pelos cérebros dirigentes do Núcleo do Partido) é consumir por completo os produtos da máquina sem elevar o padrão geral de vida. Desde o final do século XIX, o problema do que fazer com o excedente dos bens de consumo tem sido uma questão latente na sociedade industrial. Hoje, quando poucos seres humanos têm o suficiente para comer, claro que este problema não é urgente, e talvez nunca tivesse se tornado urgente, mesmo sem a interferência de processos artificiais de destruição. O mundo atual é um lugar desolado, faminto e dilapidado comparado ao mundo que existia antes de 1914, e ainda mais se comparado com o futuro imaginário no qual as pessoas daquela época ansiavam viver. No início do século XX, a visão de uma sociedade futura inacreditavelmente rica, ociosa, organizada e eficiente – um mundo antisséptico e reluzente de vidro, aço e concreto branco como a neve – fazia parte da consciência de praticamente toda pessoa letrada. A ciência e a tecnologia estavam se desenvolvendo a uma velocidade fantástica, e parecia natural supor que continuariam se desenvolvendo. Isso não aconteceu, em parte devido ao empobrecimento causado por uma longa série de guerras e revoluções, em parte porque o avanço científico e tecnológico depende do exercício empírico do pensamento, que não poderia sobreviver numa sociedade tão estritamente regulada. O mundo hoje, em seu conjunto, é mais primitivo do que há cinquenta anos. Algumas áreas atrasadas progrediram, e vários dispositivos – sempre de alguma forma conectados à guerra e à espionagem policial – foram desenvolvidos, mas grande parte da experimentação e das invenções deixou de existir, e a devastação causada pela guerra atômica da década de 1950 jamais foi inteiramente reparada. No entanto, os perigos inerentes à máquina continuam existindo. Assim que ela surgiu, ficou claro para todos os seres pensantes que havia desaparecido a necessidade do trabalho pesado, assim como, em grande medida, a desigualdade humana. Se a máquina fosse usada deliberadamente para este fim, a fome, o trabalho excessivo, a sujeira, o analfabetismo e as doenças poderiam ser eliminados em poucas gerações. E, de fato, mesmo sem ser usada com esta finalidade, mas como uma espécie de processo automático – produzindo riqueza que em certos casos era impossível deixar de distribuir –, a máquina elevou muitíssimo o padrão de vida do ser humano médio em um período de cinquenta anos, entre o fim do século XIX e o início do século XX.

Mas também ficou claro que o aumento generalizado da riqueza ameaçava causar a destruição – na verdade em certo sentido *foi* a destruição – de uma sociedade hierárquica. Em um mundo em que todos trabalhassem poucas horas, tivessem comida suficiente, vivessem em uma casa com banheiro e geladeira e tivessem um carro ou até mesmo um avião, a forma de desigualdade mais óbvia e talvez a mais importante já teria desaparecido. Uma vez generalizada, a riqueza perderia seu caráter de distinção. Seria possível, sem dúvida, imaginar uma sociedade em que a *riqueza*, no sentido de propriedades pessoais e luxos, seria distribuída de maneira igualitária, enquanto o *poder* permaneceria nas mãos de uma pequena casta privilegiada. Porém, na prática uma tal sociedade não permaneceria estável por muito tempo. Pois se todos pudessem desfrutar igualmente de lazer e segurança, a grande massa de seres humanos que normalmente é embotada pela pobreza se alfabetizaria e começaria a pensar por conta própria; com isso, perceberia, mais cedo ou mais tarde, que a minoria privilegiada não tinha função nenhuma e acabaria com ela. A longo prazo, uma sociedade hierárquica só poderia existir com base na pobreza e na ignorância. Voltar ao passado agrícola, como sonhavam alguns pensadores do século XX, não era uma solução factível, pois entrava em conflito com a tendência de mecanização que se tornou praticamente instintiva na maior parte do mundo; além disso, qualquer país que permanecesse industrialmente atrasado estaria indefeso em termos militares, e certamente seria dominado, direta ou indiretamente, por rivais mais desenvolvidos.

Tampouco seria satisfatória a solução de manter as massas em estado de pobreza restringindo apenas a produção de mercadorias. Em grande medida, isso aconteceu durante a fase final do capitalismo, mais ou menos entre 1920 e 1940. Permitiu-se que a economia de muitos países estagnasse, a terra deixou de ser cultivada, não se investiu em maquinário e equipamentos, e uma grande parcela da população, impedida de trabalhar, passou a ser mantida num estado de semi-inanição pelas ações caritativas do Estado. Mas isso também implicava a vulnerabilidade militar e, como as privações infligidas eram obviamente desnecessárias, a oposição tornou-se inevitável. Eis o problema: como manter em funcionamento a engrenagem da indústria sem aumentar a riqueza real do mundo? Era preciso produzir mercadorias, mas estas não deveriam ser distribuídas. Na prática, a única maneira de conseguir isso era por meio da guerra ininterrupta.

O ato essencial da guerra é a destruição, não necessariamente de vidas humanas, mas dos produtos do trabalho humano. A guerra é uma maneira de estilhaçar, de lançar para a estratosfera, de afundar nas profundezas do mar materiais que poderiam ser usados para proporcionar às massas um conforto excessivo e, em consequência, torná-las inteligentes demais. Mesmo quando as armas de guerra não são de fato destruídas, sua fabricação ainda é um meio conveniente de gastar uma mão de obra que não produza nada consumível. Uma Fortaleza Flutuante, por exemplo, mobiliza uma força de trabalho capaz de construir várias centenas de navios cargueiros. Passado algum tempo, ela acaba sendo descartada como obsoleta, sem ter proporcionado qualquer benefício material a ninguém e, com um grande investimento de trabalho, outra Fortaleza Flutuante é construída. Na teoria, as campanhas de guerra são sempre planejadas de modo que se consuma todo o possível excedente, depois de atendidas as necessidades básicas da população. Na prática, as necessidades da população são sempre subestimadas; o resultado disso é uma escassez crônica de metade dos artigos essenciais à vida. Isso, porém, é visto como uma vantagem. Trata-se de uma política deliberada para manter até mesmo os grupos privilegiados nos limites da penúria, pois um estado geral de escassez reforça a importância de pequenos privilégios e, com isso, amplia-se a distinção entre um grupo e outro. Com base nos padrões do início do século XX, até mesmo um membro do Núcleo do Partido leva uma vida austera e de trabalho árduo. No entanto, os poucos luxos de que ele desfruta – um apartamento grande e bem equipado, roupas mais sofisticadas, comida, bebida e fumo de melhor qualidade, dois ou três funcionários, carro ou helicóptero particular – permitem-lhe viver em um mundo diferente daquele onde vivem os membros do Partido Exterior, e os membros do Partido Exterior têm uma vantagem semelhante em relação às massas depauperadas a que chamamos "proletas". O ambiente social é o de uma cidade sitiada, onde a posse de um naco de carne de cavalo é suficiente para marcar a diferença entre riqueza e pobreza. Ao mesmo tempo, a consciência de estar em guerra – e, portanto, em perigo – faz com que o ato de delegar todo o poder para uma pequena casta pareça uma condição natural e inevitável para a sobrevivência.

A guerra, como veremos, não apenas promove a destruição necessária como a realiza de um modo psicologicamente aceitável. Em princípio, seria muito simples desperdiçar a mão de obra excedente no mundo para construir templos e pirâmides, cavar buracos e em seguida enchê-los novamente, ou mesmo para produzir imensas quantidades de mercadorias para, em seguida, incendiá-las. Mas isso ofereceria apenas a base econômica para uma sociedade hierárquica; faltaria a base emocional. O que está em jogo aqui não é a disposição de ânimo das massas, cujas atitudes não importam, contanto que elas continuem trabalhando, mas a disposição de ânimo do próprio Partido. Espera-se que mesmo o membro mais humilde do Partido seja competente, diligente e até inteligente dentro de limites estreitos, mas também é necessário que ele seja um fanático crédulo e ignorante, em que predominem sentimentos como o medo, o ódio, a adulação e o triunfo desvairado. Em outras palavras, é necessário que ele tenha uma mentalidade compatível com um estado de guerra. Não importa se a guerra está de fato acontecendo e, uma vez que não é possível chegar a nenhuma vitória definitiva, tampouco importa se a guerra está indo bem ou mal. Basta que exista um estado de guerra. A cisão da inteligência que o Partido exige de seus membros, e que se obtém mais facilmente em um clima de guerra, é hoje quase universal; mas quanto mais alto se está na hierarquia, mais marcada tal cisão se torna. É justamente no Núcleo do Partido que a histeria e o ódio ao inimigo se mostram mais fortes. Em sua condição de administrador, muitas vezes um membro do Núcleo do Partido precisa saber que esta ou aquela notícia relacionada à guerra não é verdadeira; e ele também muitas vezes pode estar ciente de que a guerra inteira é espúria e, ou não está acontecendo, ou está acontecendo por motivos bem diferentes dos declarados. Porém, tal conhecimento é facilmente neutralizado pela técnica do *duplipensar*. Ao mesmo tempo, nenhum membro do Núcleo do Partido hesita por um instante sequer em sua crença mística de que a guerra é real e que acabará com a vitória da Oceânia, que passará a ter o domínio incontestável do mundo.

Todos os membros do Núcleo do Partido acreditam nessa futura conquista como se ela fosse um dogma. Ela será obtida por meio da anexação gradual de mais territórios – o que levará a uma preponderância avassaladora de poder – ou então da descoberta de alguma arma nova e inigualável. A busca por novas armas continua sem cessar, sendo uma das poucas atividades remanescentes em que uma mente inventiva ou especulativa ainda pode se expressar. Na Oceânia, hoje, a Ciência, no sentido antigo da palavra, praticamente deixou de existir. Em novilíngua, não existe uma palavra para "Ciência". O método empírico de pensamento, no qual todas as conquistas científicas do passado se basearam, contraria os princípios mais fundamentais do Socing. E até mesmo o progresso tecnológico só se verifica quando seus produtos podem, de alguma maneira, ser usados para reduzir a liberdade humana. Em todas as artes úteis, o mundo ou está estagnado ou está retrocedendo. Os campos são cultivados com arados puxados a cavalo, enquanto os livros são escritos por máquinas. Porém, nas questões de vital importância – ou seja, a guerra e a espionagem policial – a abordagem empírica ainda é incentivada, ou pelo menos tolerada. Os dois objetivos do Partido são: conquistar toda a superfície da Terra e extinguir de uma vez por todas a possibilidade de pensamento independente. Portanto, o Partido está empenhado na solução de dois grandes problemas: o primeiro é como descobrir o que um ser humano está pensando, à revelia dele; o segundo é como matar centenas de milhões de pessoas em segundos, e sem aviso prévio. Enquanto houver pesquisa científica, estes serão seus objetos de estudo. O cientista de hoje é uma mistura de psicólogo com inquisidor, que estuda com extraordinária minúcia o significado de expressões faciais, gestos e tons de voz, testa os efeitos de drogas, choques elétricos, hipnose e tortura física para extrair de alguém a verdade; ou então ele é um químico, físico ou biólogo preocupado apenas com ramificações de suas áreas específicas de estudo que sejam relevantes para a extinção da vida. Nos imensos laboratórios do Ministério da Paz e nas estações experimentais escondidas nas florestas do Brasil, ou no deserto australiano, ou em ilhas perdidas na Antártica, equipes de especialistas trabalham de modo incansável. Alguns estão preocupados somente com o planejamento da logística de guerras futuras; outros, com a criação de mísseis cada vez maiores, explosivos cada vez mais poderosos, e blindagens cada vez mais impenetráveis; outros estão em busca de gases novos e mais letais, ou de venenos solúveis que possam ser produzidos em uma quantidade capaz de destruir a vegetação de continentes inteiros, ou de cepas de bactérias imunes a qualquer tipo de anticorpo; outros se empenham para produzir um veículo capaz de perfurar o solo subterrâneo como um submarino na água, ou de um avião tão independente de sua base quanto um veleiro; outros exploram possibilidades ainda mais remotas, como focalizar os raios do sol através de lentes suspensas a milhares de quilômetros de distância no espaço, ou provocar terremotos e *tsunamis* artificiais, aproveitando o calor no centro da Terra.

Porém, nenhum desses projetos jamais chega próximo de ser realizado, e nenhum dos três superestados jamais assume uma posição de liderança significativa em relação aos demais. O mais extraordinário é que as três potências já dispõem de uma arma muito mais poderosa do que qualquer outra que possa ser descoberta com as pesquisas atuais: a bomba atômica. Embora o Partido, como de hábito, reivindique para si a invenção das primeiras bombas atômicas, elas apareceram pela primeira vez na década de 1940, e só foram usadas em larga escala cerca de dez anos depois. Naquela época, algumas centenas de bombas foram lançadas em centros industriais, sobretudo na Rússia europeia, na Europa Ocidental e na América do Norte. O resultado disso foi que os dirigentes de todos os países se convenceram de que, se mais algumas bombas atômicas fossem lançadas, teríamos o fim da sociedade organizada; com isso, portanto, seu próprio poder deixaria de existir. A partir de então, embora nenhum acordo tenha sido firmado ou mesmo discutido, nenhuma bomba foi lançada. As três potências limitam-se a seguir produzindo bombas atômicas, armazenando-as para a oportunidade decisiva que, segundo acreditam, chegará mais cedo ou mais tarde. Enquanto isso, a arte da guerra permaneceu quase estacionária durante trinta ou quarenta anos. Os helicópteros são hoje mais usados do que antigamente, os aviões de bombardeio foram em grande parte substituídos por projéteis autopropelidos, e o frágil navio de guerra deu lugar à Fortaleza Flutuante, uma estrutura quase impossível de afundar; de resto, quase não houve desenvolvimento. O tanque, o submarino, o torpedo, a metralhadora, até mesmo o rifle e a granada continuam a ser usados. E, apesar dos incessantes massacres relados pela imprensa e pelas teletelas, nunca mais se repetiram as batalhas desesperadas de guerras anteriores, em que centenas, milhares ou mesmo milhões de homens eram mortos em poucas semanas.

Nenhum dos três superestados jamais tentou qualquer manobra que envolva o risco de uma derrota séria. Quando iniciam uma operação em grande escala, esta geralmente é um ataque-surpresa contra um aliado. A estratégia que as três potências adotam – ou fingem adotar – é a mesma. O plano é adquirir, por meio de uma combinação de combates, barganhas e golpes de traição bem calculados, um círculo de bases que cerquem completamente um dos Estados rivais, e na sequência assinar um pacto de amizade com este rival, mantendo por alguns anos relações pacíficas com ele, visando aplacar suas suspeitas. Durante este período, mísseis carregados com bombas atômicas podem ser montados em pontos estratégicos; no final, todos serão disparados simultaneamente, com efeitos tão devastadores que impossibilitarão qualquer reação. Será, então, o momento de assinar um pacto de amizade com a potência mundial remanescente, já preparando o ataque seguinte. É desnecessário dizer que esse esquema é um mero devaneio: não tem como ser realizado. Além disso, todos os conflitos ocorrem somente nas áreas em disputa próximas ao Equador e ao Polo Norte: os territórios inimigos jamais são invadidos. Isso explica o fato de que em alguns lugares as fronteiras entre os superestados são arbitrárias. A Eurásia, por exemplo, poderia facilmente conquistar as Ilhas Britânicas, que geograficamente fazem parte da Europa; por outro lado, a Oceânia poderia empurrar suas fronteiras até o Reno, ou mesmo até o Vístula. Porém, isso violaria o princípio adotado por todas as partes – mesmo que nunca tenha sido formulado –, de integridade cultural. Se a Oceânia quisesse conquistar as áreas outrora conhecidas como França e Alemanha, seria necessário exterminar seus habitantes, uma tarefa de grande dificuldade concreta, ou então assimilar uma população de cerca de cem milhões de pessoas, cujo desenvolvimento técnico está mais ou menos no mesmo nível dos habitantes da Oceânia. O problema é o mesmo para os três superestados. Para a manutenção de suas estruturas, é absolutamente necessário que não haja contato com estrangeiros, exceto, e só até certo ponto, com prisioneiros de guerra e escravos negros. Mesmo o aliado oficial do momento é sempre visto com a mais profunda suspeita. Prisioneiros de guerra à parte, ao cidadão médio da Oceânia jamais se permite olhar para um cidadão da Eurásia ou da Lestásia, e ele está proibido de conhecer línguas estrangeiras. Se tivesse permissão para manter contato com estrangeiros, descobriria que são criaturas semelhantes a ele, e que grande parte do que lhe foi dito a respeito deles é mentira. O mundo isolado em que ele vive seria invadido, e o medo, o ódio e a arrogância, dos quais depende seu estado de espírito, poderiam evaporar. Portanto, todos os lados percebem claramente que, por mais que a Pérsia, o Egito, Java ou o Ceilão possam trocar de mãos, suas fronteiras jamais devem ser atravessadas por qualquer coisa além das bombas.

Por trás disso tudo há um fato jamais verbalizado, mas que é entendido tacitamente, exercendo influência sobre essa situação: as condições de vida nos três superestados são praticamente as mesmas. Na Oceânia, a filosofia predominante tem o nome de Socing, na Eurásia é chamada de neobolchevismo, e na Lestásia tem um nome chinês geralmente traduzido por Adoração da Morte, mas cuja tradução mais adequada deveria ser Obliteração do Eu. O cidadão da Oceânia está proibido de inteirar-se dos princípios das duas outras filosofias, e aprende a execrá-las como ofensas bárbaras à moralidade e ao bom senso. Na verdade, quase não há diferenças entre as três filosofias, e os sistemas sociais que elas que elas sustentam são idênticos. Em todos os lugares, existe a mesma estrutura piramidal, a mesma idolatria a um líder semidivino, a mesma economia que existe unicamente em prol de uma atividade de guerra contínua. Em decorrência disso, os três superestados, além de serem incapazes de conquistar uns aos outros, não obteriam nenhuma vantagem se o fizessem. Pelo contrário, enquanto permanecerem em conflito estarão estimulando o desenvolvimento uns dos outros, como três fardos de milho. E, como sempre, os grupos dominantes das três potências simultaneamente estão e não estão cientes do que estão fazendo. Dedicam suas vidas à conquista do mundo, mas também sabem que a guerra precisa continuar para sempre, e que ninguém nunca vença. Enquanto isso, o fato de não haver nenhum risco de conquista possibilita a negação da realidade, que é a característica mais marcante do Socing e de seus sistemas rivais de pensamento. Convém aqui repetir o que já foi dito antes: ao tornar-se contínua, a guerra mudou fundamentalmente de caráter.

Em épocas passadas, a guerra, quase por definição, era algo que mais cedo ou mais tarde chegava ao fim, em geral com uma vitória ou uma derrota incontestável. No passado, também, a guerra era um dos principais instrumentos por meio dos quais as sociedades humanas mantinham contato com a realidade concreta. Todos os governantes de todas as épocas tentaram impor uma visão falsa do mundo a seus seguidores, mas não podiam se dar ao luxo de estimular ilusões que de alguma forma pudessem prejudicar a eficiência militar. Enquanto a "derrota" tivesse o significado de perda de independência, ou de um outro resultado considerado indesejável, as precauções contra a derrota deviam ser levadas a sério. Não se podia ignorar fatos concretos. Em filosofia, religião, ética e política, a soma de dois mais dois poderia resultar em cinco, mas quando se está projetando uma arma de fogo ou um avião, o resultado tem que ser quatro. Nações ineficientes sempre foram conquistadas mais cedo ou mais tarde, e a busca pela eficiência era prejudicial às ilusões. Além disso, para ser eficiente era necessário aprender com o passado, o que significava ter uma ideia bastante clara sobre os fatos do passado. Jornais e livros de história eram sempre tendenciosos, é claro, mas qualquer falsificação do tipo que se pratica hoje teria sido impossível. A guerra era uma salvaguarda da sanidade mental e, pelo menos no que dizia respeito às classes dominantes, era provavelmente a salvaguarda mais importante. Embora guerras pudessem ser vencidas ou perdidas, nenhuma classe dominante poderia agir de modo completamente irresponsável.

Mas uma vez que a guerra se torna literalmente contínua, ela deixa de ser perigosa. Quando a guerra é contínua, não há mais o que chamamos de "necessidade militar". O progresso técnico pode ser interrompido e os fatos mais palpáveis podem ser negados ou ignorados. Como já vimos, a fim de atender necessidades bélicas ainda se realizam pesquisas que poderiam ser chamadas científicas, mas trata-se essencialmente de um tipo de devaneio, e o fato de elas não apresentarem resultados não tem importância. A eficiência, até mesmo a eficiência militar, não é mais necessária. Nada é eficiente na Oceânia, com exceção da Polícia da Mente. Já que cada um dos três superestados é invencível, cada um, na verdade, é um universo à parte, no interior do qual é seguro praticar qualquer perversão do pensamento. A realidade só exerce sua pressão por meio das necessidades da vida cotidiana – a necessidade de comer e beber, de conseguir abrigo e roupas, de evitar a ingestão de venenos ou que se pule janelas de andares altos, e assim por diante. Entre a vida e a morte, entre o prazer físico e a dor física, ainda há uma distinção, mas só isso. Isolado do contato com o mundo exterior e com o passado, o cidadão da Oceânia é como um homem no espaço interestelar, que não tem como saber o que está acima e o que está abaixo. Os governantes desse tipo de Estado são ainda mais absolutistas do que os faraós e os césares. Sim, eles são obrigados a tentar impedir que um número elevado de seus seguidores morra de fome – o que poderia prejudicá-los –, e são obrigados a manter o mesmo baixo nível de técnica militar dos rivais; mas uma vez que este mínimo é alcançado, eles podem distorcer a realidade a seu bel-prazer.

A guerra, portanto, se a julgarmos pelos parâmetros das guerras anteriores, não passa de um embuste. Ela se assemelha às lutas entre os animais ruminantes cujos chifres estão posicionados de um modo que os impede de ferirem um ao outro. Porém, o fato de ela não ser real não significa que ela não tenha um propósito. Ela consome todo o excedente dos bens de consumo e contribui para preservar o clima mental que uma sociedade hierárquica exige. A guerra, como veremos, é hoje um assunto puramente interno. No passado, os grupos dominantes de todos os países, mesmo que reconhecessem seus interesses comuns e com isso limitassem a capacidade destrutiva da guerra, de fato lutavam uns contra os outros, e o vencedor sempre saqueava o vencido. Hoje em dia eles não lutam entre si. A guerra é travada entre cada grupo dominante e seus próprios súditos, e o objetivo dela não é obter ou evitar conquistas de território, mas manter intacta a estrutura social. A própria palavra "guerra", portanto, tornou-se capciosa. Talvez fosse mais exato dizer que, ao tornar-se contínua, a guerra deixou de existir. A pressão peculiar que ela vinha exercendo sobre os humanos desde a Era Neolítica desapareceu e foi substituída por algo bastante diferente. O efeito seria o mesmo, em grande medida, se os três superestados, em vez de lutarem contra si, concordassem em viver em uma paz perpétua, inviolável dentro de suas próprias fronteiras. Nesse caso, cada um deles continuaria sendo um universo autossuficiente, livre para sempre da influência moderadora exercida pela ameaça externa. Uma paz que fosse de fato permanente seria o mesmo que uma guerra permanente. Este – embora a grande maioria dos membros do Partido compreenda apenas em um sentido superficial – é o significado profundo do slogan do Partido, *Guerra é paz*.

Winston fez uma pausa na leitura. Em algum lugar ao longe, ouviu-se o estrondo de um míssil. A sensação maravilhosa de estar sozinho com o livro proibido, em um aposento sem teletela não tinha desaparecido. A solidão e a segurança eram sensações físicas misturadas, de algum modo, com o cansaço de seu corpo, com a maciez da poltrona, com o toque leve da brisa que entrava pela janela e acariciava seu rosto. O livro o fascinava, ou melhor, o tranquilizava. Em certo sentido, não lhe dizia nada de novo, mas isso era parte do atrativo. O livro dizia o que Winston teria dito, se lhe fosse possível organizar seus pensamentos dispersos. Era o produto de uma mente semelhante à dele, mas muitíssimo mais poderosa, mais sistemática, menos amedrontada. Winston percebeu que os melhores livros são aqueles que lhe dizem o que você já sabe. Tinha acabado de voltar ao Capítulo I quando ouviu os passos de Julia na escada e levantou-se da poltrona para recebê-la. Ela largou a bolsa marrom de ferramentas no chão e se jogou nos braços dele. Fazia mais de uma semana que eles não se viam.

– Consegui *o livro* – disse ele, quando os dois se soltaram.

– Ah, é? Que bom – respondeu ela sem muito interesse, e logo se ajoelhou ao lado do fogareiro para fazer café.

Só retomaram o assunto depois de passar meia hora na cama. A noite já estava fresca o bastante para que puxassem a colcha. Da rua vinha o som familiar das cantorias e das botas raspando o piso. A mulher forte de braços vermelhos que Winston vira em sua primeira visita já era praticamente parte do cenário do quintal. Enquanto houvesse luz do dia, parecia que ela estava sempre andando de lá para cá entre o tanque e o varal, ora mordendo prendedores de roupa, ora desatando a cantar canções maliciosas. Julia tinha se acomodado a seu lado na cama e parecia prestes a cair no sono. Ele estendeu o braço, apanhou o livro do chão, e recostou-se na cabeceira da cama.

– Precisamos ler isto – disse. – Você também. Todos os membros da Irmandade têm que ler isso.

– Você pode ler – disse ela, de olhos fechados. – Leia alto. É o melhor jeito. Aí você pode ir me explicando.

Os ponteiros do relógio marcavam seis horas, ou seja, dezoito horas. Eles tinham três ou quatro horas pela frente. Winston apoiou o livro nos joelhos e começou a ler:

Capítulo I

Ignorância é força

Ao longo de todo o período de que temos registros, e provavelmente desde o fim da Era Neolítica, existiram três tipos de pessoas no mundo: as Altas, as Médias e as Baixas. Elas foram subdivididas de várias maneiras, carregaram inúmeros nomes diferentes, e o número total relativo de suas populações – bem como a atitude delas em relação aos outros grupos – tem variado de uma época para outra; mas a estrutura essencial da sociedade jamais se alterou. Mesmo depois de enormes tumultos e mudanças aparentemente irrevogáveis, o mesmo modelo sempre voltou a se firmar, do mesmo modo que um giroscópio sempre retorna ao estado de equilíbrio, por mais que seja empurrado para um lado ou outro.

– Julia, você está acordada? – Winston perguntou.

– Sim, meu amor. Estou escutando. Continua. É maravilhoso.

Ele prosseguiu com a leitura.

Os objetivos desses três grupos são totalmente irreconciliáveis. O objetivo dos Altos é continuar onde estão. O objetivo dos Médios é trocar de lugar com os Altos. O objetivo dos Baixos, isso quando têm um objetivo – pois os Baixos têm como característica marcante o fato de serem tão oprimidos por sua labuta enfadonha que só de um modo intermitente conseguem ter consciência de alguma coisa além de sua vida cotidiana –, é abolir todas as distinções e criar uma sociedade em que todos os homens sejam iguais. Portanto, ao longo da história, uma luta cujas características essenciais não são alteradas torna a se repetir várias vezes. Durante longos períodos os Altos parecem ocupar o poder de forma inabalável, mas cedo ou tarde eles perdem a fé em si mesmos, em sua capacidade de governar com eficiência; às vezes, as duas coisas. São então derrubados pelos Médios, que buscam o apoio dos Baixos fingindo lutar por liberdade e justiça. Tão logo atingem seu objetivo, os Médios empurram os Baixos de volta para sua posição de servidão, para que eles próprios se tornem os Altos. A seguir, um novo grupo de Médios se separa dos outros dois, ou de ambos, e o conflito recomeça. Dos três grupos, apenas os Baixos jamais – nem mesmo temporariamente – conseguem conquistar os seus objetivos. Seria um exagero dizer que ao longo da história nunca houve progresso material. Mesmo hoje, um período de declínio, o ser humano médio está materialmente melhor do que há alguns séculos. Mas nenhum progresso em relação à riqueza, nenhum refinamento da conduta humana, nenhuma reforma ou revolução jamais contribuíram para o avanço de um milímetro sequer na igualdade entre os homens. Do ponto de vista dos Baixos, nenhuma mudança histórica chegou a significar nada além de uma alteração no nome de seus senhores.

No final do século XIX, a recorrência desse padrão já era óbvia para muitos observadores. Foi quando surgiram escolas de pensamento que interpretavam a história como um processo cíclico e defendiam a ideia de que a desigualdade era a lei inalterável da vida humana. É claro que essa doutrina sempre teve adeptos, mas havia uma mudança significativa na maneira como foi apresentada naquele momento. No passado, a necessidade de uma sociedade hierárquica era uma doutrina específica dos Altos. Quem a propagava eram reis e aristocratas, além de padres, advogados e demais parasitas ao redor deles, que costumavam amenizar esta doutrina com promessas de recompensa num mundo imaginário além-túmulo. Os Médios, enquanto lutavam pelo poder, sempre faziam uso de termos como liberdade, justiça e fraternidade. No entanto, o conceito de fraternidade humana começou a ser atacado por pessoas que ainda não ocupavam posições de comando, mas que alimentavam a esperança de ocupá-las em breve. No passado, os Médios haviam feito revoluções sob a bandeira da igualdade, e estabeleciam uma nova tirania tão logo a anterior fosse derrubada. Na verdade, os novos grupos Médios proclamavam antecipadamente a sua tirania. O socialismo, doutrina que surgiu no início do século XIX, tendo sido o último elo de uma corrente de pensamento que remontava às rebeliões de escravos na Antiguidade, continuava profundamente impregnado pelo utopismo de eras passadas. Mas, em cada variante do socialismo que apareceu de 1900 em diante, ficava cada vez mais claro que o objetivo de estabelecer liberdade e igualdade estava sendo abandonado. Os novos movimentos que surgiram em meados do século XX – o Socing na Oceânia, o neobolchevismo na Eurásia e a Adoração da Morte (como é geralmente chamada) na Lestásia – tinham o objetivo consciente de perpetuar a *des*liberdade e a desigualdade. É claro que esses novos movimentos emergiram a partir dos antigos, com a tendência de conservar seus nomes, exibindo uma lealdade e um apoio nada autênticos às suas ideologias. Mas o objetivo de todos eles era deter o progresso e congelar a história em um momento determinado. O já conhecido movimento pendular aconteceria mais uma vez, e então pararia. Como sempre, os Altos seriam agora os Médios, e estes se tornariam os Altos; só que dessa vez, por meio de uma estratégia consciente, os Altos poderiam manter sua posição de modo permanente.

As novas doutrinas surgiram, em parte, devido ao acúmulo de conhecimento histórico e ao desenvolvimento do sentido histórico, que praticamente inexistia antes do século XIX. O movimento cíclico da história era agora inteligível, ou pelo menos parecia ser; e se era inteligível, também era alterável. Mas a causa principal, subjacente, era que já no início do século XX a igualdade humana havia se tornado tecnicamente possível. Continuava sendo verdade que os homens não eram iguais em seus talentos inatos, e que era necessário especializar funções de modo a favorecer alguns indivíduos em detrimento de outros; porém, já não havia a necessidade real da existência de distinções de classe ou grandes diferenças de riqueza. Em épocas anteriores, as distinções de classe tinham sido não apenas inevitáveis, mas desejáveis. A desigualdade era o preço da civilização. Com o desenvolvimento da produção tecnológica, contudo, a situação mudou. Mesmo que os seres humanos ainda tivessem a necessidade de fazer diferentes tipos de trabalho, não era mais necessário que vivessem em diferentes níveis sociais ou econômicos. Portanto, do ponto de vista desses novos grupos que estavam prestes a assumir o poder, a igualdade humana já não era um ideal a ser perseguido; era agora um perigo a ser evitado. Em épocas mais primitivas, quando era impossível existir uma sociedade justa e pacífica, era muito fácil imaginá-la. Muitos milhares de anos antes a ideia de um paraíso terrestre em que os homens viveriam juntos em fraternidade, sem leis ou trabalho brutal, já perseguia o imaginário humano. E essa visão exercia certa influência até mesmo sobre os grupos que na verdade se beneficiavam com cada uma das mudanças históricas. Os herdeiros das revoluções francesa, inglesa e americana acreditaram, em parte, em seu próprio discurso sobre direitos humanos, liberdade de expressão, igualdade perante a lei, e assim por diante, permitindo, inclusive, que sua conduta fosse, em alguma medida, influenciada por essas ideias. Porém, por volta dos anos 1940 todas as principais correntes de pensamento político eram autoritárias. O paraíso terrestre foi desacreditado justamente no momento que se tornou realizável. Todas as novas teorias políticas, não importando o nome que tivessem, traziam de volta a hierarquia e a regimentação. E no enrijecimento geral de perspectivas estabelecidas por volta de 1930, práticas que haviam sido abandonadas muito tempo antes, em alguns casos centenas de anos – prisões sem julgamento, escravização de prisioneiros de guerra, execuções públicas, torturas para extrair confissões, uso de reféns e deportação de populações inteiras – não apenas voltaram a se tornar comuns como eram toleradas e defendidas por pessoas que se consideravam esclarecidas e progressistas.

Somente após uma década de guerras nacionais, guerras civis, revoluções e contrarrevoluções em todas as partes do mundo é que o Socing e seus rivais emergiram como teorias políticas integralmente desenvolvidas. Mas eles já tinham sido pressagiados por diversos sistemas, geralmente chamados totalitários, surgidos no início do século, e as principais características do mundo que emergiria do caos predominante já eram óbvias havia muito tempo. Igualmente óbvio era o tipo de pessoa que controlaria este mundo. A nova aristocracia geralmente era formada por burocratas, cientistas, técnicos, líderes sindicais, publicitários, sociólogos, professores, jornalistas e políticos de carreira. Essas pessoas, provenientes da classe média assalariada e das camadas superiores da classe trabalhadora, tinham sido moldadas e reunidas pelo mundo estéril do monopólio industrial e do governo centralizado. Comparadas com as aristocracias que as precederam, eram menos avarentas, menos tentadas pelo luxo, mais sedentas de poder em seu estado puro e, acima de tudo, mais conscientes do que estavam fazendo e mais determinadas em aniquilar a oposição. Esta última diferença era fundamental. Comparadas às de hoje, todas as tiranias do passado eram frouxas e ineficientes. Os grupos dominantes sempre estiveram, em alguma medida, contagiados por ideias liberais, e não lhes incomodava deixar ações incompletas em toda parte; davam atenção apenas a atos criminosos explícitos, sem se preocupar no que as pessoas estavam pensando. Pelos padrões modernos, até mesmo a Igreja Católica da Idade Média era mais tolerante. Isso se explica em parte porque, no passado, nenhum governo conseguia manter seus cidadãos sob constante vigilância. Porém, a invenção da imprensa facilitou a manipulação da opinião pública; cinema e rádio intensificaram este processo. Com o desenvolvimento da televisão e com o avanço técnico que possibilitou a recepção e a transmissão simultâneas pelo mesmo aparelho, a vida privada chegou ao fim. Todos os cidadãos, ou pelo menos todo cidadão que valia a pena vigiar, poderiam ser mantidos vinte e quatro horas por dia sob os olhos da polícia e ouvindo propaganda oficial, com todos os outros canais de comunicação fechados. Pela primeira vez, instaurava-se a possibilidade de impor a todos os cidadãos não apenas a total obediência às vontades do Estado mas também a uniformidade de opinião.

Após o período revolucionário dos anos 1950 e 1960, a sociedade se reagrupou, como sempre, nas categorias dos Altos, Médios e Baixos. Mas o novo grupo dos Altos, diferentemente de seus antecessores, não agia por instinto; sabia o que era necessário para proteger sua posição. Há tempos já existia a percepção de que a única base sólida para a oligarquia é o coletivismo. A riqueza e o privilégio são mais facilmente defendidos quando sua posse se dá de modo conjunto. A assim chamada "abolição da propriedade privada" ocorrida em meados do século XX significava, na verdade, a concentração da propriedade num número muito menor de mãos; a diferença era que os novos proprietários eram agora um grupo, em vez de uma massa de indivíduos. Isoladamente, nenhum membro do Partido possui nada, com exceção de bens pessoais insignificantes. Coletivamente, o Partido é o proprietário de tudo na Oceânia, pois controla todas as coisas e dispõe dos produtos como bem entende. Nos anos que se seguiram à Revolução, foi capaz de assumir esta posição de comando praticamente sem qualquer oposição, pois o processo como um todo era representado como um ato de coletivização. Acreditou-se sempre que se a classe capitalista fosse expropriada, o socialismo emergiria na sequência: sem dúvida, os capitalistas foram expropriados. Fábricas, minas, terras, casas, transporte – tudo foi tirado deles, e como essas coisas deixaram de ser propriedade privada, concluía-se que agora eram propriedade pública. O Socing, que cresceu a partir do movimento socialista, do qual herdou sua fraseologia, de fato levou adiante o principal item do programa socialista; o resultado disso, previsto e pretendido antecipadamente, foi que a desigualdade econômica se tornou permanente.

Porém, o problema de perpetuar uma sociedade hierárquica é mais grave que isso. Há somente quatro maneiras de um grupo dominante ser destituído do poder. Ou é conquistado por alguém de fora, ou governa de modo tão ineficiente que leva as massas a revoltar-se, ou permite o surgimento de um grupo Médio forte e descontente, ou perde sua autoconfiança e disposição para governar. Essas causas não atuam de maneira isolada; quase sempre todas estão presentes em alguma medida. Uma classe dominante capaz de se proteger contra todas essas causas permaneceria no poder para sempre. Em última análise, o fator decisivo é a atitude mental da própria classe dominante.

Na verdade, a partir de meados do século XX, o primeiro destes perigos desapareceu. Cada uma das três potências que hoje dividem o mundo é inconquistável, e só poderia ser conquistada por meio de lentas mudanças demográficas que um governo com amplos poderes pode facilmente evitar. O segundo perigo também não passa de uma hipótese. As massas nunca se revoltam por iniciativa própria, e nunca se revoltam apenas por se sentirem oprimidas. Enquanto não tiverem acesso a comparações, elas nunca conseguirão perceber que são oprimidas. As crises econômicas recorrentes do passado foram totalmente desnecessárias e hoje não se permite mais que elas ocorram, mas outros deslocamentos igualmente grandes podem ocorrer, e ocorrem, mas sem que haja implicações políticas, pois os descontentes não são capazes de se articular. Quanto ao problema do excedente de produção, latente em nossa sociedade desde o desenvolvimento das técnicas mecanizadas, ele foi solucionado pelo mecanismo da guerra contínua (ver Capítulo III), que também é útil para manter o estado de ânimo do povo na intensidade adequada. Portanto, do ponto de vista dos atuais governantes, os únicos problemas reais são o surgimento de um novo grupo de pessoas capazes, subempregadas e com sede de poder, e o crescimento do liberalismo e do ceticismo em suas fileiras. Isso significa que o problema é educacional. Trata-se de moldar constantemente a consciência tanto do grupo dirigente quanto do grupo executivo situado imediatamente abaixo. Quanto à consciência das massas, só é preciso influenciá-la de um modo negativo.

Com base neste cenário, pode-se deduzir – caso ainda não se saiba – qual é a estrutura geral da sociedade oceânica. No topo da pirâmide está o Grande Irmão. O Grande Irmão é infalível e todo-poderoso. Todos os sucessos, todas as conquistas, todas as vitórias, todas as descobertas científicas, todo conhecimento, toda sabedoria, toda felicidade e toda virtude são frutos de sua liderança e inspiração. Ninguém jamais viu o Grande Irmão. Ele é um rosto nos *outdoors*, uma voz nas teletelas. Pode-se ter uma razoável certeza de que ele nunca morrerá, e já existe uma considerável incerteza sobre quando ele nasceu. O Grande Irmão é o disfarce escolhido pelo Partido para se mostrar ao mundo. Sua função é atuar como um ponto focal para o amor, o medo e a reverência, emoções mais facilmente sentidas por um indivíduo do que por uma organização. Abaixo do Grande Irmão está o Núcleo do Partido, que conta com não mais que seis milhões de pessoas, ou pouco menos de dois por cento da população da Oceânia. Abaixo do Núcleo do Partido está o Partido Exterior; se o Núcleo do Partido é descrito como o cérebro do Estado, o Partido Exterior pode ser comparado às mãos. Logo abaixo estão as massas ignorantes que costumamos chamar de "proletas", que representam cerca de oitenta e cinco por cento da população. Nos termos de nossa classificação anterior, os proletas são os Baixos, pois as populações escravizadas das terras equatoriais, que passam constantemente de um conquistador a outro, não são uma parte permanente ou necessária da estrutura.

Em princípio, o pertencimento a um desses grupos não está ligado a uma situação hereditária. Uma criança cujos pais são do Núcleo do Partido, em teoria, não nasceu no Núcleo do Partido. A admissão neste ou naquele setor do Partido ocorre por meio de um exame que se presta aos dezesseis anos. Também não há nenhum tipo de discriminação racial, ou domínio perceptível de uma província sobre outra. Judeus, negros e sul-americanos de sangue indígena puro são encontrados nos mais altos escalões do Partido, e os administradores de qualquer área são sempre residentes desta mesma área. Em nenhuma parte da Oceânia, os habitantes têm a sensação de serem uma população colonial governada por uma capital distante. A Oceânia não tem capital, e seu líder titular é uma pessoa cujo endereço ninguém conhece. Tirando o fato de que o inglês é sua principal língua franca, e a novilíngua seu idioma oficial, nada na Oceânia é centralizado. Seus governantes não são unidos por laços de parentesco, mas pela adesão a uma doutrina comum. É verdade que nossa sociedade é estratificada – e de maneira muito rígida –, com base no que, à primeira vista, parece corresponder a linhagens hereditárias. A mobilidade social entre os diferentes grupos é muito menor do que a existente sob o capitalismo ou mesmo na era pré-industrial. Entre os dois setores do Partido há certa dose de intercâmbio, mas apenas o suficiente para garantir que os fracos sejam excluídos do Núcleo do Partido, e que membros ambiciosos do Partido Exterior, uma vez permitida a sua ascensão, tornem-se inofensivos. Na prática, os proletários não têm permissão para entrar no Partido. Os mais talentosos entre eles, que talvez se tornassem núcleos de descontentamento, são simplesmente identificados pela Polícia da Mente e eliminados. Mas esse estado de coisas não tem um caráter necessariamente permanente, nem se trata de uma questão de princípios. O Partido não é uma classe, na antiga acepção da palavra. Não tem o objetivo de transmitir o poder para seus próprios filhos; se não houvesse outra maneira de manter as pessoas mais capazes no topo, estaria perfeitamente preparado para recrutar toda uma nova geração em meio às fileiras do proletariado. Nos anos decisivos, o fato de o Partido não ser uma entidade hereditária foi importante para neutralizar a oposição. Os socialistas do tipo tradicional, treinados para lutar contra uma coisa chamada "privilégio de classe", partiam do princípio de que nada que fosse hereditário podia ser permanente. Não percebiam que a continuidade de uma oligarquia não precisa ser material, nem paravam para refletir que as aristocracias hereditárias sempre tiveram vida curta, ao passo que organizações que funcionam por regime de adoção, como a Igreja Católica, às vezes duram centenas ou milhares de anos. A essência do poder oligárquico não está na herança que passa de pai para filho, mas na persistência de uma certa visão de mundo e de certo estilo de vida impostos pelos mortos aos vivos. Um grupo dominante continuará sendo um grupo dominante enquanto puder nomear seus sucessores. O Partido não está preocupado em perpetuar seu sangue, mas em perpetuar a si mesmo. Não importa *quem* está no exercício no poder, contanto que a estrutura hierárquica permaneça sempre a mesma.

Todas as crenças, hábitos, preferências, emoções e atitudes mentais que caracterizam nossa época têm por finalidade reforçar a mística do Partido e impedir que se perceba a verdadeira natureza da sociedade atual. A rebelião física, ou qualquer movimentação preliminar rumo à rebelião, não é possível nesse momento. Nada que venha dos proletários é motivo para temor. Deixados à própria sorte, eles continuarão trabalhando, procriando e morrendo de geração em geração, de século a século, não apenas sem o menor impulso para rebelarem-se, mas também incapazes de compreender que o mundo poderia ser diferente. Eles só teriam como tornar-se perigosos se o avanço tecnológico exigisse a elevação de seu nível educacional. Mas como a rivalidade entre as esferas militar e comercial deixou de ser importante, o nível de educação dessas massas está em declínio. A opinião das massas, quando ela é expressada, é tratada com indiferença. Elas só têm direito a esta liberdade intelectual porque carecem de intelecto. Porém, no que diz respeito a um membro do Partido, o menor desvio de opinião sobre o assunto mais insignificante é intolerável.

Do momento em que nasce até a morte, um membro do Partido vive sob a vigilância da Polícia da Mente. Mesmo quando está sozinho, ele nunca pode ter a certeza de que está sozinho. Esteja onde estiver, dormindo ou acordado, trabalhando ou descansando, no banho ou na cama, pode ser inspecionado sem aviso prévio e sem saber que isso está acontecendo. Nenhuma de suas ações e atitudes é neutra. Suas amizades, seus momentos de lazer, seu comportamento em relação à sua esposa e filhos, a expressão de seu rosto quando está sozinho, as palavras que murmura durante o sono, até mesmo os movimentos característicos de seu corpo, tudo é examinado de modo meticuloso. Não apenas os pequenos delitos que ele efetivamente vier a cometer, mas qualquer excentricidade sua, por menor que seja, qualquer mudança de hábito, qualquer maneirismo nervoso que possa indicar o sintoma de um conflito interior – tudo isso será detectado. Ele não tem liberdade de escolha para absolutamente nada. Por outro lado, suas ações não são regulamentadas por lei ou por qualquer código de conduta claramente formulado. Na Oceânia, não existe lei. Os pensamentos e ações que, quando detectados, resultam em morte certa, não são formalmente proibidos, e os infinitos expurgos, detenções, torturas, encarceramentos e vaporizações não são considerados punição por crimes de fato cometidos, mas apenas a eliminação de pessoas que talvez viessem a cometer um crime em algum momento futuro. De um membro do Partido exige-se que tenha não apenas a opinião certa, mas também os instintos certos. Muitas das crenças e atitudes que se espera dele nunca são expostas com clareza, e tal exposição não poderia se dar sem revelar as contradições inerentes ao Socing. Se for naturalmente ortodoxo (um *bompensador*, em novilíngua), em qualquer circunstância este membro do Partido saberá, sem precisar pensar, qual é a crença verdadeira ou a emoção desejável. De todo modo, ele é submetido na infância a um elaborado treinamento mental, relacionado a palavras em novilíngua tais como *crimeparar*, *pretobranco* e *duplipensar*, o que retira dele a disposição e a capacidade de refletir com profundidade a respeito de qualquer assunto.

Espera-se que um membro do Partido não tenha emoções privadas nem momentos de interrupção de seu entusiasmo. Ele deve viver em um frenesi contínuo de ódio aos inimigos estrangeiros e aos traidores internos, de júbilo diante das vitórias e de autodegradação diante do poder e da sabedoria do Partido. A insatisfação gerada por sua vida vazia e insatisfatória é intencionalmente dirigida para o exterior e dissipada por artifícios como os Dois Minutos de Ódio, e as especulações que poderiam induzi-lo a uma atitude cética ou rebelde são sufocadas de antemão pela disciplina interna que ele desenvolveu na infância. A primeira etapa desta disciplina, a mais simples, que pode ser ensinada até mesmo a crianças pequenas, é chamada em novilíngua, *crimeparar*. *Crimeparar* significa a habilidade de estacar, como que por instinto, no limiar de um pensamento perigoso. O sentido desta palavra inclui a incapacidade de compreender analogias, de perceber erros lógicos, de compreender bem os argumentos mais simples, caso sejam contrários ao Socing, e a tendência a sentir tédio ou repugnância por qualquer raciocínio capaz de conduzi-lo a uma direção herética. Resumindo, *crimeparar* significa estupidez autopreservativa. Mas a estupidez não basta. Pelo contrário: a ortodoxia em sentido pleno exige absoluto controle sobre os próprios processos mentais, semelhante ao que o contorcionista deve ter sobre seu corpo. Em última análise, a sociedade oceânica baseia-se na crença de que o Grande Irmão é onipotente e o Partido, infalível. Mas, uma vez que na realidade o Grande Irmão não é onipotente e o Partido não é infalível, é necessário que se adote, a cada momento, uma flexibilidade incessante na abordagem dos fatos. A palavra-chave, neste caso, é *pretobranco*. Assim como várias palavras em novilíngua, esta palavra tem dois sentidos que se contradizem. Aplicada a um adversário, refere-se ao hábito de alegar descaradamente que preto é branco, em contradição com os fatos óbvios. Aplicada a um membro do Partido, significa uma disposição leal de dizer que preto é branco sempre que a disciplina do Partido assim exigir. Mas também significa a capacidade de *acreditar* que preto é branco, e mais: de *saber* que preto é branco, esquecendo-se de que um dia já acreditou no contrário. Isso exige uma contínua alteração do passado, que é possibilitada pelo sistema de pensamento que engloba todos os outros, conhecido em novilíngua como *duplipensar*.

A alteração do passado é necessária por duas razões. Uma delas é secundária e, por assim dizer, preventiva. A razão secundária é que o membro do Partido, assim como o proletário, tolera as condições atuais em parte porque carece de parâmetros de comparação. Sua ligação com o passado, assim como sua ligação com países estrangeiros, deve ser cortada, pois é necessário que ele acredite que está em melhor situação que seus antepassados, e que o nível médio de conforto material está em constante ascensão. Mas a razão mais importante para o reajuste do passado é a necessidade de proteger a infalibilidade do Partido. Não se trata apenas de atualizar os discursos, estatísticas e registros de todos os tipos a fim de mostrar que as previsões do Partido estavam corretas; também não se devem ser admitidas, em hipótese nenhuma, mudanças na doutrina ou no alinhamento político. Pois mudar de opinião, ou mesmo de política, significa uma confissão de fraqueza. Se, por exemplo, a Eurásia ou a Lestásia (conforme o caso que consideramos) for o inimigo de hoje, então é necessário que esse país tenha sido sempre o inimigo. Se os fatos mostrarem o contrário, então os fatos devem ser alterados. Dessa forma, a história é constantemente reescrita. Essa falsificação diária do passado, realizada pelo Ministério da Verdade, é tão necessária para a estabilidade do regime quanto o trabalho de repressão e de espionagem realizado pelo Ministério do Amor.

A mutabilidade do passado é o princípio central da doutrina do Socing. Sustenta-se a ideia de que os eventos do passado não têm existência objetiva, que eles sobrevivem apenas em registros escritos e na memória humana. O passado consiste naquilo em que os registros e as memórias coincidem. Tendo em vista que o Partido mantém absoluto controle sobre todos os registros e sobre todas as mentes de seus membros, o passado é, portanto, tudo aquilo que o Partido decidir que ele seja. Também decorre disso que, embora o passado seja alterável, ele nunca foi alterado em uma instância específica. Pois uma vez que ele é recriado na forma que se revelar necessária para o momento, esta nova versão se transforma no passado oficial, e nenhum outro passado pode ter existido algum dia. Isso se aplica até mesmo quando – como muitas vezes acontece – o mesmo fato precisa ser alterado várias vezes no mesmo ano, até tornar-se irreconhecível. O Partido sempre detém a verdade absoluta, e está claro que o absoluto jamais pode ter sido diferente do que é hoje. Veremos que o controle do passado depende sobretudo do treinamento da memória. Certificar-se de que todos os registros escritos estejam de acordo com a ortodoxia do momento não passa de um ato mecânico. Mas também é necessário *lembrar* que os fatos aconteceram da maneira desejada. E, caso seja necessário reorganizar as memórias de uma pessoa ou alterar os registros escritos, então será necessário *esquecer* que se fez isso. Este procedimento pode ser aprendido como qualquer outra técnica mental. A maioria dos membros do Partido o aprende, certamente todos os que são ao mesmo tempo inteligentes e ortodoxos. Em *velhalíngua*, isso é chamado, de uma maneira muito direta, de "controle da realidade". Em novilíngua recebe o nome de *duplipensar*, embora *duplipensar* também seja um termo de significado muito mais amplo.

Duplipensar significa a capacidade de manter na mente, ao mesmo tempo, duas crenças contraditórias, e acreditar em ambas. O intelectual do Partido sabe em que direção suas memórias devem ser alteradas; portanto, ele sabe que está manipulando a realidade; mas, mediante o exercício do *duplipensar*, também se satisfaz com a ideia de que a realidade não está sendo violada. Este processo precisa ser consciente, ou não seria realizado com a precisão necessária; ao mesmo tempo, precisa ser inconsciente, do contrário carregaria consigo uma sensação de falsidade e, portanto, de culpa. O *duplipensar* está no cerne do Socing, uma vez que o ato essencial do Partido é usar o embuste consciente sem perder a firmeza de propósito contida na completa honestidade. Contar mentiras de modo deliberado e ao mesmo tempo acreditar genuinamente nelas, esquecer qualquer fato que tiver se tornado inconveniente e, então, quando este fato se tornar novamente necessário, retirá-lo do esquecimento pelo tempo que for preciso; negar a existência da realidade objetiva e ao mesmo tempo levar em consideração a realidade que se nega – tudo isso é absolutamente necessário. Mesmo para usar a palavra *duplipensar* é necessário praticar o *duplipensar*. Pois ao usarmos a palavra admitimos que estamos manipulando a realidade; com um novo ato de *duplipensar*, apagamos este conhecimento; e assim por diante infinitas vezes, com a mentira sempre um passo adiante da verdade. Em última instância, é por meio do *duplipensar* que o Partido foi capaz – e até onde sabemos, continuará sendo por milhares de anos – de interromper o curso da História.

Todas as oligarquias do passado perderam sua posição de poder ou porque se enrijeceram ou porque amoleceram demais. Ou porque se tornaram estúpidas e arrogantes, não conseguindo se adaptar às novas circunstâncias e foram derrubadas; ou então porque se tornaram liberais e covardes, fazendo concessões quando deveriam ter usado a força, sendo então derrubadas; ou seja, caíram devido à consciência ou à inconsciência. Eis a conquista do Partido: ter produzido um sistema de pensamento em que ambos os estados podem coexistir. Essa foi a única base intelectual capaz de legitimar o permanente domínio do Partido. Para poder governar e seguir governando, a pessoa deve ser capaz de deslocar o sentido da realidade. Pois o segredo da governança é combinar a crença na própria infalibilidade com a capacidade de aprender com os erros passados.

Nem é preciso dizer que os praticantes mais sutis do *duplipensar* são aqueles que o inventaram e sabem, portanto, que ele é um vasto sistema de trapaça mental. Em nossa sociedade, aqueles que compreendem melhor o que está acontecendo também são os que estão mais longe de ver o mundo como ele é. Em geral, quanto maior a compreensão, maior o embuste; quanto maior a inteligência da pessoa, menor a sua saúde mental. Uma clara ilustração disso é o fato de que a histeria de guerra aumenta em intensidade à medida que a pessoa sobe na escala social. Aquelas pessoas cuja atitude em relação à guerra tende a ser mais racional são as que vivem nos territórios em disputa. Para estas pessoas, a guerra é simplesmente uma calamidade contínua que arrasta seus corpos de um lado para o outro, como num maremoto. Para elas, é indiferente saber qual dos lados está ganhando. Sabem que uma alteração nos nomes de quem está no exercício do poder significa apenas que continuarão a fazer o mesmo trabalho de antes para novos patrões, que os tratarão da mesma maneira como eram tratados. Os trabalhadores ligeiramente mais favorecidos, que chamamos de "proletas" só têm consciência da guerra de modo intermitente. Quando necessário, podem ser estimulados a um estado de frenesi de medo e de ódio, mas se deixados à própria sorte são capazes de esquecer, por longos períodos, que a guerra está acontecendo. É nas fileiras do Partido e, acima de tudo, do Núcleo do Partido, que está o verdadeiro entusiasmo com a guerra. As pessoas que acreditam com maior firmeza na conquista do mundo são as que sabem que isso é impossível. Esta estranha união de opostos – conhecimento com ignorância, cinismo com fanatismo – é uma das principais características da sociedade oceânica. A ideologia oficial está repleta de contradições mesmo quando não há nenhuma razão prática para a existência delas. Assim, o Partido rejeita e difama todos os princípios originalmente defendidos pelo movimento socialista, fazendo isso justamente em nome do socialismo. Preconiza um desprezo pela classe trabalhadora, algo sem precedente nos últimos séculos, e força seus membros a usar um uniforme que em algum momento do passado era uma marca de trabalhadores braçais, e que por isso mesmo foi adotado. Busca minar sistematicamente a solidariedade da família, ao mesmo tempo que chama seu líder por um nome que é um apelo direto ao sentimento de lealdade familiar. Até mesmo os nomes dos quatro ministérios que nos governam exibem certo descaramento em sua inversão deliberada dos fatos. O Ministério da Paz lida com os assuntos de guerra; o Ministério da Verdade, com as mentiras; o Ministério do Amor, com a tortura, e o Ministério da Riqueza com o estado de inanição. Estas contradições não são acidentais nem resultam de uma simples hipocrisia: são exercícios deliberados do *duplipensar*. Pois apenas reconciliando contradições é possível exercer o poder por tempo indefinido. É o único modo de romper o ciclo antigo. Se quisermos evitar a igualdade humana para sempre – se quisermos que os Altos, como os chamamos, mantenham sua posição de modo permanente –, então o estado mental predominante deve ser o de insanidade controlada.

Mas uma questão tem sido praticamente ignorada até hoje: por que devemos evitar a igualdade humana? Supondo que os mecanismos do processo tenham sido adequadamente descritos, por que este esforço imenso e detalhadamente planejado a fim de congelar a história num determinado momento temporal?

Aqui chegamos ao segredo essencial. Como já vimos, a mística do Partido, e sobretudo do Núcleo do Partido, depende do *duplipensar*. Porém, mais profundo que isso é o motivo original, o instinto jamais questionado que levou à tomada do poder e deu origem à criação do *duplipensar*, da Polícia da Mente, da guerra contínua e toda a parafernália necessária que se seguiu. Na verdade, este motivo consiste em...

Winston se deu conta do silêncio assim como alguém se dá conta de um ruído novo. Teve a impressão de que já fazia um tempo que Julia estava quieta. Estava deitada de lado, nua da cintura para cima, com a bochecha apoiada na mão e uma mecha de cabelos caída sobre os olhos. Seu peito inflava e desinflava, devagar e ritmado.

– Julia?

Nenhuma resposta.

– Julia, você está acordada?

Nenhuma resposta. Ela estava dormindo. Winston fechou o livro, colocou-o com cuidado no chão, deitou-se e puxou a colcha sobre os dois.

Percebeu que, por fim, ficou sem saber qual era o verdadeiro segredo. Tinha entendido o *como*, mas não entendia *por quê*. Assim como o Capítulo III, o Capítulo I na verdade não havia dito nada que ele não soubesse; simplesmente sistematizou o conhecimento que ele já tinha. Mas, depois de lê-lo, entendeu mais claramente que não estava louco. O fato de ser uma minoria, mesmo que fosse uma minoria de um, não fazia de você um louco. Havia verdade e inverdade, e se você se agarrasse à verdade, mesmo se opondo ao mundo inteiro, não estava louco. Um raio amarelo do sol poente entrou pela janela e pousou sobre o travesseiro. Winston fechou os olhos. Com o sol no rosto e o corpo suave da garota tocando o seu, teve uma sensação intensa, de sonolência e confiança. Estava seguro, tudo estava bem. Adormeceu murmurando "Sanidade mental não é uma coisa estatística", com a impressão de que sua observação continha uma profunda sabedoria.

***

Quando acordou, Winston teve a sensação de ter dormido muito. Mas ao olhar para o relógio antiquado, percebeu que ainda eram oito e meia da noite. Continuou cochilando mais um tempinho; então ouviu o canto familiar que vinha do quintal lá embaixo, a plenos pulmões:

Foi uma fantasia que me veio
Doce como um dia de abril
Um olhar, uma palavra, um devaneio
E então meu coração se partiu!

Pelo visto, aquela canção idiota continuava fazendo sucesso. Ainda se ouvia em toda parte. Havia resistido mais tempo do que a "Cantiga do Ódio". Julia acordou com a melodia, espreguiçou-se com deleite e saiu da cama.

– Estou com fome – disse. – Vamos fazer mais café. Droga! O fogo apagou e a água está fria. – Pegou o fogareiro e o sacudiu. – Está sem querosene.

– O velho Charrington talvez tenha um pouco para nos arranjar.

– Engraçado, eu tinha certeza que estava cheio. Vou me vestir. Parece que esfriou.

Winston também se levantou e se vestiu. A voz cantarolava, incansável:

Dizem que o tempo cura as feridas
E que tudo se pode esquecer
Mas o riso e lágrimas sentidas
Fazem meu coração padecer

Enquanto prendia o cinto do macacão, caminhou até a janela. Pelo visto, o sol havia se escondido atrás das casas; não se via mais seu brilho no quintal. O piso de pedra estava molhado, como se alguém tivesse acabado de lavá-lo, e Winston teve a sensação de que o céu também tinha sido lavado, de tão fresco e claro que era o azul entre as chaminés. Incansável, a mulher marchava de um lado para o outro, enchendo e esvaziando a boca com os pregadores, cantarolando e silenciando, estendendo mais e mais fraldas. Winston se perguntou se lavar roupas era o ganha-pão dela ou se ela era apenas a escrava de vinte ou trinta netos. Julia se aproximou dele; juntos, agora, olhavam para aquela figura robusta com uma espécie de fascínio. Enquanto observava a mulher em sua pose característica, braços grossos erguidos para alcançar o varal, nádegas protuberantes como as ancas de uma égua, ocorreu-lhe pela primeira vez que ela era bonita. Nunca havia lhe ocorrido que o corpo de uma mulher de cinquenta anos, com dimensões monstruosas devido à maternidade, um corpo tornado rígido e áspero pelo trabalho, que agora tinha a textura de um nabo maduro demais, podia ser bonito. Mas este era e, afinal de contas, por que não? Aquele corpo sólido e sem contornos, como um bloco de granito, e a pele vermelha e áspera, estavam para o corpo de uma garota como as bagas de roseiras estavam para as rosas. Mas por que a fruta deveria ser considerada inferior à flor?

– Ela é muito bonita – murmurou ele.

– Ela tem um metro de quadril, no mínimo – disse Julia.

– É o estilo de beleza dela – disse Winston.

Com o braço, Winston envolveu a cintura fina de Julia. Do quadril ao joelho, o corpo dela estava encostado no seu. Aqueles corpos jamais gerariam uma criança. Isso eles nunca poderiam fazer. Só poderiam transmitir o segredo de boca em boca, de uma mente para outra. A mulher lá embaixo não tinha cérebro, tinha apenas braços fortes, um coração terno e um ventre fértil. Quantos filhos ela teria tido?, ele se perguntava. Uns quinze, facilmente. Tivera seu momento de florescimento, um ano talvez, em que desabrochou como uma rosa selvagem, e de repente inchou como uma fruta fertilizada, tornando-se avermelhada e áspera; a partir daí sua vida se limitara a lavar, esfregar, cerzir, cozinhar, varrer, lustrar, remendar, esfregar, lavar, primeiro para os filhos, depois para os netos, durante trinta anos ininterruptos. Ao final deste período, ela continuava cantarolando. A reverência mística que Winston sentia por ela de algum modo se misturava ao aspecto do céu claro e sem nuvens, que se estendia atrás das chaminés por distâncias intermináveis. Era curioso pensar que o céu era o mesmo para todos, fosse na Eurásia, na Lestásia ou ali. E que as pessoas sob aquele céu também eram semelhantes – em toda parte, no mundo inteiro, centenas de milhares de milhões de pessoas como aquela mulher, pessoas que ignoravam a existência das outras, isoladas por paredes de ódio e mentiras, e ainda assim quase sempre as mesmas – pessoas que nunca aprenderam a pensar, mas que armazenavam em seus corações, ventres e músculos a força que um dia derrubaria o mundo. Se existia esperança, ela estava nos proletas! Mesmo sem ter chegado ao fim do livro, Winston sabia que essa devia ser a mensagem final de Goldstein. O futuro pertencia aos proletas. E será que podia ter certeza de que, quando a hora chegasse, o mundo construído pelos proletas não seria tão exótico para ele, Winston Smith, quanto o mundo do Partido? Sim, porque no mínimo seria um mundo mentalmente sadio. Onde há igualdade pode haver sanidade mental. Mais cedo ou mais tarde, isso aconteceria, a força se transformaria em consciência. Os proletas eram imortais, não havia como duvidar disso diante daquela figura no quintal. Algum dia eles despertariam. E enquanto isso não acontecesse, embora pudesse demorar mil anos, eles sobreviveriam a todas as adversidades, como pássaros, transmitindo de um corpo a outro a vitalidade que o Partido não dispunha nem conseguia aniquilar.

– Você se lembra – disse ele – do tordo que cantou pra gente, naquele primeiro dia, na entrada do bosque?

– Ele não estava cantando pra gente – disse Julia. – Estava cantando pra si mesmo. Aliás, nem isso. Estava só cantando.

Os passarinhos cantavam, os proletas cantavam, o Partido não cantava. No mundo inteiro, em Londres e em Nova York, na África e no Brasil, e nas terras misteriosas e proibidas além das fronteiras, nas ruas de Paris e Berlim, nos vilarejos da interminável planície russa, nos bazares da China e do Japão – em toda parte, via-se a mesma figura sólida e inconquistável, que o trabalho e a maternidade transformaram em uma figura grotesca, que labuta do nascimento à morte, e que ainda assim canta. Daquele ventre poderoso haveria de surgir um dia uma raça de seres conscientes. Winston e Julia já estavam mortos; o futuro pertencia aos proletas. Mas os dois poderiam fazer parte desse futuro se mantivessem viva a mente assim como mantinham vivo o corpo, e desde que transmitissem a doutrina secreta de que dois mais dois são quatro.

– Nós somos os mortos – disse ele.

– Nós somos os mortos – repetiu Julia, obediente.

– Vocês são os mortos – disse atrás deles uma voz de chumbo.

Afastaram-se em um salto. As entranhas de Winston pareciam ter virado gelo. Viu uma cor branca ao redor da íris dos olhos de Julia. O rosto dela tinha uma coloração amarela leitosa. As manchas de ruge ainda visíveis em suas bochechas estavam salientes, como se estivessem se descolando da pele do rosto.

– Vocês são os mortos – repetiu a voz de chumbo.

– Veio de trás do quadro – sussurrou Julia.

– De trás do quadro – disse a voz. – Fiquem exatamente onde estão. Não façam nenhum movimento. Só quando receberem ordens.

Estava começando. Enfim, estava começando! Não podiam fazer nada além de olhar um nos olhos do outro. Fugir o mais rápido possível, cair fora da casa antes que fosse tarde demais – não lhes ocorria fazer nada disso. Era impensável desobedecer àquela voz de chumbo. Ouviram um estalo, como se um ferrolho estivesse se abrindo, e o estouro de um vidro se quebrando. O quadro tinha caído no chão, revelando a teletela atrás dele.

– Agora eles podem ver a gente – disse Julia.

– Agora podemos ver vocês. – disse a voz. Vão para o meio do quarto. Fiquem de costas um para o outro. Coloquem as mãos atrás da cabeça. Não se toquem.

Não estavam se tocando, mas Winston tinha a impressão de poder sentir o corpo de Julia tremendo. Ou talvez fosse o tremor de seu próprio corpo. Não era fácil, mas conseguia controlar os dentes para que não batessem; mas seus joelhos lhe escapavam ao controle. Do andar de baixo, vinha um ruído de botas marchando, dentro e fora da casa. O quintal parecia estar cheio de homens. Algo estava sendo arrastado pelo piso de pedra. A cantoria da mulher havia parado de maneira abrupta. Ouviu-se um estrondo metálico, como se a tina tivesse sido arremessada para o outro lado do quintal, e então uma mistura confusa de gritos raivosos, que terminaram com um berro de dor.

– A casa está cercada – disse Winston.

– A casa está cercada – disse a voz.

Winston ouviu o ranger de dentes de Julia. – Acho que a gente pode se despedir – disse ela.

– Vocês podem se despedir – disse a voz. Logo na sequência, uma voz diferente, uma voz fininha e educada, que Winston tinha a impressão de já ter ouvido antes, interveio: – Aliás, por falar nisso: "*Já pra cama sem alvoroço, ou o bicho papão vem cortar seu pescoço!*"

Algo desabou sobre a cama atrás de Winston. A ponta de uma escada havia sido enfiada pela janela, destruindo os batentes. Alguém estava entrando pela janela. Ouviu-se um tropel de botas subindo as escadas. O quarto se encheu com homens robustos, de uniforme negro, botas de ferros nos pés e cassetete na mão.

Winston não tremia mais. Mal movia os olhos. Só uma coisa importava: ficar totalmente imóvel e não lhes dar nenhum pretexto para que batessem nele. Um homem com um queixo de boxeador e uma boca que não passava de uma fenda parou na frente dele, balançando o cassetete entre os dedos. Winston o encarou. A sensação de nudez, com as mãos atrás da cabeça e com o rosto e corpo expostos, era quase insuportável. O homem pôs para fora a ponta de uma língua branca, lambeu os lábios e seguiu andando. Ouviu-se um novo estrondo. Alguém pegara o peso de papel de vidro e o arremessara contra a lareira, espatifando-o.

O fragmento de coral, um minúsculo objeto enrugado cor de rosa que parecia um confeito de bolo, rolou pelo tapete. Como era pequeno, pensou Winston, sempre foi tão pequeno. Atrás dele, ouviu-se uma inspiração ofegante e um baque, e Winston recebeu um chute violento no tornozelo, que quase o fez perder o equilíbrio. Um homem dera um murro no plexo solar de Julia, fazendo-a se dobrar como uma régua de plástico. Ela se contorcia no chão, tentando recuperar o fôlego. Winston não teve coragem de virar a cabeça nem por um milímetro, mas o rosto pálido dela entrava em seu campo de visão. Mesmo que apavorado, era como se ele pudesse sentir a dor de Julia em seu próprio corpo, a dor mortal que, no entanto, era menos urgente do que o esforço para conseguir respirar. Winston sabia como era aquilo: a dor terrível e angustiante que estava lá o tempo todo, mas que ainda não podia ser sentida, porque antes de mais nada era preciso poder respirar. Foi então que dois homens a ergueram pelos joelhos e a carregaram para fora do quarto como se fosse um saco. Winston viu de relance o rosto de Julia, de ponta-cabeça, amarelo e contorcido, os olhos fechados, ainda com manchas de ruge nas bochechas; foi a última vez que a viu.

Manteve-se completamente imóvel. Ninguém havia batido nele, ainda. Pensamentos automáticos que lhe pareciam não ter o menor interesse começaram a lhe passar pela cabeça. "Será que eles pegaram o sr. Charrington?", "O que será que fizeram com a mulher do quintal?", pensou. Percebeu que precisava muito urinar, mas isso o deixou surpreso: não fazia duas ou três horas que havia urinado. Reparou que o relógio na lareira marcava nove horas da noite. Mas parecia ainda tão claro... A luz já não devia ter desaparecido às vinte e uma horas de uma noite de agosto? Teriam Julia e ele se enganado em relação à hora? Teriam dormido a noite inteira, achando que eram vinte e trinta quando na verdade já eram oito e meia da manhã seguinte? Mas não levou adiante o pensamento. Pouco importava.

Ouviu-se um novo passo no corredor, dessa vez mais leve. O sr. Charrington entrou no quarto. De repente, o comportamento dos homens de preto se tornou mais contido. Algo também havia mudado na aparência do sr. Charrington. Seus olhos pousaram sobre os cacos de vidro do peso de papel.

– Recolham esses cacos – disse, ríspido.

Um homem obedeceu e se abaixou. O sotaque *cockney* havia desaparecido. De repente, Winston se deu conta de quem era a voz que ele ouvira minutos antes, na teletela. O sr. Charrington ainda vestia seu velho paletó de veludo, mas seu cabelo, que era quase branco, tinha se tornado preto. Além disso, não estava mais usando óculos. Dirigiu a Winston um olhar rápido e penetrante, como se verificasse sua identidade, e então não lhe deu mais atenção. Ainda era reconhecível, mas não era mais a mesma pessoa. Seu corpo tinha se endireitado – parecia maior, agora. O rosto tinha passado por mudanças quase imperceptíveis, que mesmo assim causaram uma transformação completa. As sobrancelhas estavam menos espessas, as rugas tinham sumido; era como se todas as linhas do rosto tivessem se alterado; até o nariz parecia menor. Era o rosto alerta e frio de um homem de mais ou menos trinta e cinco anos. Ocorreu a Winston que, pela primeira vez na vida, tinha a certeza de estar olhando para um membro da Polícia da Mente.

Parte III

Capítulo 1

Ele não sabia onde estava. Imaginou que estivesse no Ministério do Amor, mas não havia como ter certeza. Era uma cela sem janelas, com paredes de reluzentes azulejos brancos. Lâmpadas ocultas inundavam o lugar com uma luz fria, e havia um zumbido baixo e constante que ele supôs estar relacionado à ventilação. Um banco, ou uma prateleira, cuja largura era suficiente apenas para que ele se sentasse, corria rente à parede, interrompido pela porta, de um lado e, na parede oposta, por uma privada sem assento. A cela tinha quatro teletelas, uma em cada parede.

Sentia uma leve dor na barriga. A sensação o acompanhava desde que o empurraram para dentro de uma van e o levaram. Mas também sentia fome, uma fome corrosiva e insalubre. Devia fazer umas vinte e quatro horas que ele não comia, ou mesmo trinta e seis. Ele ainda não sabia, e talvez nunca saberia, se tinha sido preso pela manhã ou à noite. Desde que o prenderam, não lhe deram comida.

Sentado no banco, ele se manteve o mais quieto que conseguia, com as mãos cruzadas sobre o joelho. Já havia aprendido a ficar sentado imóvel. Se fizesse algum movimento inesperado, alguém gritaria para ele, da teletela. Mas a necessidade de comer só aumentava. O que mais desejava era um pedaço de pão. Ocorreu-lhe que tinha umas poucas migalhas de pão no bolso de seu macacão. Era até possível – pensou nisso pois de vez em quando algo lhe parecia fazer cócegas na perna – que houvesse um pedaço considerável de casca. Por fim, sua tentação de saber foi maior que o medo: enfiou a mão no bolso.

– Smith! – berrou uma voz vinda da teletela. – 6079 Smith W.! Tire a mão do bolso!

Sentou-se imóvel novamente, mãos cruzadas sobre o joelho. Antes de ser levado para esta cela, ele fora levado a outro lugar que devia ser uma prisão comum ou então um xadrez temporário usado pelas patrulhas. Não sabia há quanto tempo estava ali; algumas horas, pelo menos; sem relógio e sem a luz do dia, era difícil ter noção do tempo. Era um lugar barulhento e malcheiroso. Winston tinha sido colocado em uma cela semelhante àquela em que estava agora, só que imunda e sempre lotada, com outras dez ou quinze pessoas. A maioria era de criminosos comuns, mas entre eles havia alguns poucos prisioneiros políticos. Sentara-se em silêncio recostado na parede, apertado entre corpos sujos, preocupado demais com o medo e a dor de barriga para se interessar pelo que havia ao redor, mas ainda assim reparando na impressionante diferença de comportamento entre os prisioneiros do Partido e os outros. Os do Partido, aterrorizados, se mantinham em silêncio, mas os outros não pareciam dar a mínima importância para ninguém. Xingavam os guardas aos berros, reagiam com agressividade quando seus pertences eram apreendidos, rabiscavam palavras obscenas no chão, se alimentavam com a comida contrabandeada que tiravam de esconderijos misteriosos na roupa e chegavam a gritar para a teletela quando de lá tentavam restabelecer a ordem. Por outro lado, alguns deles pareciam ter uma boa relação com os guardas: chamando-os pelos seus apelidos, tentavam aliciá-los para conseguir cigarros através do postigo da porta. Os guardas também tratavam os criminosos comuns com certa tolerância, mesmo quando precisavam ser duros com eles. Falava-se muito sobre os campos de trabalhos forçados aos quais a maioria dos prisioneiros achava que seria enviada. Pelo que ele entendeu, a vida naqueles campos era "tranquila", contanto que você tivesse bons contatos e estivesse bem familiarizado com as regras internas. Ali havia suborno, privilégios e falcatruas de todo tipo; havia homossexualidade e prostituição, e até mesmo uma bebida clandestina, destilada de batatas. Os cargos de confiança eram confiados somente aos criminosos comuns, especialmente os gângsteres e os assassinos, que formavam uma espécie de aristocracia. Todo o trabalho sujo era feito pelos presos políticos.

Havia um constante vaivém de prisioneiros de todo tipo: traficantes de drogas, ladrões, bandidos, contrabandistas, bêbados, prostitutas. Alguns bêbados eram tão violentos que os companheiros de cela tinham que se juntar para controlá-los. Uma mulher em frangalhos, de uns sessenta anos, com enormes seios caídos e tufos grossos de cabelo branco, que haviam se soltado em uma briga em que havia se metido, esperneando e gritando, foi trazida para a cela por quatro guardas, que a seguravam pelos braços e pernas. Arrancaram as botas com que ela tentava chutá-los e as jogaram no colo de Winston, quase fraturando seu fêmur. A mulher se endireitou, e gritou, enquanto eles saíam: "Seus filhos da puta!". Então, ao perceber que estava sentada em uma superfície desnivelada, escorregou dos joelhos de Winston até o banco.

– Desculpa, querido – disse ela. – Eu não teria sentado em cima de você, estes canalhas é que me empurraram. Não sabem como tratar como uma dama, né? – Fez uma pausa, deu uma leve batidinha no peito, e arrotou. – Desculpa – disse –, não tô muito bem.

Inclinou-se para a frente e expeliu um vômito abundante no chão.

– Agora eu tô melhor – disse ela, recostando-se e fechando os olhos. – Nunca segure, é o que eu sempre digo. Põe pra fora enquanto tá fresco no estômago.

Já recuperada, virou-se para olhar Winston melhor e pareceu se sentir atraída por ele. Passou seu braço enorme ao redor do ombro dele e puxou-o para si, soltando um bafo de cerveja e vômito em seu rosto.

– Qual é o seu nome, querido?

– Smith – disse Winston.

– Smith? – disse a mulher – Que engraçado. Meu nome também é Smith. Puxa – ela acrescentou, sentimental – eu bem que poderia ser sua mãe!

Ela podia mesmo ser sua mãe, pensou Winston. Ela tinha mais ou menos esta idade e este físico, e era bem provável que as pessoas mudassem um pouco depois de passar vinte anos em um campo de concentração.

Ninguém mais havia puxado conversa com ele. Era surpreendente como os criminosos comuns ignoravam os prisioneiros do Partido. "Os polits", eles os chamavam, com desprezo e desinteresse. Os prisioneiros do Partido pareciam apavorados para conversar com alguém, e sobretudo para conversar entre si. Uma única vez, quando duas mulheres, membros do Partido, estavam sentadas e espremidas no banco, ele ouviu em meio ao barulho das vozes umas poucas palavras sussurradas; e em particular uma referência a algo chamado "sala um zero um", que ele não entendeu.

Já fazia talvez duas ou três horas que ele tinha sido trazido ali. A leve dor na barriga não passava nunca, mas às vezes melhorava; outras vezes, piorava; seus pensamentos se expandiam ou encolhiam conforme a intensidade dela. Quando piorava, ele só conseguia pensar na dor em si, e na vontade de comer. Quando melhorava, era tomado pelo pânico. Em alguns momentos, era capaz de prever o que lhe aconteceria com tanta nitidez que seu coração disparava e sua respiração parava. Sentia a pancada de cassetete que levara nos cotovelos, e as botinadas de ferro em suas canelas; via-se rastejando pelo chão, implorando por misericórdia com os dentes quebrados. Mal se lembrava de Julia. Não conseguia fixar o pensamento nela. Ele a tinha amado e não a trairia; mas este era apenas um fato que ele conhecia, assim como conhecia as regras de aritmética. Não sentia amor por ela e mal se perguntava o que estaria acontecendo com ela. Pensava mais em O'Brien, com uma centelha de esperança. O'Brien devia saber que ele tinha sido preso. A Irmandade, ele dissera, nunca tentava salvar seus membros. Mas havia o detalhe da lâmina de barbear: eles enviariam a lâmina, se pudessem. Haveria talvez um intervalo de cinco segundos antes que os guardas pudessem entrar correndo na cela. A lâmina morderia sua carne com uma espécie de frio ardente, e até mesmo os dedos que a seguravam seriam cortados até o osso. Tudo o remetia a seu corpo doente, que se encolhia tremendo, diante do menor sofrimento. Não tinha certeza se conseguiria usar a lâmina mesmo se tivesse a oportunidade. O mais natural era viver de um momento a outro, aceitando mais dez minutos de vida, mesmo com a certeza de que, no final, haveria a tortura.

Às vezes, tentava calcular o número de azulejos nas paredes da cela. Deveria ser fácil, mas em algum momento sempre perdia a conta. Com maior frequência, ele tentava imaginar onde estava, e que horas do dia eram. Em dado momento, tinha certeza de que lá fora era pleno dia, e já no instante seguinte a mesma certeza de que o breu era total. De modo instintivo, percebia que naquele lugar as luzes jamais seriam apagadas. Era o lugar onde não havia escuridão: agora ele se dava conta do porquê de O'Brien aparentemente ter reconhecido a alusão. No Ministério do Amor, não havia janelas. Sua cela poderia estar no centro do edifício ou junto à parede externa; podia estar dez andares debaixo do solo, ou trinta acima. Moveu-se mentalmente de um lugar a outro, e tentou concluir, a partir das sensações do próprio corpo, se estava empoleirado no espaço ou enterrado profundamente no subsolo.

Ouviu-se um som de botas marchando do lado de fora. A porta de aço foi aberta com um estrondo. Um jovem oficial, uma figura esbelta de uniforme preto que parecia brilhar inteiro em seu couro polido, e cujo rosto pálido e de feições retilíneas parecia uma máscara de cera, entrou pela porta com elegância. Acenou para os guardas do lado de fora trazerem o prisioneiro que conduziam. O poeta Ampleforth entrou tropeçando na cela. A porta foi fechada com novo estrondo.

Ampleforth fez uns dois movimentos incertos, de um lado para outro, como se concluísse que ali havia uma outra porta de saída, e então começou a andar de lá para cá na cela. Ainda não notara a presença de Winston. Seus olhos agitados miravam a parede cerca de um metro acima da cabeça de Winston. Estava descalço; dedos grandes e sujos saltavam para fora dos buracos de suas meias. Também fazia dias que não se barbeava. Uma barba rala cobria seu rosto até as bochechas, dando-lhe um aspecto de gângster que não combinava com seu corpo magro e comprido e seus movimentos nervosos.

Winston conseguiu superar um pouco sua letargia. Precisava falar com Ampleforth, mesmo correndo o risco de ouvir berros vindo da teletela. Era possível, inclusive, que Ampleforth fosse o portador da lâmina de barbear.

– Ampleforth! – ele chamou.

Nenhuma reação vinda da teletela. Ampleforth parou, meio assustado. Devagar, conseguiu centrar o foco em Winston.

– Ah, Smith! – disse ele – Você também!

– Por que você foi preso?

– Pra dizer a verdade... – sentou-se desajeitado no banco em frente a Winston – Só existe um tipo de crime, não é mesmo? – disse.

– E você cometeu esse crime?

– Parece que sim.

Colocou a mão na testa e pressionou as têmporas por um momento, como se tentasse se lembrar de algo.

– Essas coisas acontecem – disse, vacilante. – Consigo me lembrar de um episódio... um possível episódio. Sem dúvida, foi uma indiscrição. Estávamos produzindo uma edição definitiva dos poemas de Kipling. Mantive a palavra *God* – "Deus" – no final de um verso. Não pude evitar! – acrescentou, de um modo quase indignado, erguendo o rosto para olhar Winston. – Era impossível alterar aquela linha. O problema era a rima. Só existem doze palavras que rimam com *rod* em toda a língua inglesa, você sabia disso? Passei vários dias fritando os miolos. Não *tinha* outra rima.

A expressão em seu rosto mudou. O aborrecimento tinha passado, e por um momento ele pareceu quase contente. Uma espécie de afeição intelectual, a alegria do pedante que acaba de se deparar com algum fato inútil, brilhou entre a sujeira e o cabelo ralo.

– Já lhe ocorreu alguma vez – disse ele – que toda a história da poesia inglesa foi determinada pelo fato de o idioma inglês não ter um número suficiente de rimas?

Não, aquela ideia em particular jamais havia ocorrido a Winston. Tampouco, naquela circunstância, isso lhe pareceu ter alguma importância ou interesse.

– Você sabe que horas são? – perguntou.

Ampleforth se mostrou novamente assustado. – Eu mal tinha pensado nisso. Eles me prenderam, deve ter sido dois dias atrás... talvez três. – Seus olhos percorreram as paredes, como se achasse que encontraria uma janela em algum lugar. – Neste lugar não tem diferença entre dia e noite. Não imagino como se pode calcular o tempo.

Conversaram sobre assuntos aleatórios durante alguns minutos. Então, sem motivo aparente, um grito da teletela mandou que se calassem. Winston sentou-se em silêncio, mãos, os dedos entrelaçados. Ampleforth, grande demais para sentar-se com conforto no banco estreito, movia-se agitado de um lado para o outro, apoiando as mãos magras ora sobre um joelho, ora sobre o outro. Da teletela veio o berro para que ele parasse quieto. Passou-se um tempo. Vinte minutos, uma hora... era difícil avaliar. Ouviu-se novo ruído de botas do lado de fora. As entranhas de Winston se contraíram. Breve, muito em breve, talvez dali a cinco minutos, talvez agora, o tropel das botas indicaria que sua hora havia chegado.

A porta se abriu. O jovem oficial com expressão fria entrou na cela. Com um rápido gesto de mão, apontou para Ampleforth.

– Sala 101 – ele disse.

Ampleforth saiu desajeitado por entre os guardas, o rosto ainda perturbado, sem entender o que se passava.

Passou-se um tempo que pareceu bastante longo. Winston sentia que a dor na barriga voltava. Sua mente girava em círculos, como uma bola que caía repetidas vezes nos mesmos buracos. Pensava somente em seis coisas: a dor em sua barriga; um pedaço de pão; o sangue e os gritos; O'Brien; Julia; a lâmina de barbear. Sentiu novamente um espasmo nas entranhas, as botas pesadas se aproximavam. Quando a porta se abriu, a onda de ar que ela criou fez entrar um cheiro intenso de suor frio. Parsons entrou na cela. Vestia uma bermuda cáqui e uma camisa esporte.

Dessa vez, Winston se assustou a ponto de esquecer-se da situação em que estava.

– *Você* aqui?! – disse.

Parsons dirigiu a Winston um olhar que não demonstrava interesse nem surpresa, somente infelicidade. Começou a caminhar aos solavancos para cima e para baixo, com uma evidente incapacidade de parar quieto. A cada vez que endireitava os joelhos rechonchudos, dava para perceber que eles tremiam. Tinha os olhos esbugalhados, como se não conseguisse deixar de fixar o olhar a uma média distância.

– Por que você foi preso? – perguntou Winston.

– Pensamento-crime – disse Parsons, quase aos soluços. O tom de sua voz indicava ao mesmo tempo uma completa admissão de culpa e uma espécie de horror incrédulo de que tal palavra pudesse se aplicar a ele. Parou diante de Winston e lhe fez um apelo desesperado: – Você não acha que eles vão me fuzilar, acha, meu velho? Não atiram se você não fez nada, se foram somente pensamentos que você não conseguiu evitar, não é mesmo? Sei bem que eles te dão a oportunidade de ser ouvido. Ah, eles conhecem meus antecedentes, não? Você sabe que tipo de sujeito eu era. Um bom sujeito, à minha maneira. Não muito inteligente, claro, mas esperto. Tentei fazer o melhor pelo Partido, não tentei? Devo pegar uns cinco anos, não acha? Ou talvez dez? Um cara como eu poderia ser bastante útil num campo de concentração. Será que vão me matar só porque saí da linha uma vez?

– Você é culpado? – perguntou Winston.

– Claro que sou culpado! – exclamou Parsons lançando um olhar submisso à teletela. Você acha que o Partido iria prender um sujeito inocente? A expressão em sua cara de sapo ficou mais serena, chegando a adquirir um leve ar de hipocrisia. – O pensamento-crime é uma coisa horrível, meu velho – disse, num tom moralista. – Vai se infiltrando aos poucos, e pode dominar a pessoa sem que ela perceba. Sabe como ele me pegou? Enquanto eu dormia! É verdade! Eu estava lá trabalhando, tentando fazer minha parte... nunca imaginei que tivesse alguma coisa negativa na minha mente. Foi quando eu comecei a falar dormindo. Sabe o que eles me ouviram dizer?

Baixou o tom de voz, como alguém que por razões médicas está proibido de dizer uma palavra obscena.

– Abaixo o Grande Irmão! Sim, eu disse isso. E parece que repeti várias vezes. Cá entre nós, meu velho, ainda bem que eles me pegaram antes que a coisa piorasse. Sabe o que eu vou dizer pra eles no tribunal? "Obrigado". Vou dizer a eles: "Obrigado por ter me salvado antes que fosse tarde demais".

– Quem denunciou você? – perguntou Winston.

– Foi minha filhinha – disse Parsons, com uma espécie de orgulho entristecido. – Ela me escutava pelo buraco da fechadura. Ouviu o que eu disse, e já no dia seguinte foi contar às patrulhas. Bem espertinha para uma molequinha de sete anos, não acha? Não guardo nenhum rancor dela por isso. Na verdade, sinto orgulho dela. Isso só mostra que ela cresceu aprendendo os valores corretos.

Fez mais alguns movimentos agitados para cima e para baixo, várias vezes, dirigindo um olhar ansioso para a privada. De repente, abaixou a bermuda. –

Dá licença, meu velho – disse – Não dá pra aguentar. Com essa história de ter que ficar aqui esperando...

Encaixou seu grande traseiro na privada. Winston cobriu o rosto com as mãos.

– Smith! – gritou a voz da teletela. – 6079 Smith W! Tire as mãos do rosto. Nada de cobrir o rosto nas celas.

Winston descobriu o rosto. Parsons se aliviou na privada, e de modo ruidoso. Descobriu, então, que a descarga estava com defeito, deixando a cela com um fedor insuportável que durou horas.

Parsons foi removido da cela. Outros prisioneiros chegavam e partiam, misteriosamente. Um deles – uma mulher – deveria ser enviado para a "Sala 101"; Winston a viu encolher o corpo e ficar pálida ao ouvir estas palavras. Em um dado momento ele pensou que, se tivesse sido levado ali pela manhã, agora seria de tarde; se tivesse sido levado à tarde, agora seria meia-noite. Havia seis prisioneiros na cela, entre homens e mulheres. Todos sentados e imóveis. Na frente de Winston estava um homem dentuço e sem queixo, parecido com o de um roedor grande e inofensivo. Suas bochechas gordas e manchadas tinham a parte de baixo tão infladas que era difícil acreditar que não tivesse pequenos estoques de comida ali. Seus olhos cinza-claros se moviam receosos de um rosto a outro, e se desviavam assim que encontravam o olhar de alguém.

A porta se abriu e entrou outro prisioneiro. Sua aparência provocou em Winston um calafrio passageiro. Era um homem comum e mal-encarado, talvez um engenheiro ou algum tipo de técnico. Mas o que impressionava era a magreza do rosto. Parecia uma caveira. Sua magreza fazia com que o tamanho de sua boca e de seus olhos parecesse fora de proporção, e os olhos parecessem tomados por um ódio assassino e insaciável, de alguém ou de alguma coisa.

O homem sentou-se no banco, perto de Winston. Winston não voltou a lhe dirigir o olhar, mas a imagem daquele rosto atormentado permanecia tão nítida em sua cabeça como se ele o tivesse diante dos olhos. De repente, ele compreendeu qual era o problema. O homem estava morrendo de inanição. Este mesmo pensamento pareceu ocorrer a todos na cela, quase que ao mesmo tempo. Uma agitação muito leve percorreu o banco em que todos estavam. Os olhos do homem sem queixo continuavam a se dirigir ao homem da cara de caveira, e então se desviavam, com sentimento de culpa, para então serem arrastados de volta por uma atração irresistível. Ele começou, então, a se remexer no assento. Por fim se levantou, atravessou a cela cambaleando, enfiou a mão no bolso do macacão e, com um ar envergonhado, estendeu um pedaço de pão sujo ao da cara de caveira.

Ouviu-se um berro furioso e ensurdecedor vindo da teletela. O homem sem queixo deu um salto. Rapidamente, o da cara de caveira escondeu as mãos atrás das costas, como se quisesse deixar claro a todos que recusava o presente.

– Bumstead! – rugiu a voz. – 2713 Bumstead J.! Largue esse pedaço de pão!

O homem sem queixo obedeceu.

– Fique de pé onde você está – disse a voz. – De frente para a porta. Não se mexa.

O homem obedeceu. Suas grandes bochechas tremiam de modo descontrolado. A porta se abriu com um estrondo metálico. Quando o jovem oficial entrou e deu um passo para o lado, surgiu atrás dele um guarda baixo e atarracado, com braços e ombros enormes. Colocou-se em frente ao homem sem queixo e usando como impulso todo o peso de seu corpo, desferiu um soco terrível bem na boca do homem. A força do golpe pareceu quase arrancá-lo do chão. Seu corpo foi arremessado para o outro lado da cela, indo cair junto à base da privada. Por um momento, ele ficou ali caído, atordoado, um sangue escuro lhe escorrendo da boca e do nariz. Soltou um gemido ou um guincho muito fraco, quase inconsciente. Então rolou para o lado e, cambaleando, colocou-se de quatro. Em meio a uma poça de sangue e saliva, as duas metades de uma dentadura lhe caíram da boca.

Os prisioneiros continuavam sentados, imóveis, mãos cruzadas sobre os joelhos. O homem sem queixo retomou seu lugar. A parte de baixo de seu rosto, em um dos lados, estava ficando preta. A boca inchada se tornara uma massa disforme cor de cereja, com um buraco preto bem no meio. De vez em quando, pingava umas gotas de sangue no peito do macacão. Os olhos cinzentos ainda se moviam, indo de um rosto a outro, mais culpados do que nunca, como se tentassem descobrir o quanto de desprezo os demais presos sentiam por ele, em sua humilhação.

A porta se abriu. Com um gesto discreto, o oficial apontou para o homem sem queixo.

– Sala 101 – disse.

Ao lado de Winston ouviu-se um suspiro e uma agitação. O homem tinha se jogado de joelhos no chão, as mãos entrelaçadas.

– Camarada! Oficial! – exclamou. – Não precisa me levar pra este lugar! Eu já disse tudo, não? O que mais você quer saber? Só me diga o que quer saber, eu confesso na hora. Escreva que eu assino. Qualquer coisa, menos a Sala 101!

– Sala 101 – disse o oficial.

O rosto do homem, já pálido, ficou de uma cor que Winston não imaginava ser possível. Não havia dúvidas, nem como confundir: tinha um tom verde.

– Faça comigo o que você quiser! – gritou. – Você me deixou sem comer durante semanas. Acabe logo com isso e me deixe morrer. Me fuzile. Me enforque. Me condene a vinte e cinco anos de prisão. Tem mais alguém que você quer que eu entregue? Só me diga quem, e eu digo o que você quiser. Não me importa quem é, ou o que vocês vão fazer com ele. Tenho mulher e três filhos. O mais velho ainda nem tem seis anos. Você pode pegar os quatro e cortar o pescoço deles na minha frente, que eu fico olhando. Tudo menos a Sala 101!

– Sala 101 – disse o oficial.

De um modo frenético, o homem olhou para os demais prisioneiros, como se imaginasse ser possível colocar uma outra vítima em seu lugar. Seus olhos se fixaram no homem sem queixo e em seu rosto esmagado. Estendeu seu braço magro.

– *Esse* é o homem que você tinha que levar, não eu! – gritou. – Você não ouviu o que ele continuou falando depois que foi espancado. Me dê uma chance e eu repito tudo. É *ele* que está contra o Partido, não eu. – Os guardas deram um passo à frente. A voz do homem virou um ganido. – Você não ouviu o que ele disse! – repetiu. – Teve algum problema na teletela. É *ele* que vocês querem pegar. Levem *ele*, não eu!

Os dois guardas robustos se curvaram para pegá-lo pelos braços. Mas nesse exato momento ele se atirou no chão da cela e agarrou-se a uma das barras de ferro que sustentam o banco. Os guardas o puxaram, tentando arrancá-lo dali, mas ele se agarrava com uma força impressionante. Continuaram puxando durante uns vinte segundos. Os prisioneiros se mantinham em silêncio, mãos cruzadas sobre os joelhos, olhando fixamente à frente. O ganido parou; o homem não tinha mais fôlego para nada, a não ser manter-se agarrado. Ouviu-se, então, um tipo diferente de grito. Com uma botinada, um guarda acabara de lhe quebrar os dedos da mão. Os guardas o colocaram de pé.

– Sala 101 – disse o oficial.

O homem foi conduzido para fora, cambaleando, cabeça afundada e segurando a mão esmagada; já não tinha mais a menor força.

Muito tempo se passou. Se o homem com cara de caveira tivesse sido levado à meia-noite, agora era de manhã; tivesse sido de manhã, agora era de tarde. Fazia horas que Winston estava sozinho. A dor de ficar sentado no banco estreito era tal que volta e meia ele se levantava e andava, sem ser repreendido pela teletela. O pedaço de pão ainda estava no mesmo lugar onde o homem sem queixo o largara. No começo, precisou se esforçar muito para não olhar para ele, mas agora a fome estava dando lugar à sede. Sentia a boca pegajosa e com um gosto ruim. O zumbido e a luz branca sempre acesa provocavam uma espécie de tontura, um sentimento de vazio em sua cabeça. Quando a dor nos ossos ficava insuportável, ele se levantava e então voltava a se sentar logo em seguida pois sentia tontura demais para conseguir ficar em pé. Sempre que suas sensações físicas eram mantidas sob um mínimo controle, o terror voltava. Às vezes, com um fiapo de esperança, pensava em O'Brien e na lâmina de barbear. Era possível imaginar que a lâmina chegaria escondida em sua comida, se é que lhe dariam comida. Pensou vagamente em Julia. Em algum lugar, ela estaria sofrendo, talvez muito mais que ele. Deveria estar gritando de dor àquela hora. Pensou: "Se eu pudesse salvar Julia sofrendo o dobro da dor que sinto agora, eu faria isso? Sim, com certeza". Mas esta era uma decisão meramente intelectual, tomada porque ele sabia que devia tomá-la. Na verdade, ele não sentia isso. Naquele lugar era impossível sentir alguma coisa além de dor e da antecipação da dor. Além disso, uma pessoa seria capaz de, no momento em que está sofrendo, desejar que a dor aumentasse? Ainda não havia como responder a esta pergunta.

As botas se aproximaram novamente. A porta se abriu. O'Brien entrou.

Winston ergueu-se em um sobressalto. O impacto do que estava vendo o fez abandonar toda a cautela. Pela primeira vez em muitos anos ele se esqueceu da presença da teletela.

– Eles também pegaram você! – gritou.

– Já faz muito tempo que eles me pegaram – disse O'Brien em um tom irônico suave, quase um lamento. Deu um passo para o lado. De trás dele surgiu um guarda de peito largo empunhando um longo cassetete preto.

– Você sabia disso, Winston – disse O'Brien. – Não se iluda. Você sabia... sempre soube.

Sim, agora ele se dava conta que sempre soubera. Mas agora não havia mais tempo para pensar no assunto. Só conseguia olhar para o cassetete na mão do guarda, que poderia atingi-lo em qualquer lugar: na cabeça, na orelha, no antebraço, no cotovelo...

O cotovelo! Escorregou até ficar de joelhos, quase paralisado, segurando o cotovelo atingido com a outra mão. Tudo havia explodido em uma luz amarela. Era inconcebível, totalmente inconcebível que um golpe pudesse causar tanta dor! A luz ficou mais clara e ele pôde ver os dois homens o observando. O guarda ria da maneira como ele se contorcia. Pelo menos uma das perguntas havia sido respondida. Nunca, por nenhum motivo nesse mundo, você poderia desejar que a dor aumentasse de intensidade. Quanto à dor, só se podia desejar uma coisa: que ela parasse. Nada no mundo era tão ruim quanto a dor física. Diante da dor não há heróis, não há heróis, ele pensava sem parar, enquanto se contorcia no chão, segurando em vão seu braço esquerdo inutilizado.

Capítulo 2

Winston estava deitado em algo que parecia uma cama de campanha, só que mais alta, e que prendia seu corpo de um modo a lhe impedir qualquer movimento. Uma luz mais intensa do que o normal incidia sobre seu rosto. O'Brien estava em pé a seu lado, e o observava atentamente. Do outro lado, um homem de jaleco branco segurava uma seringa hipodérmica.

Mesmo depois de abrir os olhos, só aos poucos ele conseguiu ter uma melhor percepção do ambiente ao redor. Teve a impressão de que chegara àquela sala nadando, vindo de um mundo completamente diferente, uma espécie de mundo subaquático muito profundo. Não fazia ideia de quanto tempo estivera nestas profundezas. Desde que fora preso, não voltou a ver a escuridão ou a luz natural. Além disso, as lembranças que tinha não eram contínuas. Houve momentos em que a consciência – mesmo aquele tipo de consciência que se tem durante o sono – desaparecera por completo, e recomeçado após um intervalo vazio. Mas não havia como saber se tais intervalos eram de dias, semanas, ou de poucos segundos.

O pesadelo havia começado com aquele primeiro golpe no cotovelo. Mais tarde, ele se daria conta de que tudo que acontecera não passava de um interrogatório preliminar e rotineiro a que praticamente todos os prisioneiros eram submetidos. Havia uma grande variedade de crimes – espionagem, sabotagem e outros do gênero – que todos eram obrigados a confessar. A confissão era uma mera formalidade, embora a tortura fosse real. O número de vezes que ele tinha sido espancado, e quanto tempo levou cada surra, não se lembrava. Havia sempre cinco ou seis homens de uniforme preto que o espancavam ao mesmo tempo. Às vezes eram murros, às vezes golpes de cassetete, às vezes com barras de ferro, às vezes com botas. Por vezes, ele rolava pelo chão, com o mesmo despudor de um animal, contorcendo o corpo para um lado e outro, em uma tentativa inútil de escapar dos chutes, impelindo os guardas a lhe dar mais pontapés, nas costelas, na barriga, nos cotovelos, nas canelas, na virilha, nos testículos, na base da coluna. Havia situações em que a coisa se prolongava tanto que o que lhe parecia cruel, perverso e imperdoável não era o fato de o espancamento não parar, mas de ele não conseguir perder a consciência. Havia momentos em que sua coragem o abandonava a ponto de ele pedir misericórdia mesmo antes de a surra começar, quando a simples visão de um punho se fechando para dar um murro era o bastante para fazê-lo despejar uma série de confissões de crimes reais e imaginários. Em alguns momentos, ele se mostrava determinado a não confessar nada, em que cada palavra tinha que ser extraída dele em meio a gemidos de dor e, em outros momentos, ele buscava debilmente um meio-termo, quando dizia a si mesmo: "Vou confessar, mas ainda não. Preciso aguentar até a dor ficar insuportável. Mais três chutes, mais dois chutes, aí sim, digo o que eles querem". Às vezes a surra era tão grande que ele mal conseguia parar em pé, então era jogado feito um saco de batatas no chão de pedras de uma cela; deixavam que se recuperasse por algumas horas para então ser espancado novamente. Também havia períodos mais longos de recuperação. Winston tinha uma vaga lembrança destes períodos, pois os passava dormindo, ou em estado letárgico. Lembrava-se de uma cela com uma cama de tábuas, uma espécie de prateleira junto à parede, uma pia de latão e refeições de sopa quente e pão, e às vezes café. Lembrava-se de um barbeiro mal-humorado, que vinha raspar seu queixo e aparar seu cabelo, e também de homens de jaleco branco, sempre metódicos e antipáticos, que testavam seus reflexos, levantavam suas pálpebras, tocavam-no com seus dedos ásperos à procura de ossos quebrados, e espetavam agulhas em seu braço para fazê-lo dormir.

Os espancamentos foram ficando menos frequentes, e se tornaram sobretudo uma ameaça, um terror ao qual ele seria reenviado a qualquer momento em que suas respostas se mostrassem insatisfatórias. Seus interrogadores não eram mais brutamontes de uniforme preto, mas intelectuais do Partido, homenzinhos rechonchudos com movimentos rápidos e óculos brilhantes, que se alternavam para questioná-lo durante períodos que duravam – era o que lhe parecia, não tinha certeza – dez ou doze horas seguidas. Esses outros interrogadores tratavam de mantê-lo em um estado de desconforto físico constante, porém a dor não era o principal recurso deles. Davam-lhe tapas no rosto, torciam-lhe as orelhas, puxavam seu cabelo, faziam-no ficar em pé em uma perna só, impediam-no de urinar, projetavam luzes fortes em seu rosto até os olhos lacrimejarem; o objetivo disso tudo era humilhá-lo e destruir sua capacidade de argumentação e raciocínio. A verdadeira arma deles era o impiedoso interrogatório que se estendia horas a fio, em que o induziam a erros, preparavam-lhe ciladas, distorciam tudo o que ele dizia, culpavam-no repetidas vezes de mentir e cair em contradição, até que ele começava a chorar, tanto de vergonha quanto de fadiga mental. Às vezes, Winston caía no choro meia dúzia de vezes em uma única sessão. Na maioria das vezes, insultavam-no aos gritos e, a cada hesitação sua, ameaçavam entregá-lo novamente aos guardas; em outras vezes, porém, mudavam de tom, chamando-o de camarada, fazendo-lhe pedidos em nome do Socing e do Grande Irmão, e perguntavam, em tom de lamento, se àquela altura não lhe restava uma dose mínima de lealdade ao Partido que o levasse a querer desfazer o mal que havia causado. Depois de horas de interrogatório, com os nervos já em frangalhos, até mesmo este apelo era capaz de reduzi-lo a lágrimas e soluços. No fim das contas, aquelas vozes irritantes deixavam-no mais arrasado do que as botas e os murros dos guardas. Ele se tornou uma simples boca que falava, uma mão que assinava qualquer coisa que lhe exigissem. Sua única preocupação era descobrir que tipo de confissão queriam extrair dele, para então confessar rapidamente, antes que a intimidação recomeçasse. Confessou ter assassinado eminentes membros do Partido, distribuído panfletos subversivos, o desvio de verbas públicas, a venda de segredos militares, e todo tipo de sabotagem. Confessou ter atuado, desde 1968, como espião a serviço do governo da Lestásia. Confessou ser um devoto religioso, admirador do capitalismo e pervertido sexual. Confessou ter assassinado a esposa, embora soubesse, como deviam saber seus interrogadores, que ela estava viva. Confessou que mantivera contato pessoal com Goldstein e ter sido membro de uma organização secreta que incluía praticamente todos os seres humanos com quem tivera relações em vida. Era mais fácil confessar tudo e incriminar todo mundo. Além disso, em certo sentido era tudo verdade. Era verdade que ele havia sido inimigo do Partido, e aos olhos do Partido não havia a mínima diferença entre pensamento e ação.

Winston também tinha lembranças de outro tipo. Elas se destacavam de sua mente de uma maneira desconexa, como imagens cercadas pela escuridão.

Estava numa cela sem saber se ela era escura ou iluminada, pois não conseguia enxergar nada, exceto um par de olhos. Bem perto dele, um instrumento fazia um tique-taque lento e regular. Os olhos ficavam maiores e mais luminosos. De repente, ele se levantava da cadeira, flutuava, mergulhava dentro dos olhos, que o engoliam.

Tinha sido amarrado a uma cadeira e estava rodeado de painéis de instrumentos, sob luzes ofuscantes. Um homem de jaleco branco lia os mostradores. Ouviu-se um tropel de botas pesadas do lado de fora. A porta se abriu com um estrondo metálico. O oficial com rosto de cera entrou, seguido de dois guardas.

– Sala 101 – disse o oficial.

O homem de jaleco branco não se virou, nem olhou para Winston; só olhava para os mostradores.

Winston deslizava por um corredor imenso, com um quilômetro de largura, banhado por uma gloriosa luz dourada, dando gargalhadas e berrando confissões a plenos pulmões. Estava confessando tudo, até mesmo as coisas que conseguira preservar sob tortura. Contava toda a história de sua vida a uma plateia que já a conhecia. Com ele estavam os guardas, os outros interrogadores, os homens de jaleco branco, O'Brien, Julia e o sr. Charrington, todos deslizando juntos pelo corredor, às gargalhadas. Algo terrível que fora inserido no futuro havia sido evitado de algum modo, e não acontecera. Tudo estava bem, não havia mais dor, o último detalhe de sua vida havia sido revelado, compreendido, perdoado.

Levantou-se da cama de tábuas quase certo de ter ouvido a voz de O'Brien. Durante todo o interrogatório, embora não o visse em nenhum momento, teve a sensação de que O'Brien estava junto de seu cotovelo, mas fora de seu campo de visão. O'Brien é quem comandava tudo. Era ele quem mandava os guardas surrarem Winston e também quem impedia que o matassem. Era ele quem decidia quando Winston deveria gritar de dor, e quando deveria ter um descanso, quando deveria receber comida, quando deveria dormir, quando as drogas deveriam ser injetadas em seu braço. Era ele quem fazia as perguntas e sugeria as respostas. Ele era o algoz, o protetor, o inquisidor e o amigo. E uma vez – Winston não se lembrava se isso ocorreu quando ele dormia sob o efeito de drogas, no sono normal, ou mesmo em um período de vigília – uma voz murmurou em seu ouvido: "Não se preocupe, Winston; você está sob meus cuidados. Durante sete anos, eu cuidei de você. Agora chegou o momento decisivo. Vou salvar você. Vou fazer com que você fique perfeito". Não tinha certeza se aquela voz era de Brian; mas era a mesma voz que dissera a ele: "Vamos nos encontrar no lugar onde não há escuridão", naquele outro sonho, sete anos antes.

Ele não se lembrava se o interrogatório tivera um fim. Houve um período de escuridão e, então, a cela, ou sala, em que ele estava agora gradualmente se materializou ao redor dele. Estava quase na horizontal, e não conseguia se mexer. Cada parte essencial de seu corpo estava amarrada. Até mesmo sua nuca estava presa. O'Brien olhava para ele com uma expressão preocupada e com tristeza. Seu rosto, visto de baixo, parecia rude e abatido, com olheiras e rugas entre o nariz e o queixo. Era mais velho do que Winston imaginava; devia ter quarenta e oito ou cinquenta anos. Abaixo de sua mão havia um mostrador com uma alavanca no topo e números ao longo de sua circunferência.

– Eu falei – disse O'Brien – que se houvesse um novo encontro nosso, seria aqui.

– Sim – disse Winston.

Sem qualquer aviso, exceto por um ligeiro movimento da mão de O'Brien, uma onda de dor inundou seu corpo. Era uma dor assustadora, pois Winston não conseguia ver o que estava acontecendo, e teve a sensação de que estava sofrendo um ferimento mortal. Não sabia se a coisa estava de fato acontecendo, ou se o efeito era produzido eletricamente; de todo modo, seu corpo estava sendo contorcido, as juntas sendo lentamente despedaçadas. Embora a dor o tivesse feito suar na testa, o pior de tudo era o medo de que sua coluna partisse. Comprimiu os dentes e respirou fundo pelo nariz, tentando se manter em silêncio o maior tempo possível.

– Você está com medo – disse O'Brien, observando seu rosto – de que a qualquer momento alguma coisa se quebre. Tem medo, em particular, de que seja sua coluna. Você tem uma imagem mental muito nítida das vértebras se rompendo e do líquor pingando delas. É nisso que você está pensando, não é, Winston?

Winston não respondeu. O'Brien puxou a alavanca de volta à posição original. A onda de dor diminuiu quase tão rapidamente quanto surgira.

– Este foi quarenta – disse O'Brien – Como você pode ver, os números deste mostrador vão até cem. Peço a você que se lembre, durante nossa conversa, que eu posso fazer com que você sinta dor, a qualquer momento e na intensidade que eu bem entender. Se me disser alguma mentira, ou tentar se desviar do assunto, ou mesmo se cair abaixo de seu nível normal de inteligência, no mesmo momento você vai gritar de dor. Entendeu bem?

– Sim – disse Winston.

A expressão de O'Brien tornou-se menos severa. Reajustou os óculos, pensativo, e deu uns dois passos para lá e para cá. Quando voltou a falar, sua voz era gentil e paciente. Tinha o ar de um médico, um professor, ou mesmo um padre, preocupado mais em explicar e persuadir do que punir.

– Estou gastando tempo e energia com você, Winston – disse ele –, porque isso vale a pena. Você sabe perfeitamente qual é o seu problema. Já faz anos que sabe disso, embora venha brigando contra esta constatação. Você tem um desequilíbrio mental. Tem problemas de memória. É incapaz de se lembrar de acontecimentos reais e engana a si mesmo lembrando de outros eventos que nunca aconteceram. Felizmente, isso tem cura. Você nunca se curou disso porque não quis. Só lhe faltou um pouco de força de vontade. Mesmo agora, eu bem sei, você está se apegando à sua doença, achando que ela é uma virtude. Vamos pegar um exemplo. Neste momento, a Oceânia está em guerra com qual potência?

– Quando eu fui preso, a Oceânia estava em guerra com a Lestásia.

– Com a Lestásia. Muito bom. E a Oceânia sempre esteve em guerra com a Lestásia, não é mesmo?

Winston inspirou fundo. Abriu a boca para falar, mas ficou calado. Não conseguia tirar os olhos do mostrador.

– A verdade, por favor, Winston. A *sua* verdade. Me diga o que você acha que lembra.

– Eu lembro que até uma semana antes de ser preso, não estávamos em guerra com a Lestásia. Éramos aliados deles. A guerra era com a Eurásia. Isso durou quatro anos. Antes disso...

O'Brien o interrompeu com um gesto da mão.

– Um outro exemplo. Alguns anos atrás, você teve uma alucinação bastante grave. Você achou que três homens, três ex-membros do Partido chamados Jones, Aaronson e Rutherford – homens executados por traição e sabotagem depois de terem confessado absolutamente tudo – não eram culpados dos crimes de que haviam sido acusados. Acreditou que tinha se deparado com provas documentais inequívocas mostrando que as confissões deles eram falsas. Com uma fotografia específica, você teve uma alucinação: achava que a tinha segurado nas mãos. Uma foto mais ou menos como esta.

Um recorte de jornal retangular surgira nas mãos de O'Brien. Permaneceu no campo de visão de Winston durante uns cinco segundos. Era uma foto, e não havia dúvida sobre sua identidade. Era *a* foto. Uma cópia da foto de Jones, Aaronson e Rutherford na cerimônia do Partido, a foto com a qual ele se deparara onze anos antes e rapidamente destruíra. Por um breve instante, ela estava diante de seus olhos e, logo na sequência, fora de seu campo de visão novamente. Mas ele a tinha visto, sem dúvida ele a tinha visto! Fez um esforço desesperado, angustiado, para desprender a parte superior do corpo. Não conseguia se mover sequer um centímetro em qualquer direção. Por um instante, chegou a se esquecer do mostrador. Tudo o que queria era colocar as mãos na fotografia novamente, ou pelo menos vê-la.

– A foto existe! – gritou.

– Não – disse O'Brien. Ele atravessou a sala. Havia um buraco da memória na parede oposta. O'Brien levantou a grade. Fora do campo de visão de ambos, o frágil pedaço de papel rodopiava na corrente de ar quente, e desaparecia em uma centelha de fogo. O'Brien se afastou da parede.

– Cinzas – disse. – Nem mesmo cinzas identificáveis. Pó. Não existe. Nunca existiu.

– Mas existiu! Ainda existe! Existe na memória. Eu me lembro. Você se lembra.

– Eu não lembro – disse O'Brien.

Winston sentiu um aperto no coração. Era o *duplipensar*. Teve uma sensação mortal de impotência. Se pudesse se certificar de que O'Brien estava mentindo, isso não teria feito diferença. Mas era perfeitamente possível que O'Brien tivesse de fato esquecido a foto. Nesse caso, ele já teria esquecido de ter afirmado que não se lembrava dela, e esquecido do próprio esquecimento. Como ter certeza de que aquilo não passava de um autoengano? Talvez ele pudesse de fato ter um desequilíbrio mental: este pensamento o deixava derrotado.

O'Brien olhava para ele, reflexivo. Mais do que nunca, tinha agora um ar professoral, de que se dá ao trabalho de lidar com uma criança teimosa, mas promissora.

– Há um *slogan* do Partido que faz referência ao controle do passado – disse ele. – Repita esse *slogan*, por favor.

– Quem controla o passado controla o futuro; quem controla o presente controla o passado – repetiu Winston, obediente.

– Quem controla o presente controla o passado – disse O'Brien, balançando lentamente a cabeça em sinal de aprovação. – Você acha mesmo, Winston, que o passado tem existência real?

Winston foi novamente tomado pela sensação de impotência. Seus olhos se voltavam para o mostrador. Além de não saber se responder "sim" ou não" o pouparia da dor, ele sequer sabia qual resposta ele mesmo acreditava ser a verdadeira.

O'Brien esboçou um sorriso – Você não é muito bom em metafísica, Winston – disse. – Até agora, você nunca tinha se questionado sobre o significado da existência. Vou perguntar de novo, com palavras mais precisas. O passado existe concretamente no espaço? Existe algum lugar, um mundo, um mundo de objetos sólidos, onde o passado ainda esteja acontecendo?

– Não.

– Então onde existe o passado, se é que ele existe?

– Nos registros. Está tudo registrado.

– Nos registros. E...?

– Na mente. Na memória humana.

– Na memória. Muito bem. Nós, o Partido, controlamos todos os registros e todas as lembranças. Então controlamos o passado, certo?

– Mas como vocês podem impedir que as pessoas se lembrem das coisas? – gritou Winston, esquecendo-se mais uma vez do mostrador. – É involuntário. Está fora do controle da pessoa. Como é que vocês podem controlar a memória? A minha vocês não controlaram!

O aspecto de O'Brien tornou-se severo novamente. Aproximou a sua mão da alavanca.

– Pelo contrário – disse ele –. *Você* não controlou sua memória. Por isso foi trazido para cá. Está aqui porque lhe faltou humildade, faltou autodisciplina. Você se recusou ao ato de submissão, que é o preço da sanidade mental. Preferiu ser um insano, uma minoria de um. Só a mente disciplinada pode enxergar a realidade, Winston. Você acha que a realidade é algo objetivo, externo, algo que existe por conta própria. Também acredita que a natureza da realidade é uma coisa óbvia. Quando você acredita na ilusão de que está vendo uma coisa, supõe que os outros vejam o mesmo que você. Mas eu lhe digo, Winston: a realidade não é externa. A realidade existe só na mente humana, e em nenhum outro lugar. Não existe na mente individual, que pode cometer erros, e que, de todo modo, logo morre; só existe na mente no Partido, que é coletiva e imortal. Tudo que o Partido considera como verdade *é* a verdade. É impossível ver a realidade a não ser olhando através dos olhos do Partido. Este é o fato que você precisa reaprender, Winston. Isso exige um ato de autodestruição, uma força de vontade. Você precisa se tornar humilde antes de recuperar o equilíbrio mental.

Interrompeu-se por alguns instantes, como se quisesse permitir que suas palavras fossem assimiladas.

– Você se lembra – prosseguiu – de ter escrito em seu diário, "Liberdade é a liberdade de dizer que dois mais dois são quatro"?

– Sim – disse Winston.

O'Brien levantou a mão esquerda, as costas dela viradas para Winston, escondendo o polegar e estendendo os quatro dedos.

– Quantos dedos tem aqui, Winston?

– Quatro.

– E se o Partido disser que não são quatro, mas cinco... então, quantos são?

– Quatro.

Terminava de dizer a palavra quando soltou um gemido de dor. O ponteiro do mostrador havia disparado para cinquenta e cinco. Todo o corpo de Winston estava coberto de suor. O ar que entrou em seus pulmões foi expelido por meio de grunhidos fundos que, mesmo cerrando os dentes, ele não conseguia controlar. O'Brien o observava, com os quatro dedos ainda estendidos. Puxou a alavanca de volta. Desta vez, houve apenas uma leve diminuição da dor.

– Quantos dedos, Winston?

– Quatro.

O ponteiro subiu para sessenta.

– Quantos dedos, Winston?

– Quatro! Quatro! O que mais eu posso dizer? Quatro!

O ponteiro deve ter subido novamente, mas Winston não voltou a olhar para o mostrador. A expressão carregada e severa, e os quatro dedos preenchiam seu campo de visão. Diante dos olhos, via dedos que pareciam pilares, enormes, desfocados e que davam a impressão de vibrar; mas sem dúvida eram quatro.

– Quantos dedos, Winston?

– Quatro! Pare, pare! Por que você insiste com isso? Quatro! Quatro!

– Quantos dedos, Winston?

– Cinco! Cinco! Cinco!

– Não, Winston, assim não adianta. Você está mentindo. Você continua achando que são quatro. – Me diga, quantos dedos?

– Quatro! Cinco! Quatro! Quantos você quiser! Só pare com isso!

De repente, viu-se sentado na cama, com o braço de O'Brien em volta de seus ombros. Devia ter perdido a consciência por alguns segundos. As amarras que prendiam seu corpo à cama haviam sido afrouxadas. Sentia muito frio, tremia de modo descontrolado, seus dentes batiam, lágrimas lhe escorriam pelo rosto. Por um instante, agarrou-se a O'Brien como um bebê, curiosamente reconfortado por aquele braço pesado em torno do ombro. Teve a sensação de que O'Brien era seu protetor, de que a dor era algo que vinha de fora, de alguma outra fonte, e que O'Brien era quem o pouparia dela.

– Você aprende devagar, Winston – disse O'Brien, com gentileza.

– O que eu posso fazer? – respondeu, chorando. – Como posso deixar de ver o que está na minha frente? Dois mais dois são quatro.

– Às vezes, Winston. Às vezes, dois mais dois são cinco. Às vezes, três. Outras vezes, são tudo isso ao mesmo tempo. Você precisa se esforçar mais. Não é fácil recuperar o equilíbrio mental.

Ele deitou Winston na cama. Foi novamente amarrado com firmeza, mas a dor havia amenizado e o tremor, parado; só estava fraco e com frio. O'Brien acenou com a cabeça para o homem de jaleco branco, que ficara imóvel durante todo o procedimento. Ele se debruçou e examinou os pulsos de Winston, encostou uma orelha em seu peito, deu umas batidinhas aqui e ali; então fez que sim com a cabeça para O'Brien.

– De novo – disse O'Brien.

A dor percorreu o corpo de Winston. O ponteiro devia estar em setenta, setenta e cinco. Dessa vez, tinha fechado os olhos. Sabia que os dedos continuavam ali, e ainda eram quatro. Tudo o que importava agora era permanecer vivo até o espasmo desaparecer. Já não sabia mais se estava gritando ou não. A dor havia amenizado novamente. Abriu os olhos. O'Brien havia trazido a alavanca para a posição original.

– Quantos dedos, Winston?

– Quatro. Imagino que sejam quatro. Eu veria cinco, se pudesse. Estou tentando ver cinco.

– Você está tentando me convencer que está vendo cinco, ou quer realmente ver os cinco?

– Quero realmente ver os cinco.

– De novo – disse O'Brien.

O ponteiro devia estar em oitenta ou noventa. Só de maneira intermitente Winston conseguia se lembrar do porquê da dor. Atrás de suas pálpebras cerradas, uma floresta de dedos parecia executar uma espécie de dança, se entrelaçando e se desentrelaçando, desaparecendo uns atrás dos outros e reaparecendo de novo. Ele tentava contá-los, mas não se lembrava por quê. Só sabia que era impossível contá-los, e que isso de alguma forma acontecia devido à misteriosa identidade entre cinco e quatro. A dor voltou a diminuir. Ao abrir os olhos, deu-se conta de que ainda via a mesma coisa. Um sem-número de dedos, como árvores em movimento, ainda corriam nas duas direções, se cruzando e se entrecruzando novamente. Voltou a fechar os olhos.

– Quantos dedos tenho aqui, Winston?

– Não sei. Não sei. Você vai me matar se fizer isso de novo. Quatro, cinco, seis... sendo muito sincero, não sei.

– Melhor assim – disse O'Brien.

Uma agulha foi introduzida no braço de Winston. Quase de imediato, um calor prazeroso e curativo se espalhou por todo seu corpo. A dor tinha sido praticamente esquecida. Abriu os olhos e olhou agradecido para O'Brien. Ao se deparar com o rosto pesado e enrugado, tão feio e tão inteligente, seu coração pareceu se renovar. Se ele pudesse se mexer, teria estendido uma mão e a pousado sobre o braço de O'Brien. Nunca o amara tão profundamente quanto naquele momento, e não somente porque ele fizera a dor parar. Retornou-lhe a velha sensação de que, no fundo, não importava se O'Brien era amigo ou inimigo. O'Brien era alguém com quem se podia conversar. Ser compreendido talvez fosse mais importante do que ser amado. A tortura de O'Brien o deixara à beira da loucura e, muito em breve, o mandaria para a morte. Não fazia diferença. Em um sentido ainda mais profundo do que a amizade, eles eram íntimos: em algum lugar, embora as palavras nunca fossem realmente ditas, havia um lugar onde eles podiam se encontrar para conversar. A expressão com que O'Brien olhava para ele sugeria que talvez ele estivesse pensando a mesma coisa. Quando voltou a falar, sua voz tinha um tom sereno, amistoso.

– Você sabe onde está? – perguntou.

– Não. Imagino que seja no Ministério do Amor.

– Sabe há quanto tempo está aqui?

– Não sei. Dias, semanas, meses... acho que alguns meses.

– E por que você acha que trazemos as pessoas pra cá?

– Pra fazer com que elas confessem.

– Não, não é por isso. Tente outra vez.

– Para castigá-las.

– Não! – exclamou O'Brien. Seu tom de voz de alterou radicalmente, e seu semblante ficou ao mesmo tempo severo e entusiasmado. – Não! Não é somente para extrair sua confissão nem para castigar você. Ainda preciso explicar por que trouxemos você pra cá? Foi para curar você! Devolver o seu equilíbrio mental! Você não consegue entender, Winston, que nenhuma pessoa que trazemos pra cá sai sem estar curada? Não temos nenhuma preocupação com os crimes estúpidos que você cometeu. O Partido não está interessado no ato praticado, em si; para nós, o que importa é o pensamento. Não nos limitamos a destruir nossos inimigos, nós os transformamos. Entende o que quero dizer com isso?

O'Brien se debruçou sobre Winston. Seu rosto parecia enorme devido à proximidade e, visto de baixo, de uma feiura terrível. Além disso, estava envolto em uma espécie de exaltação, uma intensidade alucinante. O coração de Winston se contraiu novamente. Se pudesse, teria afundado ainda mais na cama. Tinha certeza de que O'Brien estava prestes a acionar a alavanca, movido por puro capricho. Nesse momento, porém, O'Brien se afastou. Deu uns dois passos para cá e para lá. Então prosseguiu, com menos veemência:

– A primeira coisa que você precisa entender é que não existem martírios neste lugar. Você já leu sobre as perseguições religiosas do passado. Na Idade Média houve a Inquisição. Foi um fracasso. No início, o objetivo era erradicar a heresia, mas ela acabou sendo perpetuada. Para cada herege queimado na fogueira, surgiam outros milhares. E por que isso acontecia? Porque a Inquisição matava seus inimigos às claras, e ainda enquanto eles ainda não tinham se arrependido; na verdade, matava-os justamente porque eles não se arrependiam. As pessoas morriam porque não abandonavam suas verdadeiras crenças. Naturalmente, toda a glória acabava ficando com a vítima, e toda a vergonha, com o Inquisidor que o havia queimado. Mais tarde, no século XX, surgiram os assim chamados totalitários. Os nazistas alemães e os comunistas russos. Os russos perseguiam a heresia com mais crueldade do que a usada pela Inquisição. E eles imaginaram que tinham aprendido com os erros do passado; pelo menos sabiam que não se deve criar mártires. Antes de exporem as vítimas ao julgamento público, tratavam de destruir, de maneira deliberada, sua dignidade. Exauriam as vítimas por meio da tortura e da solidão até reduzi-las a seres desprezíveis e amedrontados, que confessavam qualquer coisa que lhes colocassem na boca, implorando aos gemidos por misericórdia. Mesmo assim, passados alguns anos, a mesma coisa voltava a acontecer. E eu lhe pergunto novamente: por que isso acontecia? Em primeiro lugar, porque as confissões que elas faziam eram obviamente fruto de extorsão, além de falsas. Nós não cometemos esse tipo de erro. Todas as confissões feitas aqui são verdadeiras. Fazemos com que elas se tornem verdadeiras. E, acima de tudo, não permitimos que os mortos se levantem contra nós. Você precisa abandonar a ideia de que a posteridade vai absolver você, Winston. A posteridade nunca vai ouvir falar de você. Você será excluído do curso da história. Vamos transformar você em gás e despejar você na estratosfera. Não vai sobrar nada de você, nenhum nome nos livros de registro, ou qualquer lembrança em um cérebro vivo. Vai ser aniquilado, tanto no passado quanto no futuro. Nunca terá existido.

Então por que se dão ao trabalho de me torturar?, pensou Winston, em um momento de amargura. O'Brien parou de andar, como se Winston tivesse expressado o pensamento em voz alta. Aproximou de Winston seu rosto grande e feio, estreitando um pouco os olhos.

– Você está se perguntando: se nossa intenção é destruir você completamente, de modo que nada que você diga tem a menor importância, por que nos damos ao trabalho de interrogar antes? É nisso que você estava pensando, não é?

– Sim – respondeu.

O'Brien esboçou um sorriso – Você é uma falha na engrenagem, Winston. Uma mancha a ser eliminada. Eu não lhe disse agora há pouco que nós somos diferentes dos perseguidores do passado? Não nos contentamos com a obediência negativa, nem mesmo com a submissão mais abjeta. Quando você finalmente se render a nós, terá que ser por sua livre e espontânea vontade. Não destruímos o herege porque ele resiste a nós: enquanto ele resistir, jamais o destruiremos. Nós o convertemos, capturamos o que há de mais profundo em sua mente, nós o remodelamos. Eliminamos todo o mal e toda ilusão que existem nele; nós o trazemos para nosso lado, não de maneira superficial, mas verdadeiramente, de corpo e alma. Antes de matá-lo, fazemos com que ele se torne um de nós. Para nós, é intolerável a existência de um pensamento equivocado em algum lugar do mundo, por mais secreto e impotente que seja. Mesmo no momento da morte, não podemos permitir o menor desvio. Antigamente, quando caminhava rumo à fogueira, o herege ainda era um herege, proclamando sua heresia, alegrando-se com ela. Até mesmo a vítima dos expurgos russos levava a revolta guardada no crânio enquanto avançava pelo corredor da morte. Mas nós fazemos com que o crânio fique perfeito antes de explodi-lo. O mandamento dos antigos déspotas era "Você não fará". O dos totalitários era: "Você deverá". O nosso mandamento é "Você é". Nenhuma pessoa que é trazida para este lugar se rebela contra nós. Todos passam por uma limpeza completa. Até mesmo aqueles traidores miseráveis na inocência de quem uma vez você acreditou – Jones, Aaronson e Rutherford – acabaram se curvando a nós. Eu mesmo participei do interrogatório deles. Vi como eles aos poucos foram se exaurindo, como se lamentavam e se rastejando... e no fim não havia mais dor ou medo, somente penitência. Quando acabamos com aqueles homens, só sobrava a casca deles. Não havia mais nada dentro deles, exceto o arrependimento pelo que haviam feito, e seu amor pelo Grande Irmão. Era comovente ver como eles o amavam. Imploraram para serem fuzilados depressa, para que pudessem morrer enquanto suas mentes ainda estavam limpas.

A voz de O'Brien tinha agora um tom quase onírico. Seu rosto ainda exibia um arrebatamento e um entusiasmo delirante. Ele não está fingindo, pensou Winston; não é um hipócrita, acredita em tudo o que diz. O que mais o oprimia era a consciência de sua própria inferioridade intelectual. Observava a figura pesada, porém graciosa, andando de um lado para o outro, entrando e saindo de seu campo de visão. Em todos os sentidos, O'Brien era um ser humano maior do que aparentava ser. Não havia uma única ideia que ele tivera, ou que poderia ter, que O'Brien não tivesse há muito tempo conhecido, examinado e rejeitado. A mente de Winston estava contida na de O'Brien. Mas, nesse caso, como podia ser verdade que O'Brien era louco? Ele, Winston, é quem devia estar louco. O'Brien estacou e olhou para ele. Seu tom de voz estava novamente severo.

– Não pense que você vai se salvar, Winston, mesmo que sua rendição a nós seja completa. Nenhuma pessoa que se desvia do caminho é poupada, nunca. E mesmo que nós decidíssemos deixar você viver até seu fim natural, ainda assim você nunca escaparia de nós. O que acontece a você aqui permanece para sempre. Entenda isso a partir de agora. Vamos esmagar você até um ponto em que não terá mais volta. Vão lhe acontecer coisas de que você não vai se recuperar, mesmo que viva mil anos. Você nunca mais será capaz de ter um sentimento humano comum. Dentro de você tudo estará morto. Nunca mais vai conseguir sentir amor, amizade, alegria de viver, de gargalhar, ter curiosidade, coragem ou integridade. Vai ficar vazio. Vamos espremer você até deixá-lo vazio e, então, preencher você com nós mesmos.

Ele fez uma pausa e um gesto para o homem de jaleco branco. Winston sentiu que algum aparelho pesado estava sendo colocado atrás de sua cabeça. O'Brien havia se sentado ao lado da cama, de modo que seu rosto estava agora quase no mesmo nível do de Winston.

– Três mil – disse ele, falando por cima da cabeça de Winston para o homem de jaleco. Duas almofadas macias e úmidas foram colocadas junto às têmporas de Winston. Ele estremeceu. Estava prestes a sentir uma dor, um novo tipo de dor. O'Brien pousou uma mão sobre a dele, de forma tranquilizadora, quase gentil.

– Dessa vez não vai doer – disse. – Mantenha os olhos fixos nos meus.

Nesse momento, houve uma explosão devastadora, ou o que pareceu ser uma explosão, embora talvez não tivesse havido qualquer ruído. Sem dúvida houve um flash de luz ofuscante. Winston não sentiu dor; só estava prostrado. Embora já estivesse deitado quando a coisa aconteceu, ficou com a curiosa sensação de que levara um golpe que o deixou naquela posição. Um golpe impressionante e indolor o havia levado a nocaute. Dentro de sua cabeça algo também havia acontecido. Quando seus olhos recuperaram o foco, lembrou-se de quem era e de onde estava, e reconheceu o rosto que o encarava; mas em algum lugar havia um grande espaço vazio, como se tivessem removido um pedaço de seu cérebro.

– Não vai demorar – disse O'Brien. – Olhe nos meus olhos. Com que país a Oceânia está em guerra?

Winston refletiu. Ele sabia o que significava Oceânia e que ele mesmo era um cidadão da Oceânia. Também se lembrou da Eurásia e da Lestásia; mas não sabia quem estava em guerra com quem. Na verdade, mal sabia que uma guerra estava acontecendo.

– Não me lembro.

– A Oceânia está em guerra com a Lestásia. Lembra disso agora?

– Sim.

– A Oceânia sempre esteve em guerra com a Lestásia. Desde que você nasceu, desde o início do Partido, desde o princípio da história uma guerra vem acontecendo, sem interrupções, sempre a mesma guerra. Você se lembra disso?

– Sim.

– Onze anos atrás, você inventou uma lenda sobre três homens que haviam sido condenados à morte por traição. Imaginou ter visto um pedaço de papel que provava a inocência deles. Esse pedaço de papel nunca existiu. Você o inventou e, a partir de então, passou a acreditar nisso. Agora você se lembra do momento exato em que inventou isso. Está lembrado?

– Sim.

– Agora há pouco, eu lhe mostrei os dedos de minha mão. Você viu cinco dedos. Lembra disso?

– Lembro.

O'Brien mostrou os dedos de sua mão esquerda, escondendo o polegar.

– Tem cinco dedos aqui. Está vendo cinco dedos?

– Estou.

E ele realmente os viu, por um breve momento, antes que o cenário de sua mente se alterasse. Viu cinco dedos, sem nenhuma deformação. Então tudo voltou ao normal e retornaram o velho medo, o ódio e a perplexidade. Mas tinha havido um momento – não sabia calcular quanto, trinta segundos, talvez – de certeza luminosa, em que cada nova sugestão de O'Brien preenchia um espaço de vazio e se tornava a verdade absoluta, e em que dois mais dois tanto poderiam ser três quanto cinco, a depender do que fosse necessário. Esta certeza desaparecera antes mesmo de O'Brien abaixar a mão; mas ainda que Winston não conseguisse recapturá-la, era capaz de lembrar dela, assim como alguém que se lembra de uma nítida experiência de algum período de sua vida, quando de fato era uma outra pessoa.

– Está vendo agora – disse O'Brien – como isso é perfeitamente possível?

– Sim.

O'Brien se levantou, satisfeito. À sua esquerda, Winston viu o homem de jaleco branco quebrar uma ampola e puxar o êmbolo de uma seringa. O'Brien virou-se para Winston com um sorriso. Com seu velho trejeito, reajustou os óculos no nariz.

– Você se lembra de ter escrito em seu diário que pouco importava se eu era um amigo ou um inimigo, já que eu era pelo menos uma pessoa que compreendia você, com quem você podia conversar? Você tinha razão. Eu gosto de conversar com você. Sua mente me atrai. Ela lembra um pouco a minha própria mente, com a única diferença que você é desequilibrado. Antes de terminarmos a sessão, você pode me fazer algumas perguntas, se quiser.

– Sobre qualquer coisa?

– Qualquer coisa – Ele reparou que os olhos de Winston estavam voltados para o mostrador. – Está desligado. Qual é a sua primeira pergunta?

– O que vocês fizeram com Julia?

O'Brien sorriu novamente. – Ela traiu você, Winston. De um modo rápido e escancarado. Raras vezes vi alguém passar para o nosso lado com tanta rapidez. Você dificilmente a reconheceria se a visse agora. Toda aquela rebeldia, aquela dissimulação, a loucura e a mente suja dela, tudo isso foi eliminado dela. Foi uma conversão perfeita, um caso de estudo para livros didáticos.

– Vocês torturaram Julia?

O'Brien não respondeu. – Próxima pergunta – disse.

– O Grande Irmão existe?

– Claro que ele existe. O Partido existe. O Grande Irmão é a personificação do Partido.

– Ele existe da mesma maneira que eu existo?

– Você não existe – disse O'Brien.

Novamente, Winston foi tomado por uma sensação de impotência. Ele conhecia, ou era capaz de imaginar, os argumentos capazes de provar sua inexistência; mas eles eram pura tolice, eram um mero jogo de palavras. Pois a afirmação "Você não existe" não continha em si um absurdo lógico? Mas de que adiantaria dizer isso? Sua mente definhava à medida que ele pensava nos argumentos irrefutáveis e insanos com que O'Brien o aniquilaria.

– Acho que eu existo – disse, exausto. – Tenho consciência da minha própria identidade. Nasci e vou morrer. Tenho braços e pernas. Ocupo um ponto particular no espaço. Nenhum outro objeto sólido pode ocupar este mesmo ponto ao mesmo tempo. É nesse sentido que o Grande Irmão existe?

– Isso não tem importância. Ele existe.

– O Grande Irmão algum dia vai morrer?

– Claro que não. Como ele poderia morrer? – Próxima pergunta.

– A Irmandade existe?

– Isso, Winston, é uma coisa que você nunca vai saber. Mesmo que nossa decisão seja libertá-lo depois que terminarmos com você, e que você viva até os noventa anos, ainda assim você nunca vai saber a resposta para esta pergunta. Enquanto você estiver vivo, isso será um enigma não resolvido em sua mente.

Winston ficou em silêncio. Seu peito inflava e desinflava com uma rapidez um pouco maior. Ainda não havia feito a primeira pergunta que lhe viera à mente. Ele precisava perguntar, mas era como se sua língua não conseguisse emitir os sons. A expressão no rosto de O'Brien mostrava que ele parecia estar se divertindo. Até mesmo seus óculos pareciam ter um brilho irônico. Ele sabe, Winston pensou de repente, ele sabe o que eu vou perguntar! Ao pensar isso, as palavras lhe escaparam da boca:

– O que tem na Sala 101?

A expressão no rosto de Winston não se alterou. Respondeu secamente:

– Você sabe o que tem na Sala 101, Winston. Todo mundo sabe o que tem na Sala 101.

Ele levantou um dedo para o homem de jaleco branco. Estava claro que a sessão havia terminado. Uma agulha perfurou o braço de Winston, que caiu quase de imediato em um sono profundo.

Capítulo 3

– A sua reintegração tem três etapas – disse O'Brien. – Aprendizado, compreensão e aceitação. Chegou a hora de passar para a segunda etapa.

Como sempre, Winston estava deitado de costas. Mas, recentemente, vinham permitindo que suas amarras ficassem mais frouxas. Ainda o prendiam à cama, mas ele conseguia mexer um pouco os joelhos, virar a cabeça e erguer o braço a partir do cotovelo. O mostrador também não o aterrorizava mais. Ele conseguia evitar as pontadas de dor se tivesse suficiente rapidez mental: era sobretudo quando mostrava estupidez que O'Brian puxava a alavanca. Às vezes, passavam uma sessão inteira sem que ele a acionasse. Winston não se lembrava de quantas sessões já haviam ocorrido. O processo parecia se estender por um tempo longo e indefinido – semanas, talvez – e os intervalos entre as sessões às vezes eram de dias, ou então de somente uma ou duas horas.

– Aí onde está, deitado – disse O'Brien – você várias vezes já se questionou, até chegou a me perguntar, por que o Ministério do Amor gasta tanto tempo e energia com você. E, quando você estava livre, ficava intrigado com o que basicamente era a mesma pergunta. Conseguia entender os mecanismos da sociedade em que vivia, mas não os motivos que estão subentendidos. Lembra-se de ter escrito no seu diário: "Entendo *como*; não entendo *por quê*"? Quando pensava sobre *por quê*, você duvidava de sua própria sanidade mental. Você leu *o livro*, o livro de Goldstein, ou pelo menos alguns trechos. Descobriu nele alguma coisa que já não soubesse?

– E você? Leu? – disse Winston.

– Fui eu que o escrevi. Quer dizer, colaborei na escrita. Como você sabe, nenhum livro é escrito somente por uma única pessoa.

– E o que ele diz é verdade?

– A descrição dele, sim. Mas o programa que ele propõe é absurdo. A acumulação secreta de conhecimentos – uma expansão gradual do esclarecimento – em última análise, uma rebelião proletária – a derrubada do Partido. Você mesmo chegou a prever que o livro diria isso. Tudo isso é um total absurdo. Os proletários nunca vão se revoltar, seja daqui a mil ou um milhão de anos. Não podem. Nem preciso dizer o motivo: você já sabe qual é. Se você já acalentou algum sonho de insurreição violenta, deve abandoná-lo. Não há como derrubar o Partido. O domínio do Partido é para sempre. Isso tem que ser o ponto de partida de tudo que você pensa.

Ele se aproximou da cama. – Para sempre! – repetiu – Agora vamos voltar à questão de “como” e “por quê”. Você sabe muito bem sobre *como* o Partido se mantém no poder. Agora, me diga: por que nos agarramos ao poder? Quais são nossas motivações? O que nos leva a querer o poder? Vamos, diga – acrescentou, diante do silêncio de Winston.

Porém, Winston se manteve calado por alguns instantes. Estava tomado por uma sensação de exaustão. O rosto de O'Brien voltara a mostrar um brilho fraco e insano de entusiasmo. Winston já sabia de antemão o que O'Brien diria. Que o Partido não buscava o poder em benefício próprio, mas para o bem da maioria. Que buscava o poder porque as massas eram compostas de criaturas frágeis e covardes incapazes de suportar a liberdade ou de encarar a verdade e deveriam ser governadas e sistematicamente iludidas por pessoas mais fortes que elas. Que a humanidade deveria escolher entre liberdade e felicidade e que, para a esmagadora maioria das pessoas, a felicidade era a melhor opção. Que o Partido era o eterno guardião dos fracos, uma seita dedicada a praticar o mal para que o bem prevalecesse, sacrificando sua felicidade em prol da felicidade alheia. O terrível, pensou Winston, era que quando O'Brien dizia coisas desse tipo, ele realmente acreditava nelas. Dava para ver no rosto dele. O'Brien sabia de tudo. Mil vezes melhor do que Winston, sabia como realmente era o mundo, em qual estado de degradação vivia a grande maioria da humanidade, e por meio de quais mentiras e barbaridades o Partido a mantinha nesse estado. Ele havia compreendido tudo, ponderado tudo, e isso não fazia a menor diferença: tudo se justificava em nome do propósito final. O que se poderia fazer, pensou Winston, contra um louco que é mais inteligente que você, que presta atenção em seus argumentos e logo a seguir persiste com sua loucura?

– Vocês nos governam para nosso próprio bem – disse, com uma voz frágil. – Acreditam que os seres humanos são incapazes de governar a si mesmos, e por isso...

Teve um sobressalto e quase soltou um grito. Sentiu um espasmo de dor em todo o corpo. O'Brien havia empurrado a alavanca do aparelho para trinta e cinco.

– Que estupidez, Winston, que estupidez! – disse – Já deveria ter aprendido a não dizer esse tipo de coisa.

Abaixou a alavanca e continuou.

– Agora vou responder a esta minha pergunta. É o seguinte: o Partido busca o poder exclusivamente para seu próprio bem. Não temos interesse no bem nos outros; só nos interessa o poder. Nem riqueza, nem luxo, nem vida longa, nem felicidade: só o poder, somente o puro poder. O significado de *puro poder* vai ficar claro para você agora. Somos diferentes de todas as oligarquias do passado porque sabemos o que estamos fazendo. Todos os outros, até mesmo os que se pareciam conosco, eram covardes e hipócritas. Os nazistas alemães e os comunistas russos chegaram muito perto de nós em matéria de métodos, mas nunca tiveram a coragem de reconhecer suas próprias motivações. Fingiam, e talvez até acreditassem, que haviam tomado o poder contrariando a própria vontade e por um tempo limitado, e que na primeira esquina haveria um paraíso em que os seres humanos seriam livres e iguais. Nós não somos assim. Sabemos que ninguém jamais toma o poder com a intenção de renunciar a ele mais tarde. O poder não é um meio, é um fim. Ninguém instaura uma ditadura com o objetivo de proteger uma revolução; faz-se a revolução para instaurar a ditadura. O objetivo da perseguição é a perseguição. O objetivo da tortura é a tortura. O objetivo do poder é o poder. Você começa a me entender agora?

Como já havia acontecido, Winston estava impressionado com o cansaço estampado no rosto de O'Brien. Era um rosto sólido, carnudo e brutal, cheio de inteligência e de uma espécie de paixão controlada diante da qual ele se sentia impotente; mas era um rosto cansado. Tinha olheiras e a pele das maçãs do rosto era flácida. O'Brien se inclinou sobre ele para exibir de perto, deliberadamente, seu rosto exausto.

– Você está pensando que meu rosto está velho e cansado. Acha que estou falando de poder, mas que não consigo nem mesmo evitar a decadência de meu próprio corpo. Você não entende, Winston, que o indivíduo é somente uma célula? O cansaço da célula significa o vigor do organismo. Você morre quando corta as unhas?

Afastou-se da cama e recomeçou a andar de um lado para outro, com uma mão no bolso.

– Nós somos os sacerdotes do poder – disse. – Deus é poder. Mas por enquanto, para você, Deus não passa de uma palavra. Já está na hora de você ter uma noção mais clara do que significa o poder. A primeira coisa que você precisa entender é que o poder é coletivo. O indivíduo só consegue ter poder na medida em que deixa de ser um indivíduo. Você conhece o *slogan* do Partido: "Liberdade é escravidão". Nunca lhe ocorreu a ideia de que a recíproca também é verdadeira? Escravidão é liberdade. Sozinho – livre –, o ser humano é sempre derrotado. Assim é que deve ser, porque todo ser humano está condenado a morrer, o que é o maior de todos os fracassos. Mas se ele puder chegar à submissão absoluta, se puder escapar de sua identidade, se conseguir fundir-se com o Partido de modo que ele *seja* o Partido, então ele será todo-poderoso e imortal. A segunda coisa que você precisa entender é que o poder significa poder sobre seres humanos. Sobre o corpo, mas acima de tudo sobre a mente. O poder sobre a matéria – a realidade externa, como você a chamaria – não é importante. Nosso controle sobre a matéria já é absoluto.

Por um momento, Winston ignorou a presença do mostrador. Fez um esforço violento para se sentar, mas só conseguiu se retorcer em dores.

– Mas como vocês podem controlar a matéria? – explodiu. – Vocês não controlam nem o clima nem a lei da gravidade. Sem contar que existem doenças, dor, morte...

O'Brien o silenciou com um gesto da mão. – Nós controlamos a matéria porque controlamos a mente. A realidade está dentro do crânio. Aos poucos você vai aprender, Winston. Não há nada que sejamos incapazes de fazer. Ficar invisíveis, levitar... qualquer coisa. Se quisesse, eu poderia flutuar agora como uma bolha de sabão. Mas não quero fazer isso, porque o Partido não quer. Você tem que superar essas ideias do século XIX sobre as leis da natureza. Nós é que fazemos as leis da natureza.

– Não, não fazem! Vocês não têm o domínio completo deste planeta. E a Eurásia e a Lestásia? Vocês ainda não conquistaram esses territórios.

– Isso não importa. Vamos conquistar esses territórios quando acharmos conveniente. E se não conquistarmos, que diferença isso faz? Podemos fazer com que deixem de existir. A Oceânia é o mundo.

– Mas o mundo em si não passa de um grão de poeira. E o homem é minúsculo, impotente! Quanto tempo faz que ele existe? A Terra não foi habitada durante milhões de anos.

– Bobagem. A Terra tem a mesma idade que nós, não é mais velha. Como poderia ser mais velha? Nada existe a não ser por meio da consciência humana.

– Mas as rochas estão cheias de ossos de animais extintos: mamutes, mastodontes e répteis enormes que viveram aqui muito antes de se ouvir falar do homem.

– Por acaso você já viu esses ossos, Winston? Claro que não. Os biólogos do século XIX os inventaram. Antes do homem, não havia nada. Depois do homem, se um dia ele for extinto, não haverá nada. Fora do homem, não existe nada.

– Mas o universo todo está fora de nós. Olhe para as estrelas! Algumas delas estão a milhões de anos-luz de distância, fora de nosso alcance para sempre.

– O que são as estrelas? – disse O'Brien, indiferente. Centelhas a alguns quilômetros de distância. Se quiséssemos, poderíamos alcançá-las. Ou então apagá-las. A Terra é o centro do universo. O sol e as estrelas giram em torno dela.

Winston fez outro movimento convulsivo. Desta vez, não disse nada. O'Brien prosseguiu como se respondesse a uma objeção verbalizada:

– Claro que, para determinados fins, isso não é verdade. Quando navegamos no oceano, ou quando prevemos um eclipse, em geral achamos conveniente supor que a Terra gira em torno do sol e que as estrelas estão a muitos milhões de quilômetros de distância. Mas e daí? Você acha que não somos capazes de produzir um sistema dual de astronomia? As estrelas podem estar próximas ou distantes, conforme a nossa necessidade. Você acha que nossos matemáticos são incapazes de fazer isso? Já se esqueceu do *duplipensar*?

Winston encolheu-se na cama. Não importa o que ele dissesse, a rápida resposta que ele recebia o atingia como um porrete. Mesmo assim, ele sabia, *sabia* que tinha razão. A crença de que nada existe fora da mente... impossível não haver uma maneira de demonstrar que ela era falsa. Já não tinha sido comprovado, muito tempo antes, que isso era uma falácia? Havia até um nome para isso, de que ele se esquecera. Um sorriso sutil se desenhou no canto da boca de O'Brien, que olhava para Winston.

– Eu já lhe disse, Winston, que metafísica não é o seu ponto forte. A palavra que você está tentando lembrar é solipsismo. Mas você está enganado. Isso não é solipsismo. Um solipsismo coletivo, se preferir chamar assim. Solipsismo é uma coisa diferente: na verdade, o contrário disso. Mas isso tudo é uma digressão – acrescentou, alterando o tom. – O verdadeiro poder, o poder pelo qual temos que lutar noite e dia, não é o poder sobre as coisas, mas o poder sobre os homens. – Fez uma pausa e, por um momento, assumiu novamente o ar de um professor questionando um aluno promissor: – Como um homem pode afirmar seu poder sobre outro, Winston?

Winston refletiu. – Fazendo com que ele sofra – disse.

– Exatamente. Fazendo com que ele sofra. Só a obediência não basta. A menos que ele sofra, como você pode ter certeza de ele estar obedecendo à sua vontade e não à dele? O poder está em causar dor e humilhação. O poder está em despedaçar a mente humana e depois juntar os pedaços, na forma que você quiser. Você começa a compreender o mundo que estamos criando? É exatamente o oposto das estúpidas utopias hedonistas que os antigos reformadores imaginaram. Um mundo de medo, traição e tormentos, um mundo em que um pisoteia o outro, e também é pisoteado, um mundo que se torna cada vez *mais* cruel à medida que vai se refinando. No nosso mundo, o progresso será o progresso que caminha em direção a uma dor maior. As antigas civilizações diziam ter sido fundadas com base no amor ou na justiça. A nossa está fundada no ódio. No nosso mundo, as únicas emoções serão o medo, a ira, o triunfo e a autodegradação. Vamos destruir todo o resto – tudo. Já estamos destruindo os hábitos de pensamento que sobreviveram da época anterior à Revolução. Rompemos os vínculos entre pai e filho, entre um homem e outro, e entre o homem e a mulher. Ninguém mais ousa confiar em uma esposa, um filho ou um amigo. Mas, no futuro, não haverá mais esposas ou amigos. As crianças serão separadas de suas mães logo ao nascer, assim como os ovos são tirados da galinha. O instinto sexual será erradicado. A procriação será uma formalidade anual como a renovação do carnê de racionamento. Vamos abolir o orgasmo. Nossos neurologistas já estão trabalhando nisso. Não haverá lealdade, exceto a lealdade ao Partido. Não haverá amor, exceto o amor ao Grande Irmão. Não haverá riso, com exceção do riso de triunfo sobre o inimigo derrotado. Não haverá arte, literatura ou ciência. Quando formos onipotentes, não teremos mais necessidade da ciência. Não haverá distinção entre o belo e o feio. Não haverá curiosidade nem prazer com o processo da vida. Todo tipo de prazer será destruído. Mas sempre – não se esqueça disso, Winston –, sempre haverá a embriaguez do poder, sempre aumentando, e se tornando cada vez mais sutil. Sempre, a todo momento, haverá a emoção da vitória, a sensação de pisotear um inimigo indefeso. Se quiser ter uma imagem do futuro, imagine uma bota pisando sobre um rosto humano... para sempre.

Fez uma pausa, como se esperasse uma palavra de Winston, que se encolhia na cama novamente. Ele não conseguia dizer nada. Seu coração parecia estar congelado. O'Brien continuou:

– E lembre-se: isso será para sempre. O rosto estará sempre ali para ser pisoteado. O herege, o inimigo da sociedade, sempre estará ali para ser derrotado e humilhado uma vez mais. Tudo o que você passou aqui desde que caiu em nossas mãos, tudo isso vai continuar, e ficar ainda pior. A espionagem, as traições, as prisões, as torturas, as execuções e os desaparecimentos nunca vão acabar. Será um mundo de terror, tanto quanto um mundo de triunfo. Quanto maior o poder do Partido, menos tolerante ele será. Quanto mais fraca a oposição, mais forte será o despotismo. Goldstein e suas heresias viverão para sempre. A cada dia, a cada momento, eles serão derrotados, desacreditados, ridicularizados; podemos cuspir neles, e ainda assim eles sempre irão sobreviver. Este drama que eu venho encenando com você há sete anos será encenado muitas e muitas vezes, geração após geração, de formas cada vez mais sutis. Teremos sempre o herege aqui, à nossa mercê, gritando de dor, despedaçado, desprezível... e, por fim, em total penitência, a salvo de si mesmo, rastejando a nossos pés por sua própria vontade. Esse é o mundo que estamos preparando, Winston. Um mundo de vitória atrás de vitória, de triunfo atrás de triunfo: uma sucessão infinita de pressões, pressões e pressões sobre o nervo do poder. Posso notar que você está começando a entender como será esse mundo. Mas no fim, você irá além do simples entendimento. Você vai aceitar, dar boas-vindas a ele, fazer parte dele.

Winston havia se recuperado o suficiente para falar. – Vocês não podem! – disse, com uma voz fraca.

– O que você quer dizer com isso, Winston?

– Vocês não têm como criar um mundo como este que acaba de descrever. Isso é um sonho. É impossível.

– Por quê?

– É impossível criar uma civilização fundada no medo, no ódio e na crueldade. Ela nunca duraria.

– E por que não?

– Ela não teria vitalidade. Ela se desintegraria. Cometeria suicídio.

– Bobagem. Você acha que o ódio é mais exaustivo do que amor. E por que seria? E se fosse, que diferença isso faria? Imagine uma situação em que nós aceleramos o ritmo da vida humana até que os homens fiquem senis aos trinta anos. Mesmo assim, que diferença isso faria? Você não entende que a morte do indivíduo não é morte? O Partido é imortal.

Como de hábito, aquela voz deixou Winston com uma sensação de impotência. Além disso, estava tomado pelo pavor de que, se ele continuasse discordando, O'Brien tornaria a acionar a alavanca. Ainda assim, não conseguia ficar quieto. Sem forças, sem argumentos, sem nada que pudesse lhe dar apoio, com exceção do horror mudo diante do que O'Brien havia dito, ele voltou ao ataque.

– Não sei. E não me importo. De algum modo, vocês vão fracassar. Alguma coisa vai derrotar vocês. A vida vai derrotar vocês.

– Nós controlamos a vida, Winston, em todos os níveis. Você imagina que existe uma coisa chamada natureza humana, que ficará indignada com o que estamos fazendo e se voltará contra nós. Mas somos nós que criamos a natureza humana. Os homens são infinitamente maleáveis. Ou será que você voltou a acreditar que os proletários ou os escravos vão se rebelar para nos derrubar? Tire isso da cabeça. Eles não podem fazer nada, são como os animais. A humanidade é o Partido. Os outros estão fora – não tem nenhuma importância.

– Não me importa. No fim, eles vão derrotar vocês. Cedo ou tarde, vão enxergar vocês do jeito que vocês são, e então vão destruir vocês.

– Você consegue ver algum sinal de que isso está acontecendo? Ou algum motivo para que isso aconteça?

– Não, mas acredito nisso. Eu *sei* que vocês vão fracassar. Existe alguma coisa no universo... não sei, algum espírito, algum princípio... que vocês nunca vão conseguir vencer.

– Você acredita em Deus, Winston?

– Não.

– Então que princípio é esse que vai nos derrotar?

– Não sei. O espírito do homem.

– E você se considera um homem?

– Sim.

– Se você é um homem, Winston, você é o último humano. A sua espécie está extinta; nós somos os herdeiros. Consegue entender que você está *sozinho*? Você está fora da história, você não existe. – Seu tom de voz mudou, e ele disse, de modo mais rude: – E você se considera moralmente superior a nós, com nossas mentiras e nossa crueldade?

– Sim, me considero superior.

O'Brien não disse nada. Duas outras vozes falavam algo. Após alguns instantes, Winston reconheceu que uma delas era sua própria voz. Era uma gravação da conversa que tivera com O'Brien na noite em que se alistou na Irmandade. Ouviu sua própria voz prometendo mentir, roubar, falsificar, assassinar, estimular o consumo de drogas e a prostituição, disseminar doenças venéreas, jogar ácido sulfúrico no rosto de uma criança. O'Brien fez um pequeno gesto que demonstrava impaciência, como se dissesse que aquela demonstração não valia a pena. Girou um interruptor e as vozes cessaram.

– Levante-se dessa cama – disse.

As amarras estavam frouxas. Winston apoiou os pés no chão e levantou-se meio desequilibrado.

– Você é o último humano – disse O'Brien. – Você é o guardião do espírito humano. Você vai se ver como realmente é. Tire a roupa.

Winston desamarrou o barbante que prendia seu macacão. O zíper havia sido arrancado fazia algum tempo. Não se lembrava se alguma vez, desde que fora preso, havia tirado a roupa toda. Por baixo do macacão, seu corpo estava coberto com trapos amarelados e imundos, que mal conseguia reconhecer como restos de roupas íntimas. Ao tirá-las, reparou que havia um espelho de três faces na outra extremidade da sala. Aproximou-se e então parou de repente. Um grito involuntário lhe escapou da garganta.

– Aproxime-se – disse O'Brien. – Coloque-se em frente às laterais do espelho. Assim vai poder ter também uma visão de perfil.

Ele havia parado porque sentia medo. Uma figura encurvada, cinzenta e esquelética, vinha em sua direção. Sua aparência era assustadora, e não apenas por ele saber que a figura era ele mesmo. Aproximou-se do espelho. O rosto da criatura parecia saliente devido à postura encurvada. Um rosto abatido, de um pássaro enjaulado, com uma testa aristocrática que levava a um crânio calvo, um nariz torto e maçãs do rosto maltratadas sob olhos intensos e observadores. As bochechas tinham rugas, e a boca parecia não ter lábios. Era evidente que aquele era seu próprio rosto, mas ele lhe pareceu ter mudado mais do que havia mudado por dentro. As emoções nele registradas eram diferentes das que ele sentia. Estava meio calvo. A primeira impressão é que também estava grisalho, mas era só o couro cabeludo que tinha um tom acinzentado. Com exceção das mãos e de um círculo no rosto, seu corpo estava todo cinza, com uma sujeira antiga e entranhada. Aqui e ali, por baixo da sujeira, havia cicatrizes vermelhas das feridas, e junto ao tornozelo a úlcera varicosa era uma massa inflamada com pedaços de pele descascando. Mas o mais assustador era o aspecto esquelético de seu corpo. Sua caixa torácica era estreita como a de um esqueleto: as pernas haviam encolhido tanto que os joelhos estavam mais grossos que as coxas. Ele agora entendia o porquê de O'Brien ter feito menção a uma visão de perfil. A curvatura da espinha era impressionante. Os ombros magros se projetavam para a frente, transformando o peito numa cavidade, e o pescoço magro e ossudo parecia se curvar sob o peso do crânio. Parecia ter o corpo de um homem de sessenta anos, sofrendo de uma doença maligna.

– Algumas vezes – disse O'Brien – você achou que meu rosto, o rosto de um membro do Núcleo do Partido, parecia velho e desgastado. O que você acha, agora, do seu próprio rosto?

Segurou Winston pelo ombro e virou-o para que ficasse de frente para ele.

– Olhe só para o seu estado! – disse. – Veja a imundície que cobre seu corpo inteiro. Olhe para a sujeira entre os dedos de seus pés. Veja essa ferida nojenta na sua perna. Sabia que você está fedendo como um bode? É bem provável que nem esteja mais sentindo. Olhe só como está esquelético. Está vendo? Posso dar a volta em seu bíceps com meu polegar e indicador. Poderia quebrar seu pescoço como se fosse uma cenoura. Sabia que você perdeu vinte e cinco quilos desde que caiu em nossas mãos? Até mesmo seu cabelo está caindo aos tufos. Olhe isso! – puxou um tufo de cabelos de Winston. – Abra a boca. Sobraram nove, dez, onze dentes. Quantos você tinha quando chegou aqui? E os poucos que sobraram estão caindo. Olhe aqui!

Com o polegar e o indicador, segurou um dos dentes da frente de Winston e puxou-o. Uma pontada de dor percorreu a mandíbula de Winston. O'Brien havia arrancado o dente pela raiz. Olhou para o dente solto em sua mão e jogou-o no chão da cela.

– Você está apodrecendo – disse. – Está caindo aos pedaços. O que você é? Um saco de lixo. Agora se vire e olhe de novo para aquele espelho. Está vendo aquela coisa à sua frente? Aquilo é o último humano. Se você é um ser humano, aquilo é a humanidade. Pode se vestir, agora.

Winston começou a se vestir com movimentos lentos e rígidos. Até então não pareceu se dar conta de como estava magro e fraco. Um único pensamento lhe passava pela cabeça: ele devia estar naquele lugar há mais tempo do que imaginava. De repente, enquanto se vestia com os trapos miseráveis, foi tomado por um sentimento de pena por seu corpo arruinado. Antes de perceber o que estava fazendo, desabou em um banquinho ao lado da cama e caiu no choro. Tinha consciência de sua feiura, de sua falta de graça: um feixe de ossos em roupas imundas chorando sob uma forte luz branca. Mas não conseguia se conter. O'Brien colocou a mão em seu ombro, de modo quase gentil.

– Isso não vai durar para sempre – disse. – Você pode escapar disso quando quiser. Tudo depende de você.

– Vocês é que fizeram isso! – soluçou Winston. – Vocês é que me reduziram a esse estado.

– Não, Winston. *Você* mesmo se reduziu a isso. Isso é o que você aceitou quando decidiu se voltar contra o Partido. Tudo já estava contido neste primeiro ato. Não aconteceu nada que você já não tivesse previsto.

Fez uma pausa e então prosseguiu:

– Nós vencemos você, Winston. Quebramos você. Você já viu como está seu corpo. Sua mente está no mesmo estado. Não acredito que ainda tenha sobrado muito orgulho em você. Chutamos, espancamos e insultamos você, você gritou de dor, rolou pelo chão em cima do próprio sangue e de seu vômito. Implorou por misericórdia, traiu tudo e todos. Consegue pensar em alguma degradação que você ainda não sofreu?

Winston tinha parado de chorar, embora as lágrimas ainda lhe escorressem pelo rosto. Olhou para O'Brien.

– Não traí Julia – disse.

O'Brien olhou para ele, pensativo. – Não – disse. – Essa é a pura verdade; você não traiu Julia.

A peculiar reverência que sentia por O'Brien, que nada parecia capaz de destruir, invadiu novamente o coração de Winston. Como é inteligente!, pensou, como é inteligente! O'Brien nunca deixava de compreender o que era dito a ele. Qualquer outra pessoa no planeta teria respondido de imediato que ele havia, *sim*, traído Julia. Afinal, o que é que não havia sido arrancado dele, sob as torturas? Ele contara tudo o que sabia sobre ela, seus hábitos, sua personalidade, sua vida passada; havia confessado nos mínimos detalhes tudo que acontecera em seus encontros, tudo o que dissera a ela, e vice-versa, os alimentos obtidos no mercado negro, seus adultérios, suas vagas conspirações contra o Partido – tudo. E, mesmo assim, no sentido que ele agora dava à palavra, ele não a havia traído. Não tinha deixado de amar Julia; seus sentimentos em relação a ela permaneciam os mesmos. O'Brien percebera o que ele quis dizer sem a necessidade de explicação.

– Me diga – falou. – Quando é que vão me matar?

– Pode levar muito tempo, ainda – respondeu O'Brien. – Você é um caso difícil. Mas não perca a esperança. Mais cedo ou mais tarde, todos se curam. E, no fim, nós vamos matar você.

Capítulo 4

Winston estava muito melhor. Engordava e se fortalecia a cada dia, se é que se podia falar em dias no lugar onde estava.

A luz branca e o zunido continuavam iguais, mas a cela era um pouco mais confortável do que as outras onde havia estado. Havia um travesseiro e um colchão na cama de tábua, e um banquinho para sentar-se. Deram-lhe um banho e permitiam que se lavasse, com razoável frequência, em uma bacia. Chegaram até mesmo a lhe dar água quente para a higiene. Deram-lhe novas roupas íntimas e um macacão limpo. Cuidaram de sua úlcera varicosa com uma pomada para alívio da dor. Arrancaram os dentes que lhe restavam e lhe deram uma dentadura nova.

Devem ter se passado semanas ou meses. Ele poderia agora acompanhar a passagem do tempo, caso tivesse algum interesse nisso, uma vez que estava sendo alimentado a intervalos aparentemente regulares. Teve a impressão de estar recebendo três refeições em um período de vinte e quatro horas; às vezes, perguntava-se vagamente se as recebia à noite ou durante o dia. A comida o surpreendia de tão boa, incluindo carne a cada três refeições. Certa vez, deram-lhe até mesmo um maço de cigarros. Ele não tinha fósforos, mas o guarda que, sempre em silêncio, lhe trazia comida, os acendia para ele. Sentiu enjoo na primeira vez que tentou fumar, mas insistiu e fez o maço durar um bom tempo, fumando meio cigarro depois de cada refeição.

Trouxeram-lhe uma pequena lousa branca com um toco de lápis amarrado no canto com um barbante. No início, não a usou. Mesmo acordado, sentia-se totalmente entorpecido. Entre uma e outra refeição, muitas vezes ficava deitado, quase sem se mexer, às vezes dormindo, às vezes perdido em devaneios, com grande dificuldade para abrir os olhos. Há tempos já se acostumara a dormir com uma luz forte no rosto. Isso parecia não fazer diferença, a não ser pelo fato de que os sonhos eram mais coerentes. Durante todo este período, Winston sonhou muito – sempre sonhos felizes. Via-se na Terra Dourada, ou então sentado entre ruínas enormes, gloriosas e iluminadas pelo sol, com a mãe, com Julia, com O'Brien – sem fazer nada, só sentado ao sol, conversando sobre amenidades. Seus pensamentos, quando estava acordado, eram basicamente sobre estes sonhos. Parecia ter perdido a capacidade de fazer um esforço intelectual, agora que o agente da dor havia sido removido. Não sentia tédio, não tinha vontade de conversar ou de distrair-se. O simples fato de estar sozinho, de não ser espancado ou interrogado, ter o suficiente para comer e estar com o corpo limpo já o satisfazia plenamente.

Aos poucos, passou a dormir menos, mas ainda não sentia vontade de sair da cama. Tudo o que queria era ficar quieto e sentir o corpo recuperar a força. Apalpava partes do corpo aqui e ali, tentando se certificar de não estar se iludindo ao ver seus músculos se arredondando e a pele ficando menos flácida. Por fim, não lhe restou dúvida: estava engordando; suas coxas estavam definitivamente mais grossas que os joelhos.

Então, embora meio relutante no início, começou a se exercitar com regularidade. Em pouco tempo, já conseguia andar três quilômetros, medidos pelo espaço da cela, e seus ombros curvados começaram a se endireitar. Tentou exercícios mais elaborados e ficou chocado, sentindo-se humilhado, ao perceber tudo de que não era capaz de fazer. Não conseguia acelerar o passo, não conseguia segurar o banquinho com o braço estendido, nem se equilibrar sobre uma perna só sem cair. Ficou de cócoras e percebeu que se levantar a partir dessa posição lhe causava dores terríveis nas coxas e nas panturrilhas. Deitou-se de bruços e tentou erguer o tronco com os braços. Em vão, pois não conseguia se levantar um centímetro sequer. Mas depois de alguns dias – algumas refeições – até isso ele conseguiu. A certa altura, conseguiu repetir esse exercício seis vezes seguidas. Começou a orgulhar-se de seu corpo, e alimentar uma crença intermitente de que seu rosto também estava voltando ao normal. Só quando colocava a mão no crânio calvo Winston se lembrava do rosto enrugado e arruinado que o olhava do espelho.

Sua mente se tornou mais ativa. Sentado sobre a cama de tábuas, com as costas apoiadas na parede e a lousa sobre os joelhos, começou a dedicar-se deliberadamente à tarefa de reeducar a si mesmo.

Ele havia capitulado, não havia dúvida. Na verdade, percebia agora, já estava pronto para capitular muito antes de tomar essa decisão. Desde que chegou ao Ministério do Amor – e mesmo naqueles minutos em que Julia e ele se mantiveram paralisados no meio do quarto, enquanto a voz de chumbo da teletela lhes dizia o que fazer –, Winston compreendeu sua frivolidade e a futilidade de sua tentativa de enfrentar o poder do Partido. Sabia agora que já fazia sete anos que a Polícia da Mente o observava como se ele fosse um besouro sob uma lupa. Não havia um único gesto, uma única palavra dita em voz alta que tivesse passado em branco para eles; nem uma sequência de ideias que eles não fossem capazes de inferir. Até mesmo o grão de poeira esbranquiçado na capa do diário eles tinham substituído cuidadosamente. Mostraram-lhe gravações em áudio e fotografias. Em algumas destas, Julia estava com ele. Sim, até mesmo... Não tinha mais como lutar contra o Partido. Além disso, o Partido tinha razão. Devia ter. Como é que o cérebro imortal e coletivo poderia estar enganado? Que critérios externos poderiam servir de base para seus julgamentos? A sanidade mental era uma estatística. Uma mera questão de aprender a pensar como eles pensavam. Só...!

O lápis lhe pareceu grosso e estranho entre os dedos. Começou a escrever os pensamentos que lhe vinham à mente. Primeiro, com uma letra desajeitada e em maiúsculas, escreveu:

LIBERDADE É ESCRAVIDÃO

Logo na sequência, escreveu abaixo:

DOIS MAIS DOIS SÃO CINCO

Mas nesse momento sentiu uma espécie de freio. Sua mente, como se estivesse tentando evitar algo, parecia incapaz de concentrar-se. Estava ciente de que sabia o que viria a seguir, mas por um instante não era capaz de se lembrar. Quando afinal conseguiu se lembrar, foi por meio do raciocínio consciente; a frase não surgiu por conta própria. Escreveu:

DEUS É PODER

Ele aceitou tudo. O passado era alterável. O passado nunca havia sido alterado. A Oceânia estava em guerra com a Lestásia. A Oceânia sempre estivera em guerra com a Lestásia. Jones, Aaronson e Rutherford eram culpados pelos crimes de que foram acusados. Ele nunca tinha visto a foto que provava a inocência deles. A foto nunca existiu, ele a inventara. Lembrou de ter recordado coisas que contradiziam isso, mas eram falsas lembranças, frutos de seu autoengano. Era tudo tão fácil! Bastava render-se que o resto se encaixava. Era como nadar contra uma correnteza que o puxava para trás, por mais força que você fizesse, e de repente decidisse virar e entregar-se à corrente em vez de opor-se a ela. Nada havia mudado, a não ser sua própria atitude: o que estava predestinado aconteceria de qualquer maneira. Mal sabia por que havia se rebelado. Tudo era fácil, exceto...!

Qualquer coisa poderia ser verdade. As assim chamadas leis da natureza eram absurdas. A lei da gravidade era um absurdo. "Se eu quisesse", O'Brien havia dito, "eu poderia flutuar feito uma bolha de sabão". Winston raciocinou: *Se ele acha que flutua, e se eu ao mesmo tempo acho que o vejo flutuando e subindo, então a coisa está acontecendo*. De repente, como pedaços de destroços submersos que emergem na superfície da água, o pensamento irrompeu em sua mente: *Isso não acontece de verdade. Nós é que imaginamos. É uma alucinação*. De imediato, ele deteve o pensamento. A falácia era óbvia. O pressuposto era que, em algum lugar, fora da própria pessoa, existia um mundo "real" onde aconteciam coisas "reais". Mas como um mundo desses poderia existir? Que conhecimento podemos ter de alguma coisa, se não for através de nossa própria mente? Tudo o que acontece em todas as mentes acontece de fato.

Não teve dificuldade em se livrar desta falácia, e não corria risco algum de sucumbir a ela. Percebeu, no entanto, que nunca deveria ter pensado nela. A mente precisava desenvolver algum ponto cego sempre que um pensamento lhe ocorresse. O processo deveria ser automático, instintivo. *Crimeparar* era o nome deste processo em novilíngua.

Começou a fazer exercícios de *crimeparar*. Fazia afirmações para si mesmo – "O Partido diz que a Terra é plana", "O Partido diz que o gelo é mais pesado do que a água", e se treinava para não enxergar ou não compreender os argumentos que as contradiziam. Não era fácil. Exigia dele uma enorme capacidade de raciocínio e improvisação. Os problemas aritméticos que surgiam, por exemplo, a partir de uma afirmação do tipo "dois mais dois são cinco" estavam além de sua compreensão intelectual. Isso também exigia dele uma espécie de ginástica mental: em um momento, ser capaz de recorrer ao raciocínio lógico mais delicado e, no momento seguinte, ignorar os erros lógicos mais grosseiros. A estupidez era tão necessária quanto a inteligência, e igualmente difícil de alcançar.

Durante esse tempo todo, com uma parte da mente Winston se perguntava quando tempo faltava para ser executado. "Só depende de você", O'Brien dissera; mas ele sabia que não havia qualquer ato consciente que lhe permitisse antecipar a execução. Ela podia acontecer dali a dez minutos ou em dez anos. Poderiam mantê-lo em confinamento solitário durante anos, poderiam mandá-lo para um campo de trabalhos forçados; poderiam libertá-lo por um tempo, como às vezes faziam. Era perfeitamente possível que, antes de ser fuzilado, todo o drama de sua prisão e interrogatório fosse reencenado. A única certeza era que a morte nunca chegava no momento esperado. Seguindo a tradição – uma tradição não verbalizada: de algum modo a pessoa sabia, embora nunca lhe tivessem dito –, o tiro seria dado pelas costas, sempre na nuca, sem aviso prévio, enquanto ela caminhava pelo corredor que ligava uma cela a outra.

Um dia – porém, "um dia" não era a expressão correta, era bem provável que ocorresse no meio da noite – ele caiu em um devaneio estranho, que lhe trazia uma felicidade absoluta. Ele caminhava pelo corredor, à espera do tiro. Sabia que ele seria disparado a qualquer momento. Tudo estava resolvido, serenado, harmonizado. Já não havia dúvidas, discussões, dores ou medo. Seu corpo estava saudável e forte. Caminhava tranquilo, com alegria em seus movimentos, sentindo-se banhado pela luz do sol. Não estava mais nos estreitos corredores brancos do Ministério do Amor; estava na enorme passagem iluminada, de um quilômetro de largura, parecendo caminhar em meio ao delírio provocado pelas drogas. Estava na Terra Dourada, seguindo a trilha que atravessava o velho pasto comido pelos coelhos. Sentia a grama macia sob os pés e os suaves raios do sol no rosto. Na borda do campo, estavam os olmos, cujos ramos a brisa balançava de leve e, um pouco além, o riacho onde as carpas nadavam em lagos verdes, sob os salgueiros.

De repente, saltou da cama, tomado de horror. O suor lhe escorria pelas costas. Ouvira a própria voz gritando:

– Julia! Julia! Julia, meu amor! Julia!

Por um instante, havia sido dominado pela poderosa alucinação da presença dela. Parecia não só estar com ele, mas dentro dele. Era como se ela tivesse penetrado sua pele. Naquele instante seu amor por ela era muito mais intenso do que quando estavam juntos, e livres. Sabia também que em algum lugar ela ainda estava viva, e precisava de sua ajuda.

Deitou-se de costas na cama e tentou se recompor. O que havia feito? Quantos anos havia acrescentado à sua penalidade com aquele momento de fraqueza?

Dentro de instantes ele ouviria o barulho das botas do lado de fora. Eles não deixariam que uma explosão daquelas ficasse impune. Agora saberiam – se é que já não soubessem – que Winston estava violando o acordo feito com eles. Ele obedecia ao Partido, mas ainda odiava o Partido. No passado, havia ocultado uma mente herege sob uma aparência de conformidade. Agora, retrocedera mais um passo: na mente, ele se rendia, mas alimentava a esperança de manter intacto o fundo de seu coração. Sabia que estava agindo errado, mas preferia agir errado. Eles perceberiam isso, O'Brien perceberia. Com aquele grito idiota, ele havia confessado tudo.

Teria que começar tudo de novo. Talvez demorasse anos. Passou a mão pelo rosto, tentando se familiarizar com seus novos traços. Suas bochechas tinham sulcos profundos, as maçãs do rosto pareciam pontiagudas; o nariz, achatado. Além disso, desde que se vira no espelho pela última vez, recebera uma dentadura nova. Não era fácil manter-se inescrutável sem saber como era seu rosto. De toda maneira, o simples controle das expressões não era suficiente. Pela primeira vez, Winston percebia que, se você quisesse manter um segredo, precisa também escondê-lo de si mesmo. Era preciso lembrar, o tempo todo, da presença dele, mas até que fosse necessário, nunca deveria deixá-lo emergir na consciência sob nenhuma forma passível de ser nomeada. De agora em diante, não bastava pensar do modo correto; tinha que sentir do modo correto, sonhar do modo correto. E deveria sempre manter o ódio trancado dentro de si, como um tumor que ele carregasse e que, ao mesmo tempo, estivesse desconectado do resto do corpo, uma espécie de cisto.

Um dia, tomariam a decisão de executá-lo. Não dava para saber quando aconteceria, mas alguns segundos antes ele poderia intuir. Acontecia sempre pelas costas, andando por um corredor. Bastariam dez segundos. Nesse intervalo, o mundo dentro dele poderia virar do avesso. E então, de repente, sem que uma única palavra fosse dita, sem ralentar o passo, sem a menor alteração em seu semblante, de repente a camuflagem cairia e *bang*!, as baterias de seu ódio seriam disparadas. O ódio o inundaria como uma labareda enorme e estrondosa. E, quase ao mesmo tempo, o gatilho seria apertado, tarde demais, ou cedo demais. Estilhaçariam seu cérebro antes de conseguir recuperá-lo. O pensamento herético continuaria sem punição, sem arrependimento, fora do alcance deles para sempre. Eles abririam um buraco em sua própria perfeição. Morrer enquanto os odiava – isso sim era perfeição.

Winston fechou os olhos. Era mais difícil que aceitar uma disciplina intelectual. Tratava-se de degradar a si mesmo, de mutilar-se. Tinha que mergulhar na mais imunda das sujeiras. Qual era a coisa mais horrível e asquerosa de todas? Pensou no Grande Irmão. O rosto dele (de tanto ver sua imagem nos cartazes, sempre achou que ele tivesse um metro de largura), com seu bigode preto e espesso, e olhos que o seguiam de um lado a outro, parecia flutuar em sua mente por conta própria. Quais eram seus verdadeiros sentimentos em relação ao Grande Irmão?

Ouviu-se um pesado tropel de botas no corredor. A porta de aço se abriu com um estrondo. O'Brien entrou na cela. Atrás dele, estavam o oficial com rosto de cera e os guardas de uniforme preto.

– Levante-se – disse O'Brien. – Venha cá.

Winston colocou-se diante dele. Com suas mãos fortes, O'Brien agarrou seus ombros e o encarou de perto.

– Você pensou em me enganar – disse. – Foi uma idiotice. Endireite o corpo. Olhe para mim.

Calou-se, e então continuou em um tom mais gentil:

– Você está melhorando. Intelectualmente, não há quase nada de errado com você. É só no sentido emocional que você não está conseguindo progredir. Diga-me, Winston – e lembre-se, não minta: você sabe que sempre consigo perceber quando você mente – diga-me, quais são os seus verdadeiros sentimentos em relação ao Grande Irmão?

– Eu odeio o Grande Irmão.

– Você o odeia. Muito bem. Então chegou a hora de você dar o último passo. Você precisa amar o Grande Irmão. Não basta obedecer a ele, você tem que *amar* o Grande Irmão.

Soltou Winston, empurrando-o de leve na direção dos guardas.

– Sala 101 – disse.

Capítulo 5

A cada etapa do período em que esteve detido, Winston sabia, ou imaginava saber, em que local do edifício sem janelas estava. Talvez houvesse pequenas diferenças na pressão atmosférica. As celas onde havia sido espancado pelos guardas ficavam no subsolo. A sala onde O'Brien o interrogara ficava em um dos andares mais altos, perto da cobertura. O lugar onde estava agora ficava a muitos metros de profundidade, no ponto mais fundo que se poderia chegar.

Era um espaço maior do que a maioria das celas em que estivera. Mas ele mal reparava no que havia a seu redor. Reparou somente que havia duas mesinhas bem à sua frente, ambas forradas com feltro verde. Uma estava apenas a uns dois metros dele; a outra, mais distante, junto à porta. Ele tinha sido amarrado em uma cadeira com tal firmeza que não conseguia mexer nada, nem mesmo a cabeça. Uma espécie de almofada prendia sua nuca, forçando-o a olhar para a frente. Por alguns instantes permaneceu sozinho. Então a porta se abriu e O'Brien entrou.

– Você me perguntou uma vez – disse O'Brien – o que havia na Sala 101. Eu lhe disse que você já sabia a resposta. Todo mundo sabe que a pior coisa do mundo está na Sala 101.

A porta se abriu novamente. Um guarda entrou, carregando um objeto feito de arame, um tipo de caixa ou cesta. Colocou-o sobre a mesa mais distante.

Devido à posição em que O'Brien estava, Winston não conseguia ver o que era.

– A pior coisa do mundo – disse O'Brien – varia de um indivíduo a outro. Para alguns, é ser enterrado vivo, para outros, morrer queimado, ou afogado, ou empalado, ou então outros cinquenta tipos de morte. Há casos em que ela é algo muito banal, que nem chega a ser fatal.

Afastou-se um pouco para o lado, para que Winston tivesse uma melhor visão da coisa sobre a mesa. Era uma gaiola de arame retangular com uma alça na parte superior, pela qual era carregada. Fixado na parte da frente, havia algo que parecia uma máscara de esgrima, com o lado côncavo voltado para fora. Embora estivesse a uns quatro metros de distância, Winston viu que a gaiola se dividia em dois compartimentos, e que em cada um deles havia algum tipo de criatura. Eram ratos.

– No seu caso – disse O'Brien – a pior coisa do mundo são os ratos.

Assim que colocou os olhos sobre a gaiola, Winston teve uma espécie de calafrio premonitório, um medo indefinido. Mas, de repente, compreendeu o significado daquilo que parecia uma máscara. Pareceu sentir seus intestinos virarem água.

– Você não pode fazer isso! – gritou com voz aguda. Não pode, não pode! Não pode!

– Você se lembra – disse O'Brien – daquele momento de pânico que costumava aparecer em seus sonhos? Você via um muro de escuridão à sua frente, e ouvia um rugido. Algo terrível do outro lado do muro.

Tinha consciência de que sabia o que era, mas não ousava trazer aquilo à consciência. Eram os ratos, do outro lado do muro.

– O'Brien! – disse Winston, num esforço para controlar a voz. – Você sabe que não precisa disso. O que você quer de mim?

O'Brien não respondeu de imediato. Quando começou a falar, foi com a postura professoral que às vezes assumia. Olhou para longe, pensativo, como se falasse com uma plateia atrás de Winston.

– Nem sempre – disse O'Brien – a dor é suficiente por si só. Há situações em que um ser humano resiste à dor e só se rende na morte. Mas para todo mundo existe algo insuportável – algo que não consegue nem olhar de frente. Não tem nada a ver com coragem e covardia. Se você está caindo em um precipício, agarrar-se a uma corda não é sinal de covardia. Se estiver emergindo de águas profundas, não é covardia encher os pulmões de ar. É só um instinto que não pode ser eliminado. É isso que acontece com os ratos. Para você, eles são insuportáveis. São uma forma de pressão que você não consegue aguentar, mesmo que queira. Você vai fazer o que nós exigimos de você.

– Mas fazer o quê? O quê? Como posso fazer uma coisa se nem sei o que é?

O'Brien pegou a gaiola e trouxe-a à mesa mais próxima. Colocou-a com cuidado sobre o feltro verde. Winston sentia o sangue pulsando em seus ouvidos. Tinha a sensação de estar sentado na mais completa solidão. Estava no meio de uma grande planície vazia, um enorme deserto ensolarado, através do qual todos os sons chegavam a ele vindo de muito longe. No entanto, a gaiola com os ratos estava a menos de dois metros dele. Eram ratos imensos. Estavam na idade em que o focinho se torna robusto e feroz, e o pelo se torna marrom, em vez de cinza.

– Mesmo sendo um roedor – disse O'Brien, ainda se dirigindo à sua plateia invisível –, o rato é carnívoro. Você sabe disso. Já deve ter ouvido sobre as coisas que acontecem nos bairros pobres desta cidade. Em algumas ruas, as mulheres não têm coragem de deixar seu bebê em casa sozinho, nem mesmo por cinco minutos. Ele certamente será atacado pelos ratos. Em poucos minutos, eles estraçalham a criança até chegar no osso. Também atacam doentes e pessoas à beira da morte. Demonstram uma inteligência impressionante em saber quando um ser humano está indefeso.

Ouviu-se uma explosão de guinchos vindos da gaiola. Winston teve a impressão de que eles vinham de longe. Os ratos brigavam entre si; tentavam atacar uns aos outros através da grade que os separava. Ele ouviu um gemido profundo de desespero. Também lhe pareceu que esse som vinha de fora.

O'Brien apanhou a jaula e, ao fazê-lo, pressionou algo nela. Ouviu-se um clique agudo. Winston fez um esforço frenético para se libertar da cadeira. Em vão: todas as partes de seu corpo, incluindo a cabeça, estavam imobilizadas. O'Brien aproximou a gaiola dele. Ela estava agora a menos de um metro do rosto de Winston.

– Pressionei a primeira alavanca – disse O'Brien. – Acho que você já sabe como funciona esta gaiola. A máscara vai cobrir toda a sua cabeça, sem deixar nenhuma fresta. Quando eu pressionar a segunda alavanca, a porta da gaiola vai deslizar para cima. Esses bichos esfomeados vão disparar para fora feito balas. Você já viu um rato saltar no ar? Eles vão pular no seu rosto e começar a devorar você. Às vezes, eles começam atacando os olhos. Às vezes, abrem um buraco entre as bochechas e devoram a língua.

A gaiola estava cada vez mais próxima. Winston ouviu uma série de gritos estridentes que pareciam pairar no ar acima de sua cabeça. Mas ele lutava furiosamente contra o pânico. Pensar, pensar, mesmo que lhe restasse apenas uma fração de segundo, pensar era sua única esperança. De repente, o fedor de bolor dos animais atingiu suas narinas. Sentiu uma violenta convulsão de náusea, que quase o fez perder a consciência. Tudo ficou preto. Por um momento, enlouqueceu: um animal que urrava. No entanto, saiu da escuridão agarrado a uma ideia. Havia uma maneira, apenas uma, de se salvar. Precisava inserir outro ser humano, o *corpo* de outro ser humano, entre ele e os ratos.

A circunferência da máscara já era larga o bastante para lhe cobrir a visão de qualquer outra coisa. A porta da gaiola estava a dois palmos de seu rosto. Os ratos sabiam o que estava por vir. Um deles pulava para cima e para baixo; o outro, um avô escamoso dos esgotos, ergueu-se com as patinhas rosadas apoiadas na grade, farejando ferozmente o ar. Winston via os bigodes e os dentes amarelos. Foi novamente tomado por um pânico terrível. Estava cego, impotente, enlouquecido.

– Essa era uma punição comum na China Imperial – disse O'Brien, no tom didático de sempre.

A máscara começava a se fechar em seu rosto. Já sentia o arame roçar sua bochecha. E nesse instante – não, não era alívio, somente esperança, um pequeno fragmento de esperança. Tarde demais, talvez tarde demais. Mas ele de repente compreendeu que no mundo inteiro havia somente *uma* pessoa a quem poderia transferir sua punição – um único corpo que poderia ser colocado entre ele e os ratos. De um modo frenético, ele gritava, repetindo sem parar:

– Faça isso com a Julia! Faça com a Julia! Comigo, não! Com a Julia! Não me interessa o que você pode fazer com ela. Deixe os ratos destruírem o rosto dela, deixe roerem até os ossos. Eu não! Julia! Eu não!

Winston caía para trás, em uma profundidade enorme, afastando-se dos ratos. Continuava amarrado na cadeira, mas caía sem parar, atravessando o chão, as paredes do edifício, a terra e os oceanos, a atmosfera, rumo ao espaço sideral, aos abismos entre as estrelas – para longe, cada vez mais longe dos ratos. Estava a anos-luz de distância, mas O'Brien continuava parado a seu lado. Ainda sentia o toque frio do arame lhe tocando a bochecha. Porém, através da escuridão que o envolvia, ouviu outro estalido metálico, e percebeu que a gaiola tinha sido fechada.

Capítulo 6

O Café Castanheira estava quase vazio. Um raio de sol penetrava uma janela e incidia as mesas empoeiradas. Era o momento solitário das três da tarde. Uma música metálica saía das teletelas.

Winston estava sentado em seu canto habitual, olhos fixos em um copo vazio. De vez em quando, olhava para um rosto enorme que o encarava da parede oposta. O GRANDE IRMÃO ESTÁ DE OLHO EM VOCÊ, dizia a legenda. Sem ser chamado, um garçom veio e encheu seu copo com gim Victoria, jogando por cima algumas gotas de outra garrafa com um dosador em sua tampa de cortiça. Era sacarina aromatizada com cravo, a especialidade do café.

Winston escutava a teletela. Naquela hora, a programação era somente musical, mas havia sempre a possibilidade de ser interrompida a qualquer momento para a transmissão de algum comunicado do Ministério da Paz. As notícias que vinham do *front* africano eram extremamente preocupantes. Durante todo o dia, volta e meia pensava nisso. Um exército da Eurásia (a Oceânia estava em guerra com a Eurásia: a Oceânia sempre esteve em guerra com a Eurásia) se deslocava para o sul em uma velocidade assustadora. O noticiário do meio-dia não mencionara nenhuma região particular, mas era bem provável que a foz do Congo já tivesse se transformado em um campo de batalha. Brazzaville e Leopoldville estavam em perigo. Nem era preciso verificar o mapa para saber o que isso significava. Não era uma mera questão de perder a África Central: pela primeira vez desde o início da guerra, o território da Oceânia estava ameaçado.

Uma emoção violenta, não exatamente medo, mas uma espécie indistinguível de excitação tomou conta dele, e logo a seguir desapareceu. Parou de pensar sobre a guerra. Naqueles dias, não conseguia se concentrar em um assunto por mais de alguns instantes a cada vez. Pegou o copo e bebeu o conteúdo de um só gole. Como sempre, o gim o fez estremecer, e chegou a sentir uma leve ânsia de vômito. Aquela coisa era asquerosa. O cravo e a sacarina, que por si já eram nojentos, não disfarçavam o cheiro oleoso do gim; o pior de tudo era que o odor do gim, que o acompanhava noite e dia, se misturava de modo indissociável na sua mente com o cheiro daqueles...

Winston nunca os nomeava, nem mesmo em pensamento e, no limite do possível, nunca os visualizava. Eram uma coisa de que ele tinha apenas uma consciência vaga, que pairava junto a seu rosto, um cheiro que grudava em suas narinas. Quando o gim lhe provocou refluxo, um arroto saiu por entre seus lábios roxos. Desde que o libertaram, ele engordou e recuperou sua cor antiga – na verdade, mais que a recuperou. Suas feições ficaram mais grosseiras, a pele do nariz e nas maçãs do rosto era de um vermelho berrante, até mesmo a careca tinha um tom de rosa muito forte. Um garçom, também sem ser chamado, trouxe um tabuleiro de xadrez e a edição mais recente do *Times*, aberto na página do desafio de xadrez do dia. Reparando que o copo de Winston estava vazio, trouxe a garrafa de gim e o encheu.

Não era preciso que ele fizesse os pedidos. Já conheciam seus hábitos. O tabuleiro de xadrez estava sempre à sua espera, sua mesa de canto estava sempre reservada; mesmo quando o lugar estava lotado, ele tinha a mesa para si, já que nenhum freguês gostava de ser visto sentado muito perto dele. Nunca se dava ao trabalho de contar quantas doses bebia. A intervalos irregulares, traziam-lhe um papel encardido que diziam ser a conta, mas ele sempre tinha a impressão de que cobravam menos. Se lhe cobrassem a mais, não teria feito diferença. Naqueles dias, o dinheiro nunca lhe faltava. Tinha até um cargo – uma sinecura – muito mais bem remunerado do que seu antigo emprego.

A música da teletela foi interrompida, dando lugar a uma voz. Winston ergueu a cabeça para ouvir. Mas não era um noticiário sobre o *front*. Só um breve anúncio do Ministério da Riqueza. Ao que parecia, no trimestre anterior a cota de produção de cadarços estabelecida para o Décimo Plano Trienal havia sido ultrapassada em noventa e oito por cento.

Examinou o desafio de xadrez e arrumou as peças no tabuleiro. Era um final complicado, envolvendo dois cavalos. "As brancas jogam. Xeque-mate em dois lances". Ele olhou para o retrato do Grande Irmão. As brancas sempre ganham, pensou com uma espécie de misticismo nublado. O arranjo é sempre esse, sem exceção. Em nenhuma partida de xadrez, desde que o mundo é mundo, as pretas jamais ganharam. Isso não seria o símbolo do eterno e invariável triunfo do Bem sobre o Mal? O rosto enorme o encarava de volta, com poderosa serenidade. As brancas sempre dão xeque-mate.

A voz da teletela se interrompeu e acrescentou, em um tom diferente e muito mais grave: "Atenção! Estejam todos alertas para um anúncio importante às quinze e trinta. Quinze e trinta! Será uma notícia de extrema importância. Não percam!" A música tilintante voltou a tocar.

O coração de Winston disparou. Era o noticiário do *front*; o instinto lhe dizia que estavam prestes a receber más notícias. Ao longo de todo o dia, com pequenos surtos de excitação, a ideia de uma derrota esmagadora na África volta e meia lhe vinha à mente. Ele parecia visualizar, de fato, o exército eurasiano atravessando a fronteira até então intransponível, alcançando a ponta da África, como uma fileira de formigas. Por que não tinham conseguido atacá-los pelas laterais? A imagem do mapa da costa da África Ocidental lhe apareceu nítida em sua mente. Pegou o cavalo branco e o moveu no tabuleiro. *Aquela* era a posição correta. Mesmo quando viu a horda preta se dirigindo para o sul, notou que havia um outro exército, misteriosamente reunido, de repente posicionado em sua retaguarda, cortando as linhas de comunicação por terra e mar. Sentiu que a força de seu desejo lhe permitia tornar real a existência deste exército. Mas era preciso agir depressa. Se conseguissem controlar todo o território africano, se dominassem os campos de pousos e bases submarinas na Cidade do Cabo, os eurasianos dividiriam a Oceânia em duas. O resultado disso era imprevisível: derrota, colapso, uma nova divisão do mundo, a destruição do Partido! Ele respirou fundo. Uma extraordinária mixórdia de sentimentos – não exatamente uma mixórdia, mas camadas sucessivas de sentimentos, sendo impossível dizer qual era a mais profunda – lutava dentro dele.

O espasmo passou. Winston recolocou o cavalo branco em seu lugar, mas ainda não conseguia se dedicar a um estudo sério do desafio de xadrez. Divagou novamente em seus pensamentos. De modo quase inconsciente, desenhou com o dedo na poeira da mesa:

2 + 2 = 5

"Eles não podem entrar em você", Julia dissera. Mas podiam entrar, sim. "O que acontece com você aqui fica para sempre", O'Brien dissera. Isso era verdade. Havia coisas – os seus próprios atos – das quais era impossível você se recuperar. Algo era destruído em seu peito: queimado, cauterizado.

Winston a tinha visto; inclusive havia falado com ela. Não havia perigo nisso. Ele sabia, meio que por instinto, que agora eles praticamente não se interessavam pelo que ele fazia. Os dois poderiam ter combinado de se encontrar uma segunda vez se um deles quisesse. Na verdade, encontraram-se por acaso. Foi no parque, em um dia de frio terrível em março, quando a terra estava dura como ferro e toda a grama parecia morta. Não havia nenhum broto de flor à vista em lugar algum, com exceção de alguns pés de açafrão que haviam aflorado para logo serem devastados pelo vento. Winston caminhava apressado, as mãos congeladas e os olhos lacrimejando, quando a viu a menos de dez metros de distância. De imediato, percebeu que ela havia mudado de uma maneira estranha. Passaram um pelo outro praticamente sem reconhecer a presença do outro; então, ele se virou e foi atrás dela, sem muito entusiasmo. Ele sabia que não corria perigo; ninguém mostraria interesse por ele. Julia não disse nada. Saiu caminhando pela diagonal na grama como se tentasse livrar-se dele, e então pareceu conformar-se com sua presença ali. Estavam agora num bosque de arbustos sem folhas, um lugar que não servia nem para escondê-los nem para protegê-los do vento. Pararam de andar. O frio estava terrível. O vento assobiava por entre os galhos secos e castigava os pés de açafrão, raros e feios. Ele colocou o braço em volta da cintura dela.

Não havia teletelas, mas devia haver microfones escondidos; além disso, eles podiam ser vistos. Não tinha importância. Nada tinha importância. Poderiam ter deitado no chão e feito *aquilo*, se quisessem. Só de pensar nisso, Winston congelou, horrorizado. Julia, por sua vez, não demonstrou nenhuma reação ao ser abraçada – nem sequer tentou se soltar. Ele entendia agora o que havia mudado nela. Seu rosto estava mais pálido e havia uma grande cicatriz, parcialmente coberta pelo cabelo, que ia da testa à têmpora. Mas não foi isso que mudou. A cintura dela tinha se alargado e estava surpreendentemente mais rígida. Ele se lembrou da vez em que, após a explosão de um míssil, ajudou a tirar um cadáver do meio dos escombros, e de ter ficado surpreso não apenas com o incrível peso do corpo, mas com sua rigidez e com a dificuldade em manuseá-lo: parecia mais feito de pedra do que de carne. O corpo de Julia lhe dava esta mesma sensação. Ocorreu-lhe que a textura da pele dela devia estar bem diferente do que era antes.

Não tentou beijá-la, e os dois tampouco se falaram. Enquanto caminhavam de volta pela grama, ela o encarou pela primeira vez. Foi um olhar rápido, mas carregado de desprezo e antipatia. Winston se perguntou se esta aversão tinha a ver somente com o passado ou se também era inspirada pelo seu rosto inchado e pelas lágrimas que o vento continuava a arrancar de seus olhos. Sentaram-se em cadeiras de ferro, lado a lado, mas não muito próximos. Ele notou que ela estava prestes a dizer algo. Ela moveu seu sapato alguns centímetros e em um gesto deliberado, esmagou um graveto. Winston reparou que os pés dela pareciam ter ficado mais largos.

– Eu traí você – ela disse, sem rodeios.

– *Eu* traí você – ele disse.

Julia tornou a olhá-lo com antipatia.

– Às vezes – ela disse –, eles ameaçam você com uma coisa, uma coisa que você não consegue suportar, nem mesmo pensar a respeito. E então você diz: "Não faça isso comigo, faça a outra pessoa, faça com fulano ou fulana". E talvez você consiga fingir, depois, que foi só um truque, que você só disse aquilo para que eles parassem, e que não estava falando sério. Mas não é verdade. Na hora em que está acontecendo você está, sim, falando sério. Você acha que não tem outro jeito de se salvar, e está totalmente disposto a se salvar daquela forma. Você *quer* que aquilo aconteça a outra pessoa. Não está dando a mínima para o sofrimento dela. Só pensa em si mesmo.

– Só pensa em si mesmo – ele repetiu.

– E, depois disso, seu sentimento pela outra pessoa já não é mais o mesmo.

– Não, não é mais o mesmo – ele disse.

Não parecia haver mais nada a dizer. O vento fazia com que o macacão deles grudasse em seus corpos. De repente, se sentiram constrangidos em ficar sentados em silêncio. Além disso, estava frio demais para ficarem ali parados. Ela disse algo sobre pegar o metrô e se levantou para ir embora.

– A gente precisa se encontrar de novo – ele disse.

– Sim – ela disse –, a gente precisa se encontrar.

Ele a seguiu, hesitante, por um pequeno trecho, meio passo atrás dela. Não voltaram a se falar. Julia não tentou se afastar dele, mas caminhava em um ritmo que o impedia de alcançá-la. Ele havia decidido que a acompanharia até a estação de metrô, mas de repente a ideia de segui-la no meio daquele frio lhe pareceu sem sentido e insuportável. Foi tomado pelo desejo não tanto de se afastar de Julia, mas de voltar ao Café Castanheira, que agora, mais do que nunca, lhe parecia aconchegante. Teve uma visão nostálgica de sua mesinha de canto, com o jornal e o tabuleiro de xadrez e gim em abundância. Melhor que tudo, o lugar estaria aquecido. No momento seguinte, não exatamente por acidente, ele permitiu que um pequeno grupo de pessoas se interpusesse entre eles. Fez uma tentativa frouxa de alcançá-la, e então desacelerou o passo, deu meia-volta e partiu na direção oposta. Depois de andar cinquenta metros, olhou para trás. A rua não estava movimentada, mas ele já não conseguia distingui-la. Dentre os dez ou doze vultos apressados que ele via na calçada, qualquer um poderia ser o dela. Pelas costas, talvez não desse mais para identificar seu corpo alargado e enrijecido.

– Na hora em que está acontecendo – ela havia dito – você está, sim, falando sério. – Ele havia falado sério. Não tinha dito aquilo só por dizer, tinha desejado aquilo. Tinha desejado que ela, e não ele, fosse entregue aos...

Algo mudou na música que escoava pela teletela. Ela agora tinha um tom dissonante, zombeteiro, uma tonalidade amarela. E então – talvez não estivesse acontecendo, talvez não passasse de uma lembrança se materializando em sons – uma voz começou a cantarolar:

Debaixo da frondosa castanheira
Eu vendi você e você me vendeu

Seus olhos se encheram de lágrimas. Um garçom que passava percebeu que o copo de Winston estava vazio, e voltou com a garrafa de gim.

Pegou o copo e cheirou. A cada gole que dava, a bebida parecia mais horrível. Mas ela havia se tornado o elemento onde ele nadava. Era sua vida, sua morte e sua ressurreição. Era com o gim que ele se entorpecia todas as noites, e era o gim que todas as manhãs o reanimava. Quando acordava, raramente antes das onze, com as pálpebras coladas, a boca seca e as costas que pareciam ter se quebrado, só conseguia sair da posição horizontal graças à garrafa e a uma xícara de chá que deixara ao lado da cama durante a noite. Por volta do meio-dia, ele se sentava, o olhar vitrificado, com um copo e uma garrafa à mão, ouvindo a teletela. Era um habituê do Café Castanheira, onde ficava das três da tarde até a hora de fechar. Ninguém mais se importava com o que ele fazia, nenhum apito o despertava, nenhuma teletela o recriminava. De vez em quando, umas duas vezes por semana, ele ia até um dos escritórios empoeirados e aparentemente esquecidos no Ministério da Verdade e fazia alguns poucos trabalhos – ou o que chamavam de trabalho. Tinha sido nomeado para o subcomitê de um subcomitê, ramificação de um dos incontáveis comitês que lidavam com dificuldades menores que surgiam na compilação da décima primeira edição do *Dicionário de Novilíngua*. O trabalho envolvia a produção de algo chamado Relatório Provisório, mas ele nunca soube o que, exatamente, estava sendo relatado. Tinha algo a ver com a questão de as vírgulas terem ou não de ser colocadas entre colchetes ou fora deles. Havia mais quatro pessoas neste comitê, todas parecidas com ele. Em alguns dias, elas começavam uma reunião e logo a encerravam, admitindo sinceramente que na verdade não tinham nada para fazer. Em outros dias, porém, dedicavam-se ao trabalho com entusiasmo, fazendo uma grande encenação para passar a impressão de que registravam suas atas. Elaboravam rascunhos de longos memorandos que nunca eram concluídos – nesses dias, os argumentos quanto ao que supostamente estavam discutindo ficavam complexos e confusos a ponto de desembocar em disputas sutis sobre definições, longas digressões, brigas, e até mesmo ameaças de recorrer a autoridades superiores. Então, de repente, eles perdiam todo o ânimo e ficavam sentados ao redor da mesa olhando uns para os outros com uma expressão apagada, como fantasmas que se dissipam ao raiar do dia.

A teletela silenciou um instante. Winston ergueu a cabeça novamente. O noticiário! Mas, não, estavam somente mudando a música. Via o mapa da África por trás das pálpebras. O movimento das tropas era um diagrama: uma seta preta rasgava verticalmente na direção sul, e uma seta branca traçada horizontalmente na direção leste, cortando a extremidade posterior da primeira seta. Como que para se tranquilizar, olhou para o rosto imperturbável no retrato. Seria possível que a segunda seta sequer existia?

Seu interesse pelo assunto voltou a diminuir. Bebeu mais um gole de gim, pegou o cavalo branco e experimentou um lance. Xeque. Mas é evidente que não era o movimento correto, pois...

Sem ser evocada, uma lembrança emergiu em sua mente. Viu um quarto à luz de velas, uma cama enorme coberta por uma colcha, e ele mesmo, um menino de nove ou dez anos, sentado no chão, sacudindo uma caixinha de dados e rindo animado. Sua mãe estava sentada à frente dele, e também ria.

Devia ter sido um mês antes de sua mãe desaparecer. Tinha sido um momento de reconciliação, em que Winston conseguira esquecer a fome persistente, e temporariamente recuperar o carinho que antes sentia por ela. Tinha uma nítida lembrança daquele dia: caía uma chuva torrencial, em que a água escorria pelas janelas e a luz era fraca demais para a leitura. O tédio das duas crianças no quarto escuro e apertado tornara-se insuportável. Winston choramingava e resmungava, reclamando em vão por comida, zanzava pelo quarto tirando tudo do lugar e dando chutes nos rodapés até que os vizinhos batessem na parede, enquanto a irmãzinha chorava sem parar. Por fim, a mãe disse: – Agora se comporta, que eu vou comprar um brinquedo pra você. Um brinquedo lindo, você vai adorar. – Então ela saiu na chuva e foi até uma loja ali perto que ainda abria de vez em quando e voltou com uma caixa de papelão contendo um jogo de tabuleiro, Snakes & Ladders. Ele ainda se lembrava do cheiro do papelão úmido. O jogo estava caindo aos pedaços. O tabuleiro viera rachado e os dadinhos de madeira eram talhados de um modo tão precário que mal paravam em pé. Winston ficou olhando para aquilo, mal-humorado e sem o menor interesse. Mas então a mãe acendeu um toco de vela e eles se sentaram no chão para brincar. Minutos depois, ele estava todo entusiasmado, gargalhando com as peças que subiam as escadas para então deslizar pelas cobras, até voltar ao ponto de partida. Jogaram oito partidas, cada um ganhou quatro. A irmãzinha, pequena demais para entender o jogo, encostara-se em uma almofada, e ria quando eles riam. Passaram a tarde inteira juntos e felizes, como em sua infância.

Winston afastou a cena de sua mente. Era uma lembrança falsa. Volta e meia ele era perturbado por falsas lembranças. Não tinham importância, desde que a pessoa soubesse do que se tratava. Algumas coisas haviam acontecido, outras não. Retornou ao tabuleiro de xadrez e pegou o cavalo branco. Quase no mesmo instante, derrubou a peça no tabuleiro. Levou um susto, como se tivesse sido espetado por um alfinete.

Ouviu-se um estridente toque de clarim. Era o noticiário! Vitória! Quando o toque de clarim soava antes do noticiário, isso sempre significava vitória. Uma espécie de vibração elétrica se espalhou pelo café. Até os garçons tiveram um sobressalto e aguçaram os ouvidos.

O toque de clarim produziu uma enorme algazarra no café. Uma voz entusiasmada já tagarelava da teletela, mas logo que começou foi praticamente abafada pelos gritos animados que vinham de fora. A notícia corria pelas ruas como mágica. Winston ouvia com dificuldade, o suficiente para entender que tudo ocorrera do modo como ele havia previsto: uma enorme frota marítima secretamente reunida, um ataque-surpresa na retaguarda do inimigo, a seta branca cortando a extremidade posterior da preta. Fragmentos de frases triunfantes pipocavam em meio à algazarra: "Uma ampla manobra estratégica... coordenação perfeita... vitória definitiva... meio milhão de prisioneiros... desmoralização completa... controle de todo o continente africano... levando a guerra para perto do fim... a maior vitória da história da humanidade... vitória, vitória, vitória!"

Debaixo da mesa, os pés de Winston faziam movimentos convulsivos. Ele não se mexera na cadeira, mas em sua imaginação corria, corria rápido, estava com a multidão na rua, comemorando aos gritos. Olhou novamente para o retrato do Grande Irmão. O colosso que dominava o mundo! A rocha contra a qual as hordas asiáticas arremetiam em vão! Lembrou que dez minutos antes, somente dez minutos, ainda havia dúvidas em seu íntimo quanto às notícias que lhe chegariam do *front*, se seriam de vitória ou de derrota. Ah, não se tratava apenas de mais um exército eurasiano derrotado! Muita coisa mudara dentro dele desde aquele primeiro dia no Ministério do Amor; mas a cura essencial e definitiva ainda não havia ocorrido – até aquele momento.

A voz da teletela ainda despejava os inúmeros relatos sobre prisioneiros, saques e massacres, mas na rua a gritaria havia diminuído um pouco. Os garçons tinham retomado o trabalho. Um deles se aproximou com a garrafa de gim. Mergulhado em seu sonho prazeroso, Winston não percebeu quando seu copo foi enchido. Ele não corria mais, nem celebrava. Estava de volta do Ministério do Amor, com todas as coisas já perdoadas, sua alma branca como a neve. Estava em praça pública, confessando tudo, denunciando todos. Caminhava pelo corredor de azulejos brancos, com a sensação de andar sob a luz do sol, um guarda armado às suas costas. A bala que há tempos ele esperava perfurava seu cérebro.

Olhou para o rosto imenso. Quarenta anos: foi o tempo necessário para ele entender que tipo de sorriso se ocultava debaixo do bigode preto. Ah, que mal-entendido cruel e desnecessário! Ah, que teimoso autoexílio daquele seio amoroso! Duas lágrimas com cheiro de gim escorreram pelas laterais de seu nariz. Mas estava tudo bem, estava tudo certo, a luta terminara. Winston havia conquistado a vitória sobre si mesmo. Ele amava o Grande Irmão.

Apêndice

Os princípios da novilíngua

Novilíngua era o idioma oficial da Oceânia e havia sido concebido para atender às necessidades ideológicas do Socing, ou Socialismo Inglês. No ano de 1984, ainda não havia ninguém que usasse a novilíngua como único meio de comunicação, fosse na fala ou na escrita. Os principais artigos do *Times* eram escritos nesta língua, mas este era um feito magistral de que apenas um especialista seria capaz. Esperava-se que a novilíngua finalmente desbancasse a *velhalíngua* (ou inglês padrão, como deveríamos chamá-lo) até meados do ano 2050. Enquanto isso, o novo idioma ia aos poucos ganhando terreno, com a tendência de todos os membros do Partido usarem cada vez mais palavras e construções gramaticais da novilíngua em sua fala cotidiana. A versão que vigorava em 1984, incorporada na nona e décima edições do *Dicionário da Novilíngua*, era provisória, e continha inúmeras palavras supérfluas e formações arcaicas que seriam suprimidas posteriormente. É da versão final e aperfeiçoada, tal qual incorporada na décima primeira edição do Dicionário, que nos ocuparemos aqui.

O objetivo da novilíngua não era apenas proporcionar um meio de expressão para a visão de mundo e os hábitos mentais característicos dos devotos do Socing, mas impossibilitar todas as outras formas de pensamento. A intenção era a de que, quando a novilíngua fosse adotada em caráter definitivo, e a *velhalíngua* esquecida, uma ideia herética – ou seja, uma ideia que divergisse dos princípios do Socing – fosse literalmente impensável, pelo menos na medida em que as ideias dependem das palavras. Seu vocabulário era construído de maneira a conferir uma expressão exata – e muitas vezes bastante sutil – a qualquer significado que um membro do Partido desejasse expressar, ao mesmo tempo que excluía todos os demais significados, bem como a possibilidade de se chegar a eles por métodos indiretos. Isso era feito, em parte, pela invenção de palavras novas, mas sobretudo por meio da eliminação de palavras indesejáveis e da remoção de significados não ortodoxos e, até onde fosse possível, de todos os demais significados secundários. Para dar um único exemplo: a palavra *livre* existia em novilíngua, mas somente poderia ser usada em afirmações como "Hoje terei um breve tempo livre" ou "Uma atividade praticada ao ar livre". Não poderia ser usada na acepção antiga de "politicamente livre" ou "intelectualmente livre", já que o conceito das liberdades política e intelectual já não existia mais e, por isso, não era mais necessário nomeá-las. Além da eliminação de palavras claramente hereges, a redução do vocabulário era considerada um fim em si mesma, e nenhuma palavra supérflua poderia sobreviver. A novilíngua foi concebida não para ampliar, mas para reduzir os limites do pensamento, e a redução máxima da escolha de palavras era um modo indireto de contribuir para atingir este objetivo.

A novilíngua foi fundada com base no idioma inglês tal qual o conhecemos hoje, embora muitas frases da novilíngua, mesmo que não contenham palavras recém-criadas, sejam praticamente incompreensíveis para um falante contemporâneo do inglês. As palavras da novilíngua eram divididas em três categorias distintas, conhecidas como Vocabulário A, Vocabulário B (também chamado de palavras compostas) e Vocabulário C. Será mais simples discutirmos cada uma das categorias separadamente, mas trataremos das peculiaridades gramaticais do idioma na seção dedicada ao Vocabulário A, já que as mesmas regras se aplicam às três categorias.

Vocabulário A

No Vocabulário A, encontram-se as palavras necessárias para o uso cotidiano – para atividades como: comer, beber, trabalhar, vestir-se, subir e descer escadas, andar de bicicleta, cuidar do jardim, cozinhar e assim por diante. A quase totalidade deste grupo era composta de palavras já presentes em nosso vocabulário, como *bater*, *correr*, *cachorro*, *árvore*, *açúcar*, *casa*, *campo* – mas, na comparação com o atual vocabulário do inglês, seu número era extremamente pequeno, embora a definição de seus significados fosse muito mais rígida. Todas as ambiguidades e nuances de sentido foram eliminadas. Na medida do possível, uma palavra desta categoria da novilíngua deveria ser simplesmente um som curto que expressasse *um* conceito de compreensão clara. Teria sido impossível usar o Vocabulário A com fins literários, ou em uma discussão política ou filosófica. Este conjunto de palavras foi concebido somente para expressar ideias simples e com fins utilitários, em geral envolvendo objetos concretos ou ações físicas.

A gramática da novilíngua tinha duas peculiaridades marcantes. A primeira é que diferentes elementos do discurso eram quase completamente intercambiáveis. Qualquer palavra no idioma (a princípio, isto se aplicava até mesmo a palavras muito abstratas, como *se* ou *quando*) poderia ser empregada na função de verbo, substantivo, adjetivo ou advérbio. Entre as formas verbais e as nominais, quando elas tinham a mesma raiz, nunca havia variação – regra que por si só levou à destruição de muitas formas arcaicas. A palavra *pensamento*, por exemplo, não existia em novilíngua. Foi substituída por *pensar*, que era usada tanto como substantivo quanto como verbo. Não se obedecia, aqui, a nenhum princípio etimológico: em alguns casos, optou-se por preservar o substantivo original; em outros, o verbo. Até mesmo quando um substantivo e um verbo tinham parentesco semântico, mas não tinham ligação etimológica, em geral uma das formas era eliminada. Por exemplo, não existia uma palavra como *cortar*: seu significado já estava contido no substantivo-verbo *faca*. Para formar adjetivos, acrescentava-se o sufixo *-oso* ao substantivo-verbo; para formar advérbios, usava-se o sufixo *-mente*. Assim, por exemplo, *velocidadoso* significava "veloz", e *velocidademente* significava "depressa". Alguns dos adjetivos usados na língua de hoje, tais como *bom*, *forte*, *grande*, *preto*, *macio*, foram preservados, mas seu número total era muito pequeno. Eles praticamente não tinham qualquer serventia, já que qualquer sentido adjetival podia ser obtido com o acréscimo de *-oso* a um substantivo-verbo. Nenhum dos advérbios existentes hoje foi mantido, com exceção de alguns poucos que já terminam em *-mente*: a terminação *-mente* era invariável. A palavra *bem*, por exemplo, foi substituída por *bom-mente*.

Além disso, poderia se obter o antônimo de qualquer palavra – e isso se aplicava, a princípio, a qualquer palavra no idioma – mediante o acréscimo do prefixo *-des*, ou então esta palavra poderia ser reforçada pelo prefixo *mais-*; ou ainda, para se obter uma ênfase ainda maior, *duplomais-*. Assim, por exemplo, *desfrio* significava "quente", ao passo que *maisfrio* e *duplomaisfrio* significavam, respectivamente, "muito frio" e "extremamente frio". Também era possível, como no inglês de nossos dias, alterar o sentido de praticamente qualquer palavra usando prefixos prepositivos tais como *ante-, pós, sobre-, sub-* etc. Com tais métodos, era possível chegar a uma enorme redução do vocabulário. Tomemos, por exemplo, a palavra *bom*: não havia a necessidade de uma palavra como *ruim*, já que a palavra *desbom* expressava muito bem – na verdade, de modo ainda mais exato – o significado que se buscava. Bastava decidir – sempre que duas palavras formassem um par natural de opostos – qual deles eliminar. *Escuro*, por exemplo, poderia ser substituída por *desclaro*; *claro*, por *desescuro*.

A segunda marca característica da gramática da novilíngua era sua regularidade. À parte de algumas poucas exceções, mencionadas abaixo, todas as inflexões seguiam as mesmas regras. Assim, em todos os verbos o pretérito e o particípio passado eram iguais, e terminavam em *-ado* ou em *-ido*. Não havia formas irregulares do pretérito, como *dito*, *feito* ou *soube*. Todos os plurais eram formados com o acréscimo de *-s*. Por exemplo, os plurais de *limão*, *papel* e *sol* eram *limãos*, *papels* e *sols*.

As únicas classes de palavras que ainda permitiam uma inflexão irregular eram os pronomes relativos, os adjetivos demonstrativos e os verbos auxiliares, que continuaram a seguir as regras do inglês padrão. Para facilitar e agilizar a pronúncia, foram mantidas certas irregularidades na formação de palavras. Uma palavra que fosse difícil de pronunciar, ou que estivesse sujeita a ser mal-entendida, já era motivo para ser considerada uma palavra ruim: neste caso, eventualmente, em prol da eufonia, letras adicionais eram incluídas em uma palavra, ou então sua formação arcaica era mantida. Mas esta necessidade surgia, sobretudo, no que dizia respeito ao Vocabulário B. O motivo para a imensa importância atribuída à facilitação da pronúncia será esclarecido mais adiante, neste ensaio.

Vocabulário B

O Vocabulário B incluía palavras deliberadamente criadas com finalidades políticas: palavras que, além de terem sempre uma implicação política, pretendiam impor uma atitude mental desejável nas pessoas que as usavam. Sem uma plena compreensão dos princípios do Socing, era difícil usar tais palavras corretamente. Em alguns casos, elas poderiam ser traduzidas para a *velhalíngua*, ou mesmo para palavras do Vocabulário A, mas isso em geral exigia uma longa paráfrase, e sempre implicava na perda de algumas nuances de sentido. As palavras do Vocabulário B eram uma espécie de taquigrafia verbal, e era comum que sintetizassem uma ampla gama de ideias em poucas sílabas, sendo, ao mesmo tempo, mais precisas e eficazes do que as da linguagem comum.

As palavras do Vocabulário B eram sempre compostas. Elas consistiam dc duas ou mais palavras, amalgamadas de modo a facilitar sua pronúncia. O amálgama resultante era sempre um substantivo-verbo, declinado de acordo com as regras comuns. Para dar um exemplo simples: a palavra *bompensar*, que em uma tradução grosseira significaria "ortodoxia", ou então, se a considerarmos como um verbo, "pensar de modo ortodoxo", seria flexionada do seguinte modo: substantivo-verbo, *bompensar*; passado e particípio passado, *bompensado*; gerúndio, *bompensando*; adjetivo, *bompensaroso*; advérbio, *bompensadamente*; substantivo deverbal, *bompensador*.

As palavras do Vocabulário B não seguiam nenhum planejamento etimológico. Elas podiam ser formadas a partir de quaisquer unidades do discurso, e poderiam ser colocadas em qualquer ordem e mutiladas de qualquer modo que, ao mesmo tempo em que sua derivação estivesse clara, facilitasse sua pronúncia. Na palavra *crimepensar*, por exemplo, o termo *pensar* vinha em segundo lugar, enquanto em *mentpol* (Polícia da Mente), *mente* aparece em primeiro lugar – no segundo exemplo, a palavra *polícia* perde suas letras finais. Devido à grande dificuldade de manter a eufonia, as formações irregulares eram mais comuns no Vocabulário B do que no Vocabulário A. Por exemplo, Miniver, Minipaz e Minamor eram adjetivados como *minivero*, *minisereno* e *miniterno*, pois estas formas eram menos esquisitas e mais fáceis de pronunciar do que *miniverdadoso*, *minipazoso* e *minamoroso*. A princípio, no entanto, todas as palavras do Vocabulário B poderiam ser flexionadas, e todas eram flexionadas da mesma maneira.

Algumas das palavras do Vocabulário B tinham sentidos extremamente sutis, quase incompreensíveis para uma pessoa que não tivesse o domínio completo deste idioma. Considere-se, por exemplo, uma frase típica extraída de um editorial do *Times*, como *Caducopensadores desbarrigasentem o Socing*. A tradução mais sintética que se poderia fazer de tal frase seria "Aqueles cujas ideias se formaram antes da Revolução não são capazes de ter uma plena compreensão emocional dos princípios do socialismo inglês". Porém, esta tradução não é adequada. Para começar, para que se possa compreender o pleno sentido da frase em novilíngua citada acima, a pessoa teria que ter uma ideia clara do significado do Socing. Além disso, apenas alguém completamente imerso no universo do Socing seria capaz de compreender toda a força da palavra *barrigasentir*, que implicava uma aceitação cega e entusiasmada que hoje é impossível imaginar; ou da palavra *caducopensar*, que estava inseparavelmente misturada à ideia de decadência. Porém, a função particular de certas palavras da novilíngua, tais como *caducopensar*, não é tanto a de expressar significados, mas de destruí-los. Estas palavras, de número necessariamente limitado, tiveram seus sentidos ampliados até que contivessem, em si mesmas, uma quantidade imensa de palavras que, por serem suficientemente representadas por um único termo mais abrangente, poderiam agora ser eliminadas e esquecidas. A maior dificuldade enfrentada pelos compiladores do *Dicionário da Novilíngua* não era inventar novas palavras, mas, após inventá-las, terem certeza em relação a seus significados: certificarem-se quais grupos de palavras estavam sendo extintos com suas criações.

Como já pudemos perceber no caso da palavra *livre*, as palavras que já tiveram um sentido herético eram, às vezes, preservadas por uma questão de conveniência. Mas, para isso, era necessário que elas fossem purificadas de seus significados indesejáveis. Inúmeras outras palavras, como *honra*, *justiça*, *moralidade*, *internacionalismo*, *democracia*, *ciência* e *religião* simplesmente deixaram de existir. Um pequeno número de palavras, de sentido mais abrangente, passou a dar conta do seu significado e, com isso, elas foram abolidas. Todas as palavras agrupadas em torno de conceitos como liberdade e igualdade, por exemplo, estavam contidas na palavra *crimepensar*, enquanto as relacionadas a conceitos como objetividade e racionalismo estavam contidas em uma única palavra, *caducopensar*. Teria sido perigoso dar a elas sentidos mais precisos. O que se exigia de um membro do Partido era uma mentalidade semelhante àquela do antigo hebreu que sabia – embora não soubesse muito mais que isso – que todas as outras nações além de sua própria adoravam "deuses falsos". O antigo hebreu não precisava saber que os nomes destes deuses eram Baal, Osíris, Moloque, Astarote etc., provavelmente, quanto menos ele soubesse a este respeito, melhor para a sua ortodoxia. Ele conhecia Jeová e os mandamentos de Jeová; sabia, portanto, que todos os deuses com nomes ou atributos diferentes eram falsos deuses. De maneira mais ou menos semelhante, o membro do Partido sabia em que consistia uma conduta adequada e, em termos excessivamente vagos e genéricos, sabia que tipo de desvios eram permitidos. Sua vida sexual, por exemplo, era inteiramente regulada por duas palavras da novilíngua: *sexocrime* (imoralidade sexual) e *bomsexo* (castidade). *Sexocrime* englobava todas as formas possíveis de transgressão sexual, incluindo fornicação, adultério, homossexualidade e outras perversões; além disso, as relações sexuais de um casal sem a finalidade de procriação. Não era necessário enumerar cada um destes delitos, já que eles eram todos reprováveis e, em princípio, passíveis de punição com pena de morte. No Vocabulário C, que compreendia palavras científicas e técnicas, poderia ser necessário atribuir termos específicos a certas aberrações sexuais, mas o cidadão comum não tinha necessidade disso. Ele sabia qual era o significado de *bomsexo*, ou seja, uma relação sexual normal entre um homem e sua esposa, com o único objetivo de gerar filhos, e sem prazer sexual da parte da mulher: tudo o mais era considerado *sexocrime*. Em novilíngua, era quase impossível fazer com que um pensamento herege fosse além da *percepção* desta heresia: não existiam as palavras necessárias para ir além desta percepção.

Nenhuma palavra do Vocabulário B era ideologicamente neutra. Grande quantidade delas eram eufemismos. Tais palavras, como por exemplo, *campofeliz* (campo de trabalhos forçados) ou *Minipaz*, (Ministério da Guerra) tinham praticamente o sentido oposto daquilo que pareciam significar. Outras palavras, por outro lado, exibiam uma sincera e desdenhosa compreensão da verdadeira natureza da sociedade de Oceânia. Exemplo disso era *pãoproleta*, que significava o entretenimento de péssima qualidade e as notícias fraudulentas que o Partido oferecia às massas. Havia ainda outras palavras que eram ambíguas, com a conotação de "bom" quando se aplicavam ao Partido, e "ruim" quando faziam referência a seus inimigos. Mas, além disso, havia uma grande quantidade de palavras que à primeira vista pareciam ser simples abreviações cujo matiz ideológico provinha de sua estrutura, não de seu significado.

Na medida do possível, tudo que tivesse ou pudesse ter um significado político qualquer se encaixava no Vocabulário B. Os nomes de todas as organizações, grupos de pessoas, doutrina, país, instituição, ou edifício público eram encurtados à maneira habitual, tornando-se uma simples palavra de fácil pronúncia com o menor número de sílabas possível, a fim de preservar sua derivação original. No Ministério da Verdade, por exemplo, o Departamento de Registros, onde Winston trabalhava, tinha o nome de *Depreg*; o Departamento de Ficção, *Depfic*; o Departamento dos Teleprogramas, *Deptel*, e assim por diante. O objetivo, aqui, não era apenas poupar tempo. Palavras e frases telescópicas já eram usadas nas primeiras décadas do século XX, e eram um traço característico da linguagem política. E a tendência de usar abreviações deste tipo era uma marca distintiva de países totalitários e de organizações totalitárias. Exemplos disso eram palavras como *nazi*, *Gestapo*, *Comintern*, *Inprecorr*, *agitprop*. No início, esta prática era adotada de modo instintivo, por assim dizer, mas em novilíngua havia um propósito consciente no emprego destas palavras. Percebeu-se que, ao abreviar um nome, seu significado era restringido e sutilmente alterado, mediante a redução da maioria das associações que se poderia fazer com tal nome. As palavras *Internacional Comunista*, por exemplo, evocavam uma imagem em que se misturavam fraternidade universal, bandeiras vermelhas, barricadas, Karl Mark e a Comuna de Paris. Já o termo *Comintern* refere-se simplesmente a uma organização unida e fechada, e uma estrutura doutrinária bem definida. Faz referência a algo tão facilmente reconhecível – e de finalidade tão limitada – quanto uma cadeira ou uma mesa. *Comintern* é uma palavra que pode ser pronunciada sem se pensar muito a respeito, ao passo que *Internacional Comunista* é uma expressão que exige uma mínima reflexão. Do mesmo modo, uma palavra como *Miniver* evoca um número menor e mais controlável de associações do que *Ministério da Verdade*. Era isso que justificava não apenas o costume de abreviar palavras sempre que possível, mas também a excessiva cautela adotada para fazer com que cada palavra tivesse uma pronúncia fácil.

Em novilíngua, excetuando a preocupação com o sentido das palavras, a eufonia era o aspecto mais importante de todos. Sempre que fosse necessário, a regularidade da gramática era sacrificada em seu favor – o que se justificava, pois a necessidade maior, acima de quaisquer objetivos políticos, era a de um vocabulário enxuto com sentido inequívoco, com palavras que pudessem ser pronunciadas com rapidez, causando o mínimo de ecos na mente do falante. O fato de quase todas as palavras do Vocabulário B serem muito semelhantes só as tornava ainda mais poderosas. Muitas destas palavras – *bompensar*, *Minipaz*, *pãoproleta*, *sexocrime*, *Socing*, *mentpol* e inúmeras outras – tinham poucas sílabas, com as tônicas recaindo de modo equilibrado entre elas. O emprego delas estimulava uma fala de estilo *nonsense*, desarticulada e monótona ao mesmo tempo. A intenção era fazer com que a fala – especialmente quando o assunto não fosse ideologicamente neutro – se tornasse o mais independente quanto possível da consciência. Para questões da vida cotidiana, sem dúvida era necessário, pelo menos às vezes, refletir antes de falar, mas um membro do Partido a quem se pedisse para emitir um julgamento político ou ético deveria ser capaz de disparar opiniões corretas de modo tão automático quanto uma metralhadora dispara uma série de balas. O treinamento que ele recebia o tornava apto a isso, a linguagem lhe oferecia um instrumento praticamente infalível, e a textura das palavras, com sua sonoridade rude e certa feiura deliberada, em sintonia com o espírito do Socing, ajudava ainda mais neste processo.

Também contribuía para isso a limitação do vocabulário à disposição do falante. Comparado ao nosso, o vocabulário da novilíngua era minúsculo, e buscava-se continuamente reduzi-lo ainda mais. Na verdade, a novilíngua se distinguia da maioria dos idiomas no sentido de que seu vocabulário diminuía, em vez de crescer, a cada ano. Cada redução era um ganho, já que quanto menores as opções de escolha, menor seria a propensão ao pensamento. A expectativa era de que um dia a fala articulada pudesse ser emitida a partir da laringe, sem o menor envolvimento dos centros superiores do cérebro. Este objetivo era claramente validado pelo uso da palavra *patofala*, que significava "grasnar como um pato". Assim como várias outras palavras do Vocabulário B, *patofala* tinha sentidos ambivalentes. Caso uma opinião grasnada fosse ortodoxa, ela só implicava elogios, mas quando o *Times* se referia a um dos oradores do Partido como um *patofaloso duplomaisbom*, tratava-se de um caloroso elogio.

Vocabulário C

O Vocabulário C complementava as demais e consistia inteiramente em termos científicos e técnicos. Suas palavras se assemelhavam aos termos científicos em vigor na língua de hoje, e eram formadas a partir das mesmas raízes, mas tomava-se o cuidado de defini-las de um modo rígido e de despi-las de seus significados indesejáveis. As palavras obedeciam às mesmas regras gramaticais dos vocabulários A e B. Pouquíssimas palavras do Vocabulário C circulavam na fala cotidiana ou no discurso político. Qualquer trabalhador nas áreas da ciência ou técnica poderia encontrar as palavras de que precisasse na lista dedicada à sua própria especialidade, mas apenas um punhado das palavras que ele usava constavam nas demais listas. Somente algumas poucas palavras eram comuns a todas as listas, e não havia um vocabulário que permitisse falar sobre a função da ciência como hábito mental, ou como um sistema de pensamento, independentemente da área de conhecimento. Na verdade, não havia uma palavra para designar "Ciência": todos os sentidos associados a ela já estavam contidos na palavra *Socing*.

Com base no que foi exposto acima, fica evidente que em novilíngua era praticamente impossível expressar opiniões não ortodoxas, exceto em nível bastante limitado. Claro que era possível dizer heresias de tipo muito vulgar, uma espécie de blasfêmia. Teria sido possível, por exemplo, afirmar que o Grande Irmão era *desbom*. Porém, esta afirmação – que soaria como um evidente absurdo aos ouvidos de uma pessoa ortodoxa – não poderia se sustentar como um argumento razoável, pois se carecia das palavras necessárias. As ideias hostis ao Socing poderiam ser empregadas apenas de modo vago, sem o uso de palavras, e poderiam apenas ser nomeadas em termos muito genéricos que se agrupavam sem muito critério, e condenavam séries inteiras de heresias, sem defini-las individualmente. Na verdade, o falante só podia usar a novilíngua com uma finalidade não ortodoxa se adulterasse algumas das palavras no processo de tradução para a *velhalíngua*. Por exemplo, "Todos os homens são iguais" era uma frase possível em novilíngua, mas apenas na mesma medida em que "Todos os homens são ruivos" é uma frase possível em *velhalíngua*. Esta frase não continha nenhum erro gramatical, mas expressava uma inverdade evidente, ou seja, que todos os homens têm o mesmo tamanho, peso ou força. O conceito de igualdade política já não existia mais, e este significado secundário havia sido devidamente expurgado da palavra *igual*. Em 1984, quando a *velhalíngua* ainda era o meio de comunicação normal, havia um perigo teórico de que, ao usar palavras da novilíngua, o falante se lembrasse de seus significados originais. Na prática, uma pessoa que revelasse grande destreza com o *duplipensar* não teria dificuldade em evitar fazer isso, mas duas ou três gerações mais tarde um lapso como este não seria mais possível. Para uma pessoa que crescesse tendo a novilíngua como único idioma seria difícil imaginar que *igual* já teve, no passado, o significado secundário de "politicamente igual", ou que *livre* já pôde significar "intelectualmente livre", tanto quanto seria difícil para alguém que nunca ouviu falar do jogo de xadrez imaginar os sentidos secundários associados à *rainha* e à *torre*. Estaria além de sua capacidade cometer uma série de crimes e de erros, simplesmente porque não era mais possível nomeá-los e, portanto, imaginá-los. E era previsível que, com a passagem do tempo, as marcas características da novilíngua ficassem cada vez mais salientes, com seu vocabulário sendo cada vez mais reduzido, com significados cada vez mais rígidos, e com uma contínua diminuição das chances de as palavras serem usadas de modo impróprio.

Quando a *velhalíngua* fosse definitivamente desbancada, o último elo com o passado seria cortado. A história já havia sido reescrita, mas aqui e ali ainda sobreviviam fragmentos remanescentes da literatura do passado, censurados de modo imperfeito, e enquanto a pessoa guardasse lembranças de seu conhecimento da *velhalíngua*, seria capaz de ler aqueles textos. No futuro, tais fragmentos, mesmo se acontecesse de eles sobreviverem, se tornariam incompreensíveis e intraduzíveis. Era impossível traduzir qualquer frase da *velhalíngua* para novilíngua, a menos que ela se referisse a algum processo técnico ou a uma simples ação cotidiana, ou que ela já revelasse uma tendência ortodoxa (*bompensoso* seria a expressão adequada em novilíngua). Na prática, isso implicava a impossibilidade de traduzir um livro inteiro que tivesse sido escrito antes de 1960. A literatura pré-revolucionária precisava passar por uma tradução ideológica, ou seja, com uma alteração de sentido, além de linguística. Consideremos, por exemplo, o famoso trecho extraído da Declaração de Independência dos Estados Unidos:

> *Consideramos por si só evidentes as seguintes verdades: que todos os homens foram criados iguais, e são dotados pelo Criador de certos direitos inalienáveis, e que entre estes estão a vida, a liberdade*

e a busca da felicidade; que, a fim de assegurar esses direitos, governos são instituídos entre os homens, derivando seus justos poderes do consentimento dos governados; que, sempre que qualquer forma de governo se torna prejudicial à obtenção de tais fins, é direito do povo alterá-la ou aboli-la e instituir um novo governo...

Seria praticamente impossível traduzir este trecho para novilíngua, mantendo seu sentido original. O mais próximo disso que se poderia chegar seria sintetizar este trecho inteiro em uma única palavra: *crimepensar*. Uma tradução completa só poderia ser uma tradução ideológica, na qual as palavras de Thomas Jefferson seriam transformadas em um discurso laudatório ao governo absoluto.

Na verdade, boa parte da literatura do passado já estava passando por este tipo de alteração. Devido ao prestígio de certas figuras históricas, buscava-se preservar sua memória, ao mesmo tempo que se tentava adaptar suas realizações à filosofia do Socing. Assim, livros de vários autores como Shakespeare, Milton, Swift, Byron, Dickens e alguns outros já estavam em processo de tradução: tão logo a tarefa fosse concluída, seus textos originais, juntamente com tudo o que tivesse sobrevivido da literatura do passado, seriam destruídos. Estas traduções eram um trabalho lento e complicado, e não se imaginava que elas fossem concluídas antes da primeira ou segunda década do século XXI. Também havia grandes quantidades de literatura meramente utilitária – manuais técnicos indispensáveis e coisas do gênero – que recebiam o mesmo tratamento. Foi sobretudo para dar tempo a esse trabalho preliminar de tradução que se fixou, para a adoção definitiva da novilíngua, o longínquo ano de 2050.

1984

Totalitarismos e distopias

Leandro Garcia Rodrigues[1]

"O Grande Irmão está de olho em você". Creio que essa frase poderia resumir – ou até mesmo denunciar – o conteúdo e sentido geral deste romance de George Orwell.

Publicado na Inglaterra, em 1949, com o título original *Nineteen Eighty-Four*, mas geralmente traduzido e editado como *1984*, este romance provocou um verdadeiro abalo na literatura inglesa. Não se pode esquecer o contexto da sua criação e publicação: fim da Segunda Guerra Mundial, a Europa parcialmente em ruínas, desemprego em alta escala, fome generalizada, o trauma nazista, os diversos holocaustos praticados ao longo daquele conflito e um verdadeiro sentimento de vazio existencial generalizado.

No plano filosófico e artístico, o contexto despertou produções que problematizavam tal situação: o

1. Leandro Garcia Rodrigues é doutor e pós-doutor em Estudos Literários pela PUC-Rio e pós-doutor em Teologia pela Faje-BH. Também é crítico literário e especialista em Epistolografia – estudos críticos sobre cartas e correspondência entre escritores.

chamado *Teatro do Absurdo*[2] com o irlandês Samuel Beckett (1906-1989), os franceses Eugène Ionesco (1909-1994) e Jean Genet (1910-1986), o russo Arthur Adamov (1908-1970), o inglês Harold Pinter (1930-2008), o espanhol Fernando Arrabal (1932) e o estadunidense Edward Albee (1928-2016). Na Filosofia, Jean-Paul Sartre lançou *O ser e o nada* (1943) que apresentou ao mundo as questões do existencialismo, corrente que investiga a ontologia humana e nos apresentou conceitos como "nadificação" e "coisificação", estes representam o grau zero do direito e do acesso às condições mínimas em favor da dignidade humana. A bem da verdade, o próprio Teatro do Absurdo tem no existencialismo a sua principal base não apenas temática, mas especialmente especulativa. No meio deste turbilhão estético movido pela ideia de que os sentimentos penetram e deflagram todas as relações humanas, temos George Orwell publicando o seu *1984*.

Em uma única e rápida classificação, este é um romance altamente distópico.

"Distopia" é a falta de utopia, de esperança, de perspectiva positiva de melhora; e também é o estado de intensa opressão, desespero e privação das condições mínimas de felicidade e contentamento. Tais são as estratégias mais usadas pelos personagens O'Brien e Winston Smith, líderes messiânicos e sádicos nas suas intenções para a sociedade sob um medíocre controle. Por isso ele é chamado de "O Grande Irmão": aquele que tudo vê de forma onisciente, onipresente

---

2. Das várias peças desse gênero teatral, *Esperando Godot* [*Waiting for Godot*] é a mais conhecida e representada.

e onipotente. Ou seja, uma representação contrária e cruel da noção de Deus:

> Atrás de Winston, a voz da teletela ainda tagarelava sobre o ferro-gusa e o total cumprimento do Nono Plano Trienal. A teletela recebia e transmitia simultaneamente. Qualquer som que Winston fazia acima de um sussurro poderia ser capturado por ela; além disso, enquanto ele permanecesse dentro do campo de visão da placa metálica, ele também poderia ser visto, além de ouvido. Claro que não tinha como saber se você estava sendo vigiado em um momento específico. Não era possível adivinhar a frequência com que a Polícia da Mente sintonizava um aparelho. Era até mesmo possível que ela vigiasse a todos o tempo todo. Mas, de todo modo, eles podiam conectar-se no aparelho que quisessem e quando bem entendessem. Todos tinham que viver – e viviam, já que o hábito virou instinto – supondo que cada som que faziam era ouvido e, exceto na escuridão, cada movimento era investigado.

O Grande Irmão controla o seu "Estado" de várias formas, através do seu partido e dos ministérios criados:

- da Verdade: responsável pela falsificação cotidiana do passado para adequá-lo aos interesses do partido, e também cuidava das notícias, entretenimento, educação e artes;
- do Amor: fazia a manutenção da lei e da ordem através da espionagem e repressão via torturas física e psicológica;
- da Paz: o promotor das guerras;
- da Riqueza: responsável pelos assuntos econômicos, especialmente a manutenção da fome e do

desemprego, pois assim se controlava o tecido social e suas aspirações.

Assim, o total controle sobre a população era exercida sadicamente pelo líder, um ditador que se orgulhava de ser visto como uma espécie de messias, de libertador e salvador de uma pátria subjugada e sem perspectivas de mudança e melhora.

> Antes mesmo de se completarem trinta segundos do Ódio, metade das pessoas no salão já emitia incontroláveis exclamações de fúria. Era impossível tolerar o rosto presunçoso e ovino na tela e o poder aterrador do exército eurasiano atrás dele; além disso, o mero ato de olhar ou mesmo pensar em Goldstein causava automaticamente medo e raiva. Ele era um objeto de ódio mais constante do que a Eurásia ou a Lestásia, já que, quando a Oceania estava em guerra com uma destas potências, geralmente estava em paz com a outra. Mas o estranho era que, embora Goldstein fosse odiado e desprezado por todos, embora todos os dias, e milhares de vezes ao dia, nas plataformas, nas teletelas, nos jornais, nos livros, aonde quer que fosse, suas teorias fossem refutadas, esmagadas, ridicularizadas, exibidas ao público como o lamentável lixo que eram – apesar disso tudo, a influência de Goldstein parecia nunca diminuir. Sempre havia novos trouxas esperando para serem seduzidos por ele.

Tradicionalmente, sempre se atribuiu a este romance uma contundente crítica aos mais diversos totalitarismos políticos, particularmente os de direita. Para isso, a crítica sempre lembra da predileção marxista do próprio George Orwell. Tal classificação é possível, pois Orwell foi testemunha de inúmeros regimes políticos de práticas e ideologias totalitárias e ditatoriais, especialmente o nazi-fascismo que se espalhou pela Europa do seu tempo e suas ramificações, como as ditaduras do Franquismo (na Espanha) e o Salazarismo (em Portugal).

Entretanto, com o advento de um certo neoconservadorismo político-ideológico nos últimos anos, *1984* também tem sido lido e identificado por estes leitores como uma crítica aos governos totalitários de esquerda, de forma particular com os regimes comunistas do antiga Cortina de Ferro e os atuais ainda persistentes.

Seja como for, o Grande Irmão é um ditador, um fascista messiânico consciente do seu papel, que gosta e promove o culto à sua própria personalidade, manipulador e praticante dos mecanismos de controle do "vigiar" e do "punir", o que levou George Orwell a antecipar estes conceitos tão bem explorados, nas décadas de 1960 e 1970, pelo filósofo Michel Foucault. Afinal, estes eram os lemas do partido controlador do governo e do próprio ditador:

GUERRA É PAZ
LIBERDADE É ESCRAVIDÃO
IGNORÂNCIA É FORÇA

Dessa forma, George Orwell conseguiu – com o seu *1984* – uma verdadeira atemporalidade, uma vez que tais temáticas são sempre atuais e se atualizam em cada época e espaço, de acordo com as dinâmicas histórico-político-sociais de cada contexto.

Este romance problematiza, dentre tantas questões sensíveis e complexas, a perigosa noção de poder: que pode ser assaz maléfica se dominada e praticada por líderes mentecaptos e comprometidos com os seus próprios projetos de poder, especialmente quando estes são travestidos de boas e nobres intenções. Afinal, o poder estabelecido pode subjugar mentes, corpos e emoções.

Enfim, a mensagem de *1984* não é otimista. O leitor deve estar preparado para isso, pois em alguns momentos um sincero sentimento de mal-estar nos é despertado, provocando uma necessária náusea que julgo importante para nos provocar as mais diversas sensações próprias de uma boa recepção produtiva.

Ficção não é simplesmente uma mentira; ficção é uma (re)construção, pois existe uma "verdade na ficção". E julgo que certas ficções são mais "perigosas" do que a realidade... e *1984* é a comprovação deste fato.

Preparando esta edição

O texto final deste volume da *Coleção Vozes de Bolso – Literatura* foi obtido por meio de tradução, a pedido da própria editora, a partir do original inglês *Nineteen Eighty-Four* (Londres: Secker & Warburg, 1949).

Dialogando com outras artes

1984 tem influenciado e despertado os mais diferentes diálogos entre o seu enredo e outras produções artísticas, que nem sempre repetem o seu título, mas intertextualizam a sua temática e proposta. Destaco:

I – Cinema

a) 1984 – o futuro do mundo (1956): filme britânico, dirigido por Michael Anderson, é a primeira versão cinematográfica da história de George Orwell. A história é bem diferente do romance, terminando com o início da queda do partido; é geralmente classificada como a pior adaptação desta obra para o cinema.

b) Nineteen Eighty-Four (1984): produzido e dirigido por Michael Radford, em 1984 (propositalmente!), é considerada a versão mais fiel à obra de George Orwell. Foi muito acolhido pela crítica especializada, tendo John Hurt interpretando Winston Smith e Richard Burton como o personagem O'Brien, dentre outros.

c) V de Vingança (*V for Vendetta*), de 2005: dirigido por James McTeigue e produzido por Joel Silver e pelas irmãs Wachowski, que também escreveram o roteiro. *V de Vingança* trata de temas como a homossexualidade, a crítica da religião, o totalitarismo, a islamofobia, o terrorismo e, por isso mesmo, sempre despertou críticas e elogios dos mais diferentes grupos sociopolíticos. Existe uma fortíssima intertextualidade com o enredo de *1984*. No elenco, os destaques foram Hugo Weaving e Natalie Portman.

II – Quadrinhos

a) *V de Vingança* (*V for Vendetta*), série iniciada em 1982, em preto e branco, editada pela editora britânica Warrior e escrita por Alan Moore e desenhada por David Lloyd; explora um futuro distópico e pós-apocalíptico, bem conectado ao enredo de *1984*. No Brasil, foi publicada em 1989 em cinco edições em cores pela editora Globo e mais tarde pela editora Via Lettera.

III – Teatro

a) *1984* (de 2018): adaptada e montada no Teatro Porto Seguro (SP), manteve a noção principal de distopia própria do romance de George Orwell. Foi dirigida por Zé Henrique de Paula e teve um grande número de atores no seu elenco, com destaque para Carmo Dalla Vecchia (O'Brien) e Rodrigo Caetano (Winston Smith).

Vozes de Bolso – Literatura

- O Pequeno Príncipe
  Antoine de Saint-Exupéry
- Dom Casmurro
  Machado de Assis
- Memórias de um Sargento de Milícias
  Manuel Antônio de Almeida
- O Alienista
  Machado de Assis
- O Cortiço
  Aluísio de Azevedo
- Iracema
  José de Alencar
- O triste fim de Policarpo Quaresma
  Lima Barreto
- Macunaíma – O herói sem nenhum caráter
  Mário de Andrade
- Amor de perdição
  Camilo Castelo Branco
- O primo Basílio
  Eça de Queirós
- Memórias póstumas de Brás Cubas
  Machado de Assis
- A moreninha
  Joaquim Manuel de Macedo
- Senhora
  José de Alencar
- Lucíola
  José de Alencar
- A mão e a luva
  Machado de Assis
- O Ateneu – Crônica de saudades
  Raul Pompeia
- Helena
  Machado de Assis
- Quincas Borba
  Machado de Assis
- A metamorfose
  Franz Kafka
- O Guarani
  José de Alencar
- Esaú e Jacó
  Machado de Assis
- A carta de Pero Vaz de Caminha
  Pero Vaz de Caminha
- O crime do Padre Amaro
  Eça de Queirós

– O processo
Franz Kafka
– A fazenda dos animais
George Orwell
–1984
George Orwell

Leia também!

EDITORA
VOZES

EDITORA VOZES LTDA.
Rua Frei Luís, 100 – Centro – Cep 25689-900 – Petrópolis, RJ
Tel.: (24) 2233-9000 – E-mail: vendas@vozes.com.br